소원 게임

THE WISHING GAME
Copyright © 2023 by 8th Circle LLC
All Rights Reserved.

Korean translation copyright ⓒ 2025 by Iarchitect Co.,Ltd
Korean translation rights arranged with Jane Rostrosen Agency
through EYA Co.,Ltd

이 책의 한국어판 저작권은 EYA Co.,Ltd를 통해
Jane Rotrosen Agency와 독점 계약한
아이아키텍트 주식회사에 있습니다.
저작권법에 의하여 한국 내에서 보호를 받는 저작물이므로
무단전재 및 복제를 금합니다.

The WISHING GAME
소원 게임

메그 섀퍼 지음 · 배지혜 옮김

BOOK PLAZA

이 책을 찰리에게.
그리고 여전히 자신만의 황금 티켓을 찾고 있는
우리 모두에게 바칩니다.

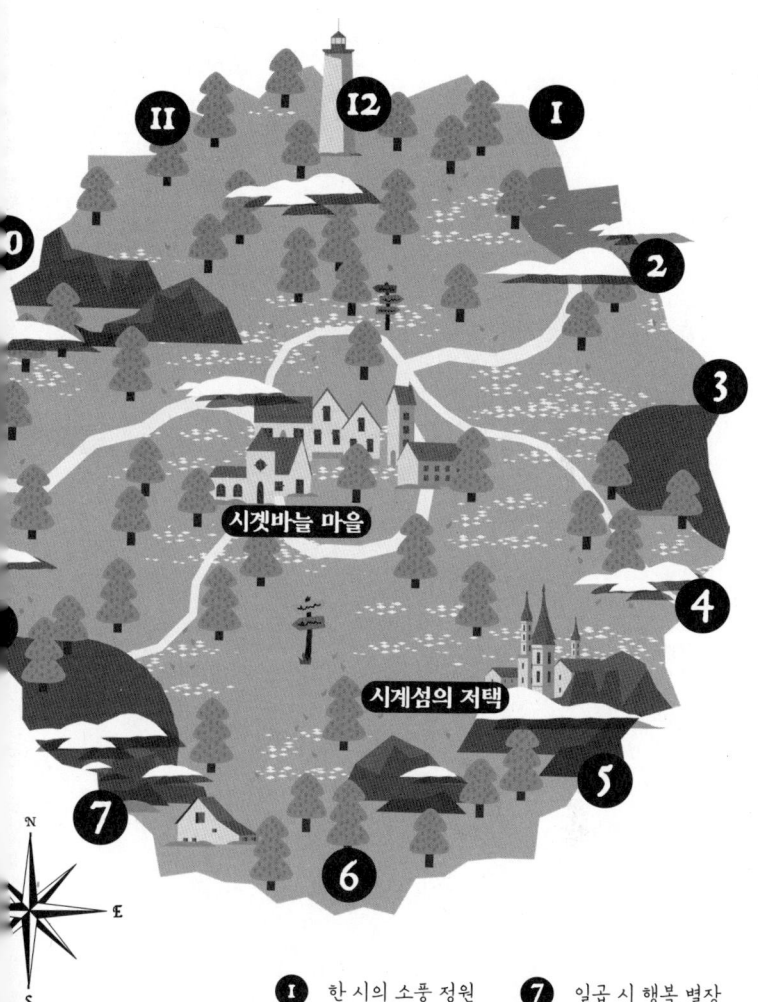

1. 한 시의 소풍 정원
2. 두 시의 조수 연못
3. 세 시의 퍼핀 바위
4. 네 시의 안녕 해안
5. 다섯 시 해변
6. 여섯 시 남쪽 끝
7. 일곱 시 행복 별장
8. 여덟 시 소원 우물
9. 아홉 시 선착장
10. 열 시의 습지
11. 열한 시의 숲
12. 정오와 자정 등대

프롤로그

5월

휴고는 다섯 해 동안 매일 밤 '다섯 시 해변'으로 산책을 나갔다. 하지만 그의 방황하는 발자국이 모래사장 위에 SOS를 그린 것은 오늘 밤이 처음이었다.

휴고는 우주에서도 보일 정도로 또박또박 커다랗게 글자를 새겼다. 새벽이 되면 밀물이 들어와 다 지워질 것을 알면서도.

'다섯 시 해변'이라는 이름은 잭 마스터슨의 엉뚱한 발상에서 비롯됐다. 잭은 마치 운명처럼 약 스무 해 전에 대서양 위에서 이 작은 섬을 발견했다. 미국 북동쪽 끝, 메인주의 남부 해안에서 조금 떨어진 곳에 위치한 이 11만 평짜리 섬은 거의 완벽한 원 모양을 이루고 있었다. 덕분에 잭 마스터슨은 자기가 쓴 책 속에만 존재하던 상상 속의 '시계섬'을 실제로 구현할 수 있게 된 것이다.

잭의 거실에는 숫자 대신 섬의 지형지물이 그려진 시계가 있었다. 숫자 12가 있어야 할 자리에는 등대가, 5가 있어야 할 자리에는 해변이, 7이 있어야 할 자리에는 작은 별장이, 8이 있어야 할 자리에는 소원 우물이 그려져 있었다. 그 시계 때문에 이런 대화가 오가곤 했다.

어디 가요?
다섯 시에.
언제 돌아올 생각인가요?
등대쯤에.

장소가 시간이 되기도 하고, 시간이 장소가 되기도 했다. 처음에는 헷갈렸지만 곧 매력적으로 느껴졌다.
하지만 이제 휴고에게는 그런 대화가 혼란스럽지도, 매력적이지도 않았다. 그런 집에 계속 살다가는 누구라도 미쳐버릴 것이다. 어쩌면 잭은 이미 미쳐버렸는지도 모른다.
아니면, 휴고가 미쳐버렸거나.

SOS.
우리가 제정신으로 남아 있을 수 있게 도와주세요.

맨발에 닿은 모래는 차갑다 못해 축축한 느낌이었다. 오늘이 며칠이었더라? 5월 14일? 5월 15일? 정확한 날짜는 모르겠지만 여름이 성큼 다가온 것만은 확실했다. 시계섬에서의 다섯 번째 여름이다. 여기서 한 해를 더 보낼 수는 없다. 여름을 보내는 건 다섯 번이면 충분하지 않을까?

휴고는 자신이 이제 서른네 살이 되었다는 사실을 떠올렸다. 화가들이 숫자에 약하기는 하지만 그의 계산이 맞다면, 인생의 15퍼센트를 이 섬에서 다 큰 어른을 돌보며 보낸 셈이었다.

정말 떠날 수 있을까? 계속 떠나겠다고 노래를 불렀지만 그건 마치 십대가 툭하면 집을 나갈 거라고 하는 것처럼 투덜대는 정도에 불과했다. 하지만 이번은 다르다. 이번에는 계획을 세우려 하고 있었다. 이곳을 떠나 어디로 가야 할까? 런던으로 돌아갈까? 어머니가 런던에 있기는 했지만, 어머니는 이제 막 새로운 출발을 한 참이었다. 새 남편, 의붓딸들과 새로운 행복을 찾고 있을 어머니를 방해하고 싶지는 않았다.

그렇다면, 암스테르담? 아니, 거기서는 마땅한 일거리를 찾지 못할 것이다. 로마? 암스테르담과 다를 게 없다. 맨해튼? 브루클린? 아니면 섬에서 8킬로미터 떨어진 포틀랜드로 가서 적당한 거리를 두고 잭을 지켜보는 건 어떨까?

과연 휴고가 할 수 있을까? 지금이 몇 시인지, 등대인지 별장인지 구분도 못 하는 오랜 친구를 이곳에 홀로 남겨두고 떠날 수 있을까?

그 영감탱이가 다시 글을 쓰기만 한다면 얼마나 좋을까. 펜으로든, 연필로든, 타자기로든, 심지어 꼬챙이로 모래 위에 쓰든… 잭이 부탁한다면 휴고는 받아쓰기라도 할 준비가 되어 있었고 실제로 그에게 제안하기도 했다. 어제도 잭에게 말했었다.

"제발, 부디 찰스 디킨스와 레이 브래드버리를 생각해서라도 뭐라도 좀 써요. 이렇게 재능을 낭비하는 건 빈민 구호소 앞에서 돈을 태우는 거나 마찬가지라고요. 잔인하고 역겨운 일이죠."

그 말은 잭이 몇 년 전 술독에 빠져 있던 휴고에게 했던 말이기도 했다. 그때만큼이나 지금도 날카롭고 진실한 말이었다. 만약 잭 마스터슨이 그림자 속에 숨어 용감한 아이들의 소원을 들어주는 신비한 '마스터마인드'에 대한 새로운 '시계섬' 시리즈를 쓴다면, 전 세계 수백만의 아이들과 한때 아이들이었던 이들은 기쁨에 겨워 눈물을 흘릴 것이다. 잭의 출판사는 여전히 아이들이 잭에게 보낸 편지를 상자에 담아 잭의 집으로 보내고 있었다.

SOS.
그 편지들은 다시 이야기를 써달라고 간청하고 있었다.

하지만 지난 5년 동안 잭이 한 일이라고는 정원에서 빈둥거리고, 책 몇 페이지를 읽고, 긴 낮잠을 자고, 저녁에는 취할 정도로 와인을 마시고, 시계가 '아홉 시 선착장'을 가리킬 때쯤 악몽 속으로 미끄러져 들어가는 것뿐이었다.

무언가 바뀌어야만 했다. 가능한 한 빨리. 오늘 저녁 식사 자리에서 잭은 평소처럼 와인 한 병을 다 비우지 않았다. 그리고 유난히 조용했다. 그게 좋은 징조인지 나쁜 징조인지는 알 수 없었다 심지어 신랄한 수수께끼도 내지 않았다. 잭이 가장 좋아하는 수수께끼조차도…

섬에 사는 두 남자가 있었다.
아내와 딸을 잃은 두 남자는 모두 바다를 탓했다.
하지만 둘은 결혼한 적이 없고, 아버지도 아니다.
여자들과 바다의 비밀은 무엇일까?

마침내 잭의 정신이 돌아오고 있다고 기대하는 것은 무리일까?

휴고는 모래를 가로질러 파도 가장자리로 걸어갔다. 파도가 그의 발끝 근처에 올 때까지 다가갔지만 물에 들어가지는 않았다. 그는 더 이상 바다와 대화하지 않았다. 별나게 들리려나? 그렇겠지. 하지만 괜찮았다. 그는 화가니까. 화가인 그는 별나야 했다. 한때 그는 바다를 사랑했고, 매일 아침과 매일 밤, 바다의 모든 얼굴과 모든 변화를 지켜보는 것이 좋았다. 계절이 바뀌고 달의 모양이 변할 때마다 바다가 어떻게 달라지는지 아는 사람은 드물지만, 그는 알고 있었다. 이제 그는 바다가 잠든 화산만큼 위험하다는 사실을 안다. 바다는 고요할 때는 아름답기 그지없지만, 마음만 먹으면 왕국조차 삼킬 수도 있다는 것을. 다섯 해 전, 바다는 작고 이상한 왕국, 시계섬을 무너뜨렸다.

잭은 소원을 믿었다. 적어도 한때는 그랬다. 하지만 휴고는 아니었다. 그가 지금의 자리에 오게 된 이유는 단지 그가 열심히 일했고, 우연히 행운도 따랐기 때문이었다. 다른 이유는 없었다.

그런데 오늘 밤, 휴고는 간절히 소원을 빌었다. 잭이 무관심과 무기력에서 벗어나 다시 글을 쓸 동기를 찾을 수 있길 간절히 바라고 또 바랐다. 사랑? 돈? 분노? 그가 값비싼 와인에 완전히 삼켜지기 전에 다시 펜을 잡게 할 수 있다면 무엇이든 좋았다.

휴고는 바다에서 돌아서서 신발을 찾아 모래를 털어냈다.

시계섬에 처음 왔을 때, 휴고는 한두 달만 이곳에 머물 생각이었다. 그러다 잭이 다시 일어설 때까지는 있기로 했다. 그렇게 5년이 흘렀고 휴고는 여전히 이 섬에 있었다.

이제 더는 안 된다. 시간이 다 됐다. 떠나야 할 시간이다. 휴고는 그의 오랜 친구가 낡은 종이 위의 글씨처럼 아무도 읽을 수 없게 서서히 바래져 가는 모습을 더 이상 지켜보고 있을 수 없었다. 내년 봄이 오기 전에는 반드시 떠날 것이다.

결심을 굳힌 휴고는 오솔길 쪽으로 걸음을 옮겼다. 그때, 창 하나에 불이 켜졌다.

불이 켜진 곳은 잭의 '글공장'이었다.

수년간 가정부 말고는 아무도 들어간 적 없는 방이었다. 게다가 오늘은 가정부도 쉬는 날이었다.

불빛은 어두침침한 황금빛이었다. 잭의 책상 위에 놓인 램프의 불빛이었다. 잭이 수년 만에 처음으로 책상에 앉은 것이다. 혹시, 마스터마인드가 다시 펜을 쥔 걸까?

휴고는 가만히 서서 불이 꺼지기를 기다렸다. 잭이 잃어버린 편지나 없어진 책을 찾기 위해 잠깐 불을 켰을지도 모르는 일이었으니까.

하지만 불은 꺼지지 않았다.

너무 큰 바람이었지만, 휴고는 온 마음을 다해 빌었다. 밤하늘의 모든 별을 향해 간절히 소원을 빌고 또 빌었다. 거의 죽다시피 한 사람이 살아 돌아온 게 기적이 아니라면 무엇이겠는가?

"좋아요, 영감님." 휴고가 시계섬 저택 창문에서 흘러나오는 불빛을 향해 말했다. "이제 때가 됐군요."

1부

소원을 빌다

아스트리드는 꿈도 없는 깊은 잠에서 깨어났다. 어째서 잠에서 깬 것일까? 고양이가 침대에 뛰어오른 것일까? 아니었다. 고양이 빈스 퍼랄디는 양탄자 위에 놓인 자신의 바구니에서 몸을 웅크린 채 잠들어 있었다. 오래된 지붕이 바람에 흔들리는 소리에 잠에서 깰 때도 있었지만, 창문 밖 나뭇가지들은 조용했다. 바람 한 점 없는 밤이었다. 그녀는 두려움을 억누르며 침대에서 나와 창가로 다가갔다. 새가 유리창에 부딪힌 걸까?

그 순간 새하얀 빛이 방 안을 가득 채웠다. 아스트리드는 헉 하고 숨을 들이쉬었다. 자동차 전조등 불빛과 비슷했지만 그보다 천 배는 더 강하고 밝은 빛이었다.

빛은 곧 사라졌다. 빛 때문에 잠에서 깬 것일까? 방 안에 환하게 가득 찼던 그 빛 때문에?

아스트리드는 빛이 어디서 온 건지 궁금했다.

아스트리드는 침대 기둥에 걸려 있던 쌍안경을 집어 들고는 창가에 무릎을 꿇고 앉았다. 그리고 쌍안경을 눈에 댄 채 차가운 바다 위에 잠든 거북이처럼 놓여 있는 외딴섬을 바라보았다.

빛이 다시 번쩍였다.

그 빛은 등대에서 온 것이었다. 섬에 있는 등대에서.

"하지만…" 아스트리드는 창문에 대고 속삭였다. "저 등대는 아주 오래전부터 불이 켜진 적이 없는데."

불이 켜졌다는 것은 어떤 의미일까?

그 답은 창가에 비쳤던 빛처럼 순식간에 머릿속에 떠올랐다.

아스트리드는 최대한 조용히 침실을 나서 복도 맞은편에 있는 방으로 들어갔다. 아홉 살짜리 남동생 맥스가 베개에 침까지 흘리며 곤히 자고 있었다. 윽. 더러워. 남자아이들이란. 아스트리드는 맥스의 어깨를 찌르고 또 찔렀다. 맥스는 어깨를 열두 번 찔린 다음에야 잠에서 깼다.

"응? 뭐? 뭐야?" 맥스는 눈을 비비며 잠옷 소매로 침을 닦았다.

"맥스, 마스터마인드야."

그 말이 맥스는 침대에서 벌떡 일어났다. "그 사람이 왜?"

아스트리드는 어둠 속에서 미소 지었다.

"그가… 시계섬으로 돌아왔어."

잭 마스터슨, 《시계섬의 저택》에서 발췌
시계섬 시리즈 제1권 (1990년 출간)

1

1년 후

2시 30분이 되자 학교 종이 울렸고, 언제나처럼 자그마한 발들이 우르르 몰려나오는 소리가 들렸다. 루시는 담임인 테레사 선생님이 평소처럼 학생들에게 잔소리하는 동안 아이들의 가방과 도시락 가방을 챙겼다.

"책가방, 도시락 가방, 유인물 잊지 말아요! 두고 가면 선생님이 집에 가져다주지 않을 거예요! 루시 선생님도 마찬가지고!" 그 말을 귀담아듣는 아이도 있었지만, 못 들은 체하는 아이도 있었다. 다행히 여기는 유치원이라서 그런 일로 큰 벌을 받지는 않았다.

몇몇 아이들이 문을 나서며 루시를 안아주었다. 루시는 아이들이 '꽉 안아주기'라고 부르는 그 짧은 포옹을 늘 기쁘게 맞이했다. 아이들과의 포옹은 놀이터에서 싸움을 말리고, 배변 실수를 처리하고, 운동화 끈을 수없이 묶고 또 묶고, 쉴 새 없이 눈물을 닦아주며 보내는 길고 수고로운 하루를 기꺼이 감수하게 해주는 달콤한 보상이었다.

마침내 교실이 텅 비었을 때, 루시는 의자에 털썩 주저앉았다. 다행히 오늘은 통학버스 지도 당번이 아니어서 잠깐 숨을 돌릴 수 있었다.

테레사는 쓰레기봉투를 들고 교실을 둘러보았다. 동그란 책상들 위에는 색종이 조각들이 흩어져 있고, 뚜껑이 열린 채 널브러진 물풀에서 풀이 줄줄 흘러내리고 있었다. 바닥에는 굵은 연필과 북슬북슬한 모루 철사가 굴러다녔다.

"휴거라도 일어난 것처럼 다들 사라졌네요." 테레사가 공중에서 손을 휘저었다.

"그리고 죄인인 우리만 남겨졌죠." 루시가 말했다. "우리가 뭘 잘못한 걸까요?"

잔뜩 어질러진 교실을 보고 있자니 분명 뭔가 잘못하기는 한 것 같았다. "쓰레기봉투 주세요. 뒷정리는 제가 할게요."

"정말 혼자 치워도 괜찮겠어요?" 테레사가 물었다.

테레사는 루시만큼이나 지쳐 보였다. 게다가 오늘은 학교 운영위원회 회의에도 참석해야 했다.

"걱정하지 말고 가보세요. 크리스토퍼가 도와주는 걸 좋아하거든요."

"애들에게 집안일을 놀이라고 속일 수 있을 때가 좋을 때죠." 테레사가 책상 서랍에서 가방을 꺼내며 말했다. "로사한테 부엌은 어른만 닦을 수 있다고 했더니, 글쎄, 걸레질하게 해줄 때까지 삐져있었다니까요."

"엄마가 되려면 아이들을 그렇게 잘 다뤄야 하는 거겠죠?" 루시가 물었다.

"그렇다고 할 수 있죠." 테레사가 말했다. "내일 봐요. 크리스토퍼에게 안부 전해주고."

테레사가 떠나자 루시는 교실을 둘러보았다. 무지갯빛 토네이도에 한바탕 휩쓸린 것 같았다. 색종이와 가위, 풀을 쓰지 않고 아이들에게 색깔을 가르칠 수는 없는 걸까. 루시는 쓰레기봉투를 들고 테이블 주위를 다니며 종이로 만든 끈적한 사과와 오렌지, 포도, 레몬들을 주워 담았다.

청소가 끝났을 때 루시의 손은 풀 범벅이 되어 있었다. 종이로 만든 딸기가 카키색 바지에 달라붙어 있었고, 30분 동안 낮은 책상에 맞춰 몸을 숙이고 있느라 목이 뻐근했다. 뜨끈뜨끈한 물로 느긋하게 몸을 씻고 화이트 와인을 한잔하고 싶은 마음이 간절했다.

"루시 선생님, 왜 머리에 바나나를 달고 있어요?"

루시가 돌아보자 까만 머리를 한 작은 소년이 눈을 동그랗게 뜬 채 그녀를 바라보고 있었다. 그녀가 머리 위로 손을 뻗자 종이가 만져졌다. 몇 년 동안 보조교사로 일하며 자제력을 기르지 않았다면 창의적인 욕설이 튀어나올 뻔했다.

루시는 애써 태연한 척하며 담담하게 종이 바나나를 머리에서 떼어 냈다.

"크리스토퍼, 넌 왜 머리에 바나나를 안 달고 있니? 요즘 멋진 아이들은 다 붙이고 다니는 거 몰라?"

"아, 그렇구나." 크리스토퍼가 헤이즐색 눈을 굴리며 말했다. "난 멋쟁이가 아닌가 보죠."

루시는 바나나를 크리스토퍼의 머리 위에 조심스럽게 올렸다. 언제나처럼, 아이의 어두운 머리칼은 몇 시간 동안 거꾸로 매달려 있던 것처럼 부스스했다. "짠, 이제 멋쟁이가 됐네."

크리스토퍼는 고개를 세차게 흔들어 바나나를 머리에서 털어 내고는 손으로 머리를 정돈하는 게 아니라 다시 헝클어뜨렸다. 루시는 이 이상한 꼬마가 사랑스러웠다. 마치 자기가 낳은 아이처럼.

"봤죠? 난 멋쟁이가 아니에요." 크리스토퍼가 말했다.

루시는 작은 의자 하나를 끌어다 앉은 다음 다른 의자 하나를 끌어왔다. 크리스토퍼는 지겹다는 듯 끙 하는 소리를 내며 그 의자에 앉았다.

"아니야. 너는 멋져. 자, 이제 양말 좀 찾아볼까?" 루시는 크리스토퍼의 발을 자기 무릎 위에 올린 다음, 고고학자처럼 신발 속에서 양말을 발굴해 냈다. 아이의 발목이 이상하리만치 가늘어서인지 아니면 양말이 유난히 미끄러워서인지 원인은 알 수 없었다.

"선생님 말은 못 믿어요." 크리스토퍼가 말했다. "선생님들은 자기 학생들한테는 다 멋지다고 말하잖아요."

"그렇지. 하지만 난 가장 멋진 보조교사라 멋진 학생을 알아볼 수 있어." 루시가 양말을 발목 위로 당겨 올리며 말했다.

"아닌데." 크리스토퍼는 발을 내리고 파란색 가방을 베개처럼 꼭 끌어안았다.

"그래? 나보다 멋진 선생님이 대체 누구지? 주차장에서 결투라도 청해야겠네."

"맥킨 선생님이요. 매달 피자 파티를 열어주거든요. 근데 애들은 루시 선생님이 학교에서 제일 예쁘대요."

"들던 중 반가운 소리네. '제일 예쁜 선생님상' 같은 거 받으면 좋겠는걸?" 물론 루시는 그 말을 곧이곧대로 믿지는 않았다. 선생님들 중에서 가장 어리다는 점이 그나마 그녀가 가진 최고의 장점이었다. 그것 말고 달리 내세울 점은 없었다. 어깨까지 오는 평범한 갈색 머리에 어려 보이는 커다란 갈색 눈. 게다가 몇 년째 같은 옷을 돌려 입고 다녔다. 새 옷을 사려면 돈이 필요했다.

"오늘 숙제 있니?" 루시가 자리에서 일어나 책상과 의자를 닦으며 물었다. 그녀는 크리스토퍼에게 숙제가 없었으면 좋겠다고 생각했다. 크리스토퍼는 늘 바쁜 위탁부모 밑에서 제대로 관심을 받지 못하고 있었다. 루시는 그 부족한 부분을 조금이라도 채워주고 싶었다.

"많지는 않아요." 크리스토퍼가 가방을 책상 위로 휙 던졌다. 가엾게도 크리스토퍼는 너무 피곤해 보였다. 눈 밑으로 다크서클이 드리워지고, 어깨는 축 늘어져 있었다. 겨우 일곱 살짜리 아이의 눈이 마치 잔혹한 살인 사건을 수사하느라 지쳐버린 형사 같았다.

"괜찮아? 어젯밤에 잠은 좀 잤어?"

"나쁜 꿈을 꿨어요." 크리스토퍼가 어깨를 으쓱하며 말했다.

루시는 크리스토퍼 옆에 자리를 잡고 앉아서 고개를 숙여 눈을 맞췄다. 하루 종일 울지 않으려 애썼는지 그의 눈가가 붉게 물들어 있었다.

"무슨 꿈이었는지 이야기해 줄래?" 그녀가 물었다. 부드럽고 낮은, 다정한 목소리였다. 이미 아이의 삶은 충분히 팍팍하니까.

아이들은 금방 회복한다고들 이야기하지만, 그건 자신이 어릴 때 사소한 일로도 얼마나 마음이 아팠는지 까맣게 잊은 사람들이나 할 수 있는 말이다. 루시 역시 어린 시절에 받은 상처들이 여전히 마음 어딘가에 남아 있었다.

크리스토퍼는 고개를 푹 숙이며 말했다. "똑같은 꿈이요."

그 똑같은 꿈이란 건 늘 전화벨 소리로 시작된다. 복도를 지나 벨 소리가 새어 나오는 열린 문틈 사이로 부모님이 침대에 누워 있는 게 보인다. 그리고 부모님은 눈을 뜬 채 움직이지 않는다. 그 꿈을 대신 꿔줄 수만 있다면, 그래서 아이가 편히 잘 수만 있다면, 루시는 기꺼이 그렇게 하고 싶었다.

루시는 아이의 자그마한 등을 쓰다듬었다. 그 어깨는 나비의 날개처럼 야위었고 연약했다.

"나도 가끔 악몽을 꾼단다." 루시가 조용히 말했다. "얼마나 힘든지 알아. 베일리 아주머니께 말씀드렸니?"

"급한 일이 아니면 깨우지 말라고 하셔서요." 크리스토퍼가 말했다. "아기들을 돌보느라 힘드시니까요."

"그랬구나." 루시는 기분이 좋지 않았다. 아픈 두 아이를 돌보는 크리스토퍼의 위탁모가 대단하다고 생각했지만, 크리스토퍼에게도 관심이 필요했다. "잠을 잘 수 없을 때 나한테 전화하라고 했던 말은 진심이야. 내가 책을 읽어줄게."

"전화하려고 했어요. 하지만…"

"알아." 크리스토퍼는 전화기를 무서워했다. 어쩔 수 없는 일이다. "그럼 이렇게 해 볼까? 옛날에 쓰던 녹음기에 내가 책 읽는 걸 녹음해 줄게. 다음번에 잠이 안 올 때 들을 수 있도록 말이야."

크리스토퍼가 살짝 웃었다. 보일 듯 말 듯 한 작은 미소였지만 가장 귀중한 선물은 언제나 작은 상자에 담기는 법이었다.

"낮잠 좀 잘래?" 루시가 물었다. "이불 깔아줄게."

"괜찮아요."

"그럼 책 읽을래?"

크리스토퍼는 다시 한번 어깨를 으쓱했다.

"그럼…" 루시는 잠시 생각하다가 말했다. "선물 포장하는 거 도와줄래?"

그 말에 크리스토퍼가 눈을 반짝이며 몸을 일으켰다. "목도리 팔았어요?"

"30달러에." 그녀가 말했다. "실을 사는 데 6달러가 들었어. 얼마를 벌었게?"

"음… 22? 아니, 24요! 24달러를 벌었네요."

"정답!"

"봐도 돼요?" 그가 물었다.

"꺼내올게. 같이 포장하고 편지도 쓰자."

루시는 가방과 열쇠를 넣어두는 교사용 책상으로 가서 비닐봉지를 하나 꺼냈다. 그 안에는 루시가 최근에 만든 목도리가 들어 있었다. 부드럽고 포근한 분홍색 실과 크림색 실로 짠 거미줄 무늬 목도리였다. 루시는 목도리를 꺼내 어깨에 두른 채 크리스토퍼에게 보였다.

"어때?"

"여자애들 거 같아요." 크리스토퍼가 고개를 좌우로 흔들며 말했다.

"여자가 만든 거고, 고객도 여자니까 그렇지." 루시가 말했다. "그리고 알아두렴. 19세기에는 남자들이 분홍색을, 여자들은 파란색을 사용했단다."

"그거참 이상하네요."

"네가 이상한 거야." 루시가 크리스토퍼를 가리키며 말했다.

"선생님이 더 이상해요." 크리스토퍼가 받아쳤다.

루시가 목도리 끝으로 아이의 머리를 가볍게 툭 치자 크리스토퍼는 웃음을 터뜨렸다.

"편지지를 가져오자." 그녀가 말했다. "감사 편지를 써야지."

크리스토퍼는 비품 보관실로 달려갔다. 크리스토퍼가 제일 좋아하는 곳이었다. 재미있는 물건들은 모두 거기에 숨겨져 있었다. 색종이와 모루, 반짝이 풀, 색색의 펜들과 색연필, 핼러윈 장식들까지. 게다가 문구점을 운영하는 학부모가 기증한 예쁜 편지지도 있었다. 루시는 하늘색 바탕에 흰 구름무늬가 있는 종이를 골라 루시와 크리스토퍼의 '회사용 편지지'로 쓰고 있었다.

"선생님이 포장하는 동안 제가 편지를 써도 돼요?" 크리스토퍼가 하늘색 종이를 들고 뛰어오며 물었다.

"편지를 쓰고 싶다고?" 루시가 목도리에서 보푸라기를 조심스럽게 쓸어내며 물었다. 루시는 직접 만든 목도리를 매주 한두 개 정도 웹 쇼핑몰에 올려 팔고 있었다. 누군가에게는 30달러가 그리 큰돈이 아닐 수도 있지만, 루시에게는 한 푼 한 푼이 소중했다.

"편지 쓰는 연습을 했어요." 크리스토퍼가 말했다. "어젯밤에는 한 페이지를 꽉 채웠는걸요."

"누구에게 편지를 썼는데?" 그녀는 목도리를 깔끔하게 네 번 접은 다음 얇은 흰색 포장지로 감싸며 물었다.

"그냥, 있어요." 크리스토퍼가 말했다.

"그냥이 누군데? 새 친구니?"

"그냥 아무한테나 썼어요."

"알겠어." 루시는 더 묻지 않았다. 누구에게 편지를 썼는지 알 것 같았다. 크리스토퍼는 가끔 부모님께 편지를 쓰곤 했다.

엄마, 보고시퍼요. 오늘 학꾜 소풍에 엄마도 와쓰면 조아쓸 텐데. 오늘 친구 엄마들이 많이 와써요.

아빠, 오늘 숙재 잘했다고 칭찬 받아써요.

짧은 편지지만 읽으면 가슴이 저미는 글귀들이었다. 크리스토퍼와 편지에 대해 몇 번 이야기를 나누려 했지만, 크리스토퍼는 자신이 부모님께 편지를 쓴다는 사실을 절대 인정하고 싶어 하지 않았다. 크리스토퍼는 부모님이 돌아가셨다는 사실을 이해하고 있었다. 그런데 돌아가신 부모님과 아직도 가끔 대화한다는 사실을 친구들이 알면 비웃음을 사리라고 생각하는 것 같았다.

크리스토퍼는 구름무늬 편지지를 책상 위에 가지런히 놓고 연필을 꺼냈다.

"목도리를 산 아줌마 이름이 뭐예요?" 크리스토퍼가 물었다. 주제를 바꾸는 방법을 알 만큼 똑똑한 아이였다.

"캐리 워시번이야. 미시간주 디트로이트에 산대."

"그게 어딘데요?"

루시는 벽에 걸린 미국 지도 쪽으로 갔다. 그들이 있는 캘리포니아 레드우드 밸리의 레드우드 초등학교 위에 파란색 별표가 붙어 있었다. 그녀는 파란 별을 가리킨 후 손가락으로 지도 위를 반쯤 가로질러 이리호 근처에서 멈췄다.

"와, 진짜 멀다." 크리스토퍼가 말했다.

"걸어갈 수는 없겠지?" 그녀가 말했다. "디트로이트의 겨울은 아주 아주 추워. 그래서 목도리가 많이 필요하지."

"나, 마스터마인드가 어디 사는지는 알아요."

"누구?" 루시는 갑작스러운 말에 깜짝 놀라 물었다.

"우리 책에 나오는 마스터마인드요."

"아," 루시가 말했다. "잭 마스터슨 말이니? 그 책을 쓴 작가?"

"아뇨, 진짜 마스터마인드요. 그 사람은 시계섬에 살아요."

루시는 뭐라고 대답해야 할지 잠시 망설였다. 아직 일곱 살밖에 안 된 아이에게 좋아하는 책이나 영화 속 인물이 진짜가 아니라고 벌써 일깨워 줄 필요는 없었다. 믿을 만한 것이 별로 없는 크리스토퍼에게 시계섬 시리즈에 나오는 마스터마인드가 진짜 아이들의 소원을 들어주는 사람이라고 믿게 놔두는 것도 나쁠 게 없었다.

"마스터마인드가 어디 사는지 어떻게 알았어?"

"우리 선생님이 말해줬어요. 보여드릴까요?"

"보여주시죠, 꼬마 마젤란 씨."

"그게 뭐예요?"

"마젤란은 유명한 항해사 이름이야. 필리핀에서 고생 좀 했지. 아마 자업자득이었겠지만. 지금 그게 중요한 게 아니라, 시계섬이 어디에 있는지가 중요하지."

크리스토퍼는 벌떡 일어나서 지도의 오른쪽 맨 위 끝자락을 가리켰다. "여기예요."

루시는 깜짝 놀랐다. 크리스토퍼의 손가락이 정확히 그곳을 짚고 있었다. 메인주 포틀랜드 해안 앞바다에 있는 작은 점.

"정말이네." 그녀가 말했다.

"시계섬이 진짜 저기 있어요?" 그가 지도를 향해 얼굴을 찡그리며 말했다. "기차랑 유니콘도 있어요?"

"책에 나오는 것처럼 말이니?" 루시가 물었다. "글쎄, 듣기로는 정말 멋진 곳이래. 그리고 어떤 사람들은 마스터마인드랑 잭 마스터슨이 같은 사람이라고 믿는대."

"근데 선생님은 그 사람을 만난 적이 있다고 했잖아요."

"잭 마스터슨을 만났지. 아주 오래전에. 책에 사인도 받았는걸."

"그 사람은 마스터마인드가 아니었죠? 그렇죠?"

이런. 맞는 말이었다. 마스터마인드는 늘 그림자 속에 숨어 있었고, 그가 가는 곳마다 그림자가 따라다녔다.

"내가 만났을 때는 마스터마인드처럼 보이지 않더라."

"거봐요." 크리스토퍼는 의기양양한 표정을 지었다. 아이에게 어른이 틀렸다는 것을 증명하는 것보다 행복한 일은 없을 터였다.

"그래, 네 말이 맞아." 루시는 웃으며 말했다.

크리스토퍼는 시계섬에서 캘리포니아 레드우드까지 손가락으로 선을 그었다. "진짜, 진짜 머네요."

그의 얼굴이 잔뜩 찡그려졌다. 같은 나라 안에 있기는 했지만 메인주는 캘리포니아에서 가장 먼 주 중 하나였다. 그녀가 캘리포니아로 이사한 것도 그 때문이었다.

"맞아, 꽤 멀지." 그녀가 말했다. "비행기를 타야 할 거야."

"아이들도 갈 수 있어요?"

루시는 미소지었다. "시계섬에? 갈 수야 있지만 초대장이 없으면 좀 곤란해. 섬 전체가 마스터마인드 거라서 섬이 바로 그의 집인 셈이야. 그러니까 초대도 없이 찾아가는 건 예의가 아니겠지."

"책에서 보면 아이들은 늘 불쑥 나타나던데요."

"그렇긴 하지만, 그래도 초대장을 기다려 보자꾸나." 그녀는 크리스토퍼를 향해 윙크했다.

루시는 시계섬에 초대받지 않고 찾아가는 아이들에 대해 누구보다 잘 알고 있었다. 물론 크리스토퍼에게 이야기하지는 않을 작정이었다. 그가 좀 더 나이를 먹기 전까지는.

그는 지도에서 손을 떼고 그녀를 바라보았다.

"왜 새 책이 안 나올까요?"

"나도 이유를 알았으면 좋겠네." 루시는 그렇게 말하고는 다시 얇은 흰색 포장지와 끈으로 목도리를 포장하는 데 집중했다. "내가 너만 할 때는 새 책이 일 년에 네다섯 권은 나왔었어. 그러면 나는 새 책이 나오는 족족 그날 다 읽어치웠지. 그리고 일주일 동안 열 번은 더 읽었고."

"좋았겠다…" 크리스토퍼가 부러운 듯 말했다. 시계섬 시리즈 책들은 길지 않았다. 한 권당 150페이지가 채 되지 않았고, 전부 합쳐 65권밖에 되지 않았다. 루시가 매주 한 권씩만 읽게 하지 않았다면 크리스토퍼는 6개월 안에 시리즈 전체를 다 읽어치웠을 것이다. 어쨌든 결국 그들은 시리즈를 전부 읽었고, 몇 주 전부터 다시 첫 번째 책을 읽기 시작한 참이었다.

"우리 고객한테 편지를 써야 한다는 거 잊지 말고." 루시가 윙크하며 말했다.

"아 참, 그렇구나. '캐리'는 어떻게 써요?" 크리스토퍼가 연필을 종이에 가져다 대며 물었다.

"소리 나는 대로 한번 말해보렴." 그녀가 말했다.

"K, A,"

"C로 시작해." 루시가 말했다.

"'캐리'가 C로 시작해요? '크' 발음이 나는 건 K잖아요." 크리스토퍼는 고개를 갸웃거렸다.

"가끔 C도 '크' 소리가 나는걸. 크리스토퍼 네 이름처럼 말이야." 루시가 크리스토퍼의 코끝을 가볍게 톡 눌렀다.

크리스토퍼가 루시를 노려보았다. 크리스토퍼는 코끝을 그렇게 누르는 걸 별로 좋아하지 않았다.

"우리 반에 '카리'라는 친구가 있는데요." 크리스토퍼는 루시가 생각보다 똑똑하지 않다는 듯 설명했다. "걔 이름은 K로 시작해요."

"이름 철자를 쓰는 법은 다양하거든. '캐리'는 C로 시작하고 R이 두 개 들어가. 그리고 I, E로 끝나지."

"R이 두 개나요?"

"응. 두 개."

"왜요?" 크리스토퍼가 물었다.

"R이 왜 두 개 들어가냐고? 글쎄. 욕심이 많아서 그런가."

크리스토퍼는 조심스럽게 연필을 쥐고 R을 두 번 넣어 '캐리 님께'라고 썼다.

"글씨체가 예뻐지고 있네."

"연습했어요." 크리스토퍼가 씩 웃었다.

"그런 것 같구나."

루시는 '하트앤램 뜨개방'에서 만든 목도리를 구매하는 모든 고객에게 감사 편지를 썼다. 진짜 회사도 아니고, 목도리를 판매하는 웹 쇼핑몰에서만 쓰는 이름이었지만, 크리스토퍼는 자신이 '공동 대표'가 되었다는 사실에 아주 신이 나 있었다.

"이제 뭐라고 써요?" 크리스토퍼가 물었다.

"기분을 좋게 할 말을 써야지." 루시가 말했다. "예를 들면… 목도리를 구매해 주셔서 감사합니다. 마음에 드셨으면 좋겠어요."

"'목도리와 함께 따뜻한 겨울 보내세요'는 어때요?"
"그것도 좋네. 그렇게 적자."
"목도리가 너무 여성스럽긴 하지만 말이죠."
"그 말은 안 적는 게 좋겠네."

크리스토퍼는 웃으며 다시 글을 쓰기 시작했다. 아이가 웃음을 터뜨릴 때면 루시의 마음은 춤을 추는 듯했다. 복권에 당첨되는 것보다 아이의 미소를 보는 게 더 행복할 것 같았다. 물론 복권에 당첨된다면 아이를 더 자주 웃게 해줄 수 있을지도 모르지만.

루시는 크리스토퍼의 어깨 너머로 편지에 뭐라고 쓰는지 힐끔 살폈다. 몇 달 전만 해도 맞게 쓰는 단어가 하나도 없었는데, 이제는 한 문장에 한 단어 정도만 틀렸다. 읽기랑 수학 실력도 점점 늘고 있었다. 위탁가정을 여섯 곳이나 전전했던 작년에는 꿈도 꾸지 못했던 일이었다. 올해는 거주 환경이 안정되고, 훌륭한 상담사들도 만난 데다, 루시가 매일 방과 후에 그를 돌봐준 덕분에 그의 성적은 놀라울 정도로 좋아졌다. 이제 아이의 악몽과 전화벨 소리에 대한 공포만 해결할 수 있다면 더 바랄 게 없을 것 같았다.

루시는 크리스토퍼에게 진짜로 필요한 게 뭔지 알고 있었다. 그건 루시 자신이 바라는 것이기도 했다. 바로 엄마였다. 아픈 아이 둘을 돌보느라 정신없는 위탁가정의 엄마가 아닌 아이를 위해 늘 함께할 진짜 엄마. 루시는 기꺼이 그 역할을 맡고 싶었다.

"루시 선생님, 소원 통장에 돈이 얼마나 있어요?" 크리스토퍼가 편지 맨 아래에 자기 이름을 또박또박 적으며 물었다.

"2,200달러." 그녀가 말했다. "2-2-0-0."

"우와…" 크리스토퍼가 눈을 동그랗게 뜨고 그녀를 쳐다보았다.

"다 목도리로 번 돈이에요?"

"거의 그렇지." 목도리를 판 돈과 기회가 있을 때마다 보모 일을 해서 모은 돈이었다.

루시는 다시 식당으로 돌아가 서빙을 할지 매일같이 고민했다. 하지만 그러면 크리스토퍼를 돌볼 수 없었다. 아이에게는 돈보다 더 절실하게 루시가 필요했다.

"그만큼 모으는 데 얼마나 걸렸어요?"

"2년." 그녀가 답했다."

"얼마나 더 필요한데요?"

"음… 약간 더."

"얼마나요?"

루시는 어떻게 답을 해야 할지 망설였다.

"아마 2천 달러쯤?" 그녀가 말했다. "조금 더 필요할 수도 있고."

크리스토퍼의 얼굴이 순식간에 어두워졌다. 젠장. 아이의 수학 실력이 너무 늘어버렸다.

"그러면 2년은 더 걸리겠네요. 나는 아홉 살이 될 테고요."

"더 빨리 모을 수도 있지. 그렇지 않을까?"

크리스토퍼는 디트로이트에 사는 캐리에게 쓰고 있던 편지 위로 고개를 떨궜다. 루시는 아이를 의자에서 들어 올린 뒤 자신의 무릎 위에 앉혔다. 아이는 팔을 뻗어 루시의 목에 감았다.

루시는 아이를 꼭 안아주었다. 지금 상황으로 봤을 때 루시가 크리스토퍼의 엄마가 되려면 앞으로 2년은 더 있어야 했다. 아니, 2년 이상, 어쩌면 더 오래 걸릴 수도 있었다.

"결국은 이뤄질 거야." 루시가 아이를 어르며 부드러운 목소리로 말했다. "조만간 그렇게 될 거란다. 너랑 선생님이랑. 내가 매일 매일 노력하고 있거든. 마침내 그날이 오면 영원히 우린 함께 있을 수 있어. 벽에 배가 그려진 네 방을 가질 수도 있을 거야."

"상어 그림도 있어요?"

"상어도 아주 많이 그려줄게. 상어 베개, 상어 이불도 사자. 상어가 그려진 샤워 커튼도 달고. 그리고 매일 아침에 팬케이크를 먹자. 차가운 시리얼 말고."

"와플도요?"

"당연하지. 와플에 버터를 바르고 시럽도 뿌리자. 바나나랑 휘핑크림도 올리고. 진짜 바나나 말이야. 이런 종이 바나나 말고. 어때?"

"좋아요."

"그 소원이 이루어지는 동안 다른 소원을 빌어볼까?" 루시와 크리스토퍼가 가장 좋아하는 소원 게임이었다. 둘은 루시가 차를 살 수 있을 만큼 돈을 벌게 해달라는 소원을 빌었다. 두 사람이 각자만의 방을 가질 수 있도록 방 두 개짜리 아파트가 생기게 해달라고도 빌었다.

"새로운 시계섬 시리즈 책도요." 크리스토퍼가 말했다.

"오, 그것도 좋은 소원이다." 루시가 말했다. "잭 마스터슨 씨가 은퇴한 것 같기는 하지만, 혹시 모르지. 조만간 우리를 깜짝 놀라게 할 수도 있잖니."

"우리가 같이 살게 되면 매일 밤 책 읽어줄 거예요?"

"매일 매일." 루시가 말했다. "절대 안 멈춰야지. 네가 귀를 막고 '아아아아 안 들려요'라고 소리쳐도 계속 읽을 거야."

"그건 너무 바보 같아요."

"알아, 나 원래 좀 바보 같잖아. 또 무슨 소원을 빌고 싶니?"

"그게 중요해요?"

"중요하냐고? 우리가 소원을 비는 것 말이니? 당연하지." 루시는 자신의 품에서 아이를 살짝 떨어뜨려 눈을 맞췄다. "소원을 비는 건 정말 중요하단다."

"한 번도 이뤄진 적이 없잖아요." 크리스토퍼가 말했다.

"마스터슨 씨가 책에서 뭐라고 했었는지 기억하지? 진짜로 이루어지는 소원은—"

"아무도 듣지 않는 것 같아도 끝까지 소원을 비는 용감한 아이들의 소원뿐이라고 했어요. 누군가 어딘가에서 반드시 듣고 있을 테니까요." 크리스토퍼가 그녀의 말을 이었다.

"맞아." 루시가 고개를 끄덕이며 말했다. 크리스토퍼는 책에서 본 내용을 놀랍도록 잘 기억해 냈다. 마치 스펀지처럼 책 속의 모든 이야기를 쏙쏙 흡수했다. 루시는 크리스토퍼가 이야기와 수수께끼, 배와 상어, 그리고 사랑처럼 좋은 것들을 많이 흡수할 수 있도록 도와주고 싶었다. "우린 포기하지 않고 계속 소원을 빌 만큼 용감해져야 해."

"하지만 루시 선생님, 난 용감하지 않아요. 전화기가 아직도 무서운걸요." 크리스토퍼가 스스로에게 실망한 듯한 표정을 지으며 루시를 바라보았다.

"그건 걱정 마." 루시는 다시 한번 아이를 어르며 말했다. "곧 이겨낼 수 있을 거야. 그리고 있잖아, 전화벨 소리를 무서워하는 어른들도 많아."

크리스토퍼는 다시 루시의 어깨에 머리를 기댔고, 루시는 아이를 꼭 안아주었다.

"자, 이제 소원 하나만 더 빌고, 숙제하자." 루시가 말했다.
"음… 날씨가 추워지면 좋겠어요." 크리스토퍼가 말했다.
"왜 날씨가 추워지면 좋겠어?"
"그래야 목도리가 많이 팔릴 테니까요."

2

휴고는 아주 오랜만에 그리니치빌리지 거리를 천천히 거닐고 있었다. 얼마나 오래되었을까? 4년쯤 됐으려나? 마지막 전시회를 한 게 벌써 5년 전이던가? 거리는 예전 그대로였다. 식당과 상점 몇 개가 새로 생기기는 했지만 보헤미안적이고 활기찬 동네 분위기와 터무니없이 비싼 물가는 그가 기억하는 그대로였다.

어릴 때 그는 잭슨 폴록, 앤디 워홀 그리고 그의 다른 우상들이 거닐었던 이 동네에서 살아봤으면 좋겠다고 생각했었다. 화가 지망생 열댓 명과 함께 전쟁 전 양식으로 지어진 저택에 모여 살며 하루 종일 예술을 먹고 마시고 숨 쉴 수 있다면, 그는 무슨 짓이든 했을 터였다. 그런 환상을 붙잡고 살던 가엾은 젊은 예술가들. 그들은 이제 이 동네의 허름한 창고 바닥에서 나무판자를 깔고 잘 수조차 없게 되었을 것이다. 이제 휴고는 이 동네에 살 여유가 생겼지만, 더는 그런 삶을 원하지 않았다. 파크슬롭이나 첼시, 윌리엄스버그 같은 동네도 마찬가지였다.

성공만큼 그의 마음속에 불타던 열정을 꺼뜨리는 것은 없었다. 그날 아침에 본 다세대 주택, 아파트, 저택들은 모두 자신이 살 집처럼 느껴지지 않았다. 그곳에 들어가 살면 남의 인생을 대신 사는 기분일 것 같았다. 단지 오래전에 갖고 있던 꿈에서 벗어났을 뿐, 아직 그 자리를 대신할 새로운 꿈은 찾지 못했다.

휴고는 하루 종일 집을 보러 다니려던 계획을 포기했다. 대신 그는 자신이 가장 좋아하는 갤러리인 '12번가 아트스테이션'으로 향했다. 임대료가 올랐는데도 여전히 영업을 이어가고 있는 갤러리였다. 그는 스스로에게 새로운 작품들을 구경하고 커피나 한잔 마시려고 가는 거라고 되뇌었다. 휴고는 자신에게 하는 거짓말을 놀랄 만큼 잘 믿곤 했다.

유리문을 열고 메인 갤러리 안으로 들어서자 차가운 공기가 그의 얼굴을 스쳤다. 원색으로 가득 찬 갤러리 바닥에는 멋스러운 인조가죽 깔개가 깔려 있었다. 그는 선글라스를 벗어 케이스에 넣고, 최근 들어 필요해진 안경을 썼다. 안경을 쓰고 싶지는 않았지만 어쩔 수 없었다.

갤러리에는 새로운 전시회가 열리고 있었다. 드라큘라, 프랑켄슈타인, 미이라 같은 고전 영화 속 괴물들이 옛 귀족 초상화처럼 그려져 고풍스러운 금박 액자에 걸려 있었다. '증조할아버지는 몬스터'라는 이름의 전시회였다. 이 작품들을 그린 이는 스물세 살 먹은 퀸스 출신의 푸에르토리코계 여성이라고 했다.

휴고는 그녀의 작품들이 마음에 들었고, 그렇게 일찍 성공을 거뒀다는 사실에도 감탄했다. 스물셋이라니. 그는 스물아홉을 넘기고 나서야 겨우 첫 개인전을 열 수 있었다.

갤러리 어딘가에 휴고의 그림도 몇 점 전시되어 있을 터였다. 그는 메인 갤러리를 지나 벽돌 방으로 향했다. 노출된 벽돌 벽을 배경으로 검은 액자에 담긴 작품들이 걸린 방이었다. 그리고 그곳에 너무 터무니없이 비싸서 절대 그 벽에서 떨어질 리 없을 것 같은 그의 그림 세 점이 걸려 있었다. 하지만 상관없었다. 공공장소에 걸린 자신의 그림을 보는 것만으로 기뻤다. 그 그림들은 그의 최고 작품 중 하나였지만, 최근에 그린 시계섬 그림들만큼 인기를 끌지는 못했다.

"휴고 리스, 내가 이 방에 딸을 데려오지 못하는 건 당신 그림 때문인 줄 알아."

휴고가 고개를 돌리자 몇 걸음 뒤에 한 여자가 서 있었다. 똑 떨어지게 자른 단발머리와 날카롭게 빛나는 갈색 눈, 새어 나오는 웃음을 억지로 참는 듯한 입술을 가진 여자였다.

"파이퍼. 아직 여기서 일하는지 몰랐네." 휴고는 뻔뻔하게 거짓말을 했다.

"파트타임으로 일해." 파이퍼가 우아하게 어깨를 으쓱하며 말했다. "코라가 유치원에 들어가서 뭔가 할 일이 필요했거든. 코라 선생님이 현장학습으로 갤러리를 방문해도 되겠냐고 물었는데, 당신 작품 때문에 거절해야 했어."

파이퍼의 눈썹이 치켜 올라갔지만, 휴고는 그녀가 화난 게 아니라는 사실을 알았다. 그런 일로 화를 낼 사이는 아니었다.

"꽤 품격 있는 누드 작품이잖아." 휴고가 몇 년 전, 긴 겨울 동안 파이퍼를 모델로 그린 그림 세 점을 가리키며 말했다. 그림 속에는 아름다운 나체의 여인이 고전적인 자세로 침대 위에 누워 있었다. 이 그림들을 휴고 리스의 작품으로 보이게 하는 것은 방 창문 밖에 묘사된 기이한 장면들이었다. 서커스를 벌이고 있는 악마 같은 얼굴을 한 광대들, 촛농처럼 녹아내리는 불타는 성, 그리고 비행선처럼 하늘 위를 떠다니는 거대한 백상아리 한 마리까지.

"벌거벗은 게 문제가 아니야. 코라는 광대를 무서워한다고."

"좀 무섭긴 하지." 악마의 서커스를 곁눈질로 흘겨보며 그가 인정했다. "나도 무슨 생각으로 그린 건지 모르겠어."

"내 생각을 했겠지." 파이퍼가 웃으며 말했다. 그녀는 한 발짝 다가와 그의 뺨에 입을 맞췄다. "오랜만이야."

"그러게. 좋아 보이네."

"당신도 나쁘진 않아. 멀끔해 보이네. 이제 힙스터 수염은 안 기르기로 했나 봐?" 그녀는 그의 뺨을 가볍게 두드렸다. 이별의 슬픔을 겪고 있던 동안 길렀던 수염은 밀어 버린 지 오래였다. 심지어 그는 깨끗한 청바지와 구멍 나지 않은 티셔츠를 입고 맞춤 제작한 검은색 블레이저까지 걸쳐 나름대로 멋을 부린 상태였다.

게다가 머리도 자르고 달리기도 다시 시작해서 이제는 한결 사람다워 보였다. 자기혐오를 의인화한 거나 다름없던 예전에 비하면 꽤나 큰 발전이었다.

"수염은 진즉에 밀었어야 했어." 휴고가 말했다. "수염 속에서 거미 한 마리를 발견했거든."

"안경도 새로 샀네? 세련돼 보여. 설마 다초점 렌즈는 아니지?"

"그런 농담은 하지 말아줘."

그녀는 웃으며 안경을 벗기더니 자기 얼굴에 대보았다. 검은 테가 그보다는 그녀에게 훨씬 잘 어울리는 것 같았다.

"모네가 이런 안경을 썼다면," 파이퍼가 휴대폰 카메라로 자기 얼굴을 비춰보며 말했다. "인상파는 존재하지 못했을 거야." 그녀는 안경을 벗어 다시 그에게 돌려주었다.

"시력이 나쁜 덕분에 커리어를 쌓은 화가가 많아. 나도 그렇고." 그가 다시 안경을 쓰자, 파이퍼의 아름다운 얼굴이 또렷해졌다. "'바보 밥' 씨는 잘 지내?"

"내 남편 이름은 밥도, 바보도 아니고 '롭'이거든. 아주 잘 지내."

"아직도 애완동물 돌보는 일을 하나?"

"뭐 수의사니까, 그렇다고 볼 수도 있겠네. 잭은 잘 지내? 좀 차도가 있어? 묻는 게 실례인가?"

휴고는 답을 망설였다. "괜찮은 것 같은데? 가끔 밤에 타자 치는 소리가 들려. 죽은 사람도 깨울 만큼 요란한 소리로 말이지. 그리고 술도 덜 마시고 있어."

"마침내 섬을 나올 수 있게 됐다는 뜻인가?"

"그렇지."

그녀는 '그건 두고 볼 일'이라고 말하는 듯한 표정으로 휴고를 쳐다봤지만, 그 말을 입 밖에 내지는 않았다.

"그래서 여기 온 거야?" 그녀의 말투는 가볍고 친근했지만 의심도 약간 섞여 있었다. 전 남자 친구가 직장에 나타나면 어떤 여자든 그런 반응을 보일 터였다. "이 동네로 이사하려고?"

"생각 중이야. 비싼 집세를 감당하며 스스로 고문을 할 만큼 내 자신이 미운가 봐."

"이런, 휴고. 당신은 어쩜 성공할수록 불행해지는 것 같아." 그녀는 이제 슬슬 짜증이 나는 듯했다. 휴고는 그런 그녀의 반응이 오히려 반가웠다. 그가 그녀를 짜증나게 하던 시절이 떠올랐다.

"아니, 그게 아냐." 휴고는 그녀를 향해 손을 저었다. "비참할수록 더 성공하는 거야. 예술에는 고통이 따르니까. 그렇지 않아? 당신도 당신이 날 내쫓고 나서야 내가 최고의 작품을 완성했다고 생각하잖아?"

파이퍼는 몸을 돌리며 그를 향해 손을 흔들었다. "그 얘기는 더 이상 하고 싶지 않아."

그녀가 걷기 시작하자 휴고는 종종걸음으로 그녀를 쫓아갔다.

"당신 탓을 하려는 건 아니야." 그가 말했다. "나라도 쫓아내고 싶었을 테니까."

"누가 당신을 쫓아냈다고 그래. 진짜 세상으로 나와서 나와 함께 삶을 시작하는 대신 잭과 그 섬에 계속 박혀있기로 한 건 당신 선택이었어."

"진짜 세상은 돈이 너무 많이 드니까. 당신이 떠난 후 내가 정말 좋은 작품을 냈다는 건 부정할 수 없는 사실이고." 사실이었다. 파이퍼가 이별을 선언한 후 그는 시계섬의 풍경을 그리기 시작했다. 얼룩무늬 사슴 떼와 바다 위에 비친 달빛, 등대, 버려진 공원까지… 그는 여러 톤의 회색 수채물감으로 마음의 상처를 표현했다. 그 추상적인 풍경화들로 그는 태어나서 처음으로 미술계의 주목을 한 몸에 받았다. 드디어 열여덟 살 이상의 어른들에게도 그의 이름을 알리게 된 것이었다. 그럼에도 불구하고 그는 잭이 다시 글을 썼으면 좋겠다는 불가능한 희망을 품고 있었다. 왜일까? 해적선과 성, 그리고 달로 향하는 계단을 오르는 아이들을 다시 그리고 싶어서였을까?

어쩌면 그런 마음이 조금은 있는지도 모른다.

"휴고 리스 씨, 두 가지는 꼭 말해줘야겠어. 첫째, 당신은 정말 말도 안 되는 헛소리를 하고 있어. 그리고 둘째—"

"보통은 말도 안 되는 헛소리라는 게 두 번째에 와야 하는 거 아냐?" 그가 자신의 관자놀이를 톡톡 두드리며 말했다.

파이퍼는 그 말을 무시하고 계속 말했다. "둘째, 당신이 어떻게 생각하든 이건 확실해. 나는 진짜 멋진 여자 친구였고, 당신은 나랑 결혼하고 싶어 했어."

"다 맞는 말이야."

"그런데도 당신은 나 대신 그 섬과 잭을 선택했어. 싫어하는 척하지 마. 당신은 그 섬을 사랑해. 그리고 잭도 사랑하지. 그래서 못 떠나는 거야."

휴고는 코웃음을 쳤다. "남자 둘, 사슴 스무 마리, 그리고 자기가 작가라고 믿는 까마귀 한 마리가 전부인 외딴섬에서 데이트 상대를 찾는 게 얼마나 힘든지 알기나 해?"

"내가 충고 하나 해줄까?"

그는 주위를 돌릴 무언가를 찾듯 주변을 둘러보며 말했다. "별로 듣고 싶진 않은데."

파이퍼가 그의 가슴팍을 콕 찌르며 말했다. "당신처럼 잭을 사랑하는 여자를 찾아."

"좋아… 근데 문제가 뭔지 알아?" 이제 휴고는 더 이상 웃고 있지 않았다. 파이퍼도 마찬가지였다.

문제는 세상에 휴고만큼 잭을 사랑하는 사람은 아무도 없다는 것이었다. 휴고는 절대 인정하지 않겠지만.

"사실은 말야, 파이프…," 휴고가 휴고 에고라고 불리는 걸 싫어하는 만큼, 파이퍼도 파이프라고 불리는 것을 싫어했다. "그 빌어먹을 작은 섬을 내가 정말 사랑하긴 해."

숲, 습지, 별장 앞 해변에서 햇볕을 쬐는 바다표범들, 아침이면 들려오는 갈매기 울음소리들을 그는 사랑했다. 아침을 갈매기 소리로 시작할 수 있다니. 그가 어린 시절을 보낸 런던에서는 아랫집 부부가 3차 세계대전을 벌이는 소리에 잠에서 깨곤 했었다. 하지만 지금 그의 아침은 바다표범과 갈매기와 바닷바람, 그리고 신도 부러워할 만한 일출과 함께 시작되었다.

"그럴 줄 알았어." 파이퍼가 말했다.

"나도 그 섬을 사랑하고 싶지 않아. 게다가… 난 거기 있을 자격이 없어."

"왜 자격이 없어?"

"시계섬에 한 발이라도 디딜 수 있다면 데이비는 자신의 황금 같은 영혼이라도 팔았을 거야. 그런데 쓸모없고 형편없는 내가 그곳에 공짜로 살고 있잖아."

파이퍼는 고개를 저었다. "휴고, 휴고, 휴고."

"파이프, 파이프, 파이프." 휴고가 받아쳤다.

"심리학과 신입생도 당신을 한 번만 보면 당신이 생존자의 죄책감을 느끼고 있다고 진단할 수 있을 거야."

휴고는 그녀의 말을 무르려는 듯 손을 들어 올렸다. "아니. 그건…"

"내 말이 맞아." 파이퍼는 휴고의 가슴팍을 다시 한번 콕 찔렀다. "맞다니까."

'아이 러브 뉴욕'이라고 적힌 티셔츠를 맞춰 입은 가족 네 명이 벽돌 방 앞을 지나쳤다. 파이퍼는 그들에게 상냥한 미소를 지어 보였다. 휴고도 억지로 미소를 지으려 노력했다. 그 가족은 곧 다른 방으로 옮겨갔다.

"그건 생존자의 죄책감이 아니야." 가족이 시야에서 사라지자 휴고가 말을 이었다. 파이퍼는 의심스럽다는 듯 한쪽 눈썹을 치켜올렸다. "난 내가 살아있다는 데 죄책감을 느끼지 않아. 내가 살아남은 건… 내가 선택한 건 아니지만, 어쨌든 난 여기에 있고, 잘 버티고 있어. 내가 느끼는 건 성공한 사람의 죄책감이야. 단지 살아있다는 것뿐만이 아니라… 내 삶을 좀 봐. 내 일, 내 집… 내 모든 것들을 말이야. 매일 아침 눈을 뜰 때마다 생각해. 내가 왜 이 섬에 살고 있고 데이비는 땅속에 있는 걸까? 왜 좋은 일은 다 나한테 일어나고 나쁜 일은 다 데이비에게 일어난 걸까? 그래서 당신이 날 차줘서 다행이야. 그렇지 않았다면 나는 지금보다 내 자신을 더 미워했을 거야."

"휴고…."

"이제 그만. 됐어." 그는 손을 휘저어 그녀의 말을 끊었다. "예술가의 정신병을 진단하는 상담사 노릇은 그만 해. 당신이 제일 좋아하는 놀이인 건 알지만 난 더 이상 놀 기분이 아니니까."

"미안해." 그녀가 말했다. "아픈 데를 건드리려던 건 아니야."

"데이비 문제는 단순히 '아픈 데'가 아니야. 내 온몸 그 자체라고 할 수 있어."

"나한테 얼마든지 화내. 믿거나 말거나지만 난 당신이 행복했으면 좋겠어."

믿고 싶지 않았지만 휴고는 그녀의 말이 진심이라는 걸 느꼈다.

휴고는 숨을 길게 내쉬며 벽에 등을 기댔다. 벽 좌우로 걸린 그림 속에서는 연미복에 신사 모자를 쓴 '프랑켄슈타인이 만든 괴물'과 줄무늬 양산을 쓴 '프랑켄슈타인의 신부'가 나란히 미소 짓고 있었다.

"잭이 다시 글을 쓰고 있어." 휴고가 말했다. "난 행복해. 적어도 전보다는. 이제 아무런 가책 없이 시계섬을 떠날 수 있어. 맨해튼에서 우울하게 살거나 브루클린에서 비참하게 살 수도 있게 된 거지."

한쪽 눈썹을 치켜들고 그를 바라보던 그녀는 곧 표정을 풀고 미소를 지으며 한숨을 내쉬었다.

"휴전할까?" 파이퍼가 손을 내밀었다. 휴고는 그녀의 손을 맞잡고 악수했다. 그가 손을 빼려 하자, 그녀는 손을 붙잡고 놓아주지 않았다. "그렇게 빨리 도망치게 놔둘 수는 없지. 여기까지 온 김에 말인데…"

"이런, 젠장."

"그림이 필요해. 지금 당장."

휴고는 덫에 걸린 늑대처럼 자신의 손목을 물어뜯는 시늉을 했다.

"당신이 좋은 그림을 그린 건 내 덕분이라며?" 그녀가 손가락에 힘을 주며 말했다. "그 말이 진심이라면 시계섬 시리즈 표지 그림 한두 점, 아니 몇 점이든 가져다줄 수 있잖아."

"표지 그림은 판매 금지야. 그랬다간 잭의 출판사가 뒤집어질 걸?"

"그럼 전시만이라도 하자." 그녀는 손을 더 세게 쥐었다.

"이것 좀 놔. 이렇게 막무가내로 할 생각은 없으니까." 보통 갤러리와의 계약은 이런 식으로 진행되지는 않는다. 대게는 팔씨름이 아니라 매니저나 이메일을 통해 이루어진다.

파이퍼가 그의 손을 놓아주었다. "바라시는 대로 해드려야지."

"역제안을 할게." 그가 말했다. "개인전을 열어줘. 시계섬 표지 그림 다섯 점에 최근 작품도 열점에서 스무 점 정도 가져올게. 최근 작품은 팔아도 돼. 괜찮은 출장 뷔페를 불러서 오프닝 파티도 열어주고."

"흠…" 파이퍼는 있지도 않은 턱수염을 쓰다듬는 시늉을 했다. "그거 괜찮겠네. 휴고 리스 회고전이라… 좋아. 그렇게 하자."

"커피나 한잔 사. 날짜를 정해야지." 그가 말했다. "아마 시체 묻어둔 지하 비밀 창고를 뒤져보면 오래된 표지 그림이 몇 개는 나올 거야."

파이퍼는 웃으며 휴고를 향해 손가락을 까딱까딱해 보였다. 연인이었을 때와는 다른 의미였다. 그녀는 그를 갤러리의 커피 바로 이끌었다.

빨간 앞치마를 두른 젊은 여자가 카운터에 서서 컵 위에 놓인 묘한 장치 위로 펄펄 끓는 물을 따르고 있었다.

"저건 뭐야?" 휴고가 속삭였다. "화학 실험 기구인가?"

"휴고, 저건 핸드드립이라고 하는 거야. 커피를 만드는 가장 좋은 방법이지."

"난 그냥 커피 머신이 편해."

"애슐리." 파이퍼가 카운터로 다가가며 말했다. "내 손님한테 커피 한 잔 만들어 줄래요?"

"아니, 괜찮아." 휴고가 메뉴판에 적힌 가격을 보며 말했다. "한 잔에 13달러? 다이아몬드랑 멸종 위기 동물의 피로 내리기라도 하는 거야?"

"갤러리에서 사는 거야." 파이퍼가 말했다.

"기대하셔도 좋아요." 바리스타인 애슐리가 말했다. "13달러의 가치가 충분히 있을 거예요." 그녀는 커다란 흰색 머그잔과 깔때

기처럼 생긴 장치를 새로 꺼냈다.

"애슐리, 이 사람은 우리 갤러리에 작품을 전시하는 화가 중 하나예요. 잭 마스터슨의 시계섬 시리즈 삽화 작가이기도 하고요."

"세상에나." 애슐리가 탁 소리가 나도록 양 손바닥으로 카운터를 짚었다. 그녀는 눈이 휘둥그레진 채 경외심에 찬 목소리로 말했다. "정말이세요?"

익숙한 반응이었다. 그녀 또래의 사람들은 시계섬이라는 단어나 잭 마스터슨의 이름을 들었을 때 비틀즈를 본 소녀들이 보일 법한 반응을 보이곤 했다.

"안타깝게도 사실이에요." 휴고가 말했다.

파이퍼가 그의 팔을 한 대 때렸다.

"그분은 어떤 분이세요?" 애슐리는 잭이 마치 그들 뒤에 서 있기라도 한 것처럼 조용히 속삭였다.

"알버스 덤블도어, 윌리 웡카, 예수님을 합쳐놓은 것 같은 분이시죠." 그 셋이 우울증에 시달리며 술에 중독된다면 말이다.

"진짜 멋지네요." 그녀가 말했다. 영국인인 휴고가 보기에 미국인들은 자신의 영국 억양과 반어법을 구분하지 못하는 것 같았다.

"작가님은 그 시리즈를 작업하셨다기에는 너무 젊어 보이세요." 그녀가 말했다.

아부는 언제나 통하는 법이다.

"원래 일러스트 작가는 내가 아니었어요. 마흔 번째 책이 나왔을 때쯤 출판사에서는 새로운 표지로 재출간하고 싶어 했죠. 내가 그 일을 맡은 건 스물한 살 때였어요." 14년 전이었다. 그 시절이 마치 백만 년 전처럼 멀게 느껴졌다. 동시에 바로 어제 일처럼 생생하게 느껴지기도 했다.

"당신이 그린 표지가 확실히 좋았어." 파이퍼가 말했다. "옛날 일러스트도 나쁘진 않았지만 참신한 맛이 없었어. '하디 보이즈' 시리즈랑 너무 비슷했거든. 그런데 당신 그림은 뭐랄까… 살바도르 달리가 어린이용 그림을 그린 것 같은 느낌이었지."

"달리가 어린이용 그림을 그리지 않은 게 아이들한테는 다행이었지." 휴고가 말했다.

"뭐 하나 여쭤봐도 돼요?" 애슐리가 허리에 손을 올리고 고개를 살짝 기울이며 장난스럽게 물었다.

올 것이 왔군. 사인 요청이거나 사진을 찍어달라는 요청일 것이다. 이런 스타 대접은 자주 있는 일이 아니었기에 휴고는 이 순간을 즐기기로 했다.

"그러세요."

"왜 큰까마귀가 책상과 닮았을까요?" 그녀가 물었다.

"그건 둘 다…, 아니 잠깐만요." 휴고가 눈을 가늘게 떴다. "그건 왜 묻는 거죠?"

애슐리가 카운터 위에 놓여 있던 검은색 휴대폰 화면을 몇 번 터치하더니 그에게 폰을 내밀었다. "잭 마스터슨 홈페이지에 오늘 올라왔어요. 이 얘기로 지금 SNS가 난리거든요."

"뭐라고요?" 휴고가 말했다.

"이리 줘 봐요." 파이퍼가 애슐리에게서 휴대폰을 받아 들었다. 휴고는 그녀의 어깨 너머로 고개를 내밀어 게시글을 소리 내어 읽었다.

사랑하는 독자 여러분께,

저는 새로운 책을 완성했습니다. 제목은 《시계섬과 위대한 소원》이지요. 저는 단 한 권뿐인 이 책을, 아주 용감하고 영리한, 소원을 빌 줄 아는 누군가에게 선물할 생각입니다.

휴고의 심장이 너무 빨리 뛰어서 머리가 그 속도를 따라잡지 못하는 것 같았다. 잭이 지금 무슨 소리를 하는 거지?
"가야겠어." 휴고가 말했다.
"벌써? 이게 다 무슨 일이야?" 파이퍼는 걱정스러운 표정이었다.
"나도 몰라." 그는 그녀의 뺨에 입을 맞춘 후 13달러짜리 커피는 까맣게 잊은 채 거리로 뛰쳐나갔다. 휴고는 손을 흔들어 지나가는 택시를 멈추고는 안으로 뛰어들듯 올라탔다.
"펜실베이니아역으로 빨리 가주세요." 휴고는 뒷주머니에서 휴대폰을 꺼냈다. 집을 보러 다니는 내내 휴대폰을 비행 모드로 설정해 두었었다. 비행 모드를 해제하자마자 이메일과 문자 메시지, 부재중 전화가 쏟아져 들어왔다. 팅팅거리는 알림음과 벨 소리, 진동 소리가 멈출 줄 모르고 울렸다.
각종 뉴스 매체와 몇 년간 소식이 없던 친구들로부터 부재중 전화 87통, 새 이메일 200여 통이 남겨져 있었다.
"맙소사." 휴고는 신음했다.
휴고는 곧장 집으로 전화를 걸었다. 잭이 전화를 받았다.
휴고는 그가 말할 틈도 주지 않고 쏘아붙였다.
"이게 대체 뭐 하시는 겁니까?" 휴고가 따져 물었다. "투데이 쇼에서만 음성메시지를 5통이나 남겼다고요."
"'반'일세." 잭이 말했다. "근데 진짜 '반'은 아니지."

"그 멍청한 수수께끼 집어치워요. 왜 카페 종업원이 나한테 큰 까마귀랑 책상 얘기를 물어보는지 그 이유나 짧고 간단하게 설명해 줘요."

"'반'이라니까." 잭이 마치 어린아이에게 이야기하듯 다시 한번 천천히 말했다. "하지만 진짜 '반'은 아니라네."

그리고 전화를 끊었다.

휴고는 씩씩거리며 창밖으로 휴대폰을 던져버릴까 잠시 고민했다. 하지만 CBS 뉴스에서 전화가 걸려 와서 그렇게 할 수 없었다. 그는 걸려 온 전화를 음성사서함으로 넘겨버렸다.

"손님, 괜찮으세요?" 택시 운전사가 물었다.

"반인데 진짜 반이 아닌 게 뭘까요?" 휴고가 물었다. "혹시 아십니까? 수수께끼라서 답이 말이 안 될 수도, 터무니없을 수도, 의외로 명쾌할 수도 있습니다."

운전기사가 쿡쿡거렸다. "셜록 홈스 몰라요? 손님이 모를 리가 없는데, 홈스랑 말투가 똑같거든."

"대체 그게 무슨 뜻…" 휴고는 곧 그의 말을 이해했다.

반이지만 진짜 반이 아닌 것.

'시작'이다. 시작이 반이라고 하지만 진짜 반은 아니다.

셜록 홈스는 '게임이 시작됐어'라는 표현을 자주 사용하곤 했다.

잭 마스터슨은 게임을 하고 있는 것이다. 바로 지금. 난데없이. 정신이 어떻게 된 걸까? 몇 년 동안 집 밖에는 나가지도 않던 노인네가 갑자기 온 세상 사람들을 상대로 게임을 하고 싶어하다니?

휴고는 심한 욕을 내뱉었다. 택시 기사가 그가 누군지 알아봤다면 다시는 아동 문학계에 발을 붙이지 못했을 수도 있었다.

그는 다시 잭에게 전화를 걸었다.

"내가 다시 이야기를 쓰라고 한 건," 휴고가 한 단어 한 단어에 힘을 주며 말했다. "책에 쓰라는 말이었어요."

그러자 수화기 반대편에서 웃음이 터져 나왔다. 누구도 잠글 생각을 하지 못한 채 무방비하게 방치된 문 앞에 도착한 악마가 기분 좋게 웃고 있는 것 같았다.

"그러게, 소원을 빌 때는 신중하게 빌라고 하지 않던가…"

3

　루시는 욕실 거울 앞에 서서 책임감 있고, 어른스럽고, 성숙해 보이려고 애를 쓰고 있었다. 당연히 양 갈래 머리는 할 수 없었다. 그녀는 아이들을 웃게 만들 수 있는 양 갈래 머리를 좋아했다. 그녀가 털실로 큰 리본을 만들어 머리에 묶으면 아이들은 특별히 더 환히 웃어주었다. 하지만 오늘은 반차까지 내고 참석해야 하는 중요한 면담이 예정되어 있었고, 그런 자리에 마치 덜 자란 만화 캐릭터 같은 차림으로 나갈 수는 없었다.
　루시는 머리를 곱게 빗고 깨끗하게 다려진 카키색 바지와 중고 의류 매장에서 몇 달러 주고 산 흰색 블라우스로 갈아입었다. 이제 그녀는 더 이상 애니메이션 코스프레 행사장에서 튀어나온 사람처럼 보이지 않았다. 교회나 비즈니스 미팅에 가더라도 문제없을 것 같았다.
　루시는 머뭇거리며 거실로 나갔다. 클로이의 여자 친구는 그들의 거실을 절망의 구렁텅이라고 불렀는데, 꽤나 정확한 표현이었다. 서로 어울리지 않는 낡은 가구는 그래도 봐줄 만했다. 그녀는 그렇게 까탈스러운 사람이 아니었다. 하지만 피자 상자와 보드카 병이 여기저기 널브러져 있었고, 바닥에는 더러운 양말이 굴러다녔다. 모로코 스타일의 회색 카펫은 룸메이트들이 신발을 벗고 다니지 않은 탓에 점점 누런 갈색으로 변해가고 있었다. 3층짜리 집에서 완벽하게 깨끗한 곳은 루시의 방과 루시의 욕실 그리고 아무도 치우지 않아서 루시가 청소를 도맡아 하는 부엌, 단 세 곳뿐이었다.

루시는 이 집이 싫었다. 크리스토퍼 문제가 아니었더라도 이사를 하고 싶었지만, 월세가 저렴해서 돈을 아낄 수 있다는 점 때문에 꾸역꾸역 버티는 중이었다. 룸메이트들이 모두 대학 졸업반이었던 2년 전만 해도 집이 이 지경은 아니었고, 사실 꽤나 깔끔한 편이었다. 하지만 그들이 모두 학교를 졸업하고 나자 자유에 취한 신입생들이 그들의 자리를 채웠다.

가장 어린 룸메이트인 베켓이 맥주 자국 가득한 체크무늬 소파에 누워서 휴대폰으로 뭔가를 보고 있었다. 그녀의 예상이 맞다면, 야한 동영상 아니면 웃기는 고양이 동영상이 분명했다. 취향의 폭이 참 넓은 친구다.

"베켓, 자는 거 아니지? 나한테 차 빌려주기로 했잖아."

베켓이 천천히 눈을 깜빡이며 정신을 차리기 시작했다.

"뭐?"

"베켓, 일어나서 정신 좀 차려봐." 루시가 손가락을 튕기며 말했다.

베켓이 눈을 비비며 말했다.

"어, 루시, 지금 뭘 입은 거야? 수녀 코스프레야? 양 갈래로 땋은 게 더 섹시한데."

루시는 깊게 숨을 들이쉬었다. 그녀의 룸메이트들은 수도승도 시험에 들게 할 수 있는 이들이었다.

"엿새 동안 씻지도 않은 몸뚱이에 마리화나 잎 무늬가 그려진 셔츠를 걸친 너한테 패션을 평가받고 싶은 생각은 없어."

"5일밖에 안 됐거든. 샤워를 자주 하면 피부에 안 좋아. 자기 자신을 사랑해야지."

"자신을 사랑한다면 개인위생에 신경을 써야 하지 않을까?" 루시가 말했다. "이제 차 키 좀 줄래?"

"못 움직이겠어. 머리가 깨질 것 같아."

루시는 부엌으로 가 냉장고에서 병 하나를 꺼내 들고 돌아왔다. "마셔 봐. 내 처방이야."

베켓이 병을 받아 들고 한 모금 들이켰다. "세상에, 이게 뭐야?"

"그건… 물이라는 거야."

"우와."

"기분이 좀 나아졌어?"

"엄청나게." 베켓이 말했다. "정말 현명한 처방이었어. 넌 섹시한 마법사 같아."

"섹시한 마법사가 네 차를 좀 써도 될까?"

"그럼." 그는 청바지 주머니를 뒤적여 차 키를 찾았다. 루시는 미소를 지으며 키를 받아 들었다.

"고마워. 이제 제발 좀 씻어."

루시는 아동복지센터의 유리문 밖에서 잠시 걸음을 멈췄다. 옷

매무새를 다시 한번 점검하고 숨을 깊이 들이쉰 다음 침착하고 차분하게 행동하겠다고 마음을 다잡았다. 루시가 오늘 만나려는 사람은 크리스토퍼의 위탁 보호를 담당하는 사회복지사 코스타 부인이었다. 루시는 절박했다. 입양 과정을 좀 더 빨리 진행할 방법을 찾고 싶었다. 며칠 전, 크리스토퍼가 자신이 아홉 살은 되어야 우리가 함께 살 수 있겠다고 말하던 모습이 그녀의 머릿속을 떠나지 않았다.

코스타 부인의 사무실 밖 대기실에서 루시는 휴대폰을 바라보았다. 루시는 이곳에 있는 게 싫었다. 병원 대기실과 너무 닮아 있었기 때문이다. 실용적이지만 차가운 느낌의 타일과 눈이 아플 정도로 요란한 페인트, 눈에 잘 띄는 색으로 코팅된 응급 지원, 아동 복지, 재정지원 같은 표지판들까지. 재정지원 부서는 입양 가족과 위탁가정, 감옥에 있거나 마약에 중독된 부모를 둔 아이들을 지원하는 곳이었다. 하지만 남자아이를 입양하려는 스물여섯 살짜리 미혼 여성을 돕기 위한 지원은 없었다.

벽에 걸린 가장 큰 포스터에는 굵고 검은 글씨로 '완벽하지 않아도 위탁부모가 될 수 있습니다'라고 적혀있었다. 그래, 완벽하지 않은 루시에게 딱 필요한 소식이었다.

문제라면 포스터 속에서 행복하게 웃고 있는 가족이 너무나도 완벽해 보인다는 거였다.

이 대기실에 그렇게 완벽한 가족은 없었다. 우는 아기를 안고 있는 여자들. 꽥꽥거리는 어린아이를 달래는 여자들. 책이나 신문에서나 읽을 법한 끔찍한 일을 겪은 텅 빈 눈빛의 십대 청소년들과 그 곁을 지키는 여자들. 그리고 몇몇 남자들이 보였다. 크리스토퍼도 그렇게 트라우마에 시달리는 십대 소년으로 자라게 될까?

그런 운명으로부터 아이를 구할 기회가 빠르게 사라지고 있는 것 같았다.

루시의 옆에 있는 테이블에는 안내 책자와 팸플릿들이 놓여 있었다. 루시는 그중에서 '위탁가정 통계'라는 팸플릿을 발견했다. 첫 번째 통계는 아이들이 위탁가정에서 지내는 평균 기간이 20개월로 2년이 채 안 된다는 내용이었다. 크리스토퍼는 이번 위탁가정에서 지낸 지 벌써 20개월째였다. 루시를 훨씬 더 불안하게 만드는 통계도 보였다. 위탁가정의 아이들은 외상 후 스트레스 장애를 겪을 확률이 참전용사들보다 두 배 이상 높다는 것이었다.

"루시 하트 씨?" 코스타 부인이 사무실 문가에 서 있었다. 그녀는 웃고 있었지만, 활짝 웃고 있지는 않았다. 예의상 짓는 미소였다. 루시는 벌써 자신이 이 여자의 시간을 낭비하고 있는 것 같은 기분이 들었다.

사무실 안으로 들어간 루시는 코스타 부인의 어수선한 책상 맞은편에 놓인 의자에 앉았다. 책상 가장자리에는 서류철이 금방이라도 무너져 내릴 듯 위태롭게 쌓여 있었다.

"좋아요, 루시," 코스타 부인이 억지 열정을 쥐어 짜내듯 말했다. "뭘 도와드릴까요?"

"입양을 전제로 크리스토퍼를 위탁하고 싶다는 이야기를 다시 하려고 왔어요. 아이를 맡겠다고 나타난 친척은 없나요?"

코스타 부인은 루시를 바라보았다. 그녀는 햇볕에 그을린 얼굴, 희끗희끗한 갈색 머리, 그리고 누구도 보고 싶어 하지 않을 일들을 봐 온 듯한 눈빛을 가진 나이 든 여성이었다.

"물론, 가족에게 돌아가는 게 가장 좋은 시나리오죠." 코스타 부인이 말했다. "하지만 없었어요. 친척이라고는 감옥에 있는 큰

아버지와 요양원에 있는 또 다른 큰아버지뿐이에요. 그러니까 크리스토퍼는 입양을 전제로 한 위탁가정으로 보내질 자격이 있어요. 절차가 복잡하겠지만 루시—"

"크리스토퍼에게 전 이미 엄마나 다름없어요."

"아이가 루시와 살고 싶어 하는 거 알아요. 루시도 아이의 엄마가 되고 싶어 하고—"

루시는 그녀의 말을 가로챘다. "크리스토퍼는 점점 나이를 먹고 있어요. 질문이 점점 더 많아지고요. 자기 위탁모가 쌍둥이를 돌보느라 자기를 신경 쓰지 않는다는 것도 느끼고요."

"캐서린 베일리 씨와 그 남편분은 우리 기관 위탁부모 중에서도 최고로 꼽히는 분들이세요. 크리스토퍼가 그 집에 맡겨진 건 행운이죠."

"제가 더 잘할 수 있어요. 아이가 저에게 강한 애착을 가지고 있기도 하고요." 루시는 단호하게 말했다. 어린 시절의 애착은 중요했다. 코스타 부인도 그 사실을 알고 있을 것이다.

"그분들은 아이를 먹이고, 입히고, 재울 뿐만 아니라 안전한 가정을 제공하고 숙제도 꼼꼼히 챙깁니다. 베일리 씨는 모든 법정 심리와 정기 미팅에도 빠짐없이 참석하고요. 그 이상 뭘 더 바랄 수 있겠어요?"

"전 아이가 사랑받길 바라요. 그분들은 아이를 사랑하진 않아요. 적어도 제가 그 아이를 사랑하는 것처럼은요."

코스타 부인은 무겁게 한숨을 쉬었다. "아이를 사랑하지 않는 건 범죄가 아닙니다."

"범죄여야 할 것 같은데요." 루시는 그녀의 말을 끊었다. 그녀의 목소리는 그녀 자신도 깜짝 놀랄 정도로 날카롭고 사나웠다.

"들어보세요." 코스타 부인이 말했다. 부드러운 힘이 느껴지는 목소리였다. "나도 할 수만 있다면 당장 아이를 루시에게 맡기고 싶어요. 사랑만으로 충분하다면, 루시야말로 아이를 맡을 적임자일 테니까요."

루시는 다음 말을 기다렸다. 속이 뒤집어질 것 같았다. 한두 번 들은 말이 아니라 이미 무슨 말이 나올지 알고 있었다. "하지만?"

"맞아요. 하지만! 현재 루시의 상황으로는 가정조사를 통과할 수 없어요. 신용카드 빚도 많고, 안전한 교통수단도 없죠. 룸메이트 세 명과 함께 작은 불씨에도 새까맣게 타버릴 수 있는 집에 살고 있고요. 게다가 룸메이트 중 한 명은 최근 음주 운전으로 처벌도 받았더군요. 자격 조건이 되는 공공 지원을 모두 신청한다고 하더라도 아마 아이를 키우기에 적당한 집과 차를 준비할 여력이 안 될 거예요. 루시, 생각을 해 봐요. 크리스토퍼를 오늘 당장 루시네 집으로 보내면 어디에서 재울 셈이죠? 침실 바닥에서 재울 건가요?"

"제가 바닥에서 자고 아이가 침대에서 자야죠."

"루시…"

"보조금을 받지 않나요? 위탁부모는 주 정부에서 보조를 해 주잖아요. 그 돈으로 더 좋은 집을 찾아볼게요."

"아이를 맡기 전에 집이 준비되어 있어야 해요."

"저기요." 루시는 위탁가정 통계 팸플릿을 꺼내 들며 말했다. "위탁 아동은 우울증을 겪을 확률이 다른 아이들보다 일곱 배 높고, 불안장애를 겪을 확률은 다섯 배 높다고 바로 여기에 쓰여 있어요. 감옥에 갈 확률은 네 배나 높다고 되어 있네요. 계속할까요?" 루시는 팸플릿을 흔들며 말했다. "아이를 구할 수 있다면 허름한 집에서 두어 달 사는 게 그렇게 큰 문제인가요? 아이에게는 진짜 엄마가 필요해요. 기계적으로 돌봐주는 사람들보다는 저랑 사는 게 아이에게 백배 천배 낫다고요."

"기계적인 돌봄도 정말 중요해요. 아이에게 사랑만 있으면 된다고 생각하겠지만 안정적인 환경도 그 못지않게 중요해요. 이런 말은 하기 싫지만, 루시는 지금 아이를 키울 만큼 안정적으로 살고 있지 않아요. 아이는 학교에 가야 하고 일주일에 두 번씩 치료도 받아야 해요. 한밤중에 아이가 아파서 약이 필요한데 24시간 문을 여는 약국이 수십 킬로미터 떨어져 있으면 어떻게 할 셈이죠? 두 시간 동안 버스를 기다릴 건가요? 룸메이트를 깨워서 데려다 달라고 부탁할 거예요? 아니면 새벽 4시에 자전거를 타고 고속도로를 달리기라도 하려고요?"

"룸메이트 차를 빌릴 수 있어요. 오늘도—"

코스타 부인은 손을 저어 그녀의 말을 끊었다. "루시, 새로운 직장을 찾으세요."

루시는 정교사로 아이들을 가르치고 싶지만, 정교사 자격증을 따는 데 드는 비용을 감당할 수가 없다고 설명했다.

"부업을 하는 건 어떤가요?" 코스타 부인이 말했다.

"부업을 하면 크리스토퍼를 볼 시간이 없을 거예요. 그 아이는 전화기도 못 써요. 두려워한다고요. 지금 그 말씀은 저한테 아이를 버리라고 하는 거나 다름없어요."

"힘든 선택을 하셔야 한다고 말씀드리는 거예요."

"지금까지 제 인생에 쉬운 선택 같은 건 없었어요."

"루시, 루시, 루시…" 코스타 부인은 고개를 절레절레 저었다. "한 아이를 키우려면 온 마을이 필요하다고들 해요. 당신 마을은 어때요? 당신을 도울 사람들이 있어요?"

"없어요. 됐죠? 저희 부모님은 늘 저희 언니만 챙겼고, 지금도 마찬가지예요. 저는 조부모님이랑 살았는데 두 분 다 돌아가셨고요. 이제 저한테 남은 가족은 없어요."

"언니는 어디 살죠?"

루시는 코웃음을 쳤다. "지금 제 얘기 못 들으셨어요? 걘 부모님의 사랑을 독차지하며 자랐다니까요? 연락을 안 한 지 백만 년은 됐네요."

"어쩌면 후회하고 있을지도 모르잖아요? 그런 생각은 해 본 적 없나요? 전화를 한번 해 봐요. 이제는 루시의 지원군이 되어줄 수도 있잖아요."

"언니에게 전화해서 돈을 구걸하느니 차라리 암시장에서 장기를 파는 게 낫겠네요."

코스타 부인은 팔짱을 끼고 의자에 등을 기댔다. "스스로를 도울 생각이 없다니 제가 도와드릴 방법이 없네요."

루시는 눈물을 참으며 말했다. "집과 차를 구하는 데 필요한 돈을 다 모을 때까지 앞으로 2년은 더 걸릴 거라고 얘기했을 때 아이 표정을 보셨어야 해요. 앞으로 20년은 걸릴 거라고, 어쩌면 영원히 돈을 못 모을 거라는 이야기를 들은 표정이었어요." 루시는 빈손을 펼쳐 앞으로 내밀며 말했다. "가난한 사람들도 아이는 키울 수 있어야 하잖아요. 아닌가요?"

"그렇죠. 맞아요. 당연히 그래야죠." 코스타 부인이 말했다. "그렇다고 하더라도, 가엾은 아이들이니까 가난하게 자라도 된다고는 생각하지는 않아요. 그 문제를 내가 결정할 권한은 없지만요."

"방법이 있을 거예요." 루시가 몸을 기울이며 간절한 눈빛으로 말했다. "뾰족한 수가 없을까요?"

"기적을 믿는다면 빌어보라고 하겠지만… 기적을 본지가 너무 오래됐네요." 코스타 부인의 얼굴에도 대기실에 앉아 있던 십대들과 같은 공허한 표정이 비쳤다. "크리스토퍼에게 입양은 안 될 것 같다고 말하는 게 좋겠어요."

루시는 고개를 저었다. "뭐라고요? 안 돼요. 그럴 수는 없어요."

갑자기 전 남자 친구가 했던 말이 떠올랐다. '자기야, 우리 같은 사람들은 아이를 가져서는 안 돼. 우리 삶은 너무 망가졌어. 망가진 부모는 아이들의 삶도 망치게 돼 있어. 자기도 나도 나쁜 부모가 될 거야…'

그녀는 눈을 껌뻑이며 그 말을 머릿속에서 몰아내려 애썼다. 눈물이 그녀의 뺨을 타고 흘렀다. 코스타 부인은 수년간의 경험으로 다져진 우아한 손놀림으로 휴지 상자에서 휴지 몇 장을 꺼내 루시에게 건넸다.

"마지막으로 크리스토퍼랑 이야기했을 때," 코스타 부인이 말을 이었다. "아이가 그러더군요. 루시랑 소원 게임을 한다고. 둘이서 이런저런 소원을 빌고 있다고요. 하지만 알다시피, 세상은 그렇게 돌아가지 않잖아요? 간절히 원한다고 해서 소원이 이뤄지는 게 아니라는 건 알고 있죠?"

"그거야 알죠." 루시의 목소리는 스스로 듣기에도 딱딱하고 씁쓸하게 느껴졌다. "하지만 크리스토퍼에게 뭐랄까… 희망을 주고 싶었어요."

"희망을 줬나요?" 코스타 부인이 말했다. "아니면 그 아이의 기대를 부풀려 놓기만 한 건가요?"

사무실 문밖 대기실에는 도움이 필요한 사람들로 가득했고, 그중에는 루시보다, 크리스토퍼보다 훨씬 안 좋은 처지에 있는 사람들도 있었다.

"원한다면 내가 얘기할게요." 코스타 부인이 제안했다. "베일리 씨 댁에 가서 크리스토퍼와 진심 어린 대화를 나눌게요. 내가 결정한 일이고, 당신에게는 잘못이 없다고 얘기해 줄 수 있어요."

끔찍한 일을 대신해 주겠다니, 참으로 다정한 제안이었다. 루시는 그 제안을 받아들일 뻔했지만, 그게 비겁한 선택이라는 사실을 알고 있었다.

"제가…" 루시는 손등으로 얼굴을 닦았다. "제가 직접 말할게요. 어떻게 말할지 생각해 볼게요." 그녀는 목구멍에 걸린 덩어리를 꿀꺽 삼켰다.

"결국 아이도 이해할 거예요. 하지만 오래 기다릴수록 더 힘들어지기만 할 겁니다. 언젠가는 아이를 입양하겠다는 사람이 나타날 거예요. 당신을 기다리지 않아야 새로운 가족을 받아들이기가 더 쉬워져요."

루시는 크리스토퍼가 자신이 아닌 다른 사람에게 입양되는 상상조차 할 수 없었다. 코스타 부인은 그녀에게 휴지를 한 장 더 건넸다.

"믿기 힘들겠지만, 며칠만 지나면 기분이 홀가분해질 겁니다. 어깨에서 짐을 하나 내려놓게 될 테니까요."

루시는 코스타 부인의 눈을 똑바로 바라보았다. 그리고 천천히, 신중하게 대답했다. "크리스토퍼가 내 아들이었다면, 어깨 위의 짐이 아니었겠죠. 그 아이가 내 아들이었다면, 나는 너무 신이 나서 발이 땅에 닿지도 않았을 거예요."

코스타 부인의 얼굴에서는 아무 감정도 읽을 수 없었다. "더 도와드릴 일이 있을까요?"

루시는 이제 자리에서 일어나야 할 시간이라는 것을 피부로 느꼈다. 달리 뭘 할 수 있을까? 더 이상 할 말도 없었다.

"아니요, 감사합니다." 루시가 말했다. "충분히 도와주셨어요."

4

루시는 베켓에게 차를 돌려주었다. 학교까지는 걸어갈 생각이었다. 다시 일터로 돌아가기 전에 몸을 움직이며 숨을 돌리고 마음도 가다듬어야 할 것 같았다.

홀가분해진다고? 어깨에서 짐을 내려놓는다고? 코스타 부인은 크리스토퍼가 루시에게 그저 처리해야 할 과제라고 생각하는 걸까? 루시의 인생에 걸림돌이 되는 자선 활동쯤으로 생각하는 걸까? 루시는 충분히 자신의 인생을 살았다. 대학에서 해볼 만한 것들은 다 해 본 그녀였다. 파티에도 가고, 섹시한 나쁜 남자와 엮이기도 하고, 봄방학 때는 파나마시티로 여행을 가서 형편없는 호텔 방에 여자들 여섯 명이 같이 지내기도 했다. 할 수 있는 걸 다 하는 걸로 모자라 그 이상으로 과감한 모험도 감행했었다. 그녀는 전직 교수 중 한 명과 사귀었다. 그는 미국에서 손꼽히는 유명 작가였다. 그는 그녀를 뉴욕의 루프탑에서 열리는 파티나 햄프턴의 저택에서 열리는 만찬에 데려가고, 그녀와 함께 유럽 출장을 다녀오기도 했다. 그녀는 충분히 자기 삶을 살았다. 그녀는 자유분방했고, 젊었고, 삶을 즐겼다.

하지만 그 화려한 삶은 이제 끝났다. 그녀는 일주일만이라도, 아니 단 하루라도 크리스토퍼의 엄마가 될 수 있다면, 그 화려한 파티와 근사한 저녁 식사, 그녀가 만났던 유명 인사들, 5성급 호텔에서의 하룻밤 같은 건 기억에서 지워버릴 준비가 되어 있었다.

하지만 코스타 부인의 말로는 그녀의 결심 따위는 중요하지 않았다.

루시는 자신의 충혈된 눈을 보고 그녀가 술이나 약에 취해 거리를 헤매는 줄 생각하는 사람이 없기를 바라며 고개를 푹 숙였다.

금요일 오후였다. 방과 후 크리스토퍼에게 말할 생각이었다. 코스타 부인을 다시 만났지만, 주 정부에서 루시는 그의 위탁모가 될 수 없다고 결정했다고.

이번 주말에 아이를 영화관에 데려가서 기분을 풀어줄 수도 있을 것이다. 이미 2천 달러 넘게 저축해 두었으니, 이제부터 크리스토퍼를 행복하게 해줄 일들에 그 돈을 쓰면 어떨까? 루시가 주말 내내 아이를 즐겁게 해준다면 월요일쯤이면 아이의 기분이 괜찮아질지도 모른다. 사실 지금과 달라지는 건 아무것도 없었다. 루시는 늘 크리스토퍼의 친구일 테니까. 그저 엄마가 될 수 없을 뿐이다.

그렇게 나쁜 것도 아니잖아?
그런데 왜 이렇게 마음이 괴로울까?
주차장을 가로질러 걸어가면서 루시는 고급 장난감 가게를 지나쳤다가 다시 돌아와 가게 안으로 들어갔다. 오늘은 교실에 학부모 자원봉사자가 있어서 당장은 테레사 선생님 옆에 붙어 있을 필요가 없었다.

장난감 가게 '퍼플 터틀'에 발을 들이자마자 루시는 자신이 실수했다는 사실을 깨달았다. 거의 모든 물건이 터무니없이 비쌌다. 독일에서 수입한 나무 블록이나 영국에서 온 수제 인형을 아무렇지 않게 사줄 수 있을 만큼 돈이 많은 엄마가 된다는 건 어떤 기분일까?

"찾으시는 게 있나요?" 카운터 뒤에서 젊은 여자가 물었다. 루시가 돌아보니 그 여자는 휴대폰을 들여다보며 미간을 찌푸리고 있었다.

"상어나 배를 좋아하는 남자아이가 마음에 들어 할 만한 장난감 있을까요? 일곱 살이에요." 루시는 크리스토퍼가 입은 마음의 상처를 조금이라도 덜어줄 무언가를 사고 싶었다. 언제까지나 그를 사랑할 것이며 그의 삶에 함께하겠다는 자신의 다짐을 그에게 보여줄 수 있을 만한 무언가가 필요했다. "작은 걸로요."

작은 거라면 비싸지 않겠지.

"저쪽에 레고 해적선이 있어요. 크기는 좀 크지만요." 여자가 가리킨 세트는 가격이 무려 2백 달러에 달했다. 루시가 모은 돈의 10퍼센트를 날려버릴 금액이었다.

"다른 건 없나요? 좀 더 작은 거요."

"크기가 작은 걸 원하시면 슐라이히 동물 피규어는 어떠세요?" 그녀가 말했다. "상어도 몇 마리 있을 거예요."

루시는 여자가 가리키는 쪽으로 갔다. 동물 피규어가 가득한 커다란 나무 진열장이 눈에 들어왔다. 사자, 새, 늑대는 물론이고 공룡과 유니콘, 그리고 상어도 있었다.

피규어 하나에 7달러였지만 세 개를 사면 15달러였다. 루시는 뱀상어, 백상아리, 귀상어를 모두 살지, 아니면 그중 하나만 살지를 놓고 거의 10분 동안 고민했다. 결국 루시는 상어 세 마리를 모두 들고 카운터로 향했다. 뭐 어때? 고작 15달러인데. 그녀의 마음속 깊은 곳에서는 소원 통장에 있는 2천 달러를 몽땅 다 쓴다고 해도 크리스토퍼의 상처를, 그리고 그녀의 상처를 낫게 할 수 없으리라는 사실을 알고 있었다. 당장 살 집을 보러 다니거나 차를 사러 갈 것도 아닌데, 그 돈을 조금 쓴다고 달라질 건 없었다.

그래, 2백 달러짜리 레고 세트를 사는 건 무리지만 상어 세 마리쯤은 사줄 수 있잖아.

"무료로 포장도 해주시나요?" 루시가 물었다.

여자는 눈썹을 치켜올렸다. "상어 세 마리를 선물 포장해달라는 말씀이세요?"

"번거롭지 않으시다면요. 부탁드릴게요."

"그럼요." 여자가 말했다. "아드님 선물인가 봐요?"

루시는 다시 한번 목에 걸린 덩어리를 삼켜야 했다.

"제가 일하는 학교의 학생한테 줄 거예요." 루시가 말했다. "힘든 시간을 보내고 있거든요. 그리고 선물을 받을 기회가 많이 없는 아이라서요."

"선생님이세요?" 여자가 상어들을 종이 상자에 넣으며 물었다. 루시는 파란색 공룡 무늬 포장지를 가리켰다. 크리스토퍼라면 무지개보다는 공룡을 더 좋아할 것 같았다.

"레드우드 초등학교에서 보조교사로 일해요."

"그럼 혹시 수수께끼 같은 거 잘 아세요?"

"수수께끼요? 뭐, 그렇죠." 루시는 어리둥절해하며 답했다. "매년 4월에 아이들과 농담, 말장난, 수수께끼 같은 걸 배우거든요."

"그럼, 이 수수께끼도 아세요? 왜 큰까마귀가 책상과 닮았을까요?" 여자가 포장지로 상자를 감싸며 물었다.

"네. 물론 알죠." 루시가 말했다. "이상한 나라의 앨리스 아니면 거울 나라의 앨리스에 나오는 수수께끼네요. 정확히 어디서 나왔는지는 기억이 안 나요."

"답도 아세요?"

그녀가 답을 알았던가? 예전에 누군가가 똑같은 수수께끼를 낸 적이 있었다. 하지만 이 수수께끼에는 정답이 없었다. 적어도 작가인 루이스 캐럴에 따르면.

"답은 없어요." 루시가 말했다. "책에 나오는 이상한 나라에선 모두가 미쳐있잖아요."

"흠." 여자가 말했다. "아쉽네요."

"그건 왜 물으시는 거예요?"

"이 수수께끼가 인터넷에서 난리예요." 여자가 말했다. "하루 종일 답이 뭘지 생각하고 있었거든요."

"행운을 빌어요."

여자는 포장된 상자를 손잡이가 달린 갈색 종이봉투에 넣었다. 봉투 앞면에는 보라색 거북이 로고가 그려져 있었다. 가격에 비해 근사한 선물이었다.

루시는 그래도 레고 해적선이 더 나았을까 생각하며 가게를 나섰다.

루시가 학교에 도착했을 때 아이들은 수업의 마지막 노래를 부르고 있었다. 〈작은 골짜기의 농부〉의 마지막 가사인 '치즈만 홀로 남았네'가 끝나자 종이 울렸고, 아이들은 마치 하늘로 증발한 것처럼 순식간에 사라졌다. 몇 초 만에 교실에는 루시와 테레사 둘만 남았다.

"어떻게 됐어요?" 청소를 시작하며 테레사가 물었다.

"말도 마세요." 루시가 울음을 참으며 말했다.

테레사는 잠깐 동안 루시를 안아주었다. "그렇게 될까 봐 걱정했는데." 그녀는 포옹이 길어지면 결국 루시가 울음을 터뜨리리라는 걸 아는 현명한 동료였다.

루시는 숨을 크게 내쉬고는 오늘만 벌써 세 번째, 혹은 네 번째로 마음을 다잡으려고 애썼다.

테레사는 루시의 어깨에 손을 올리고 미소 지었다. "괜찮아요. 결국 잘될 거예요. 지금은 일단 계속 저축을 해 봐야죠."

루시는 고개를 저었다. "푼돈을 모은다고 달라지는 건 없을 거예요."

"미국이잖아요." 테레사가 말했다. "아이들을 돌보는 게 가장 중요하다고들 하면서 정작 우리에게는 그만한 대우를 해주지 않죠. 내가 여유가 있었으면 조금이라도 보탰을 텐데."

"괜찮아요. 걱정 마세요. 죽기밖에 더 하겠어요?"

"이런, 안 돼요. 나쁜 생각은 하지 마요."

"죄송해요. 오늘 하루가 정말 힘드네요."

루시는 청소용 분무기와 걸레를 집어 들었다.

"루시?" 테레사가 그녀 옆에 서서 그녀를 빤히 보았다. 루시는 그녀의 눈을 바라볼 수가 없었다. "나한테 털어놔요."

"이제 안 될 것 같아요."

테레사가 숨을 삼키듯 말했다. "루시, 저런…"

"난 할 수 있는 걸 다 했어요. 사회복지사가 오늘 솔직하게 얘기하더라고요. 내가 크리스토퍼의 위탁모가 될 수는 없대요. 그리고 아이에게도 사실대로 말해야 한다고 했어요."

"그 사람이 뭘 알아요? 나만큼 루시를 몰라서 하는 소리예요."

"사회복지사 말이 맞아요. 크리스토퍼는 나보다 더 나은 부모를 만나야 해요."

"더 나은 부모요? 최고의 엄마가 이미 있는데 그보다 더 나은 부모가 어딨나요? 크리스토퍼에게는 당신이 최고의 엄마잖아요. 정말로요." 테레사는 루시의 어깨를 콕 찔렀다.

루시는 깊이 숨을 들이쉬고 화이트보드를 닦는 데 집중했다.

"내가 엄마가 되는 것에 대해 뭘 알겠어요? 끔찍한 부모 밑에서 자랐고, 형편없는 남자들만 만나 왔는걸요."

"션이요? 션 때문에 그래요? 그런 거라면, 루시가 스물여섯 먹은 아가씨라도 엉덩이를 한 대 걷어차여야겠는데요."

루시는 힘없이 웃었다. 슬프고 지친 웃음이었다. "션 때문은 아니에요. 물론 형편없는 놈이기는 했지만."

"쓰레기 중의 쓰레기였죠." 테레사가 말했다. "쓰레기 세계 챔피언."

"내 현실 때문이에요. 현실이 이런 걸 어떡하겠어요."

테레사가 무거운 숨을 내쉬었다. "현실이 참 밉네요."

"그러게요. 나도 그래요." 루시가 말했다. "하지만 크리스토퍼 일은…."

"그건 절대 포기하지 마요." 테레사는 그녀의 어깨를 잡고 가볍게 흔들었다. "나는 거의 20년 동안 애들을 가르쳤어요. 그동안

소원 게임 **69**

마주치고 싶지도 않을 끔찍한 부모들을 수도 없이 만났고요. 자기들은 새 옷으로 치장하고 다니면서 아이는 세 치수나 작은 신발을 신겨 학교에 보낸다든가, 우유가 담긴 잔을 흘렸다고 다섯 살짜리를 때린다든가, 몇 주 동안 목욕을 안 시키거나 옷 세탁을 안 해주는 부모들도 있었어요. 아이에게 안전벨트도 안 채우고 술에 취한 채 운전해서 등교시키는 부모도 있었죠. 루시도 알다시피 그보다 못한 부모들도 많고요."

"알죠. 우리 부모님조차 성인처럼 보이도록 만드는 부모들도 많다는 걸. 물론 성인 발끝에도 못 미치는 사람들이지만, 어쨌든 더 나빴을 수도 있으니까요." 그녀는 작은 원형 책상에 앉았다. "코스타 부인은 나더러 우리 언니한테 도움을 청해보래요."

"나쁠 건 없죠."

"그렇게 생각하세요?" 루시는 놀란 눈으로 테레사를 쳐다봤다.

테레사는 손을 휘저었다. "나도 어릴 때는 여동생이랑 원수지간이었어요. 머리채를 잡고 싸우다 뜯긴 머리카락으로 가발도 만들 수 있었을 거예요. 그런데 지금은 서로를 위해서라면 뭐든 할 수 있는 사이예요. 내가 가장 아끼는 재킷은 여전히 못 빌려주지만, 누가 여동생을 건드리면 칼부림이라도 할 거예요. 내가 루시 입장이면 언니한테 전화를 해보겠어요. 최악의 경우라고 해봐야 언니가 전화를 끊어버리는 것밖에는 없잖아요."

"싫어요." 루시가 단호하게 말했다. 그리고도 성에 차지 않았는지 다시 한번 말했다. "싫어요."

"그래요. 좋아요." 테레사가 항복한다는 듯 두 손을 들었다. "하지만 적어도 오늘은 크리스토퍼한테 말하지 마요. 시간을 좀 갖고 생각을 더 해 봐요. 알았죠?"

루시는 눈물을 참으며 말했다. "일주일이 지나도 달라지는 건 없어요."

테레사는 허리를 펴고 루시의 가슴을 손가락으로 가리켰다.

"달라지는 게 없다고요? 내 사촌 조조 얘길 해줄게요. 바람기 많기로는 세상에서 둘째가라면 서러운 앤데, 은행에 집을 압류당하기 이틀 전에 집에 불이 났어요. 여자 친구가 자기 여동생이랑 조조가 바람피운 걸 알고는 침대에 불을 지른 거죠. 집 전체가 한 시간 만에 홀랑 타버렸다더군요." 그녀는 신이 나서 말했다. "그 화재 덕분에 거액의 보험금을 타서 자기 나이 반도 안 되는 여자 두 명이랑 마이애미의 한 고급 콘도에서 살고 있다고요."

루시는 그녀의 눈을 바라봤다. "정말 감동적이고 힘이 나는 이야기네요. 고마워요. 강연하셔도 되겠어요."

"일주일만, 아니 하루만 더 기다려 봐요. 오늘은 아니에요. 금요일에 마음을 아프게 하는 건 너무하잖아요. 주말을 다 망치는 셈이라고요."

"아이에게 상처를 덜어주려고 상어 장난감을 샀어요."

"상어는 아껴둬요. 아직은 일러요."

루시는 그날 처음으로 웃으며 말했다. "네, 선생님."

테레사는 교내 일정 회의에 가기 위해 교실을 나갔다. 빈 교실에 혼자 남은 루시는 휴대폰을 꺼내 검색창을 켜고 '안젤라 빅토리아 하트', '안젤라 하트', '포틀랜드 메인주 앤지 하트'를 검색했다.

언니를 찾는 데는 그리 오래 걸리지 않았다. 메인주 포틀랜드에 사는 앤지 하트, 서른한 살, 웨더비스 인터내셔널 부동산의 수석 중개인. 루시는 사진 한 장을 클릭했다. 완전히 어른이 된 언니의 얼굴이 화면에 떴다. 그렇게 예쁜 건 아니지만 귀여운 얼굴이었다. 언니는 희고 고른 치아에 흠잡을 데 없는 화장을 하고, 루시의 한 달 집세보다 비싸 보이는 회색 치마 정장과 재킷을 입고 있었다. 부동산 웹사이트에 따르면 앤지는 최근 2백만 달러짜리 집을 중개했다고 했다. 쓰린 상처에 소금을 뿌리듯, 루시는 부동산 중개인이 평균적으로 중개 수수료를 얼마나 받는지 검색했다. 3퍼센트. 2백만 달러의 3퍼센트면 6만 달러였다.

앤지의 웃는 얼굴 바로 아래에는 전화번호와 이메일이 적혀 있었다. 단 한 건으로 6만 달러라니. 루시는 손가락으로 언니의 전화번호를 훑었다. 문자 한 통 보낸다고 죽기야 하겠어?

그런 생각이 들자 심장이 요동치기 시작했다. 식은땀이 났다. 도대체 무슨 말을 해야 할까? 엄마 아빠가 나를 원하지 않았다는 사실을 알려줘서 고맙다고? 아니면 내가 사랑받지 못했고, 사랑받을 자격도 없다는 걸 일깨워 줘서 고맙다고? 내 집에서 나를 불청객으로 만들어 줘서 고맙다고? 그건 그렇고, 돈 좀 빌려줄 수 있겠냐고?

아니, 아무 말도 하지 않을 거다. 할 말이 없으니까.

루시는 휴대폰을 다시 가방 안에 던져 넣었다. 어차피 배터리도 거의 닳아가고 있었다.

크리스토퍼가 교실에 도착했을 때, 루시는 아무 일도 없던 척할 수 있을 만큼 마음을 가라앉힌 상태였다.

"왔구나, 우리 강아지." 루시는 밝은 목소리로 인사한 다음 아이를 안아주었다. 크리스토퍼는 지친 듯이 루시에게 기댔다. 루시는 크리스토퍼가 감정적으로 지친 게 아니라, 단지 놀이터에서 신나게 놀았기 때문이라는 걸 알았다.

"피곤한 하루였니?" 그녀가 물었다. 아이는 어제보다 훨씬 나아 보였다. 눈 밑의 다크서클도 사라져 있었다.

"수학 시간이… 너무… 길었어요." 크리스토퍼가 투덜거리며 말했다. 가방을 탁자 위에 던지더니 힘이 다 빠져나간 것처럼 가느다란 팔을 툭 떨어뜨리며 의자에 털썩 주저앉았다.

"수학 숙제가 많니?" 루시는 매일 하던 대로 아이 신발 속으로 말려 들어간 양말을 꺼내며 물었다. 이쯤 되면 아예 양말을 발목에 테이프로 붙여놓아야 하나 싶기도 했다.

"아뇨, 숙제는 다 끝냈어요." 아이가 땀에 젖은 머리카락을 손가락으로 쓸어 넘기자, 머리카락이 아인슈타인처럼 삐죽삐죽 섰다. "그런데 뇌가 다 타버린 거 같아요."

"귀에서 연기가 나오네. 구구단 외우기 시작하면 더 심해질 텐데." 루시는 아이 맞은편에 놓인 작은 의자에 앉았다. "다른 숙제는 없니?"

"읽기 숙제가 있어요. 말릭 선생님이 책을 읽고 책에 관한 질문 열 개에 답하라고 하셨어요. 단어가 아니라 문장으로요." 말을 마치더니 "으아아아" 하며 괴로워했다.

"이야기 하나에 질문 열 개? 꽤 많네." 루시가 말했다. 그런 숙제는 2학년이 아니라 4학년 수준이라는 생각이 들었다. "전체가 다 해야 하니? 아니면 독수리반만?"

크리스토퍼는 읽기에서 독수리반에 속해 있었다. 독수리반은 독해력이 가장 뛰어난 학생들을 모아 만든 반으로, 학년 수준을 뛰어넘는 책을 읽곤 했다. 독수리반 밑으로 솔개반, 부엉이반이 있었다. 동물 이름을 붙였는데도 불구하고 아이들은 독수리반에 속하면 선망의 대상이 되고 부엉이반에 속하면 놀림의 대상이 된다는 사실을 금세 알아차렸다. 크리스토퍼가 독수리반에 들어갈 자격이 된다는 사실을 알았을 때 루시는 그 어느 때보다 안도했다. 위탁가정에서 자라며 자선 단체에서 받은 옷을 입는다는 사실 만으로도 크리스토퍼는 이미 다른 아이들에게 놀림을 받고 있었다.

"음… 나만 하는 숙제예요." 그는 이유 없이 머리칼 안에 손가락을 넣고 마구 휘저으며 말했다.

"너만? 뭘 잘못했니?"

그는 손가락을 아래쪽 눈꺼풀에 대고 아래로 당겨 좀비 흉내를 냈다. 뭔가 신나는 일이 있는 모양이었다. 루시는 아이의 눈알이 빠지기 전에 아이 눈에서 손을 떼어 냈다.

"무슨 일이야?" 루시가 아이의 손목을 잡으며 물었다.

"말릭 선생님이 내가 독수리반 중에서도 읽기를 너무 잘한대요. 더 높은 반에 갈 생각이 있냐고 물어봤어요."

루시는 휘둥그레진 눈으로 아이를 바라봤다. "정말이니?"

아이는 감정이 격해질 때면 늘 그랬듯, 세차게 고개를 끄덕였다.

루시는 잡고 있던 아이의 손을 신나서 흔들었다. 이럴 때는 잔치라도 벌여야 하는 게 아닐까? 풍선이라도 달아야 하나? 아이들이 학교에서 이런 소식을 가져왔을 때 기절하는 부모는 없으려나? 오늘은 절대 나쁜 소식을 전할 수 없었다. 아이가 이렇게 행복해하는 모습은 정말 오랜만이니까.

"정말 대단해." 루시가 말했다. "독수리반보다 더 높은 반이라니. 독수리보다 더 높이 나는 새가 뭐가 있더라? 백조? 기러기? 기러기 어때?"

"기러기는 싫어요." 크리스토퍼는 단호하게 말했다.

루시는 좋은 생각이 났다는 듯 손가락을 두 번 튕겼다. "그럼 콘도르는 어때?" 루시는 크리스토퍼를 가리키며 말했다. "이참에 이름도 바꿔버리자. 크리스토퍼 램이 아니라 크리스토퍼 콘도르로. 어때?"

두 사람은 손바닥을 마주치며 하이 파이브를 했다.

"좋아. 읽어야 할 이야기가 뭐야? 질문들은?" 루시가 물었다.

크리스토퍼가 가방을 뒤적거리더니 책 한 권을 꺼냈다.

"첫 번째 이야기는, '해변에서의 하루'예요. 여기서 무슨··· 관사의 뭐뭐를 배워야 한 대요."

"관사의 뭐뭐? 한번 보자." 루시는 책을 펼쳐 숙제로 읽을 이야기를 찾았다. 별로 흥미롭진 않았지만 그럭저럭 괜찮은 이야기였다. 아이가 벌써부터 체호프를 읽을 수는 없으니까. 지시 사항에는 크리스토퍼가 부정관사와 정관사의 차이를 배우고 두 관사가 어떤 경우에 쓰이는지를 익혀야 한다고 되어 있었다.

"아, 정관사랑 부정관사의 차이 얘기구나." 루시가 말했다. "쉽네. 금방 할 수 있을 거야. 준비됐니?"

루시는 의자를 크리스토퍼 쪽으로 가까이 당겼다. 하지만 이야기를 읽기 시작하기도 전에 테레사가 교무실에서 돌아왔다. 그녀는 휴대폰 화면에 집중하느라 자기 자리로 걸어가는 동안 책상 모서리에 부딪치고 말았다.

"왜 큰까마귀가 책상과 닮았을까요?" 책상에 앉은 테레사가 여전히 휴대폰 화면을 바라보며 말했다.

"그 질문을 오늘만 벌써 두 번째 듣네요. 대체 무슨 일이에요?" 루시가 물었다.

"큰까마귀는 새잖아요, 그렇죠?" 크리스토퍼가 물었다.

"응. 까마귀랑 비슷한데 더 큰 새야." 루시가 설명했다. "혹시 그 수수께끼가 인터넷에서 유행 중인 건가요?"

테레사가 마침내 화면에서 눈을 떼고 고개를 들었다. "두 사람 다 시계섬 시리즈 읽었죠?"

루시의 심장이 철렁 내려앉았다. 순간 테레사의 입에서 잭 마스터슨이 죽었다는 이야기가 나올까 봐 두려웠다. 오랜 지병이 있었다면 그가 그토록 오랫동안 신간을 출간하지 않은 것도 말이 됐다. "무슨 일이에요?"

"그 사람이 새 책을 걸고 무슨 대회를 열었어요."

루시는 크리스토퍼를 바라보았다. 크리스토퍼 역시 눈이 휘둥그레진 채 루시를 바라보고 있었다.

"루시 선생님…" 크리스토퍼가 속삭이며 말했다. "우리가 새 책이 나오게 해달라는 소원을 빌었잖아요."

"누군가 우리 소원을 들었나 봐." 루시가 미소 지으며 말했다.

그녀는 크리스토퍼의 손을 잡고 테레사에게로 달려갔다.

"무슨 대회인데요?" 루시가 물었다.

"어차피 우리는 참가 못 해요." 테레사가 물었다. "그러니까 너무 들뜨지 말아요. 초대받은 사람만 갈 수 있다니까."

루시는 바닥에 양반다리를 하고 앉은 다음 크리스토퍼도 같이 휴대폰 화면을 볼 수 있도록 무릎에 앉혔다. 단순한 하늘색 배경 웹페이지에 우아한 검은 글씨체로 수수께끼가 적혀 있었다.

'왜 큰까마귀가 책상과 닮았을까?'

루시는 화면을 스크롤하며 크리스토퍼에게 큰 소리로 읽어주었다.

사랑하는 독자 여러분께,

저는 새로운 책을 완성했습니다. 제목은 《시계섬과 위대한 소원》이지요. 저는 단 한 권뿐인 이 책을, 아주 용감하고 영리한, 소원을 빌 줄 아는 누군가에게 선물할 생각입니다. 저의 오랜 독자 중 가장 용감했던 사람들이 오늘 아주 특별한 초대를 받게 될 것입니다. 다음 수수께끼의 답을 아는 사람이라면 바로 당신이 그 주인공이라는 사실을 알 수 있을 거예요. '왜 큰까마귀가 책상과 닮았을까?' 답을 아신다면 우편함을 확인해 보시길 바랍니다.

시계섬에서 애정을 담아
마스터마인드

루시는 짧게 숨을 들이쉬었다.

"왜 그래요?" 크리스토퍼가 물었다.

루시는 바로 대답하지 못했다. 너무 충격을 받아서 아무 말도 나오지 않았다.

'다음 수수께끼의 답을 아는 사람이라면 바로 당신이 그 주인공이라는 사실을 알 수 있을 거예요.'

"루시 선생님?" 크리스토퍼는 무릎에서 내려와 궁금한 듯 루시를 바라봤다. 테레사는 아직 눈치채지 못한 것 같았다.

"크리스토퍼." 루시가 속삭였다. 귀가 움찔거릴 정도로 그녀의 얼굴에 커다란 미소가 번졌다.

"뭔데요?" 크리스토퍼가 속삭이듯 되물었다.

"내가… 이 수수께끼의 답을 알아."

5

"따라 와." 루시는 크리스토퍼의 손을 붙잡고 복도를 전속력으로 달렸다.

"어디 가는 거에요?"

"컴퓨터실." 루시가 대답했다. "휴대폰 배터리가 거의 없어서 컴퓨터로 검색해야 해."

그들이 도착했을 때 컴퓨터실에는 정보 과목을 가르치는 가엾은 그로스 선생님 말고는 아무도 없었다. 역겹다는 뜻으로도 쓰이는 '그로스'라는 이름으로 어린아이들을 가르치기란 쉽지 않은 일이었다.

"잠깐 컴퓨터 좀 쓰려고요." 루시는 허둥지둥 교실 뒤편 구석으로 향하며 그에게 말했다.

"좋으실 대로요." 그는 새 컬러 프린터를 설치하려 애쓰고 있었는데, 아이들 앞에서도 쓸 수 있는 순화된 어린이용 욕을 뱉고 있는 걸 보니 생각대로 돼가고 있지는 않은 듯했다.

루시는 자리에 앉자마자 크리스토퍼를 다시 무릎에 올려놓았다. 하지만 크리스토퍼는 재빨리 무릎에서 내려와 옆에 있는 의자를 끌어당겨 앉았다. 둘만 있을 때는 루시의 무릎에 곧잘 앉았지만, 어른 남자가 주변에 있을 때는 싫은가 보다. 루시는 너무 정신이 없던 나머지 아이에게 섭섭한 감정도 느끼지 못했다.

그녀는 재빨리 교직원 계정과 비밀번호를 입력했다. 곧장 시계섬 팬 페이지로 들어갔지만, 테레사의 휴대폰에서 본 것 말고 새로운 정보는 없었다. 잭 마스터슨이 올린 공지와 더 많은 정보를 알고 싶어 하는 독자들이 단 수천, 수만 개의 댓글들뿐이었다.

루시는 SNS 메시지를 확인했다. 수수께끼의 답을 묻는 대학 친구들의 메시지가 한가득 쌓여 있었다.

'잭 마스터슨이 올린 글 봤어? 너 그 사람 만난 적이 있다고 하지 않았던가?' 졸업반일 때 룸메이트였던 제시 코너가 보낸 메시지였다.

루시가 웨이트리스로 일하던 식당에서 함께 일하던 동료가 보낸 메시지도 있었다. '루시, 잭 마스터슨 알지? 혹시 왜 큰까마귀가 책상과 닮았는지 알아?'

루시는 어떤 메시지에도 답할 생각이 없었다. 대신 검색창에 '잭 마스터슨 시계섬 소원 대회'라고 검색했다. 루시가 링크를 하나 클릭하자 크리스토퍼가 어깨 너머로 화면을 들여다봤다. 크리스토퍼에게 이런 어른들의 SNS를 보여주는 게 바람직하지는 않다는 건 알고 있었지만, 루시는 너무 들떠서 도저히 멈출 수가 없었다.

화면에 유명한 CNN 기자가 올린 게시물이 떴다. '나도 대회에

참가하고 싶어요! 잭, 나한테도 호그와트 입학 편지를 보내줘요!'
그 아래로 잭 마스터슨이 예고 없이 문학계로 복귀했다는 소식이
담긴 기사가 링크되어 있었다.

"호그와트 입학 편지가 뭐예요?"

"종이로 된 초대장을 받아야 대회에 참가할 수 있나 봐. 그렇다면 혹시…"

"뭔데요?"

"비밀 지켜줄 수 있니?" 루시가 물었다.

"당연하죠."

"정말로 말이야. 이건 엄청난 비밀이거든. 아무한테도 말하면 안 돼."

루시는 아이에게 비밀을 지키라는 말을 하고 싶지 않았다. 아이에게 너무 큰 부담이 된다는 사실을 그녀는 잘 알고 있었다. 하지만 그녀가 할 이야기는 절대로 다른 사람 귀에 들어가서는 안 됐다. 학부모들이 가만있지 않을 테니까.

"아무한테도 말 안 할 거예요. 맹세해요." 크리스토퍼가 답답해 죽겠다는 표정으로 말했다.

"알겠어." 루시가 입을 열었다. "사실은 말이야… 나는 시계섬에 가본 적이 있어."

크리스토퍼의 반응은 루시가 예상한 그대로였다. 눈이 휘둥그레지고, 입은 떡 벌어졌다.

"그곳에 가 본 적이 있다고요?"

"응. 진짜로 가 봤어."

크리스토퍼는 소리를 질렀다.

"쉿!" 루시가 손을 휘저으며 아이를 진정시켰다. 아이들과 함께

일하면 가장 좋은 점이 바로 이거였다. 하루에 몇 시간은 다시 아이로 돌아갈 수 있는 것. 그녀는 잠시나마 돈, 직장, 각종 청구서에 시달리는 지친 어른이 아니라 시끄럽게 떠들었다고 혼날까 봐 겁을 내는 아이가 되었다.

"괜찮으세요?" 그로스가 물었다.

"그럼요." 루시가 대답했다. "가끔은 소리도 질러야죠."

"저도 곧 소리를 지를 것 같네요." 그로스가 프린터를 주먹으로 퍽퍽 치며 말했다.

"쉿! 조심해야지." 그녀가 크리스토퍼에게 말했다. "그로스 선생님이 놀라셨잖니."

하지만 크리스토퍼는 루시의 말을 들을 것 같지 않았다.

"선생님이 시계섬에 갔었다고요! 선생님이 진짜 시계섬에 갔었다고요!" 크리스토퍼는 숨을 헐떡이며 양손을 덜덜 떨었다. 루시는 아이가 책상에서 컴퓨터를 떨어뜨리지 않도록 부드럽게 그의 손목을 잡았다.

"맞아. 사실이야. 방금 내가 다 말했잖니."

"나한테 거짓말을 했어요!" 크리스토퍼가 외쳤다. 똑똑한 녀석 같으니라고. "나한테는 잭 마스터슨을 만나서 책에 사인을 받았다는 얘기만 했잖아요!"

"난 거짓말한 적 없어. 음, 아니다. 거짓말은 한 적이 있겠구나. 하지만 이번엔 아니야. 너한테 전부 이야기하지 않았을 뿐이야. 잭 마스터슨을 만나서 책에 사인을 받은 건 다 사실이야. 단지 그 장소가 시계섬이었다는 걸 말하지 않은 것뿐이야."

크리스토퍼가 루시를 노려보았다. "거짓말쟁이."

루시도 아이를 빤히 내려다보았다. "너는 슈퍼맨이 네 옆집에 산다고 했잖아."

"진짜 그런 줄 알았다고요! 진짜예요! 진짜 슈퍼맨처럼 생겼다니까요?" 크리스토퍼는 얼굴을 찡그렸다. "닮긴 닮았다고요."

"이야기를 마저 들을래? 아니면 사소한 오해를 산 죄로 날 감옥에 보낼래?"

"오해가 아니라 거짓말이에요."

"그래. 인정. 내가 거짓말했어."

"그래서 어땠어요? 마스터마인드를 만났어요? 기차도 봤어요?" 크리스토퍼는 쉴 새 없이 질문을 퍼부었다.

"멋진 곳이었어. 그림자 속에 숨은 남자나 기차는 못 봤지만. 그래도 집 안에는 들어가 봤어."

"시계섬에는 어떻게 간 거예요?"

여기서부터가 이 이야기에서 루시가 숨기고 싶은 부분이었다.

"내가 열세 살이었을 때, 집을 나간 적이 있어."

크리스토퍼의 입이 떡 벌어졌다. 집을 나간다는 건 아이에게 최고의 모험이자 아이로서 저지를 수 있는 가장 큰 범죄였다. 모든 아이들이 한 번쯤 꿈꾸고, 계획하고, 부모님을 겁주지만 진짜 실행에 옮기는 아이는 거의 없었다. 간혹 실행에 옮긴 아이들조차 돌아와서 그 이야기를 하는 경우는 드물었다.

크리스토퍼는 존경과 경외에 찬 눈빛으로 루시를 바라보았다.

"왜 그랬어요?" 크리스토퍼는 숨죽이며 물었다.

"왜냐하면, 우리 부모님이 언니를 사랑하는 만큼 나를 사랑해 주지 않았거든. 그래서 관심을 끌고 싶었어."

"선생님은 정말 착한 사람인데." 크리스토퍼는 이해할 수 없다는 듯 물었다. "부모님이 왜 그런 거예요?"

"이 이야기를 정말 듣고 싶니? 좀 슬픈 얘긴데…."

"괜찮아요." 크리스토퍼가 말했다. "난 슬픈 거에 익숙하니까."

루시는 아이를 바라보았다. 오늘 두 번째로 가슴이 찢어질 듯 아팠다. 하지만 사실이었다. 크리스토퍼는 정말로 슬픔에 익숙했다. 사실, 루시도 마찬가지였다.

"알겠어. 이야기 해줄게. 조금 슬프겠지만 걱정 마. 결국에는 행복하게 끝나니까."

크리스토퍼는 숨죽인 채 루시가 한 번도 들려준 적 없던 그녀의 언니, 앤지의 이야기에 귀를 기울였다.

앤지는 늘 아팠다. 앤지는 선천성 면역 결핍 질환을 앓고 있었다. 말하자면, 태어날 때부터 면역력이 거의 없다는 뜻이었다. 루시의 부모님은 앤지를 위해 할 수 있는 모든 노력을 다 쏟아부었다. 반면에 건강하게 태어나 특별히 신경 쓰지 않아도 잘 자라는 둘째 딸 루시는 부모님의 관심이나 사랑을 아예 받지 못했다.

"너무 불쌍해요." 크리스토퍼가 끼어들었다.

"그렇다니까." 루시는 아이의 이마에 살짝 입을 맞추고 계속 이야기를 이어갔다.

어린 루시는 무관심한 부모님 밑에서 늘 애정에 목말랐지만, 잭 마스터슨과 시계섬 시리즈 덕분에 무너지지 않고 버틸 수 있었다.

"그 책들과 어떻게 만나게 됐는지 길게 이야기하지는 않을게." 루시가 말했다. "그냥 그 책들이 딱 필요한 때에 나를 찾아왔다고만 해두자. 여덟 살 때는 정말 힘들었는데, 그 책을 읽기 시작하면서 삶이 한결 수월해졌어."

그날, 루시는 부모님이 앤지의 병실에 들어가 있던 몇 시간 동안 어린이 병원 대기실에서 꼼짝 없이 기다려야 했다. 루시도 언니가 보고 싶었지만 너무 어려서 병실에 들어갈 수 없었다. 병동 입구에는 '12세 미만의 어린이는 소아병동 출입을 금지합니다'라는 표지판이 붙어 있었다. 루시는 낡은 색칠 공부 책이 담긴 바구니를 뒤적거리다가 우연히 그 책을 발견했다.

얇고 가벼운 책이었다. 뒷면에는 독서 권장 연령이 9세부터 12세라고 쓰여 있었다. 유아용 도서가 아니라는 뜻이다. 그림도 모든 페이지가 아니라 어쩌다 한 페이지에만 그려져 있었다. 남자아이용 책처럼 보이지도 않았다. 불을 뿜는 로봇이나 칼을 든 해적 그림은 없었으니까. 책 표지에 남자아이가 그려져 있기는 했지만, 그 옆에는 여자아이도 서 있었다. 소년과 소녀는 루시와 나이가 비슷하거나 약간 더 많을 것 같았다. 아홉 살, 어쩌면 열 살쯤 돼 보였고 둘 다 손전등을 들고 있었다. 그들은 긴 그림자가 드리워진 낡고 으스스한 집의 길고 어두운 복도를 살금살금 걸어가고 있었다. 책 제목은 《시계섬의 저택》이었다. 루시는 보자마자 책이 마음에 들었다. 표지 속 소녀가 결단력 있는 표정으로 앞장서서 걷고 있는 데 반해, 그 뒤를 따르는 소년은 겁에 질린 것처럼 보였기 때문이었다. 다른 책에서는 보통 그 반대였다.

책 내용이 궁금해진 루시는 아무 페이지나 펼쳐 읽기 시작했다.

아스트리드는 규칙을 좋아하지 않았다. 부모님이 밥을 다 먹고 한 시간은 기다려야 수영할 수 있다고 하면 그녀는 20분 만에 물속으로 뛰어들었다. '어린이 출입 금지! 너 말이야, 꼬마야!'라고 적힌 표지판을 봐도 그냥 무시하고 지나갔다.

루시는 그 책에 푹 빠졌다. 규칙을 어기는 소녀라니! 루시 같은 촌스러운 이름이 아니라 아스트리드라는 멋진 이름을 가진 소녀라니! 만약 아스트리드가 병원에 있었다면, 언니를 보기 위해 몰래 병실로 들어갈 방법을 어떻게든 찾았을 것이다.

루시는 아스트리드가 진짜 자기 언니였으면 좋겠다고 생각했다.

루시는 머릿속으로 책 표지에 그려진 아스트리드의 남동생 맥스를 지워버리고 그 자리에 자기 모습을 그려 넣었다. 그리고 아스트리드와 함께 둘이서 시계섬을 모험하는 상상을 했다.

몇 시간이 지나자 할아버지, 할머니가 루시를 데리러 왔다. 부모님은 여전히 앤지의 병실에 있었다. 루시는 그대로 책을 가지고 집으로 갔다.

"훔친 거예요?" 크리스토퍼는 놀랐다기보다는 감명을 받은 듯했다.

"아스트리드라면 그렇게 했을 것 같았거든." 루시의 말에 크리스토퍼도 고개를 끄덕였다.

그날 이후로 루시와 시계섬 시리즈 사이에 끼어들 수 있는 건 아무것도 없었다. 루시는 학교 도서관에 있는 시계섬 시리즈를 모조리 빌렸다. 루시는 생일에도 선물 대신 돈으로 받겠다고 했다. 할머니가 동네 서점에 데려다주자, 루시는 서점에 있는 시계섬 시리즈를 이미 도서관에서 빌려 읽은 것까지 전부 샀다. 심지어 핼러윈 때는 흰색 바지에 파란색과 흰색 줄무늬가 들어간 선원 스타일 셔츠를 입고, 흰색 선원 모자를 쓴 아스트리드 분장을 했다. 아무도 알아보지 못했지만, 루시는 신경 쓰지 않았다. 5학년 때 선생님이 가장 좋아하는 작가에게 편지를 쓰라는 숙제를 내줬을 때 루시는 이미 누구에게 쓸지 정해져 있었다.

당연히 잭 마스터슨이었다.

그리고 잭 마스터슨에게, 혹은 마스터마인드에게 편지를 보낼 때 필요한 주소는 오직…

"나도 알아요." 크리스토퍼가 말했다. "그냥 '시계섬'이라고만 쓰면 편지가 간댔어요."

"그걸 어떻게 알았어?" 루시가 물었다.

크리스토퍼는 세상에서 가장 멍청한 사람을 보는 듯한 눈빛으로 루시를 빤히 쳐다보았다.

"책 뒤에 쓰여 있잖아요."

"아, 그렇구나." 루시가 중얼거렸다. "잊고 있었네."

루시는 일주일을 꼬박 잭 마스터슨에게 보낼 편지를 쓰는 데 매달렸고 마침내 용기를 내어 선생님께 편지를 제출했다. 과제는 어떻게 처음 책을 읽게 되었는지, 그 책을 왜 좋아하는지를 적고 작가에게 하고 싶은 질문 한 가지를 하는 것이었다. 다행히 성적은 답장을 받았는지가 아니라 편지를 쓰는 능력으로만 평가했다.

잭 마스터슨의 답장은 끝내 오지 않았다.

몇 달이 지나도록 루시가 답장을 받지 못하자, 리 선생님은 루시에게 낙담하지 말라고 격려해 주었다. 잭 마스터슨은 세계에서 가장 많이 팔리는 작가 중 한 명이었다. 그의 어린이 소설은 웬만한 유명 성인 소설 작가들의 책보다 훨씬 더 많이 팔렸다.

루시는 상처를 받기는 했지만, 마음이 완전히 무너지지는 않았다. 일방적인 사랑에 익숙해져 있었기 때문이었다. 게다가 그 나이에는 잭 마스터슨이 진짜 사람이라고 상상할 수조차 없었다.

그는 그저 책 표지에 적힌 이름일 뿐이었다. 그가 집에 살며 침대에서 자고, 케이크를 먹거나 화장실에 가는 상상은 예수님이나 브리트니 스피어스가 먹고 자고 싸는 상상을 하는 것만큼이나 말이 안 되는 일이었다.

"브리트니 스피어스가 누구예요?" 크리스토퍼가 물었다.

"그 유명한 브리트니 스피어스를 모른다고?" 루시가 놀라서 되묻자 크리스토퍼는 어깨를 으쓱했다.

"너를 제대로 가르치지 못한 내 잘못이구나, 아가." 루시가 말했다. "하지만 그 얘기는 나중에 하도록 하고, 지금은 잭 마스터슨 이야기로 돌아가자."

잭 마스터슨이 그녀의 첫 편지에 답장을 하지 않았는데도 불구하고 루시는 그에게 꾸준히 편지를 쓰기로 결심했다. 몇 달에 한 번씩 꾸준히 편지를 보냈다. 이제 선생님이 편지를 먼저 읽지 않을 테니 전보다 솔직한 이야기를 털어놓을 수 있었다. 루시는 부모님이 언니를 사랑하는 만큼 자기를 사랑하지 않아서 지금은 조부모님 댁에서 살고 있다는 이야기와 그해 봄방학 동안 집에 갔던 일도 털어놓았다. 그 일주일 동안 루시는 부모님이 자신에게 몇 마디나 건네는지 세어 보았다. 월요일 아침부터 일요일 밤까지 그녀는 계속해서 숫자를 더해갔다.

과연 총합은 몇이었을까?

엄마: 27단어.
아빠: 10단어.

부모님과 같은 방 안에 함께 있었던 시간도 셌다.

엄마: 11분.

아빠: 4분.

그리고 부모님이 자신에게 사랑한다고 말한 횟수도 셌다.

엄마: 0회.

아빠: 0회.

아마도 이 숫자들 때문이었을 것이다.
잭 마스터슨이 루시에게 답장을 보냈다.

6

"그날이 아직도 어제 일처럼 생생해." 루시가 속삭였다. 크리스토퍼에게 이 이야기를 들려주는 것이 너무 즐거웠다. 크리스토퍼는 루시 쪽으로 바짝 몸을 기울였다.

어느 가을날, 루시가 학교에서 조부모님 댁으로 돌아왔을 때, 부엌 식탁 위에 그녀의 이름이 적힌 연한 파란색 봉투가 놓여 있었다. 열세 살 생일이 막 지났을 때기는 했지만, 루시는 봉투 안에 든 것이 생일 카드가 아니라는 걸 알고 있었다. 그녀에게 생일 카드를 보내는 사람은 없었기 때문이었다. 루시는 부엌칼을 찾아 봉투를 '쓱' 열었다.

"편지에 뭐라고 쓰여 있었어요?" 크리스토퍼가 물었다.

루시는 토씨 하나 빠뜨리지 않고 편지 내용을 이야기해 줄 수 있었다. 너무 자주 읽어서 내용을 모두 외우고 있었기 때문이다.

루시에게,

비밀을 하나 알려줄게. 내 집에는 괴물이 산단다. 그 괴물은 내 글공장 안에 있는 의자 뒤에 서서 내가 일을 다 마칠 때까지 나를 못 나가게 해. 이 괴물의 이름은 편집자란다. 초록색 털로 덮여 있고, 긴 이빨 사이에는 마감 기한을 맞추지 못해 잡아먹힌 다른 작가들의 뼈가 가득 끼어 있지. 지금 그 괴물은 입이 틀어 막히고 눈이 가려진 채 내 작업실 구석에 꽁꽁 묶여 있어. 곧 풀려나겠지만, 덕분에 비로소 너에게 답장을 쓸 기회가 생겼지.

부모님이 네게 한 일들은 정말 끔찍하구나. 물론, 네 부모님도 사정이 있겠지. 네 언니가 오랫동안 병을 앓고 있으니까. 부모가 되는 것은 그 자체로도 힘든 일인데, 아이가 아프면 부모는 그 병의 노예가 되거든. 세상에 노예가 되고 싶은 사람은 없을 거다. 누구도 원치 않는 상황이지만, 빠져나올 방법이 없는 거지. 네 언니에게, 혹은 세상 어떤 자매, 형제, 부모에게도 그런 일은 일어나지 않았으면 좋았을 텐데.

그럼에도 불구하고, 부모님이 네게 한 일은 정말 끔찍한 거야. 얼마나 끔찍하면 내가 두 번이나 같은 말을 하겠니. 어쩌면 한 번 더 써야 할지도 모르겠다.

부모님이 네게 한 일은 정말 끔찍해.

만약 네가 내 딸이었다면, 그 숫자들은 완전히 달라졌을 거야.

일주일 동안 네게 말한 단어는 10만 개쯤 될 거다(대부분은 내가 매일 상대해야 하는 괴물에 대한 푸념이겠지만).

너와 대화를 나눈 시간은 아마 840분에서 1천 분 정도 되겠구나. 하루에 서너 시간을 대화한다고 생각하면 말이지. 나는 네게 자살총과 화염방사기를 줄 테고, 우린 매일 편집자 괴물을 집 밖으로 쫓아내기 위해 싸울 테니 그 정도 대화 시간은 필요하겠지. 글을 쓰는 건 정말 고된 일이란다. 매일같이 차를 한 주전자씩 마셔야 할 정도야. 그래서 난 조수가 필요해. 지금 있는 조수는 영 시원찮거든. 내가 이렇게 말했다고 그에게 전해도 상관없단다.

이런, 구석에 있는 괴물이 밧줄을 거의 다 갉아버린 것 같구나. 네 부모님이 네게 저지른 끔찍한 일은 정말 유감이야. 이렇게 말하는 것 말고는 내가 해줄 수 있는 게 없어서 안타깝구나. 하지만 너는 분명 용감하고 똑똑한 아이고, 네 부모님이 그걸 모르신다 해도 나는 알고 있지. 그리고 내 의견이 부모님의 의견보다 더 중요해. 난 부자에다 유명하거든. 이건 농담이야. 아니, 사실 반쯤은 진담이기도 해. 하지만 내 의견이 중요한 이유는 그 때문이 아니란다. 그건 바로 내가 다른 사람들이 모르는 것들을 알기 때문이야. 신비한 비밀과 숨겨진 지식 같은 것들, 영화에서 중절모를 쓴 남자들이 목숨을 걸고 찾는 그런 것들 말이야. 게다가 내 글쓰기 방에 있는 룬 문자, 타로 카드 그리고 큰까마귀가 모두 같은 이야기를 하더구나. 루시 하트, 너는 괜찮을 거라고. 아니, 괜찮은 걸 넘어서 더 좋아질 거라고. 넌 마땅히 사랑받아야 할 만큼 사랑받을 거고, 아주 마법 같은 삶을 살게 될 거라고 말이야(물론 네가 원한다면 말이다. 마법은 늘 대가가 따르니 거절해도 괜찮아).

포기하지 말거라, 루시. 항상 기억하렴. 아무도 듣지 않는 것 같아도 계속 소원을 비는 용감한 아이들의 소원만이 이루어진다는 걸. 왜냐하면 누군가는 늘 소원을 듣고 있거든. 나 같은 사람 말이야.

계속 소원을 빌거라.

내가 듣고 있단다.

너의 친구, 잭 마스터슨

추신: 이런, 괴물이 다 풀려났구나. 누군가 내게 성수와 십자가를!

"물론 마지막은 농담이야." 루시가 크리스토퍼에게 설명했다. "무시무시한 편집자를 흡혈귀에 비유한 거지. 흡혈귀를 쫓아내려면 성수랑 십자가가 필요하잖아."

루시는 크리스토퍼가 괴물에 대해 묻거나 잭 마스터슨의 편지가 우스꽝스럽고 요상하다는 말을 할 줄 알았다. 하지만 아이는 그녀의 목에 팔을 두르고 어깨 위에 턱을 얹었다.

"부모님이 선생님을 원하지 않았다니 너무 마음이 아파요."

루시는 미소 지었다. 그녀는 울고 싶지 않았다. 부모님 때문에 울 수는 없었다. 눈물도 아까운 사람들이니까.

"난 괜찮아." 루시는 크리스토퍼를 꼭 안아주며 말했다.

"정말요?"

"부모님이 나를 원했다면 지금 여기서 너와 함께 있지 못했을 테니까." 루시가 부드럽게 말했다. "아마 아직도 메인주에 살고 있겠지. 그리고… 그분들이 나를 원했다면, 난 가출도 하지 않았을 거야. 그랬다면 그 수수께끼의 답을 알 수도 없었을 거고."

"답이 뭔데요?" 크리스토퍼가 속삭였다.

"지금 말해 줄게."

잭 마스터슨의 편지를 몇백 번이나 읽은 후 루시는 그가 제시한 숫자가 자신이 기록한 숫자보다 더 마음에 든다고 결론지었다. 게다가 그는 새로운 조수가 필요하다고 하지 않았던가?

학교 기술 시간에 루시는 인터넷을 사용해 특정한 장소에 가는 방법을 검색하는 법을 배웠다. 그녀는 옷가지와 우산, 그리고 옆집 아이를 돌보거나 할머니를 도와 집안일을 하며 번 돈 379달러를 챙겼다. 버스를 타고 포틀랜드의 여객선 선착장으로 갈 계획이었다. 거기서 어른들에게 어느 배가 시계섬으로 가는지 물어보기로 했다. 유명한 작가가 어디에 사는지 안다는 사실을 자랑하고 싶은 누군가가 길을 알려줄지도 모른다고 생각한 것이다. 시계섬 시리즈에서 나오는 어른들은 늘 아이들을 과소평가했다. 어쩌면 진짜로 누군가 알려줄지도 모를 일이었다.

재밌게도, 그 누군가가 정말 있었다.

"정말 알려줬어요?" 크리스토퍼가 물었다.

"표 파는 아주머니에게 물었지. 그냥 바로 알려주더라." 루시가 말했다. "아주머니가 말하길, 시계섬에서는 내릴 수 없다고 했어. 우편물을 배달할 때만 잠깐 멈추는 거라고. 그래도 사진은 찍어도 된다더라. 하지만 배가 선착장에 도착해서 우편배달부가 배에서 내리려고 등을 돌리자마자 나도 그대로 배에서 내려버렸지."

오랫동안 계획을 세우고, 일어날 수 있을 만한 일들을 모두 생각해 두고, 잘못될 가능성도 염두에 뒀지만, 실제로 시계섬에 가는 건 정말 식은 죽 먹기였다. 평범한 사람을 찾을 때와 다른 게 없었다. 잭 마스터슨이 어디에 사는지 물어서 그냥 가면 될 일이었다. 루시는 해변에서부터 언덕 꼭대기처럼 보이는 곳까지 이어진 경사진 자갈길을 걸으며 이렇게 쉽게 잭 마스터슨을 찾았다는 사실에 어안이 벙벙했다. 전기 울타리는 어디 있지? 경비원은? 사람들은 잭 마스터슨이 얼마나 유명하고 중요한 사람인지 모르는 걸까?

그리고 마침내, 시계섬 저택이 보였다. 몰라볼 수가 없었다. 거대하고 으스스한 저택의 흰색 외벽을 타고 담쟁이덩굴이 자라고 있었고, 군데군데 검은 덧창이 보였다. 루시가 찾던 그 집이었다.

집에 관해 아는 게 없는 어린아이였지만, 부자들이 사는 집과 평범한 사람들의 집이 다르다는 것쯤은 알고 있었다. 그의 집은 의심할 여지 없이 부잣집이었다.

어른이 된 후에야 그 웅장한 저택이 빅토리아 양식이었다는 사실을 알게 되었다. 지나치게 부유하고 약간 괴짜 같은 면이 있는 사람에게 잘 어울리는 집이었다. 원통형 탑과 높은 첨탑, 스테인드글라스 창문들까지, 정말이지 대단했다.

집에 가까이 다가갈수록 그녀는 점점 두려워졌다. 그녀의 심장이 마치 가슴을 뚫고 나와 제 발로 조부모님 댁으로 도망갈 것처럼 세차게 요동쳤다. 소나무 뒤에 숨어 이제껏 본 것 중 가장 아름다운 집을 바라보는 동안 비로소 자신이 무슨 짓을 저질렀는지 실감했다. 내가 대체 무슨 짓을 한 거지? 집에 어떻게 돌아가지? 여기서 나는 뭘 하고 있는 거지?

그러다 문득 기억이 났다…. 시계섬 시리즈에서 아이들이 저택에 가서 초인종을 누르고 마스터마인드에게 도움을 청하는 걸 얼마나 두려워했는지. 물론 그는 무서운 존재였지만 나쁜 사람은 아니었다. 폭풍도 무섭고, 늑대도 무섭지만, 루시는 폭풍도 늑대도 좋아했다.

정신을 차리고 보니, 루시는 어느새 저택 현관 앞에 서 있었다. 그리고 초인종을 눌렀다.

한 남자가 문을 열었다.

루시는 그가 누구인지 바로 알아차렸다. 잭 마스터슨. 약간 헝클어진 희끗희끗한 갈색 머리, 갈색 눈동자, 늘 주름이 져 있는 미간과 남색 카디건, 구겨진 카키색 바지와 구겨진 얼굴로 보아 그가 틀림없었다. 그가 직접 문을 열고 나왔다는 사실이 믿기지 않았다. 하인이 엄청나게 많을 텐데 왜 직접 나왔을까?

"잭 마스터슨 작가님." 루시는 그가 입을 열기도 전에 말을 시작했다. "저는 루시 하트예요. 작가님이 저한테 답장을 주셨잖아요. 조수가 필요하시다고 하셨죠? 그래서… 제가 왔어요."

그는 세상에서 가장 현명한 사람이 틀림없었다. 다른 사람이었다면, 다른 작가였다면 자기 독자가 책가방을 멘 채 조수가 되겠다고 나타났을 때 경찰과 정신병원에 전화를 걸고 만일의 사태에 대비해 소방서에까지 출동 요청을 했을 것이다. 만약 그런 일이 벌어졌다면 루시는 완전히 무너져 내렸을 것이다. 크리스토퍼 같은 아이를 아무리 만나도 회복될 수 없을 만큼 철저하게 망가졌을지도 모른다.

하지만 그는 그렇게 정상적인 반응을 보이는 대신 잭 마스터슨답게 행동했다. "아, 루시, 기다리고 있었단다. 어서 들어오렴. 글공장에서 차를 끓이는 중이었거든. 차를 미국식으로 줄까, 아니면 영국식으로 줄까?"

'예'나 '아니요'로 대답할 수 있는 질문이 아니었지만 루시는 "어… 아니요?"라고 답하고 말았다. 아무리 생각해도 뜨거운 차를 마셔 본 기억이 없었기 때문이었다.

"그럼 설탕을 아주 듬뿍 넣어서 내가 좋아하는 방식으로 한 번 마셔 보렴. 올라가서 이야기하자꾸나."

루시는 그를 따라 집 안으로 들어가서 크고 웅장한 중앙 계단을 올랐다. 집에 너무 압도당한 탓에 내부가 어떻게 생겼었는지는 기억이 가물가물했다. 하지만 짙은 녹색 벽에 기이한 그림들이 걸려 있던 것만큼은 생생히 기억났다. 기이하지만 멋진 그림들이었다.

두 사람은 복도를 지나 그의 글공장으로 향했다. 뚜껑 밖으로

티백 손잡이가 달랑달랑 걸쳐진 찻주전자가 불판 위에 올려져 있었다.

잭 마스터슨은 커다란 갈색 의자에 그녀를 앉히고는 약속한 대로 설탕을 가득 탄 뜨거운 차를 건넸다. 차는 정말 맛있었다. 그날 이후로 루시는 우유 없이 설탕만 넣은 홍차를 마시게 되었다. 그녀는 놀라움과 경이로움에 가득 차서 방을 둘러보았다. 책장마다 빽빽이 꽂힌 책, 가면, 모형 로켓들이 보였다. 책상에는 램프 대신 유리로 만든 호박 모양 등이 켜져 있었다. 날개에 눈알 모양이 그려진 나방 표본이 들어 있는 유리 상자도 보였다. 둥근 달 모형도 있었다. 열린 창문 옆 횃대에는 검은 새 한 마리가 앉아 바다를 바라보고 있었다.

살아 있는 새였다.

"까마귀네요." 새가 움직이자 루시가 깜짝 놀라며 말했다.

잭 마스터슨은 손가락을 입술에 대며 그녀를 조용히 시켰다.

"큰까마귀란다." 그가 입 모양으로 말했다. "썰은 아주 예민한 녀석이야. 아직 아기라서 그렇지, 크면 괜찮아 질 거야. 썰, 이리 온."

그가 휘파람을 불자 큰까마귀는 날개를 푸드덕거리며 방을 가로질러 와서 잭의 손목 위에 앉았다.

"우와." 루시가 말했다. "이름이 뭐예요? 썰이에요?"

"응. 썰 레이븐스크로프트야. 그 사람과 친척은 아니란다."

"누구랑요?"

"썰 레이븐스크로프트(Thurl Ravenscroft 미국의 성우 겸 가수 – 옮긴이)."

루시는 그를 빤히 쳐다보았다. 그는 루시가 생각했던 것보다 더 이상한 사람 같았다. 그녀는 절대 이 집에서 떠나고 싶지 않아졌다.

"큰까마귀를 키우시는 거예요?"

"'희망에는 깃털이 달렸다'라고 에밀리 디킨슨 선생께서 쓰셨지. 그렇다면 소원에는 검은 깃털이 달렸단다." 그는 썰 레이븐스크로프트의 윤기 나는 가슴털을 쓸어내리며 미소 지었다. "검은 깃털, 뾰족한 부리, 그리고 날카로운 발톱도 달려 있지. 소원은 위험한 것이란다. 가끔은 네가 부를 때 찾아오지만, 가끔은 널 물어뜯고 날아가 버릴 수도 있어." 그는 손가락을 썰의 부리에 갖다 댔지만, 큰까마귀는 물지 않았다. 잭이 다시 휘파람을 불자 썰은 조용히 앉아 있던 횃대로 돌아갔다.

"그러니까, 소원을 빌 때는 조심해야 해."

"저는 계속 여기서 지내고 싶어요." 루시가 말했다. "세상 무엇보다 그게 제일 간절해요."

잭 마스터슨은 턱에 손을 얹고 루시를 평가하듯 훑어보았다. 그녀가 어떤 시험을 통과한 모양인지, 그는 이렇게 물었다. "루시, 내 발명품을 하나 보여줄까?"

"그럼요." 루시는 숨죽이며 말했다. "뭔데요?"

"찰스 도지슨이라는 아주 괴짜가 하나 있었어. 아마 넌 그를 루이스 캐럴이라는 이름으로 알고 있을 거다."

"네, 알아요." 루시는 들뜬 목소리로 답했다.

"친한 사이니?" 잭 마스터슨이 물었다.

"만난 적은 없어요." 그 말에 잭은 미소를 지었다.

"그가 책에서 낸 수수께끼가 있단다. '왜 큰까마귀가 책상과 닮았을까?' 난 그 답을 절대 알아낼 수가 없었지." 잭이 말했다. "수수께끼를 듣고 답을 모르는 것만큼 답답한 건 없잖니. 미칠 것 같앉단다. 아마 문제를 낸 의도가 그거였을 거야. 하지만 마감 기한에 쫓기느라 난 미칠 시간도 없었어. 그래서 나는 내 나름대로 답을 만들어냈단다."

"답을 만들어내셨다고요?"

잭 마스터슨은 루시를 향해 활짝 웃었다. 인터넷 백과사전에 따르면 그는 쉰네 살이었지만 그 순간만큼은 어린아이 같았다.

"잘 보렴." 잭은 썰이 앉아 있는 횃대 옆 창문을 활짝 열었다. 그런 다음 그는 식판만 한 크기의 작은 접이식 나무 책상을 집어 들었다. 그리고 화려한 동작으로 그 책상을 창문 밖으로 던져 버렸다. 루시는 깜짝 놀라 숨을 들이켰다. 잭 마스터슨이 미친 걸까? 루시는 창문 쪽으로 달려가 아래를 내려다보았다.

그때 엄청나게 놀라운 일이 벌어졌다. 책상은 땅에 떨어지지 않고 공중에 떠 있었다. 잭 마스터슨은 손에 리모컨처럼 생긴 물건을 쥐고 있었다.

"책상 밑에 장난감 헬리콥터 프로펠러를 달았단다." 그는 리모컨의 버튼을 누르며 설명했다. "쇼핑몰 보면 떠다니는 작은 그런 것들 있잖아. 그거랑 비슷한 원리로 날지."

책상은 공중에서 퍼덕거리며 오르락내리락하다가 결국 창가로 돌아왔다. 잭은 책상을 재빠르게 낚아챘다.

루시는 바로 그 순간, 잭 마스터슨이 역사상 전무후무한 멋진 인물이라는 사실을 깨달았다. 반드시 그의 조수가 되어야만 했고, 그렇지 않으면 결코 진정으로 행복할 수 없으리라는 생각이 들었다.

잭 마스터슨이 루시에게 물었다. "이제 왜 큰까마귀가 책상과 닮았는지 알겠니?"

13년이 흐른 지금, 크리스토퍼가 수수께끼에 답할 차례였다.

크리스토퍼는 경이로움으로 가득 찬 부드러운 목소리로 말했다. "둘 다 날 수 있으니까요."

"맞아." 루시가 미소를 지으며 말했다. "약간의 도움만 있으면, 둘 다 날 수 있어."

크리스토퍼는 눈을 크게 뜨고 놀란 표정으로 그녀를 빤히 바라보았다.

"어찌 됐든," 루시는 말을 이었다. 크리스토퍼에게 이 이야기의 결말이 행복하다고 약속했으니 이제 그 결말을 말해 줄 차례였다. "물론 난 집에 가야 했어. 열세 살짜리가 좋아하는 작가 집에 무턱대고 찾아가서 눌러앉을 수는 없는 노릇이니까. 그래도 그는 정말 친절했고, 책에 사인도 해줬어. 그리고 나중에 어른이 되면 다시 찾아오라고 했지. 언젠가 진짜 그럴 수 있을지도 몰라."

"나도 같이 갈 수 있어요?" 크리스토퍼가 물었다.

루시는 어디든 그와 함께 갈 수 있다고 말하려다가, 문득 코스타 부인이 했던 말을 떠올렸다. 기적이 일어나지 않는 한, 그녀는 절대 크리스토퍼의 엄마가 될 수 없었다.

하지만 무슨 말이라도 해야 했다. 크리스토퍼가 그녀를 바라보며 답을 기다리고 있었다. 어쩌면 지금이 그에게 솔직하게 이야기할 적절한 때일지도 몰랐다. 적어도 그들이 바라던 대로 일이 풀리지 않으리라는 사실을 서서히 알리기 시작해야 할 것 같았다.

"있잖아, 크리스토퍼, 너랑 할 이야기가 있어…" 루시가 말을 시작하려는 순간, 갑자기 테레사가 컴퓨터실 문 앞에 나타났다.

"여기 있었네요." 테레사가 말했다. 그녀의 손에는 파란 봉투가 들려 있었다. "이게 루시 앞으로 배달됐어요. 우편으로요. 소송을

당한 건 아니길 바라요."
 루시는 파란 봉투를 바라보았다. 그리고 크리스토퍼를 보았다. 크리스토퍼도 파란 봉투를 보다가 다시 루시에게 시선을 돌렸다.
 크리스토퍼는 소리를 질렀다. 루시도 소리를 질렀다.
 소리를 지르고 싶을 때는 질러야 하는 법이다.

2부
똑딱똑딱, 시계섬에 오신 것을 환영합니다.

깊고 짙은 초록색 숲 한가운데, 거대한 단풍나무들에 반쯤 가려진 저택이 서 있었다. 아스트리드는 그렇게 컴컴하고 이상하게 생긴 집은 한 번도 본 적이 없었다. 높고 넓은 집은 붉은 벽돌로 지어졌지만, 초록빛 담쟁이덩굴이 너무 무성하게 자라 있어서 유리에 반사되는 달빛이 아니었다면 창문의 위치조차 가늠할 수 없을 정도였다.
 "저기야?" 맥스가 그녀 뒤에서 속삭였다. "저기가 그 사람 집이야?"
 "그런 것 같아." 아스트리드도 낮게 속삭였다. "들어가 보자."
 "캄캄한데. 아무도 없는 것 같아. 우리 그냥 집에 가자."
 "방금 왔는걸." 아스트리드도 집에 가고 싶었다. 집으로 돌아가는 게 가장 쉬운 결정일 테니까. 하지만 지금 포기하면 그들이 원하던 소원은 결코 이루어지지 않을 것이다.

창문에 불이 켜졌다. 누군가 집 안에 있었다.

아스트리드는 나직이, 맥스는 요란하게 숨을 들이켰다. 그들은 서로를 바라보았다. 그러고는 천천히, 이끼 낀 미끄러운 자갈이 깔린 길을 따라 집으로 다가갔다. 맥스는 아스트리드 뒤를 바짝 쫓았다.

문 앞에 다다랐을 때 주변이 너무 캄캄해서 초인종을 찾기 위해 손전등을 켜야만 했다. 아스트리드는 초인종을 누르고 초인종 소리가 들리기를 기다렸다.

하지만 초인종 소리 대신 이상한 기계 음성이 들려왔다.

"만질 수도, 맛볼 수도, 잡을 수도 없지만 깰 수 있는 것은 무엇인가?"

아스트리드는 깜짝 놀라 뒤로 물러섰고, 그 모습을 본 맥스도 화들짝 놀랐다. 공포에 질린 두 사람은 숨을 몰아쉬었다.

"방금 뭐였어?" 맥스는 눈을 동그랗게 뜨고 물었다.

"아마도 초인종이었던 것 같아." 손이 덜덜 떨리고 있었지만, 아스트리드는 다시 한번 벨을 눌렀다.

목소리가 다시 들려왔다. 마치 시계가 말하는 것처럼, 각 단어가 뚝뚝 끊겨 들렸다.

"만. 질. 수. 도. 맛. 볼. 수. 도. 잡. 을. 수. 도. 없. 지. 만. 깰. 수. 있. 는. 것. 은. 무. 엇. 인. 가."

"이건 수수께끼야." 아스트리드가 말했다. "이 수수께끼를 풀어야 들어갈 수 있어. 만질 수도 없고, 맛볼 수도 없고, 잡을 수도 없지만 깰 수 있는 게 뭐지? 생각해 봐, 맥스!"

하지만 맥스는 겁에 질려 아무 생각도 할 수 없었다. "아스트리드 누나, 나 집에 가고 싶어. 무서우면 집에 가도 된다고 약속했었잖아."
   그 순간 아스트리드의 머릿속에 번뜩 답이 떠올랐다.
   아스트리드는 문에 대고 소리쳤다. "약속이요!"
   긴 정적이 흐른 후, 다시 기계 음성이 들려왔다.
   "똑. 딱. 똑. 딱. 시. 계. 섬. 에. 오. 신. 것. 을. 환. 영. 합. 니. 다."
   곧 삐걱거리며 문이 열렸다.

잭 마스터슨, 《시계섬의 저택》에서 발췌
시계섬 시리즈 제1권 (1990년 출간)

7

휴고는 사실상 유배 중이었다. 그가 스스로 자초한 일이었다. 그는 지붕 위에 있는 망대 난간에 서서, 각종 상자와 식료품, 그리고 요리와 청소를 맡을 임시 가사 도우미들을 실어 나르는 배들을 지켜보았다. 잭은 이 말도 안 되는 대회를 열기 위해 거의 작은 군대와 맞먹을 정도의 인력을 임시로 고용했다. 지금까지는 이미 고인이 된 어느 천재가 만든 귀한 대리석 흉상 하나가 깨졌을 뿐이었다. 잭은 웃으며 '이럴 때 쓰려고 보험을 들어놓은 걸세'라고 했다. 그때 휴고의 머리는 거의 폭발할 지경이었다. 그래서 잭은 '배들을 감독'하라며 그를 지붕 위 망대로 보냈다.

휴고는 반발했다. "배들을 감독하라고요? 여기서 더 이상 아무것도 안 깨지게 지켜볼 사람이 더 필요할 것 같은데요."

"휴고," 잭은 살짝 섬뜩할 정도로 활짝 웃으며 말했다. "자네의 찡그린 얼굴이 아이들을 겁주고 있어."

휴고는 방 주위를 가리키며 팔을 휘저었다. "여기 아이들은 없는데요."

"우리 모두 한때는 아이들이었지 않나?" 잭이 말했다.

반박할 말이 없었던 휴고는 결국 지붕으로 물러났다.

하지만 이곳에서도 평화와 고요는 찾을 수 없었다. 주머니가 진동하기 시작했다. 볼 것도 없이 모르는 번호로 걸려 온 전화일 것이다. 이번에는 어디일까? TMZ? 뉴욕 포스트? 내셔널 인콰이어러? 휴고는 짜증이 섞인 목소리로 전화를 받았다.

"여보세요?"

"휴고 리스 씨 맞으시죠? 저는 '셀프 토커'의 토머스 라라비라고 합니다."

"들어 본 적 없는 매체네요."

"저희는 인기 문학 블로그를 운영하고 있습니다."

"그런데요?" 휴고는 있는 그대로 경멸을 드러내며 물었다.

"그건, 그러니까, 그게…"

"됐고, 원하는 게 뭡니까?"

"질문 몇 가지에 답을 해주시면…"

"질문은 하나만 받겠습니다."

"아, 그럼… 알겠습니다." 전화기 너머로 수첩을 넘기는 소리가 들렸다. "진짜 잭 마스터슨은 어떤 분이신가요?"

"좋은 질문이군요." 휴고가 말했다.

"감사합니다."

"내가 진짜 잭 마스터슨을 만나게 된다면, 꼭 알려드리죠."

휴고는 그대로 전화를 끊었다. 도대체 이 사람들은 어떻게 그의 전화번호를 알아내는 걸까? '셀프 토커'를 검색해 보니 인기 있다던 그 문학 블로그의 팔로워 수는 고작 17명뿐이었고, 그나마도 대부분 러시아 봇 계정처럼 보였다. 놀랍지도 않았다.

그래도 질문 자체는 나쁘지 않았다. 진짜 잭 마스터슨은 어떤 사람일까? 휴고도 그 답을 알고 싶었다.

작년 어느 날 갑자기, 아무런 징조도, 경고도, 설명도 없이 잭은 침대에서 일어나 다시 글을 쓰기 시작했다. 그리고, 또다시 아무런 설명도 없이 갑작스럽게 자기 섬에 있는 저택에서 대회를 열겠다고 선포했다.

잭은 규칙적이고 반복적인 일상을 좋아했고, 사생활을 중시했으며, 평화롭고 조용한 삶을 원했다. 사교적인 사람들은 이런 외딴섬에서 살지 않는다. 잭은 사교성과는 거리가 멀었고, 은둔형 외톨이에 더 가까웠다. 그런데도 이번 일주일 동안 집 안을 낯선 사람들로 가득 채우기로 한 것이다. 대체 왜일까?

휴고가 잭에게 그 이유를 물었을 때, 잭은 그저 '안 될 이유가 있나?'라고 답할 뿐이었다. 정말 미치고 팔짝 뛸 노릇이었다. 하지만 잭은 그런 사람이었다. 살아 숨 쉬는 수수께끼. 휴고가 진짜 잭을 만난 적이 있었던가? 어쩌면 아주 오래전에 한 번쯤 만났었는지도 모른다.

휴고가 새로운 삽화가를 뽑는 공모전에서 우승했을 때, 잭이 직접 전화를 걸어 몇 달 동안 시계섬에 머물러 보지 않겠냐며 그를 초대했다. 저택에 있는 빈방을 써도 좋고, 원한다면 별장을 통째로 써도 된다고 했다. 스물한 살이었던 휴고는 영국을 떠나본 적도 없었고, 대서양을 건넌 적은 더더욱 없었다. 휴고는 그 제안을 거절할 수 없었다. 그랬다면 데이비가 절대 용서하지 않았을 것이다.

런던 히스로 공항을 떠나 뉴욕 JFK 공항으로 향하던 날은 휴고가 태어나서 처음 비행기를 탄 날이었다. 공항에 그를 마중 나온 검은색 캐딜락이 맨해튼의 라이언하우스 출판사로 데려다주었고, 그곳에서 잭의 편집자와 디자인팀을 처음 만났다. 그날 밤은 잭이 제공한 리츠칼튼 호텔에서 묵고, 다음 날 또 다른 비행기를 타고 포틀랜드 공항으로 향했다. 내려서 차를 타고, 다시 배를 타고 나서야 마침내 그는 시계섬의 선착장에 서 있었다. 불과 일주일 전만 해도 매일 밤 동생에게 읽어주던 책 속에서만 존재하는 장소라고 생각했던 바로 그 섬이었다.

그는 저택에 하인들이 있으리라 생각했고, 적어도 제복을 입은 집사가 그를 맞이할 줄 알았다. 하지만 아니었다. 하인도, 수행원도 없었다. 그를 기다리는 사람은 잭 마스터슨 한 사람뿐이었다. 만약 휴고가 잭을 고상하고 점잔 빼는 인물로 상상했다면, 만년필과 열 번은 싸우고 패배한 것처럼 잉크 얼룩이 마구 튀어 있는 하늘색 셔츠에 남색 카디건을 입은 평범한 50대 남자의 모습을 보고 깜짝 놀랐을 것이다.

"직접 만나게 되어 영광일세." 잭은 마치 자신이 아닌 휴고가 유명인이라도 되는 것처럼 말했다. "시계섬에 온 걸 환영하네."

휴고는 자신이 뭐라고 대답했는지조차 기억나지 않았다. 섬이 멋지다고? 초대해 줘서 고맙다고? 상황에 너무 압도된 나머지 말도 제대로 못 하고 웃기만 했을지도 모른다.

그 후 잭이 무언가 먹을 걸 권했던 게 기억난다. 하지만 배가 고프다는 사실을 인정하기에는 자존심이 너무 셌던 휴고는 6개월 안에 책 마흔 권의 표지를 새로 그리려면 당장 일을 시작하는 게 좋을 것 같다고만 답했다. 일에 빠져 사는 사람인 척을 하다니, 얼마나 젊고 어리석었던가.

잭은 그를 데리고 시계섬을 구경시켜 줬다. '다섯 시 해변'을 지나 '여섯 시 남쪽 끝'에 도착했을 때 잭은 그곳이 바비큐를 하기에 좋은 장소라고 알려줬다. 휴고는 '일곱 시 행복 별장'이라는 손님용 별채에 머물 예정이었지만, 잭은 원하면 자신의 저택에서 일해도 된다고 했다. 저택에는 빈방도 많고 부엌에는 케이크가 넘쳐난다는 이야기도 덧붙였다.

잭은 온실에서 키우고 있는 하얀 알파인 딸기를 보여주었다. "하나 먹어보게, 휴고. 파인애플 맛이 난다네!" 그다음은 해변의 조수 연못이었다. "불가사리를 보면 붙잡아 두게. 물어볼 게 좀 있거든." 그리고 섬을 360도로 내려다볼 수 있는 지붕 위 망대에도 데리고 올라가 주었다. "여기서 잘 수도 있지. 별을 좋아하고 박쥐가 얼굴에 똥을 싸도 상관없다면 말일세." 하지만 휴고의 머릿속에는 이러고 있을 때가 아니라는 생각뿐이었다.

결국 굳어 있는 휴고를 편안하게 해주려던 잭의 노력은 별 성과가 없었다. 일단 쉬고 일은 천천히 하라는 잭의 말에 휴고는 손을 저었다.

"당장 작업을 시작하는 게 좋겠어요." 휴고는 그렇게 답했었다. 14년이 지난 지금, 그는 과거로 돌아가 젊은 시절의 자기 뒤통수를 한 대 쳐주고 싶었다. 진지한 예술가 흉내 좀 그만 내라고. 그는 검은 옷을 입고, 어두운 표정으로 건방진 태도를 고수했었다. 그가 '진지한 예술가' 같은 건 없다는 사실을 깨닫는 데는 몇 년이 더 걸렸다. 그것은 모순덩어리 망상에 불과했다. 잭이 그날 나에게 가르쳐 주려 했던 것도 바로 그것이었다.

잭과 함께 저택을 둘러보는 동안 휴고는 놀란 티를 내지 않으려 애를 써야 했다. 서재에 있는 값비싼 초판본 도서들, 거대한 12인용 식탁, 누군가의 집만큼이나 넓은 주방, 잭과는 아무 관련 없는 죽은 사람들의 초상화, 전시용 액자에 담긴 박쥐 뼈들, 비밀 통로로 이어지는 숨겨진 문까지. 그 비밀 통로를 빠져나오면 딱히 비밀스럽지 않은 정원으로 나갈 수 있었다. 그뿐만 아니라 집안 곳곳에 온갖 시계가 가득했다. 괘종시계는 물론 모래시계에 해시계까지 있었다. 집 전체가 마치 빅토리아 시대의 미친 과학자가 꾸민 여름 별장 같았다. 휴고는 그 모든 것이 마음에 들었다. 물론 잭에게는 그렇게 말하지 않았지만.

"내 글공장에 온 걸 환영하네." 잭이 마지막 방에 들어서며 말했다. 그곳에도 수많은 책장과 함께 배만큼 거대한 책상이 놓여 있었다. 잭 말로는 실제 배로 만든 책상이라고 했다.

"글공장이요?" 휴고가 물었다.

"윌리 웡카에게는 아이들을 괴롭히고 보상을 주는 초콜릿 공장이 있었지 않나. 나에게도 아이들을 괴롭히고 보상을 주는 글공장이 있다네. 물론 책 안에서만 말이지."

그는 여러 대의 타자기를 가리켰다. 수동과 자동 타자기가 대여섯 대 이상은 되는 것 같았다. 빨간색 올리베티와 검은색 스미스코로나, 하늘색 로열과 형광 분홍색 올림피아도 보였다. 타자기들은 모두 휴고보다 적어도 10년에서 20년은 더 나이를 먹은 것처럼 보였다.

"타자기를 쓰십니까?" 잭이 책상에 가서 앉는 동안 휴고가 물었다. 잭의 앞 놓인 오렌지색 타자기의 금속 몸체 상단에는 '에르메스 로켓'의 로고가 붙어 있었다. "고전적인 걸 좋아하시나 보군요? 컴퓨터는 안 쓰십니까?"

"너무 조용해서 말이야." 잭이 말했다. "내 캐릭터들이 도와달라고 외치는 소리를 덮어줄 시끄러운 무언가가 필요하다네."

휴고는 잭이 살짝 정신이 나간 걸지도 모른다는 생각이 들기 시작했다.

"게다가 재미도 더 있고," 잭이 말했다. "썰도 나랑 같이 글 쓰는 걸 좋아한다네. 썰, 이리 온."

잭의 애완용 큰까마귀를 발견했더라도 조각상이라 생각하고 무시했을 휴고였지만, 더는 무시할 수가 없게 되었다. 남쪽 창가의 횃대에 앉아 있던 썰이 날아와 동쪽 창가에 놓인 잭의 책상 위에 내려앉았기 때문이었다. 날개 길이가 휴고의 다리만큼이나 긴, 진짜 살아있는 큰까마귀였다.

"큰까마귀잖아요." 휴고가 커다란 새를 가리키며 말했다. "어디서 온 거죠?"

"하늘에서." 잭이 썰의 윤기 나는 날개를 쓰다듬으며 말했다.

"덩치가 엄청 크네요." 휴고는 놀란 표정을 감추지 못했다.

"아, 얘는 아직 새끼일세. 커다란 새끼랄까. 런던에도 큰까마귀가 있지 않나?"

"런던탑 주변에 큰까마귀들이 많긴 하지만, 집에 데려갈 순 없죠. 늘 데려오고 싶었지만." 휴고가 인정했다. "큰까마귀를 코트 안에 숨길 방법을 못 찾았거든요."

"만져도 되네. 허락해 줄 걸세."

휴고는 자기가 큰까마귀를 진짜 만져봤다고 동생 데이비에게 꼭 이야기 해주고 싶었다.

휴고는 천천히 새에게 다가갔다. 새는 잭의 타자기 위에 앉아 자판을 쪼아 대다가 고개를 들어 휴고를 바라봤다. 검은 눈동자가 번뜩였다.

"자, 착하지." 휴고는 새의 매끈한 머리를 한 번, 두 번 천천히 쓰다듬었다. 그때쯤 휴고의 용기가 바닥나고 말았다. 부리가 꽤 위협적으로 느껴졌다. 하지만 멈추고 나니 다시 쓰다듬고 싶어졌다. 휴고가 날개를 쓰다듬어도 썰은 가만히 있었다. 전혀 신경 쓰지 않는 듯했다. 잭이 제정신이 아닐지도 모르지만, 이색 애완동물을 좋아하는 그의 취향만큼은 마음에 들었다.

"폭풍이 휩쓸고 간 숲속에서 거의 죽어가던 녀석을 발견했지. 어미는 보이지 않았다네. 그 뒤로 쭉 보살피다 보니 이제는 너무 길들여져서 다시 자연으로 돌려보낼 수도 없게 됐어."

"정말 멋진 녀석이네요." 휴고가 큰까마귀의 윤기 나는 머리를 조심스럽게 쓰다듬으며 말했다.

"자네 마음에 들어서 다행이야. 둘이 친구가 될 수 있겠군."

잭이 흐뭇하게 미소 짓고 있는 휴고를 보며 말했다. 휴고는 누군가가 자신이 웃는 모습을 보는 걸 좋아하지 않았다. 진지한 예술가라면 웃지 않고 인상을 쓸 테니까.

휴고는 황급히 손을 주머니에 찔러 넣었다.

"그럼, 작업은 어떻게 진행할까요?" 휴고가 다시 본론으로 돌아갔다.

"내 책은 읽어봤겠지?" 잭이 종이를 타자기에 끼우더니 자판을 두드리기 시작했다.

"그럼요. 동생 데이비한테 자주 읽어줬어요." 휴고는 타자기 소리에 목소리가 묻히지 않도록 한껏 목청을 높여야 했다.

"어제 내 편집자나 출판사 사람들에게 설명은 들었나?"

"네. 높은 분들께서 뭘 어떻게 해야 하는지 알려주시더군요."

라이언하우스 출판사의 디자인팀은 휴고에게 표지 제작 과정에 대해 지루하고 세세한 강의를 해줬다. 시계섬 시리즈의 표지는 컴퓨터로 그리지 않고 아직도 직접 손으로 그리는 점이 특별하다고 했다. 말은 그렇게 했지만, 잭의 고집 때문에 어쩔 수 없이 그렇게 하고 있는 것 같았다. 표지 그림들은 도서 행사나 학교 방문 때 전시되고, 어린이 병원과 노숙인 보호시설에 기증될 예정이라고 했다. 이어서 재료, 물감, 그림 크기 같은 세부 사항이 적힌 리스트를 건넸다. 휴고는 자리를 박차고 나가려다 표지 하나당 얼마를 받을 수 있는지 듣고는 잠자코 자리에 앉았다. 잭이 책 한 권으로 버는 돈에 비하면 적은 금액이었지만, 휴고나 그의 어머니가 평생 모은 것보다도 훨씬 많은 액수였다. 그 덕에 지금 휴고는 큰 까마귀를 공동 저자로 둔 미치광이 작가와 메인주 어딘가에 앉아 대화를 나누고 있었다.

"그럼, 시작하게. 즐겁게 그림을 그려봐."

"'즐겁게'보다는 좀 더 구체적인 조언이 필요합니다."

잭은 계속해서 입으로 문장을 읊으며 타자를 두드렸다.

"우리는 음악을 만드는 이들,
꿈을 꾸는 이들,
외로운 파도 곁을 방황하며,
황량한 계곡에 앉은 이들.
세상을 잃고, 세상을 버린 이들.
창백한 달빛이 우리를 비추어도
아마도 영원히
세상을 움직일 이들."

잭은 잠시 멈추더니 말했다. "아서 오쇼너시의 〈송가〉 첫 번째 연이네. 언제나 출처는 밝혀야 마땅하니까."

그러고는 다시 미친 듯이 타자를 치기 시작했다.

"시로 제 문제를 해결할 수 있을 것 같지는 않은데요." 휴고는 시끄러운 타자 소리를 뚫고 소리치듯 말했다.

잭이 키보드에서 손을 떼자, 천국 같은 정적이 찾아왔다.

"어째서 시로 문제를 해결할 수 없다고 생각하지?" 잭이 따지듯 물었다.

이 노인은 자신이 느끼는 중압감을 전혀 이해하지 못하는 걸까? 잭의 출판사에서는 시계섬 시리즈가 한 권당 천만 부 이상이 팔렸다고 했다. 지금까지 마흔 권이 출간되었고, 천만 곱하기 40은 예술가의 머리로도 쉽게 계산할 수 있는 숫자였다.

"작가님은 부자시죠." 휴고가 말했다. "부자라는 이유로 작가님께서 죄책감을 가져야 한다는 뜻은 아닙니다." 물론 속으로는 그가 어느 정도 죄책감을 가져야 한다고 생각했다. "하지만 저 가방에는…" 그는 검은색 천 가방을 가리켰다. "저 가방 안에 제가 가진 거의 모든 게 들어 있습니다. 저는 이 일을 망칠 수 없어요. 즐겁게 그리라는 말보다 더 구체적인 조언이 필요하다고요."

"이보게, 이게 말일세." 잭은 타자기에 끼운 종이를 가리켰다. "이게 내 예술일세. 그리고 저건," 그는 시계섬을 그린 템페라화를 가리켰다. 휴고가 공모전에 출품했던 작품이었다. "저건 자네 예술이지. 자네는 내가 내 예술을 어떻게 해야 할지 말하지 않지. 나도 자네 예술을 어떻게 하라고 말할 수 없다네."

"잭 선생님?"

"왜 그러나, 휴고?"

"제 예술을 어떻게 해야 할지 말해 주시죠."

잭은 견고한 녹색 회전의자에 기대어 앉았다. 오래된 바퀴가 삐 걱거리는 소리를 냈고, 그 소리에 썰이 깃털을 퍼덕이며 횃대로 돌아갔다.

"누군가가 자네에게 준 최고의 선물이 뭐였지?" 잭이 물었다. "내가 듣고 싶어 할 만한 그런 대답 말고, 예를 들어 선생님의 격려가 최고의 선물이었다는 식의 대답 말일세. 장난감 같은 걸 말해보게. 드럼 세트, 활과 화살 같은 것. 산타 할아버지가 준 선물이나 자네 어머니와 원수지간인 돈 많은 이모가 준 선물 같은 거 말이야."

"배트맨 자동차요." 이 말을 꺼내는 건 조금 부끄러웠지만, 부인할 수 없을 만큼 너무 좋아했던 장난감이었다. "어머니께서 있는 돈을 다 긁어모아서 사주신 무선 조종 자동차였어요. 아마 중고였을 거예요. 그래도 멀쩡하게 박스 안에 들어 있었고, 완벽하게 작동했죠."

"가지고 놀았나?"

"당연하죠. 저는… 음… 젠장." 휴고는 어릴 적 자신을 떠올리며 웃음을 터뜨렸다. "엔진이 다 타버리고 바퀴가 빠질 때까지 가지고 놀았어요."

"만약 자네가 그 장난감을 박스에서 꺼내지도 않고 선반 위에 모셔두고 멀리서 바라보기만 했다면 어머니 기분이 어떠셨겠나?"

휴고는 작은 검은색 자동차가 집 구석구석을 휘젓고 다니고, 어머니의 발목 주위를 맴돌던 장면을 떠올렸다. 어머니는 그 모습을 보고 숨이 찰 때까지 웃곤 하셨다. 겉으로는 못마땅해하는 척하셨지만, 눈에는 늘 웃음이 가득했다. 어머니가 이웃인 캐롤에게 자랑하는 소리를 들은 적도 있었다. 어머니는 그를 위해 그 장난감을 어떻게 구했는지 자랑스럽게 이야기하셨고, 그가 몇 주 동안 그 장난감을 손에서 떼지 않았다며 뿌듯해하셨다.

"장난감을 상자에서 꺼내지 않았다면, 어머니는 정말 속상해하셨을 겁니다."

"바로 그 걸세." 자신의 논리가 증명됐다는 듯한 말투였다.

"뭐가 말입니까?"

"신이거나 아니면 이 세상을 다스리는 누군가가 어느 날 술에 취해 나한테 글 쓰는 재능이라는 선물을 줬네. 선택지는 둘이야. 그 선물이 망가지지 않게 선반 위에 올려 두고 누구도 그걸 가지고 노는 나를 비웃지 못하게 할 수도 있겠지." 그는 눈가 주름이 비밀을 숨길 수 있을 정도로 깊게 팰 만큼 환하게 웃었다. "아니면 그 선물을 가지고 실컷 놀면서 엔진이 다 타고 바퀴가 떨어질 때까지 즐길 수도 있네. 나는 가지고 놀기로 했어. 자네도 그렇게 하라고 권하는 바일세, 젊은이. 가서 그림을 그리든, 색을 칠하든, 색종이를 오려 붙이든 자네가 하고 싶은 걸 하게나. 캔버스에서 연기가 날 때쯤 돌아오게. 그리고 제발, 그 재능을 준 신을 생각해서라도 즐겨보게나. 부탁일세."

잭은 손을 휘저어 휴고를 내보냈다. 휴고는 밖으로 나가서 즐겁게 작업하려고 노력했다. 잭이 틀렸다는 걸 증명하기 위해서였다. 하지만 그는 그러지 못했다. 사흘 뒤, 그는 시계섬 시리즈 11권인 《시계섬과 유령 기계》에 쓰일 표지를 완성했다. 그림에 부엉이 해적은 없었지만, 초승달이 마치 입처럼 미소 지었고, 그 위로 두 눈처럼 별이 반짝이고 있었다. 열 살쯤 되어 보이는 소년이 에셔의 그림에 나오는 불가능한 계단처럼 어지럽게 이어진 계단을 따라 밤하늘을 향해 올라가는 모습이 보였다. 그 뒤로 소년의 형체를 한 연기 같은 유령이 소년을 따라가고 있었고, 달을 향해 경주하는 그들을 지켜보는 마스터마인드의 그림자가 시계섬 저택 창문에 드리워져 있었다.

기묘하면서 훌륭한 그림이었다. 그리고 무엇보다 그 그림을 그리는 동안 휴고는 정말로 즐거웠다.

그 그림을 잭에게 보여줬을 때, 창피하면서 두렵기도 하고, 자랑스러우면서도 바보가 된 것 같은 기분이 들었던 것이 기억났다. 마치 칭찬받기 위해 기다리는 아이가 된 기분이었다.

잭은 그림을 응시하며 자세히 살펴보고, 가까이 들여다보다가 한 걸음 물러서고, 다시 앞으로 다가가서 이상하게 연결된 계단을 따라 손가락을 움직였다. 계단은 어디로든 이어져 있을 것 같으면서 어디로도 이어져 있지 않을 것 같기도 했다.

잭은 곧 나지막하게 중얼거렸다.

"어제 계단 위에서 나는 거기 없던 사람을 만났네. 오늘도 그는 거기 없었네. 사라졌으면, 제발 그가 사라졌으면 좋겠네."

그리고 조용히 덧붙였다. "휴즈 먼즈."

출처는 항상 밝혀야 하니까.

그때 휴고가 처음으로 진짜 잭 마스터슨을 본 걸까? 미소가 사라지고, 가면이 살짝 벗겨지는 그 순간을? 그렇다면 진짜 잭은 누구였을까? 관망하는 달? 유령에게 쫓겨 빛을 향해 달려가는 소년? 아니면, 유리창 너머에 갇혀 아이들조차 유령에 시달리는 세상에 간섭할 수 없는 외로운 마스터마인드?

"마음에 드십니까?" 휴고가 마침내 물었다. 더는 잭의 답을 기다릴 수 없었다.

"완벽하군." 잭은 미소 짓지 않았지만, 어쩐지 미소보다 진한 기쁨의 후광이 느껴지는 듯했다. 잭은 휴고의 옆구리를 가볍게 팔꿈치로 쿡 찔렀다.

"하나 끝났네. 이제 서른아홉 개 남았군."

두 번째 주가 끝날 무렵, 휴고는 큰까마귀가 자신의 이젤 위에 앉아 있는 상태로도 그림을 그릴 수 있게 되었다. 한 달이 지났을 때, 그는 다섯 개의 표지를 완성했다. 결과물은 그가 상상했던 것보다 훨씬 훌륭했다. 크리스마스가 되기 전까지 약속한 작업을 마친 휴고는 시계섬 시리즈의 41권부터 이후 나올 모든 책의 표지 작업을 맡게 되었다.

크리스마스 아침, 휴고가 런던에 있는 데이비에게 돌아가기 이틀 전이었다. 그는 포장된 상자를 열었다. 그 안에는 상태가 완벽한 빈티지 무선 조종 배트맨 자동차가 들어 있었다. 휴고는 그 장난감 선물을 데이비에게 줬고, 데이비는 바퀴가 떨어져 나갈 때까지 가지고 놀았다.

이제 마지막 배가 선착장을 떠나가는 모습이 보였다. 이제 아래층으로 내려가도 괜찮을 것 같았다. 하지만 그는 먼저 뒤로 돌아서서 섬을 오랫동안 한 번 더 바라보았다. 곧 이곳을 떠난다는 사실이 믿기지 않았다. 몇 년 전부터 미뤄온 일이었고, 이제는 그가 원하든 원하지 않든 이곳을 떠나 그의 삶을 이어가야 했다.

해가 지고 난 뒤, 휴고는 집 안으로 내려갔다. 대체로 모든 것이 제자리에 있는 듯했다. 내일이면 첫 번째 참가자들이 도착할 예정이었다. 휴고는 대회가 끝날 때까지 머물면서 더 이상 아무것도 망가지지 않도록 지켜볼 계획이었다. 특히 잭을.

8

'기적을 빌어보세요.'

코스타 부인은 그렇게 말했었다. 테레사도 그렇게 말했다. 그때 루시는 그 말을 믿지 않았다. 하지만 지금은… 어쩌면 믿어야 할 때인지도 모른다.

오늘은 월요일, 시계섬으로 떠나는 날이었다.

그녀는 새벽 4시에 잠에서 깨어나 시리얼을 먹었다. 샤워를 하고, 화장을 하고, 옷을 입고, 잊은 물건은 없는지 가방도 점검했다.

대학을 졸업한 후, 루시는 다시는 메인주로 돌아가지 않겠다고 맹세했었다. 차가운 대서양의 바다와 사납게 몰아치는 바람, 아비새와 코뿔바다오리, 블루베리, 랍스터롤, 그리고 팝오버나 페이스트리 같은 빵들이 얼마나 그리운지 애써 외면하며 살아온 그녀였다. 1년 중 9개월은 스웨터를 입을 수 있는 날씨도 그립지 않은 척했다. 고향이 그립다는 것을 솔직히 인정하게 된 후에도 캘리포니아로 온 것을 후회하지는 않았다. 캘리포니아는 그녀의 인생을 구제해 주었다. 길게 이어지는 햇살 좋은 날들이 그녀를 깊고 어두운 절망 속에서 꺼내준 덕분이었다. 게다가 크리스토퍼를 만나면서 캘리포니아에서의 삶은 한층 더 가치 있어졌다.

크리스토퍼에게 엄마가 되어줄 수 없다고 말하지 않은 게 천만다행이었다. 2년 동안 허리띠를 있는 대로 졸라매며 희생했지만 아무런 소용이 없었다고 생각했는데, 마침내 그녀의 소원이 이뤄질 기회가 찾아온 것이다. 대회 규칙에는 우승자가 책을 어떻게 처분하든 상관없다고 했다. 출판사에 팔 수도 있다는 뜻이었다. 그게 그녀의 계획이기도 했다. 책의 신간을 받아서 얼른 읽은 다음 출판사에 파는 것. 모르긴 몰라도 시계섬 시리즈의 신간이라면 큰돈이 될 터였다. 최소한 차와 아파트를 살 돈은 마련할 수 있을 것이다. 반드시 우승해야만 했다. 크리스토퍼를 위해서, 자신을 위해서. 이런 기회는 두 번 다시 오지 않을 테니까.

차 경적이 짧게 두 번 울리는 소리가 들렸다.

떠날 시간이었다.

루시는 자리에서 일어나 숨을 깊이 들이쉬고, 가방을 어깨에 멨다. 테레사가 밖에서 그녀를 기다리고 있었다. 그녀는 루시를 공항까지 데려다주겠다고 자청했다. 루시는 집 밖에 나오자마자 테레사의 낡은 베이지색 승용차에 붙어 있는 '시계섬이 아니면 죽음을!'이라는 문구를 보고 웃음을 터뜨렸다.

"정말 재밌네요." 테레사가 루시의 짐 가방을 트렁크에 넣는 동안 루시가 말했다. 테레사는 트렁크 안에 널브러져 있는 파란색과 금색 장식용 끈들을 옆으로 치워 짐 가방을 넣을 자리를 만들어야 했다.

"우리 애들이 루시를 위해 손수 쓴 거예요. 나한테 뭐라 하지 마요." 테레사가 말했다.

루시는 조수석에 올라탔다.

"잠은 잘 잤어요?" 테레사가 차를 출발시키며 물었다.

"두 시간쯤?"

"설레서요, 아니면 무서워서요?"

"저 혼자였다면 마냥 설렜을 텐데, 크리스토퍼를 못 본다고 생각하니 두렵기도 해요."

"아이는 괜찮을 거예요." 테레사가 말했다. "내가 신경을 쓸게요. 루시를 미치도록 그리워하겠지만, 지금은 흥분해서 정신이 없어요. 루시가 그 책을 가져올 거라고 철석같이 믿고 있더군요."

루시는 고개를 저었다. "섬에서 우리가 뭘 하게 될지도 모르는걸요. 대회에 대해 아무 정보도 안 알려주더라고요. 내가 아는 건 포틀랜드 공항에 나를 마중 나온 차가 있을 거고, 배를 타고 섬으로 들어간다는 것뿐이에요. 5일 치 짐을 싸라고 했고, 그게 다예요."

"거참 신기하네요. 혹시 이거 사이비 종교 아닐까요?" 테레사가 눈을 찡긋하며 말했다.

"사이비 종교에 가입하거나 섬 분양권 사기에 당하고 오지는 않을게요."

"고향 친구들 만날 시간은 있어요?"

"아니, 거의 없을 것 같아요. 게임이 끝날 때까지 시계섬에만 있을 거예요. 그다음엔 바로 돌아올 거고."

"잘 생각했어요."

루시는 테레사를 힐끗 쳐다보았다. "션은 만나러 갈 생각도 안 했어요. 억만금을 줘도 션은 절대 안 만나요."

"그냥 확인차 물어봤죠. 루시가 이사 나갈 때 짐을 다 그 집에 두고 왔으니까. 혹시 전화를 걸어서―"

"가져올 만한 물건도 없어요." 루시는 션에게 연락해서 짐을 보내 달라고 요청할까 고민한 적이 한두 번이 아니었다. 션이 사준 명품 하이힐이 있었으면 좋았겠다고 생각했던 적도 있었다. 전당포에 맡겨서 현금을 마련할 수도 있었을 테니까.

"잘 생각했어요. 그 정도로 돈이 급할 수는 없죠. 만약 정말 필요하다면 차라리 잭 마스터슨한테 부탁해 봐요. 이 미친 대회 덕분에 그의 책이 다시 베스트셀러 목록에 올랐으니까. 아마 그게 그의 계획이었던 게 아닌가 싶어요."

"그럴지도 모르죠." 루시는 말했다. 하지만 그녀가 만난 잭 마스터슨은 돈이나 베스트셀러 목록에 크게 관심 있는 사람처럼 보이지 않았었다. 만약 그랬다면, 왜 지난 6년 동안 신간을 한 권도 출판하지 않았을까?

루시는 주변을 돌아보았다. 지금쯤이면 공항으로 가는 고속도로를 달리고 있어야 했다.

"공항 가는 길 맞아요?"

"먼저 잠깐 들러야 할 곳이 있어요."

시간이 충분했기에 루시는 걱정하지 않았다. 그녀는 마음을 가라앉히려 창밖을 바라보다. 목표에 집중해야 했다. 만만히 볼 대회가 아니었다. 사흘 전, 그녀는 화상 연결로 〈투데이쇼〉에 출연했었다. 그들은 대회 참가자들이 어릴 적 시계섬을 방문하게 된 이유와 그 과정에 대한 인터뷰를 진행하고 있었다.

안드레 왓킨스라는 사람은 뉴잉글랜드 사립학교에서 인종차별적 괴롭힘의 대상이 된 이야기를 들려주었다. 그는 학교에서 현장학습을 떠난 날 도망쳤다고 했다. 잭 마스터슨이 안드레의 부모에게 전화를 걸어, 배움에 대한 열의를 파괴하는 비싼 사립학교에 굳이 보낼 필요가 있겠느냐고 전해주었다고 했다. 덕분에 안드레는 자신이 안전하다고 느낄 수 있는 학교로 전학을 갈 수 있었고, 잭은 그가 하버드에 입학하는 데 필요한 추천서를 써주었다. 지금 안드레는 성공한 변호사가 되었다고 했다.

대회의 또 다른 여성 참가자인 멜라니 에반스는 새로 이사 간 동네와 학교에서 친구를 사귀는 데 어려움을 겪었던 이야기를 들려주었다. 잭 마스터슨은 그녀의 반 친구들 모두에게 자신의 책을 보내며, 잭과 그의 소중한 친구 멜라니가 보내는 선물이라는 내용의 메모를 덧붙였다. 그 후 멜라니는 학교에서 가장 인기가 많은 소녀가 되었고, 지금은 어린이 서점을 운영하고 있다고 했다.

의사인 더스틴 가드너는 부모님에게 커밍아웃하기가 두려웠다는 이야기를 털어놓았다. 잭 마스터슨은 부모님께 솔직하게 말하라고 그를 다독였고, 만약 그들이 받아들이지 못한다면 자신이 대신 나서주겠다고 약속했다. 세상에서 가장 좋아하는 작가가 자신의 편에 있다는 사실은 그에게 진정한 자신을 찾을 용기를 주었다. 잭의 말은 옳았다. 처음에는 사실을 받아들이기 힘들어했던 그의 부모님은 결국 그의 정체성을 인정했고, 지금은 그의 가장 큰 지지자가 되었다고 한다. 토크쇼 진행자가 그에게 책을 받게 되면 어떻게 할 거냐고 묻자, 그는 학자금 대출을 갚기 위해 책을 팔겠다고 말했다. 그러고 나서 시청자들을 향해 입찰자가 있느냐고 질문했고, 그 말에 큰 웃음이 터졌다.

루시의 차례가 되었을 때, 그녀는 진실을 살짝 바꿔 그저 자신은 잭 마스터슨의 조수가 되고 싶었을 뿐이었다고 답했다. 잭이 편지에 조수가 필요하다고 농담한 적이 있는데, 자기는 진심으로 그의 조수가 되려고 찾아갔다고 말했다. 부모님에게 방치되었다거나 언니가 아팠다는 이야기는 아침 방송에 나가기엔 너무 우울하다고 생각했기 때문이었다.

"너무 말이 없네요. 괜찮아요?" 테레사가 그녀의 공상을 방해하며 물었다.

"괜찮아요, 정말이에요. 그냥 긴장돼서 그렇죠 뭐. 어쨌든, 고마워요."

테레사는 손을 휘저으며 대수롭지 않다는 듯 말했다. "공항에 데려다주는 것뿐인데요."

"아뇨, 크리스토퍼한테 말하지 말라고 해줘서 고맙다고요."

테레사는 루시의 손을 꼭 잡으며 말했다. "루시는 꼭 대회에서 이길 거고, 크리스토퍼의 엄마가 될 거예요. 난 믿어 의심치 않아요."

"그러지 못할 가능성이 훨씬 크죠."

"알겠어요. 그러면 마스터슨의 고급 은식기라도 몇 개 훔쳐 와요. 돌아오면 그걸 팔아서 차를 사자고요. 이런 걸 비상 계획이라고 하죠."

루시는 그날 처음으로 웃음을 터뜨렸다. "고마워요. 내가 필요했던 말이네요."

"진지하게, 메인에 있는 동안," 테레사가 손가락을 흔들며 말했다. "진짜 비상 계획을 생각해봐요, 알았죠? 새 일자리를 찾든, 언니의 죄책감을 건드려서 돈을 뜯어내든, 뭐라도요. 이제 뭔가 해야 할 때예요. 알겠죠? 크리스토퍼를 위해서."

새로운 일자리를 구하면 방과 후에 크리스토퍼를 가르칠 수 없었다. 그리고 언니에게 문자 한 통조차 보내기 힘든 마당에 돈을 부탁하라니 말도 안 됐다. 절대 불가능한 일이었다.

"알겠어요. 뭐든 생각해 볼게요."

"그래야죠." 테레사는 앞마당에 관목들이 무성하게 자란 작은 방갈로의 진입로로 차를 몰았다. 여기가 어딜까?

그때 집 현관이 열리더니 크리스토퍼가 차 쪽으로 달려 나왔다. 루시는 테레사를 바라보았다.

"천만에요." 테레사가 말했다.

루시는 차에서 내려 크리스토퍼를 끌어안고 빙글빙글 돌았다.

"루시 선생님, 나도 공항에 같이 갈 수 있어요! 베일리 부인이 허락해줬어요. 학교도 늦게 가도 된대요!"

"너무 신난다! 가자!" 루시는 크리스토퍼와 함께 뒷좌석에 올라타서 그가 안전벨트를 제대로 맸는지 확인했다. 그동안 테레사는 차를 몰아 진입로를 빠져나갔다.

"정말 멋진 깜짝 선물이네요." 루시는 테레사의 어깨를 살짝 쥐었다.

"루시가 응원이 필요할 것 같았어요."

"내가 선생님의 시기를 올려주러 왔어요." 크리스토퍼가 말했다.

"시기심을 부추겨 줄 사람이 꼭 필요한 참이었어."

공항으로 가는 내내 크리스토퍼와 테레사는 크리스토퍼가 가장 좋아하는 시계섬 시리즈에 대해 이야기했다. 《시계섬과 유령 기계》, 《시계섬과 해골들의 음모》, 그리고 특히 《시계섬의 비밀》까지.

"그 책이 왜 그렇게 좋아?" 테레사가 물었다.

"섬에 온 여자아이를 마스터마인드가 입양해서 그곳에서 평생 같이 살게 되는 이야기라서요."

크리스토퍼는 수줍게 루시를 힐끗 쳐다보았다. 루시는 크리스토퍼의 손을 다시 한번 꼭 잡아주었다.

크리스토퍼에게 시계섬 책을 처음 소개해 준 사람은 루시였다. 크리스토퍼의 부모가 병원에 도착하기도 전에 사망했다는 판정을 받은 후, 사회복지사는 아이를 병원에서 데리고 나오면서 잠시 함께 살고 싶은 어른이 있는지 물었다. 아직 아이의 친척을 찾지 못한 상태였기 때문이었다.

크리스토퍼는 이렇게 답했다. "루시 선생님이요."

그렇게 루시는 일주일 동안 크리스토퍼의 엄마가 될 수 있었다. 여름이었고, 그녀는 학교 방학 동안 바에서 저녁 근무를 하던 중에 전화를 받았다. 동료 중 한 명이 그녀를 경찰서에 데려다주었고, 경찰서에서 나온 후에는 크리스토퍼와 루시를 집까지 데려다주었다. 아직 충격에 휩싸여 있던 크리스토퍼는 집에 가는 동안 아무 말이 없었다.

바 매니저가 유급 휴가를 낼 수 있도록 배려해 준 덕분에 그녀는 엄청난 사건을 겪고 겁에 질린 작은 소년을 곁에서 계속 돌볼 수 있었다. 그녀는 침대 옆 바닥에 침낭을 깔아주고, 룸메이트들로부터 빌린 여분의 담요를 모두 모아 크리스토퍼에게 덮어주었다. 단 하루도 조용히 지내는 날이 없던 룸메이트들도 그때만큼은 집 안에서 죽은 듯이 지냈다. 루시는 크리스토퍼에게 말을 시키려고 침대 밑에서 상자를 꺼냈다.

메인에서 캘리포니아로 떠나올 당시 루시는 짐 가방 두 개를 들고 비행기를 탔었다. 하나는 옷으로 가득 차 있었고, 다른 하나는 책으로 가득 차 있었다. 책이 든 가방 안에는 시계섬 책들뿐이었다. 얇은 커버로 된 시리즈를 몽땅 넣고 나니 수하물 가방 하나가 꽉 채워졌기 때문이었다. 그날, 루시는 그녀가 가진 모든 책을 크리스토퍼에게 내밀었다. 그리고 한 권을 고르면 자신이 읽어주겠다고 했다. 크리스토퍼는 시계섬 시리즈 38권인 《시계섬의 달빛 축제》를 골랐다. 공중에 떠 있는 관람차, 날개 달린 롤러코스터, 서커스 단장 옷을 입은 꼬마 소년이 그려진 표지가 마음에 들어서였다. 루시가 가장 좋아하는 표지 중 하나이기도 했다.

루시는 크리스토퍼를 침대에 눕히고 그를 꼭 껴안았다. 크리스토퍼가 그녀의 팔에 머리를 기대고 있는 동안 루시는 책장을 넘기며 계속 읽었다. 아이가 무슨 말이라도 해주기를 기다리면서. 책의 중간쯤 다다랐을 때, 어느새 잘 시간이 되어 있었다. 그녀는 크리스토퍼에게 자야 할 시간이라고 이야기했다. 그때 크리스토퍼가 조금만 더 읽어줄 수 있냐고 물었다. 루시가 크리스토퍼를 집으로 데려온 이후 처음으로 한 말이었다. 바로 그 순간, 루시는 그 아이를 위해서라면 무엇이든 할 수 있다는 사실을 깨달았다. 아이에게 행복고, 안전하고, 사랑으로 가득한 삶을 주기 위해서라면 무엇이든 할 작정이었다.

사회복지사가 크리스토퍼를 첫 번째 위탁가정으로 데려가려고 루시의 집을 방문한 날, 크리스토퍼는 그녀와 떨어지고 싶지 않아 했다. 아이는 그녀의 목에 매달려 울었다. 그날, 그녀는 크리스토퍼에게 언젠가 다시 데려오겠다고 약속했다. 가능한 한 빨리 데려와 가족이 되어주겠다고.

공항 출국장에 도착했을 때, 루시는 크리스토퍼를 기내용 짐 가방에 넣어 데려가고 싶은 심정이었다.

테레사가 차에서 내려 루시의 짐 가방을 트렁크에서 꺼냈다.

"줄 게 있어." 그녀가 크리스토퍼에게 말했다.

"뭔데요?"

그녀는 기내용 짐에서 '퍼플 터틀'의 쇼핑백을 꺼냈다. 아이는 눈을 동그랗게 뜬 채 쇼핑백을 열어보았고, 한 마리, 두 마리도 아닌 세 마리나 되는 상어를 꺼냈다.

"와, 멋져요…" 아이는 놀란 눈으로 바라보았다. "다 가져도 돼요?"

"전부 다 네 거야. 어떤 게 가장 마음에 들어?"

"이거요." 크리스토퍼는 새끼 고양이를 안듯 귀상어를 안았다.

"웃어봐!" 루시는 상어가 마치 날아가는 것처럼 보이도록 높이 치켜든 크리스토퍼의 사진을 찍었다. 크리스토퍼는 그녀의 목에 팔을 감아 꼭 안겼다. 루시도 아이를 꽉 안아주었다. 크리스토퍼에게서 '노 모어 티어' 어린이 샴푸 향이 풍겼다. 그녀가 세상에서 가장 좋아하는 향이었다.

"이제 가야 해." 루시가 속삭였다.

크리스토퍼는 살짝 떨어져 용감하게 미소 지었다. "내가 행운을 빌어 줄게요."

"고마워." 그녀는 아이의 얼굴을 두 손으로 감싸고 눈을 마주쳤다. "최대한 빨리 베일리 부인께 전화할게, 그럼 베일리 부인이 내 소식을 전해주실 거야. 알겠지?"

"네." 크리스토퍼는 고개를 끄덕였다.

"마스터슨 작가님의 사인도 가져다줄게."

"그 책도요?"

이번에는 루시가 용감하게 미소 지을 차례였다. "알다시피, 내가 그 책을 못 가져올 수도 있어. 경쟁자가 셋이나 있거든."

"선생님이 우승하게 해달라고 소원을 빌었어요."

루시는 소원이 늘 이루어지지 않는다고 아이에게 말할 용기가 나지 않았다.

"그럼 우승할 수 있겠네." 루시는 마지막으로 크리스토퍼를 꼭 안아주고, 사랑한다고 말한 뒤, 반창고를 떼어내듯 빠르게 차에서 내렸다. 그리고 테레사와 한 번 포옹한 뒤 짐 가방을 집어 들었다.

"전부 쓸어버려요." 테레사가 말했다. "기죽지 마요. 루시는 유치원 보조 교사잖아요. 이 일도 하는데 못 할 일이 없죠."

루시는 크리스토퍼에게 마지막으로 손을 흔들었고, 크리스토퍼는 차가 그녀에서 사라질 때까지 내내 창밖으로 손을 흔들었다.

루시는 깊이 숨을 들이쉬고 공항 안으로 들어섰다. 비행기를 타는 것은 고사하고 여행 자체도 너무 오랜만이었다. 그녀는 다시 시계섬으로 돌아가고 있었다. 아직도 그 사실이 잘 믿기지 않았다.

사실, 그녀가 그 섬에 갔다 온 적이 있다는 사실조차 아직도 믿기 힘들었다. 너무 어리석고, 위험했으며, 동시에 용감한 행동이었다. 다행히 이제는 예전만큼 어리석지 않았지만, 안타깝게도 예전만큼 용감하지도 않았다. 보안검색대를 통과한 뒤 게이트에 도착했을 때쯤, 긴장 때문에 다리가 덜덜 떨리고 식은땀이 흘렀다. 청바지 뒷주머니에서 휴대폰이 진동하는 것도 느끼지 못할 정도였다. 진동은 잠시 멈췄다가 곧 다시 시작됐다. 휴대폰을 꺼내보니, 낯선 메인주 전화번호가 떠 있었다.

지난 일주일 동안 루시는 잭 마스터슨 측에서 전화가 올 수도 있다는 생각에 낯선 번호로 걸려 온 전화를 모두 받고 있었다.

전화를 받을 때면 최대한 어른스럽게, 어느 정도 거리를 두면서 프로다운 태도로 응대하려고 애쓰며 말했다.

"여보세요, 루시 하트입니다."

잠시 침묵이 흐른 뒤, 상대방이 입을 열었다.

"안녕, 자기야."

아는 목소리였다. 그녀가 너무나도 잘 아는, 동시에 몹시 싫어하는 목소리였다.

그녀의 피가 차갑게 식었다.

"션? 당신이 왜… 웬일이야?"

"당신이 포틀랜드에 며칠 머무르게 됐다는 소문을 들었어. 축하해, 그나저나. 그 대회 말이야. 뭐하는 대회야?"

루시는 깊이 숨을 들이쉬었다. "검색해 봐." 그녀가 말했다.

지금 이 순간, 그녀가 가장 말을 섞고 싶지 않은 사람을 꼽는다면 바로 그녀의 전 남자 친구일 터였다. 아니, 정확히는 두 번째로 말을 섞고 싶지 않은 사람일 것이다. 첫 번째는 물론 그녀의 언니 앤지가 되겠지만, 션 역시 앤지의 뒤를 바짝 쫓고 있었다.

"뭐라도 좀 알려 줘봐. 재밌을 것 같은데." 한때 루시는 이 남자가 그녀만을 위해 하늘에 달을 걸어뒀다고 생각했었다. 하지만 이제는 알았다. 그가 진짜 달을 걸었더라도 달빛 아래 자기 외모를 뽐내기 위해서일 뿐이었다는 사실을.

"나 이제 비행기 타야 해. 도대체 진짜로 원하는 게 뭐야, 션?."

"에이, 자기야, 그러지 마. 우리 사이가 안 좋게 끝난 건 알아. 거의 내 잘못이었지만 이제 우리 둘 다 어른이잖아. 다 잊고 어른처럼 행동하자."

"거의 그의 잘못? 거의?"

그에게 화를 내 봤자였다. 화도 일종의 관심이었고, 션은 마치 식물이 햇빛을 빨아들이듯 그 관심을 받아들일 위인이었다.

"어른스럽게 행동하는 게 어떤 건데?" 그녀는 최대한 차분하게 말했다. 하지만 그녀의 시선은 계속 게이트 직원에게로 향했고, 속으로 빨리 탑승이 시작되기를 기도하고 있었다.

"여기 오면 커피 한잔하자."

"못 해. 난 계속 섬에 있을 거야."

"섬? 멋지네. 다시 큰 무대에서 뛰게 됐구나." 그가 말하는 순간, 루시는 뻔뻔하게 웃고 있는 그의 얼굴을 떠올렸다. "잘됐네."

루시는 그 말에 아무 답도 하지 않았다. 이제는 그를 알 만큼 알았기 때문이다.

"아무튼, 다시 한번 축하해. 자기가 그 시계섬인가 하는 시리즈를 정말 좋아했잖아. 난 솔직히 이해 못 했지만. 뭐, 어릴 때도 동화 같은 건 거의 읽지 않았으니까. 동화는 너무 뻔하지 않아?"

"난 뻔한 사람이야." 루시가 말했다.

"아니야. 자기가 뻔했으면 내가 좋아했을 리가 없지. 자긴 자기가 생각하는 것보다 훨씬 더 똑똑하고 흥미로운 사람이야."

루시는 그의 칭찬을 믿지 않았다. 그는 루시를 칭찬하면서 결국 자신을 칭찬하는 것이었다. 그가 좋은 안목을 가졌다는 뜻이니까.

"제발 생각 좀 하고 살라더니?"

"말했잖아, 그땐 우리 둘 다 잘못했어. 난 인정하잖아. 자기도 인정할 순 없어?"

게이트 직원이 마이크를 들고 사전 탑승을 시작한다고 알렸다. 루시는 그 여자에게 뽀뽀 세례라도 퍼붓고 싶었다.

"나 가야 돼. 우선 탑승해야 하거든. 일등석이라." 그녀는 도저히 참지 못하고 마지막 말을 덧붙였다. "안녕."

"끊지 마." 션이 말했다. 애원이 아니라 명령조였다. "나도 우리 아이에게 무슨 일이 있었는지 알 권리가 있어."

루시는 깊이 숨을 들이쉬고 눈을 감았다. 비행기를 타기 전에 울지는 않을 것이다. 차분하게 행동해야 한다.

"맞아. 알 권리가 있지." 그녀가 말했다. "그런데 왜 이제야 전화하는 건데? 그동안 문자 한 통 없었잖아. 3년 동안 한 번도."

션이 수치라는 걸 알까? 아마 그렇지 않을 것이다. 하지만 적어도 이번에는 그가 구렁이 담 넘어가듯 대답할 수 없는 질문을 던졌다. 물론 루시는 그가 이제야 전화를 건 이유를 알고 있었다. 뉴스에서 대회 소식을 떠들썩하게 전하고 있었기 때문이다. 션은 뉴스에서 루시의 이름을 듣고 그녀의 존재를 기억해 낸 것이다. 기억해 내기만 한 게 아니었다. 루시가 잠깐이나마 유명해지자 전화를 걸어 조금이라도 그 덕을 보고 싶어졌을 것이다. 그녀의 모험을 자기와 관련지을 수 있으면 금상첨화라 생각했겠지. 션은 세상 모든 게 본인 위주로 돌아간다고 생각하는 사람이니까.

"지금 물어보잖아."

"당신 아이는 없어." 그녀가 말했다. "아빠가 안 된 걸 축하해. 기뻐? 이제 인정해도 돼."

션의 냉소적인 웃음소리에 그녀의 팔에 소름이 돋았다.

"임신했다는 게 거짓말인 걸 알아챘어야 하는데. 그럴 줄 알았어. 미안하지만, 난 자기 속임수에 말려든 적 없어."

소원 게임 133

"뭐 눈엔 뭐만 보인다고, 내가 당신과 똑같은 쓰레기라고 생각하겠지."

"난 그렇게 생각하―"

"어떻게 생각하든 관심 없어. 끊을게. 이제 전화하지 마."

"자기가 뭐라든―"

루시는 그대로 전화를 끊었다. 그리고 자리에서 일어나 짐을 챙겼다. 서둘러 비행기에 탑승해야 해서 다행이었다. 그녀는 넓고 푹신한 좌석에 몸을 기대고, 다른 사람들에게 얼굴을 보이지 않기 위해 창문 쪽으로 고개를 돌렸다. 그리고 빠르게 뛰는 심장을 진정시키기 위해 천천히 숨을 들이쉬었다. 옆자리에 누가 앉았든, 그녀가 전 남자 친구 때문에 마음이 심란해져서가 아니라 비행기가 무서워서 떨고 있다고 생각하기를 바랐다. 그가 단 한 통의 전화로 그녀의 하루를 이토록 망칠 수 있다는 사실에 치가 떨렸다. 아니, 더 이상 그가 이렇게 하도록 내버려 두지 않을 것이다. 그녀는 더 이상 어린애가 아니었다. 그의 장난감도 아니었다. 그의 통제 아래 있지도 않았다. 더 이상 그가 만족감을 느끼게 하지 않을 것이다.

그녀는 그 순간 결심했다. 반드시 이 대회에서 우승해 그 책을 손에 넣겠다고. 그 책을 크리스토퍼에게 읽어주며 승리를 자축한 다음, 바로 다음 날 출판사에 넘겨 가능한 한 많은 돈을 벌겠다고.

그 후에는 크리스토퍼와 함께 '퍼플 터틀' 장난감 가게에 갈 것이다. 점원이 도와드릴 게 있냐고 물으면, 루시는 이렇게 말할 것이다. "네, 여기 있는 것들 전부 다 살게요. 선물 포장은 알아서 해주시고요."

9

 그날 저녁 6시를 조금 넘긴 시각, 루시는 포틀랜드 공항에 도착했다. 피곤해서 정신이 몽롱했고, 제대로 된 음식을 먹고 싶다는 생각이 간절했다. 동시에 몹시 흥분해 있었다. 비행기로 대륙을 가로질러 왔지만, 테레사에게 첫 번째 목적지에 안전하게 도착했다고 알리는 간단한 문자 메시지를 보낼 만큼의 정신은 남아 있었다. 시계섬에서 휴대전화 신고가 잡힐지 알 수 없는 노릇이었다. 잭 마스터슨은 누구보다 은둔적이고 사생활을 중시하는 사람으로 유명했기 때문이었다. 하긴, 대부분의 메인주 사람들이 그렇기는 했다. 그래도 그녀는 대회 관계자들이 휴대전화를 압수할까 봐 걱정이 되었다. 그래서 휴대폰 신호가 잡히는 지금, 크리스토퍼에게 사랑한다고 전해달라는 말과 함께 그녀가 잘 도착했다는 문자를 베일리 부인에게도 한 통 보냈다.
 루시는 수하물 찾는 곳으로 운전기사가 마중을 나올 테니 이름이 적힌 팻말을 든 남자를 찾으라는 안내를 받았었다. 그녀의 비행기가 조금 일찍 도착했기 때문에 아직 운전기사가 보이지 않는 게 놀랍지는 않았다. 루시는 자동문을 지켜볼 수 있는 조용한 자리를 찾았다. 마음 한편에 저 문으로 부모님이나 언니가 들어오거나 수하물 찾는 곳에서 자신을 기다리고 있을지도 모른다는 희미한 기대가 있었다. 바보 같고 쓸데없는 기대였다. 루시의 가족은 이제껏 단 한 번도 그녀를 위해 뭔가를 해준 적이 없었으니까. 할머니와 할아버지는 루시를 매우 사랑했지만, 부모에게 버림받았다는 사실이 그녀에게 얼마나 큰 상처였는지는 진정으로 이해하지 못했다. 그분들에게도 아픈 아이가 부모의 관심을 독차지하는 건 당연한 일이었다. 루시는 '운이 좋은 아이'라는 말을 수없이 들으며 자랐다. 다들 아파서 관심을 받는 것보다 건강한 게 낫다고 입을 모았다. 하지만, 단 5분이라도 부모에게 사랑과 보살핌을 받을 수 있다면, 그녀는 팔 한쪽쯤은 잘라낼 수 있었다.

　부모님이 그녀를 기다리고 있을 리 없었다. 설사 그녀가 몇 시에 도착하는지 알고 있다고 해도, 절대 마중을 나올 분들이 아니었다. 그건 그저 그녀가 쉽게 떨쳐버리지 못하는, 오래된 환상에 불과했다.

　언제쯤이면 가족이 자신을 마중 나와 집으로 데려갈 거라는 기대를 하지 않을 수 있을까?

　주위를 둘러보니 여기저기에 서로 상봉하는 가족들이 보였다. 부모에게 안기기 싫은 척하면서도 안기는 대학생들, 아내에게 키스하는 남편들, 할아버지와 할머니에게 달려드는 손주들까지. 에스컬레이터를 내려오는 엄마를 향해 반갑게 뛰어가는 다섯 살쯤 된 여자아이도 보였다. 에스컬레이터를 다 내려온 엄마는 아이를 번쩍 들어 올리며 빙글빙글 돌았다. 루시는 그 장면을 보며 미소 지었다. 아이 엄마가 아이를 품에 안고 등을 가볍게 토닥였다. 그들이 루시 곁을 지나갈 때, 엄마가 아이의 귀에 속삭이는 소리가 들렸다. "엄마가 사랑해. 너무너무 보고 싶었어."

'봐요, 엄마. 저거면 됐었는데. 학교에 나를 데리러 와주고, 교문 앞에서 기다리고 있는 엄마 품으로 달려가게 해주고, 나를 번쩍 들어 올려 엄마가 사랑한다고, 너무 보고 싶었다고 말하며 집에 데려가 주기만 하면 됐는데.'

"루시 양?" 뒤에서 남자 목소리가 들려왔다. 그녀가 돌아보니 키가 엄청나게 크고 어깨는 태평양처럼 넓은 남자 한 명이 검정색 운전기사 유니폼을 입고 '루시 하트'라고 적힌 화이트보드를 들고 있었다.

그녀는 가방을 챙기며 말했다. "제가 루시예요."

"반갑습니다, 루시 양." 그는 그녀의 짐을 받아 들었다. "차는 이쪽에 있습니다."

뉴욕 브롱스 억양을 쓰는 50대 중반쯤 된 남자가 환하게 웃었다. 그는 루시에게 잠시 보도에서 기다리라고 하더니 5분 후에 그녀가 평생 본 것 중 가장 큰 차를 타고 돌아왔다.

"와." 그가 차에서 내려 문을 열어주자 루시가 말했다. "이렇게 괴물처럼 큰 차가 다 있네요."

"캐딜락 에스컬레이드 리무진입니다. 잭 마스터슨 작가님은 손님들을 최고로 대접하고 싶어 하시거든요. 저번엔 손님들께서 우편배달용 배를 얻어 타고 섬에 왔으니 그걸 보상해 주고 싶으시다네요."

그가 뒷문을 열어주자, 루시는 차 안을 들여다보았다. 뒷좌석이 엄청나게 넓었다. 전에 션과 함께 이런 차를 타본 적이 있었다. 이런 차를 타면 항상 멀미가 났었다. 어쩌면 차가 문제가 아니라 함께 있던 사람이 문제였을지도 모르겠다.

"앞자리에 앉아도 될까요?" 루시가 물었다.

운전사는 한쪽 눈썹을 치켜올리며 "편하신 대로요"라고 답했다. 그가 뒷문을 닫고 다시 앞문을 열어주었다. 루시가 앞자리에 타자 그는 운전석으로 돌아갔다.

그가 차에 타자마자 루시가 물었다. "성함이 어떻게 되세요? 여쭤보는 걸 깜빡했네요."

그가 웃음을 참으려는 듯한 표정을 지으며 말했다. "마이크입니다. 귀엽게 마이키라고 불러도 좋고요." 그러면서 눈을 찡긋했다. 분명 하루에 몇천 번은 하는 농담일 것이다.

"태워줘서 고마워요, 마이키."

루시는 재킷을 몸통에 꽉 여미고 지나가는 가로등을 바라보았다. 몇몇 익숙한 장소가 보였지만 대부분 흐릿하게 스쳐 지나갔다. 그녀는 떨리는 숨을 내쉬었다. 다시 돌아왔다. 절대 고향으로 돌아오지 않겠다고 맹세했건만, 지금 그녀는 이곳에 와 있었다.

"괜찮습니까? 겁먹지 말아요. 잭은 좋은 사람이니까."

루시는 가엾은 운전사에게 그녀와 고향의 복잡한 애증 관계를 털어놓고 싶지 않았다. 그녀는 메인을 사랑했다. 하지만 부모, 언니, 전 남자 친구 모두가 이곳에 있다는 사실은 영원히 잊어버리고 싶었다.

"그냥 대회 때문에 긴장이 돼서요." 그녀가 말했다.

"편히 앉아요. 온열 시트 켜 놨으니까. 그리고 걱정 말아요. 경쟁자들을 다 봤는데 당신은 괜찮을 겁니다."

포틀랜드에서 그녀를 시계섬으로 데려다 줄 배가 기다리고 있는 선착장까지는 그리 멀지 않았다. 루시는 긴장된 마음에 선착장으로 가는 20분 내내 마이키에게 질문을 던졌고, 덕분에 그녀가 마지막으로 도착한 참가자이며, 유일한 서부 해안 출신 참가자라는 사실을 알게 되었다.

그 외에 마이키가 아는 건 많지 않았다. 그녀는 도착하자마자 잭을 만나게 될 것이며, 그 후에 게임 하나를 한 후 저녁 식사가 있을 예정인 것 같다고만 했다.

"저는 게임을 잘 못해요." 루시가 말했다.

"잭이 여러분들한테 미식축구 같은 거 시킬 것 같진 않군요. 재밌을 겁니다. 괜히 겁먹지 말아요."

"너무 늦었네요. 이미 너무 겁먹었어요."

마이키는 웃음을 터뜨리며 손을 저었다. "겁먹지 말아요. 괜찮을 겁니다. 다른 참가자들도 걱정 말고요. 잭은 좋은 사람이에요. 휴고도 뭐랄까, 성격이 좀 별나긴 해도 좋은 사람이고요."

"잠깐만요, 휴고 리스요? 시계섬의 삽화가?"

"휴고 리스는 단순히 시계섬 시리즈의 삽화가가 아니었다. 그는 살아 있는 예술가 중에서 그녀가 가장 좋아하는 예술가였다. 그리고 그녀는 그를 만나본 적이 있었다. 그녀가 시계섬 저택으로 가출했을 때 그도 저택에 있었다.

"휴고도 섬에 살아요." 마이키가 말했다. "누군가는 잭을 돌봐야 하니까요. 좋은 사람이죠. 성격이 좀 까칠하긴 하지만, 그건 다 연기예요."

"아, 기억나요. 전 그 연기를 믿었었죠." 그녀가 웃었다.

"휴고를 아십니까?"

"아냐고요? 아뇨. 음, 그게… 마스터슨 작가님이 경찰에 신고하는 동안 그가 저를 데리고 있었죠."

크리스토퍼에게는 말하지 않은 부분이지만, 실제로 일어난 일은 그랬다. 세계적으로 유명한 작가의 집 앞에 무작정 찾아가면 당연히 경찰을 만나게 되는 법이다. 물론 잭 마스터슨은 그녀에게 차와 쿠키를 내주고, 그의 큰까마귀도 만지게 해줬지만, 그녀를 계속 데리고 있을 수는 없었다. 이루어지는 소원이 있으면 이루어지지 않는 소원도 있는 법이다. '좋아하는 작가와 함께 마법 같은 섬에서 살면서 그의 조수가 되고 싶다'는 소원은 이루어지지 않는 소원 중 하나였다.

날아다니는 책상을 보여준 후, 잭은 멋진 깜짝 선물을 주겠다고 약속하고는 잠시 자리를 비웠다. 그러고는 젊은 남자 한 명을 데리고 돌아왔다.

루시는 여전히 그 남자의 모습을 기억하고 있었다. 한껏 찌푸린, 전기를 쏘듯 강렬한 파란 눈과 록스타처럼 헝클어진 머리, 그리고 그 화려한 문신들을 기억 속에서 지우기는 힘들었다.

그의 양팔에는 문신이 가득했다. 빨강, 검정, 초록, 금색, 파랑이 현란하게 뒤섞인 문신이었다. 무지개도, 줄무늬도 아닌, 색의 소용돌이 같은 문신 덕분에 그의 몸 전체가 하나의 팔레트같이 보였다. 그는 사람이라기보다 물감으로 이루어진 존재 같았다.

"루시 하트, 휴고 리스를 소개하마." 잭 마스터슨이 말했다. "휴고 리스, 이쪽은 루시 하트일세. 휴고는 화가야. 내 책의 새로운 삽화가가 될 화가란다. 그리고 루시는 내 새로운 조수가 되려고 왔다네. 마스터마인드의 집을 어떻게 그리는지 알려줄 수 있겠나? 알아두면 좋을 것 같군."

루시는 그 말을 믿었던 걸까? 정말 속은 걸까? 잭 마스터슨이 그녀를 자기 집에 머물게 하고, 조수이자, 딸이자, 친구로 받아 주리라고 진심으로 믿었을까? 그 말을 믿고 싶었던 그녀는 떨리는 손을 내밀어 휴고 리스에게 악수를 청했다.

휴고는 그녀의 손을 한 번 보고, 다시 잭 마스터슨을 바라보았다. "머리가 어떻게 되셨습니까, 영감님?" 그는 영국식 억양으로 말했다. 왕자처럼 고상한 영국 억양이 아니라, 펑크 록스타 같은 느낌의 영국 억양이었다.

잭은 자기 정수리를 두드리며 말했다. "아주 말짱하다네."

휴고는 두개골 안을 들여다보기라도 할 것처럼 과장되게 눈을 굴렸다.

"천천히 하게." 잭이 말했다. "금방 돌아오겠네."

이제 방 안에는 루시와 휴고 리스, 단둘뿐이었다. 휴고는 그녀를 몹시 긴장하게 만들었다. 그가 얼굴을 찌푸리고 있어서도, 시계섬 책의 새로운 삽화가여서도 아니었다. 그가 그녀가 만난 사람 중 가장 잘생긴 사람이었기 때문이었다. 평소 남자아이들에게 관심이 없던 루시였지만, 휴고에게서는 눈을 뗄 수가 없었다.

"이름이 루시 하트라고?" 그가 말했다.

그녀는 갑자기 아주, 아주, 아주 긴장이 됐다. 학교에는 귀엽게 생긴 남자아이들이 많았지만, 휴고는 남자아이가 아니었다. 그는 진짜 남자였다. 정말, 정말, 정말, 정말 잘생긴 남자.

"가출했다고? 그게 얼마나 어리석은 생각인지 알아? 하마터면 죽을 수도 있었어. 부모님이 널 떨어뜨려서 머리가 망가진 거니?"

휴고의 분노에 루시는 당황했다. 그도 잭처럼 친절하리라 기대했기 때문이었다.

소원 게임 **141**

"그럴지도 몰라요." 루시는 울음을 참으며 말했다. "부모님은 나한테 관심이 없으니까, 진짜 날 떨어뜨렸다고 해도 놀랍지 않죠."

휴고는 시선을 돌렸다. "미안. 내 동생이 네 나이쯤 되거든. 걔가 가출을 했다면 난 아마 새끼 고양이를 잃어버린 어미처럼 뒤집어졌을 거거든."

새끼 고양이 어미? 루시는 그 표현이 마음에 들었다.

"하지만 잭 마스터슨 작가님은…"

"영감님이 뭐라고 했든 상관없어. 네가 집 앞에 불쑥 나타난 덕에 심장이 마비되실 뻔했거든."

루시가 킥킥 웃음을 터뜨리자, 휴고는 그녀를 날카롭게 노려보았다.

"죄, 죄송해요. 전 그냥… 제 성이 심장을 뜻하는 하트랑 발음이 같아서 심장 마비가 왔다는 농담을 하시는 줄 알았어요." 루시는 바닥을 내려다보다가 다시 그를 쳐다보며 말했다. "정말 죄송해요."

휴고의 눈빛이 부드러워졌다. 분노의 폭풍이 지나간 듯했다. 루시는 누구에게 혼나는 일에 익숙하지 않았다. 하물며 섹시한 펑크 뮤지션 같은 남자에게 혼나는 건 더더욱 익숙하지 않았다. 사실 그가 그녀의 안전에 신경을 쓴다는 점이 약간 좋기도 했다.

"작가님을 기다리는 동안 앉아 봐." 그가 말했다. "그리고 집중해야 해. 그림 그리기는 자동차 운전이나 롤러스케이트처럼 기술이야. 태어나면서부터 가질 수 있는 능력이 아니라, 배워야 하는 거라고. 그리고 배우고 싶은 마음만 있으면 배울 수 있지. 하지만 배우기 싫다면 내 시간을 낭비하지 마라."

이제까지 누구도 그녀에게 예술을 배울 수 있다고 말해준 적이 없었다. 루시가 그림을 그리지 않는 이유는 그림을 잘 그리지 못해서라고 생각했는데, 진짜 예술가인 사람이 예술을 배울 수 있다고 하니 정말 놀라웠다. 루시는 자리에 앉아 집중하면서 휴고 리스가 시키는 것들을 해냈다. 실수를 하면 처음부터 다시 시작했다. 그리고 계속 노력했다. 30분 후, 그녀는 덩굴로 뒤덮인 음침한 집과 밖을 감시하는 눈처럼 보이는 창문들을 그럴듯하게 그려냈다.

그 집은 그냥 아무 집이 아니라, 시계섬의 저택이었다.

그림을 다 그렸을 때, 휴고 리스는 그림을 오랫동안 들여다보더니 말했다. "나쁘지 않네, 심장 마비. 앞으로도 계속 그려봐."

그 뒤로 그림을 계속 그리지는 않았지만, 그의 그림 수업은 그녀의 머릿속에 강렬한 기억으로 남았다. 그리고 그녀가 본 남자 중 가장 잘생긴 사람에게 '심장 마비'라는 재치 있는 별명으로 불려서 자신이 얼마나 들떴었는지도 절대 잊을 수 없었다.

수업이 끝날 무렵에는 그를 향한 마음이 싹트기 시작했다고 해도 과언이 아니었다. 하지만 그 시간은 너무 빨리 끝나버렸다. 약 30분쯤 뒤, 사무실 문이 다시 열렸다. 루시는 잭 마스터슨이 돌아왔으리라 기대하며 웃는 얼굴로 고개를 들었지만, 방 안에 들어온 사람은 루시를 집으로 데려다주러 온 제복 입은 경찰관과 사회복지사였다.

"자, 갑시다, 아가씨. 배가 기다리고 있어요."

마이키의 목소리가 그녀를 과거에서 현재로 끌어당겼다.

그는 그녀의 짐을 대신 들어 배로 옮겨 주었고, 선장은 그 짐을 받으며 루시가 배에 오르도록 도왔다.

그는 루시를 의자에 앉힌 다음 뜨거운 커피 한 잔을 내주었다.

마이키가 미리 이야기했던 대로, 그녀는 파란색과 흰색으로 칠해진 작은 배의 유일한 승객이었다.

도착하기 몇 분 전까지 그녀는 휴대폰을 확인했다. 테레사는 사랑과 격려와 응원이 가득 담긴 답장을 보냈다. 베일리 부인은 그녀가 무사히 도착해서 크리스토퍼가 기뻐하고 있다고 전했다. 그거면 됐다고, 루시는 생각했다.

그녀는 크리스토퍼에게 전화를 걸어 휴고 리스에 관해 떠드는 바보 같은 짓을 하지 않기 위해 휴대폰을 멀리 치웠다.

다른 어린이 소설들과는 달리, 시계섬 시리즈에는 완전히 컬러로 된 삽화가 들어 있었다. 책의 중간 몇 장에만 그려져 있었지만, 시계섬에 사는 가상의 동물들이나 섬을 떠도는 유령들, 혹은 섬에 정차하는 기차(기차가 어떻게 섬으로 들어갈 수 있는지는 마스터마인드도 끝내 설명하지 못했지만)를 그린 거칠고 기묘하며 매혹적인 그림들이었다. 크리스토퍼도 루시만큼이나 그 그림들을 사랑했다.

루시는 따뜻한 커피와 함께 객실 안에 있어야 한다는 사실을 알고 있었다. 하지만 자리에 가만히 앉아 있기가 힘들었다. 결국 그녀는 다리에 힘을 주고 자리에서 일어나 객실문 쪽으로 향했다. 그녀는 문을 열고 난간으로 다가갔고, 배가 굽이치는 파도를 가르며 섬을 향해 나아가는 동안 난간을 꽉 붙잡았다.

그녀는 깊게 숨을 들이쉬어 바닷바람을 폐 속에 가득 채웠다. 차가운 봄밤과 대서양의 달콤한 소금 내음이 얼마나 그리웠는지 말로 다 할 수 없었다. 만약 이 향이 향수로 나온다면, 그녀는 당장 한 병을 사서 매일 뿌리고 다닐 것이다. 크리스토퍼가 함께 있었으면 얼마나 좋았을까. 크리스토퍼는 바닷가에 살며 상어들과 함께 수영하는 상상을 하곤 했는데, 지금 코앞에 모래뱀상어나 청상아리 같은 상어들이 헤엄치고 있을 터였다. 아쉽게도 귀상어는 없었지만, 대신 백상아리가 있었다. 크리스토퍼를 감동시키기엔 충분했다. 물론, 갈매기에게 먹이를 주지 말라거나 바다표범을 절대 쓰다듬지 말라고 경고해야겠지만, 아이는 이곳을 무척 사랑할 것이다. 이곳은 크리스토퍼에게 천국 같은 곳이었다.

그녀는 다시 열세 살이 된 기분이었다. 죽을 만큼 두려우면서도 말로 표현할 수 없을 만큼 들뜬 기분이었다. 잭 마스터슨을 다시 만나는 게 설레냐고? 물론이다. 그는 그녀의 우상 중 하나였다. 아마 아직 그녀를 실망시키지 않은 유일한 우상일지도 모른다. 하지만 무엇보다 중요한 건, 이 대회가 그녀와 크리스토퍼의 삶을 바꿀 수 있는 유일한 기회라는 사실이었다. 그녀가 대회에서 이기기만 한다면 말이다.

어두운 하늘이 점차 밝아졌다. 엔진 소리가 달라지면서 배의 속도가 점점 느려졌다.

멀지 않은 곳에 집이 하나 보였다. 담쟁이덩굴로 뒤덮인 커다랗고 아름다운 빅토리아풍의 저택이었다. 저택 위로 해변과 선착장, 그리고 바다를 내려다보고 있는 기묘하게 생긴 탑들이 솟아있었다.

심장이 북소리처럼 쿵쿵거렸다.

바로 그곳이었다. 시계섬.

루시의 머릿속에서 기계 음성이 들렸다.

'똑딱똑딱, 시계섬에 오신 것을 환영합니다.'

루시는 이곳에 다시 돌아왔다.

3부
수수께끼와 게임과 기묘한 일들

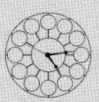

그는 그곳에 있었지만, 아스트리드는 그를 볼 수 없었다. 그녀가 볼 수 있는 것이라고는 활활 타오르는 불꽃 덕분에 그림자 속에서 간신히 드러난 얼굴 윤곽뿐이었다. 마스터마인드였다.

"저기요? 음, 선생님?" 아스트리드가 말을 꺼내자 맥스가 헛기침을 했다. "아, 아니, 그러니까 마스터마인드 님. 혹시 저희 남매의 소원을 들어주실 수 있나요?"

"소원?" 그림자 속에서 목소리가 들려왔다. "내가 요정처럼 보이냐?"

"어… 아마도요?" 아스트리드가 답했다. "저는 요정이 어떻게 생겼는지 모르거든요. 어쩌면 요정이 선생님처럼 생겼을 수도 있잖아요."

그는 아무 대꾸도 하지 않았지만, 그림자 속 그의 얼굴이 살짝 미소 짓는 것처럼 보였다.

"마스터마인드 님?" 맥스가 떨리는 목소리로 말했다. "아빠가 일 때문에 아주 멀리 가셨어요. 저희는 아빠가 정말 그리워요. 아빠가 이 동네에서 일자리를 얻으시면 돌아오실 수 있잖아요. 저희가 바라는 건 그거…"

"날개가 없지만 날 수 있는 것이 무엇인지 말해 보거라." 그림자 속 남자가 말했다. "그럼 답을 얻게 될 게다."

맥스는 아스트리드를 올려다보았지만, 그녀도 답을 알지 못했다. 그녀는 온갖 생각을 하며 방 안을 두리번거렸다. 머리가 돌아가기를 바라며, 혹시 방안 어딘가 답이 숨어 있지 않은지 찾으려고 애를 쓰는 중이었다. 방 안은 너무나 조용해서 그녀의 심장 소리가 들릴 정도였다. 마치 시계가 똑딱거리는 소리처럼 들렸다.

시계가 똑딱거린다고?

"시간이요." 그녀가 말했다. "시간은 날개가 없지만 날아가듯 빨리 흐를 수 있어요."

"때가 될 때까지 인내심을 가지고 기다리면 아버지가 다시 집으로 돌아올 게다."

맥스가 아스트리드의 소매를 잡아당겼다. "가자. 안 될 줄 알았어. 집에 가."

맥스는 방에서 나가려고 돌아섰지만, 아스트리드는 자리에 그대로 서 있었다.

"전 기다리고 싶지 않아요. 우린 지금 아빠가 그립다고요. 마스터마인드님은 누군가를 그리워한 적 없어요? 누군가가 그리우면 하루가 백만 년처럼 느껴진다고요."

마스터마인드는 다시 한참 동안 조용했다. 시간이 날개를 달고 나는 법을 배울 수 있을 정도로 그는 오랫동안 침묵했다.

"용감해질 수 있겠느냐?" 그가 물었다. "용감한 아이들만이 소원을 이룰 수 있거든."

아스트리드는 두려웠다. 두려워서 덜덜 떨고 있었다. 하지만 그녀는 턱을 치켜들며 말했다. "네. 저는 용감해질 거예요."

맥스도 아스트리드의 손을 잡고 말했다. "저도요. 꼭 그래야 한다면요."

마스터마인드는 비명보다도 더 무서운, 소름 끼치는 웃음을 터뜨렸다

"반드시 그래야 할 거다."

잭 마스터슨, 《시계섬의 저택》에서 발췌
시계섬 시리즈 제1권 (1990년 출간)

10

 배는 나무로 된 긴 선착장에 가까워질수록 속도를 점점 줄였다. 배의 불빛이 선착장을 비췄다. 선착장 끝에 한 남자가 서 있었다. 그의 얼굴을 알아볼 수는 없었지만, 확실히 잭 마스터슨은 아니었다. 아주 젊고 키가 큰 남자였다. 그는 짙은 색 반코트 주머니에 손을 넣은 채 서서 추위에도 아랑곳하지 않고 밤바람을 맞고 있었다. 그는 선장이 던진 밧줄을 빠르게 잡아채더니 능숙하게 선착장에 배를 묶었다.
 루시는 서늘한 저녁 공기가 코트 안으로 들어오지 못하도록 팔짱을 꼭 낀 채 배의 앞쪽으로 걸어갔다. 선착장에 서 있던 남자는 손을 내밀어 그녀가 배에서 내릴 수 있도록 도와주었다. 그녀는 발을 헛디디지 않으려고 집중하며 큰 걸음으로 배에서 내렸다.
 "짐은요?" 선착장에 있던 남자가 물었다. 선장은 짐을 건네주며 루시에게 짧게 인사를 건넸다.

남자는 그녀를 위아래로 훑어보았다. "전형적인 캘리포니아 사람 같군요. 코트도 안 챙겼습니까?"

영국식 억양이었다. 어디서 들어 본 듯한 목소리였다. 설마? 하지만 머리 모양이 전혀 록스타 같지 않은데?

"코트는 없어요." 그녀는 조금 민망해하며 말했다. 이 짧은 여정을 위해 굳이 겨울 코트를 새로 살 필요 없다고 스스로를 설득했던 그녀였다. 그런데 이제 보니 꼭 필요할 것 같았다. "괜찮아요. 가방에 스웨터가 있어요."

"자요. 이거 입어요."

그는 그녀가 옷을 제대로 챙기지 않았으리라고 미리 예상하기라도 한 듯, 미리 챙겨온 재킷을 건넸다. 안감이 플란넬 소재로 된 남성용 겨울 재킷이었다. 루시는 그가 시키는 대로 커다란 재킷을 몸에 둘렀고, 곧 그녀를 감싸는 따뜻한 온기에 감사하는 마음이 들었다. 재킷에서 바다 냄새가 났다.

"감사합니다." 그녀가 말했다. "최근에는 겨울옷이 딱히 필요 없었어요."

"당연히 그러실 테죠." 그가 말했다. "뜨거운 햇볕에 구워질 필요가 없는 곳에 있는 게 익숙하지도 않을 테고요."

"듣기 좋은 소리는 아니네요." 루시는 살짝 비꼬듯 말했다. "틀린 말은 아니지만, 그래도 기분 나빠요."

그의 얼굴에 미소가 떠오르는 듯했지만, 결코 미소를 드러내지는 않았다.

"이쪽입니다." 그가 말하며 선창 위를 빠르게 걸어 저택으로 향했다. 그녀의 캐리어 바퀴가 나무판자 위를 구르며 덜덜덜 소리를 냈다. 루시는 그의 넓은 보폭을 따라잡기 위해 거의 뛰어야 했다.

소원 게임 **153**

"당신, 휴고 리스 맞죠?"

그는 갑자기 걸음을 멈추고 옅은 짜증이 담긴 표정으로 그녀를 바라보았다. "안타깝게도 그렇네요. 어서 갑시다. 작가님이 기다리고 있어요."

그랬다. 비록 지난번과는 조금 달라 보였지만 그는 휴고 리스였다. 어린 시절에는 금발이었을 갈색 머리와 검은 뿔테 안경 너머로 보이는 지적이고 강렬한 푸른 눈, 삼십 대 중반의 나이. 그는 짙은 남색 반코트를 입고 있었는데, 풀어진 셔츠 깃 너머로 잘생긴 목이 드러나 보였다. 열세 살 때는 그가 완벽하다고 생각했었다. 어른이 된 지금 보아도 잘생긴 얼굴이었다. 날카롭게 찡그린 표정에도 감춰지지 않는, 거의 기품이 느껴질 정도로 잘생긴 얼굴이었다. 지금은 록스타보다는 교수 같아 보였는데, 그녀는 그 변화가 마음에 들었다.

그를 따라가던 그녀는 어릴 적 자신이 이곳에 왔던 날을 그가 얼마나 기억하고 있을지 궁금해졌다. 아마 아무것도 기억하지 못할 것이다. 어리기는 했지만 그때도 그는 성인이었고, 그녀는 가장 쉽게 다른 사람의 영향을 받는 나이인 열세 살을 지나고 있었다. 덕분에 그녀는 그가 당시 했던 모든 말을 하나하나 생생하게 기억하고 있었다.

그녀는 저택 현관에 서 있었다. 잭 마스터슨에게 작별 인사를 하는 동안 사회복지사는 그녀의 어깨에 손을 얹고 있었다. 잭 마스터슨은 그녀에게 조심스럽게 말했다. 집으로 돌아가야 한다고, 그의 집에 머무르게 할 수 없어 안타깝지만, 그의 집에 불쑥 찾아온 아이들을 데리고 있는 것은 법적으로 불가능하다고 했다. 진심으로 그녀를 데리고 있을 수 있으면 좋겠다고도 했다. 하지만 그녀가 어른이 되고 나면 썰 레이븐스크로프트의 집사가 될 수 있을 거라고 덧붙였다.

휴고는 잭의 뒤쪽 계단에 앉아 있었다. 사회복지사가 그녀를 집 밖으로 데리고 나갈 때, 그가 잭에게 말하는 소리가 들렸다. "지키지도 못할 약속은 그만해요. 그러다 누구 하나 죽어 나간다고요, 영감님."

그의 말에 그녀는 분노했었다. 하지만 스물여섯이 된 지금, 휴고의 말이 일리가 있었다는 걸 인정할 수밖에 없었다. 루시는 집을 뛰쳐나왔다가 정말 죽을 수도 있었고, 그녀가 집을 나온 이유는 유명한 작가인 그가 편지에 농담 삼아 조수가 하나 필요하다고 썼기 때문이었다.

하지만 그녀는 잭 마스터슨의 답을 절대 잊을 수 없었다. "휴고, 누군가의 마음이 부서지는 순간에는 그저 조용히 있어야 하네."

휴고는 비웃으며 말했다. "영감님 마음이요, 아니면 저 꼬맹이 마음이요?"

그 모습이 루시가 휴고 리스를 마지막으로 본 순간이었다.

"뭐 문제라도 있습니까?" 휴고가 그녀에게 물었다. 그녀가 그를 계속 쳐다보고 있었던 걸까? 맙소사.

루시는 차가운 공기 덕분에 이미 얼굴이 빨개져 있는 게 다행이라고 생각했다.

"우리 만난 적이 있어요." 그녀가 말했다. "혹시 기억하는지 궁금했어요."

"기억해요." 반가워하는 목소리가 아니었다. 물론, 그에게 좋지만은 않은 기억이었겠지만, 잊힌 것보다는 나았다.

"그때랑 달라 보이네요."

"그걸 노화라고 부르죠. 지적해 줘서 고맙군요." 그는 그녀를 외면하며 말했다. "어서 갑시다. 모두 기다리고 있어요."

그들은 저택으로 이어진 자갈길에 도착했다. 13년 전, 루시가 걸었던 그 길이었다.

루시는 걸음을 멈추고 저택을 올려다보았다. 모든 창문이 크리스마스 불빛처럼 환하게 빛나고 있었다. 웅장한 아치형 양 문 위에는 그녀의 기억 그대로 금속으로 된 시계가 걸려 있었다. 루시는 이 섬이 자신을 따뜻하게 맞아주는 것 같다고 느꼈다. 비록 현실에서는 그렇지 않았지만, 그녀가 이 섬의 일부인 것처럼 느껴졌다.

"제가 정말 여기 있다니, 믿을 수가 없어요."

휴고는 그녀를 바라보며 말했다. "나도 그래요." 확실히 이 대회가 그의 아이디어는 아닌 듯했다. "계속 가 볼까요?"

두 사람은 앞으로 나아갔다. "저기, 미안해요."

그가 미간을 찌푸리자 그녀의 기억 속에 아주 생생하게 남아 있는 날카롭게 찡그린 표정이 지어졌다. "뭐가 말입니까?"

"기억하는지 모르겠지만, 내가 겁도 없이 집을 나온 것 때문에 당신이 화를 냈었어요. 그때는 내가 잭 마스터슨을 불쑥 찾아오면 그를 얼마나 곤경에 빠뜨리게 될지 전혀 생각하지 못했어요. 어리석고 위험한 짓이었고, 만약 그가 어린 여자아이들을 집으로 유인했다는 식으로 소문이 퍼졌다면 그의 명성에 크게 누가 될 수도 있었을 거예요."

"사과는 영감이 당신한테 해야죠." 휴고는 마치 자신의 철천지원수가 안에 사는 것처럼 집을 노려보았다. "멍청한 영감탱이. 문제 있는 애들한테 신 노릇을 해놓고 무사할 거라고 생각하다니."

"난 그렇게까지 문제아는 아니었어요." 그녀는 그를 웃기려 애쓰며 말했다. 하지만 헛수고였다.

"당신을 말하는 게 아닙니다. 이제 가죠."

더 이상 한마디 말도 없이 루시는 휴고를 따라 시계섬 저택 안으로 들어갔다.

11

 마침내 마지막 참가자가 도착했다. 이제 이 빌어먹을 대회가 시작될 수 있었다. 휴고는 벌써부터 대회가 끝나고 섬이 다시 조용해질 순간을 고대하고 있었다. 그때가 되면 잭과 마주 앉아 자신이 더 이상 이곳에 머물 수 없다고 이야기할 수 있을 것이다.
 모두가 안전하게 도착했다는 사실에 긴장이 조금 풀렸다. 예상했던 것만큼 성가신 침입자들은 아니었다. 안드레는 친절하고 호기심이 많았고, 캐나다인 멜라니는 더 이상 바랄 수 없을 만큼 정중했다. 의사인 더스틴은 말이 많고 필요 이상으로 초조해 보였지만, 불쾌할 정도는 아니었다. 그리고 루시 하트가 있었다. 나이도 어리고 몸집도 작아서 별로 중요하지 않게 여길 뻔했지만, 그녀는 네 사람 중 유일하게 잭의 경력에 누를 끼칠 뻔한 일을 사과할 정도로 예의를 갖춘 인물이었다. 아직도 사과할 줄 아는 사람이 있다니. 사과해야 하는 상황을 피하려 애를 쓰는 휴고와는 반대였다.

"이쪽으로." 그가 그녀의 짐을 들고 자갈길을 따라 현관 앞으로 걸어가며 말했다. 그는 문을 열고 그녀를 안으로 들였다.

루시는 그가 빌려준 코트를 벗어 그에게 내밀었다. "당신 건가요?"

"가지고 있어요. 코트는 많으니까. 두꺼운 겨울용 점퍼를 챙기지 않았다면 계속 필요할 겁니다. 나중에 돌려줘요."

그녀는 코트를 가슴에 안으며 말했다. "다시 한번 감사해요." 그녀는 고개를 들어 주변을 둘러보았다. 그리고 현관 천장에 걸린 오래된 스테인드글라스 샹들리에 아래에서 한 바퀴 돌며 미소 지었다. 휴고는 그녀를 바라보며 기억 속에 어렴풋이 남아 있는 깡마른 열세 살 소녀를 떠올리려 애썼다. 그 기이한 오후에서 가장 기억나는 것은 어리석은 잭을 향한 절대적인 분노였다. 가엾은 아이가 그의 책을 읽었다는 이유로 그와 특별한 관계라고 느끼도록 만들다니. 세상의 모든 아이들은 자신이 특별하다고 여긴다는 사실을 그는 몰랐던 것일까? 우주가 그들을 배신해서 잘못된 가족, 잘못된 집, 잘못된 도시, 잘못된 세상에 떨어지게 하지 않았다면 왕자나 여왕, 마법사가 될 수 있었다고 생각한다는 사실을 과연 몰랐을까? 열심히 소원을 빌기만 하면 유명하고 부유한 작가가 자신들의 인생을 마법처럼 바꿔주리라는 희망은 그 아이들에게 가장 쓸데없는 것이었다. 가엾게도 어린 루시 하트는 그 환상을 믿어버렸던 것이다. 하지만 적어도 이제는 그 환상에서 깨어난 것처럼 보였다.

휴고는 어릴 때부터 화가가 되고 싶었다. 매일 하루에 열 시간씩 그림을 그리고 색을 칠했고, 마침내 봐줄 만한 그림 한 점을 완성하기까지 오랜 시간이 걸렸다. 그의 꿈이 이뤄진 것은 소원을 빌어서가 아니라 꿈을 이루려고 스스로 노력했기 때문이었다.

"다른 사람들은 서재에 있습니다." 그가 루시에게 말했다. "곧 시작될 겁니다."

그녀가 짐 가방을 들려고 하자 그가 손을 내밀었다. "내가 올려 줄게요. 이쪽으로 오시죠."

루시는 그를 따라 거실로 들어섰다. 그녀는 지난번 왔을 때보다 확실히 성숙해져 있었다. 그는 마지못해 그녀가 예쁘장하게 생겼다고 인정했다. 바닷바람에 살짝 축축해진 부드러운 파도 같은 갈색 머리가 어깨까지 내려와 있었고, 눈은 밝은 갈색이었다. 환하게 미소 짓고 있는 입술은 분홍빛이 돌았고 볼은 차가운 밤공기에 발그레해져 있었다. 잭은 그녀가 유치원에서 아이들을 가르친다고 했었다. 그가 다녔던 학교에 이렇게 예쁘고 어린 교사가 있었던가? 아마 없었을 것이다. 있었다면 기억이 나지 않을 리 없으니까.

서재로 이어지는 커다란 참나무 문은 닫혀 있었다. 두 사람이 문 앞에 도착하자, 루시는 걸음을 멈췄다.

"왜 그러십니까?" 휴고가 물었다.

그녀가 미소 지었다. "다시 시계섬에 오다니. 정말 말도 안 돼요."

"나도 매일 아침 똑같은 말을 한답니다. 하지만 웃으면서 하진 않죠." 농담으로 한 말이지만 그녀는 웃지 않았다. 그녀는 그의 말에 전혀 신경을 쓰지 않는 듯했다. 그녀의 정신은 딴 데 팔려 있었다. 정확히 말하자면 완전히 매료된 것 같았다. 그녀가 방을 둘러보며 고개를 두리번거리자, 레드우드 초등학교라는 글씨와 함께 삼나무 그림이 그려진 천 가방이 그녀의 어깨에서 미끄러져 내려 발밑에 푹신한 소리를 내며 떨어졌다.

"시간이 있어요. 둘러보고 싶으면 둘러봐도 됩니다."

"둘러볼게요."

잭의 집은 누구라도 매료시킬 수 있었다. 과거의 그도 이 집에 매료되었었다. 이 방, 아니 집 전체가 빅토리아 시대의 광기 어린 꿈속 같았다. 짙은 보라색 벽지는 은색 사슬과 해골 패턴으로 장식되어 있었고, 천장은 아주 옅은 하늘색으로 칠해져 있었다. 커다란 돌출 창 아래로는 지금은 어두워서 보이지 않지만, 언덕 아래 바다로 이어지는 길이 내려다보였다.

루시는 거대한 대리석 벽난로 앞에서 잠시 멈춰, 은은하게 타오르는 불꽃을 보며 벽난로 위에 놓인 녹슨 긴 금속 꼬챙이를 집어 들었다.

"이게 뭐예요?" 루시가 물었다. "철도 선로에 쓰는 못인가요?"

"관짝용 못이죠." 휴고가 답했다.

루시는 눈을 크게 뜨고 그를 바라보았다. "진짜 관에서 나온 거예요?"

"백 년 전, 이 섬은 부유한 기업가 가문의 소유였는데, 그들은 자신들의 사유 묘지에 죽은 가족들을 묻었어요. 소나무로 만든 관은 썩지만, 못은 썩지 않죠. 때때로 그 못들이 땅 위로 모습을 드러내기도 해요."

"그걸 벽난로 위에 두나요?"

휴고는 코트를 벗어 소파 등받이에 던졌다. "아직 눈치 못 챘을까 봐 말해주자면, 잭은 괴짜예요."

"자기 몸에 그림을 그려 넣는 예술가가 할 말은 아닌 것 같네요." 루시가 휴고의 팔에 있는 문신을 가리키며 장난스럽게 말했다.

긴팔 티셔츠 소매가 팔꿈치까지 걷어 올려져 있었다. 그의 양쪽 팔에는 어깨부터 손목까지 이어지는 문신으로 덮여 있었다. 사람의 팔이라기보다는 마치 팔레트 같았다.

"잭은 괴짜고, 나는 위선자죠." 휴고는 루시가 자기 문신을 알아봐 준 게 내심 기분 좋았다. 휴고는 루시의 눈을 통해 다시 그것들을 바라보는 것 같은 기분이 들었다.

"좀 과했나요? 다 젊은 날의 객기와 취기 탓이죠."

"아니요. 저는 좋아요." 루시가 말했다. "당신이 마치 물감으로 만들어진 것 같아요. 물감, 그리고 고통으로요."

"난 잘못된 선택들로 만들어졌을 뿐이에요." 그는 그렇게 말했지만 루시가 문신의 의미를 단번에 짚어낸 데는 감탄했다. 화가의 인생이란 결국 물감과 고통 말고 무엇이겠는가.

루시는 벽난로 옆에 걸린 외눈박이 해골의 눈구멍을 부드럽게 만졌다. 디즈니 채널에서 방영된 영화판 《시계섬과 해골들의 음모》에서 사용된 소품이었다.

"이 저택은 정말 멋져요." 루시가 말했다. "처음 여기 왔을 땐 너무 긴장해서 그런지 어땠는지 거의 기억도 안 나요."

그녀는 시계섬 지도로 만들어진 벽시계를 유심히 살펴보았다. 그녀의 손가락은 숫자를 따라 소원 우물과 조수 연못 위를 천천히 맴돌았다.

정오와 자정 등대
한 시의 소풍 정원

두 시의 조수 연못

세 시의 퍼핀 바위

네 시의 안녕 해안

다섯 시 해변

여섯 시 남쪽 끝

일곱 시 행복 별장

여덟 시 소원 우물

아홉 시 선착장

열 시의 습지

열한 시의 숲

"이런 섬이 어떻게 실제로 존재할 수가 있죠?" 그녀가 물었다. 휴고는 어깨를 으쓱했다. "가끔은 나도 잘 모르겠더군요."

그녀는 미소를 지으며 고개를 들어 호기심 가득한 눈으로 샹들리에를 바라보았다. "사슴뿔인가요?"

"섬에 사슴이 많아요. 얼룩무늬 사슴도 있답니다."

"얼룩무늬 사슴?"

"흰색 바탕에 반점이 있는 사슴이요. 희귀한 종인데, 이 섬에는 제법 많아요. 유전자 풀이 작거든요. 뉴욕에 있는 내 예술가 친구가 그 사슴뿔로 샹들리에랑 엄청 불편한 의자를 만들곤 하죠."

그녀는 다시 한번 멈춰 서서, 초록색 벨벳 소파 뒤에 걸린 그림을 바라보았다. "저 그림도 기억에 없어요."

언뜻 보면 그들이 서 있는 유명한 시계섬 저택을 그린 평범한 그림 같았지만, 자세히 보면 창문들이 마치 눈처럼 그려져 있었고, 웅장한 양 문 현관은 기묘하게 웃고 있는 입처럼 보였다.

"기억이 안 나는 게 당연하죠. 내가 그리기 전이니까."

그녀는 그를 바라보며 미소를 지었다. "나한테 집을 그리는 법을 가르쳐준 게 기억나네요."

"내가 그랬습니까?"

"경찰이 올 동안 코찔찔이 가출 소녀에게 그림을 가르치면서 오후를 보내고 싶지는 않았을 테죠."

"난 아이들에게 그림 가르치는 걸 좋아해요."

"정말요?" 그녀는 눈썹을 치켜올렸다. 의심하는 그녀를 비난할 수는 없었다. 잭과 함께 책 작업을 시작했을 때, 학교 방문 행사 때문에 전국을 돌아다녔었다. 아이들을 만나는 일을 즐기게 된 것은 누구보다도 휴고 자신에게 가장 놀라운 일이었다.

"정말이에요."

"당신도 이 섬에 사나요?" 그녀가 물었다.

"지금은요."

"인생에서 이렇게 누군가가 부러웠던 적이 없네요. 잭이 나를 조수로 받아줬어야 했는데."

"마냥 좋지만은 않아요. 개인 소유 섬에서 맛있는 중국 음식을 사다 먹기가 얼마나 어려운지 알아요?"

"좋은 지적이네요. 하지만 잔디밭에서 얼룩무늬 사슴을 보고, 까마귀를 애완동물처럼 키우고, 하늘을 나는 책상을 가질 수 있다면, 난 외식쯤이야 기꺼이 포기할 수 있을 것 같아요." 그녀는 휴고 쪽으로 손을 내밀며 덧붙였다. "게다가 이 섬에는 세계적으로 유명한 예술가가 살잖아요."

"열두 살 이하 아이들한테나 유명하죠." 사실이 아니었지만, 그렇게 말해야 할 것 같았다.

루시는 어두운 돌출창 밖을 바라보았다. 보이는 건 선착장의 불빛뿐이었다. "이제 무슨 일이 일어날까요?" 그녀가 물었다.

"솔직히 나도 몰라요." 휴고가 말했다. "나랑 상의한 적 없거든요."

휴고의 말투에서 감추고 싶었던 무언가가 드러난 모양이었다. "그를 걱정하고 있네요."

"그는 나이가 들어가고 있어요. 기력도 쇠하고 있고." 휴고가 말했다. "걱정이 되는 게 당연하죠." 자신의 책을 읽는 아이들이나 이제는 어른이 된 독자들과 이야기할 때 잭이 가장 중요하게 생각하는 규칙은 '마법을 깨지 않는 것'이었다. 루시는 지금 잭 마스터슨과 시계섬이라는 마법에 빠져 있었다. 휴고는 그녀에게 이곳이 보이는 것만큼 멋진 곳이 아니라고 말할 수 없었다. 이야기 속에서 모든 문제를 해결하고 아이들의 소원을 들어주던 신비로운 현자 마스터마인드가 지난 6년간 술에 빠져 자신의 무덤을 파고 있었다는 사실을 그녀에게 말할 수는 없었다.

그녀는 서재를 바라보았다. 닫힌 문 뒤에서 웅성거리는 목소리가 들려왔다. 잭이 금방이라도 내려올 것 같았다. 휴고는 루시를 서재 안으로 들여보내야 했지만, 서두르지 않았다. 그녀와 이야기하는 게 즐거웠기 때문이었다.

"그냥 대회일 뿐이에요." 휴고가 부드럽게 말했다.

루시는 고개를 저었다. "나한테는 그렇지 않아요."

휴고는 잠시 망설이다가 다시 말을 꺼냈다. "나도 그가 연 대회에서 이겼잖아요. 나 같은 바보도 할 수 있다고요."

"정말요? 어떻게요?" 그녀는 소파 끝에 앉았다. 휴고는 팔짱을 낀 채 그녀 맞은편의 책장에 기대섰다. 책장은 전설적인 아동 문학 작품들의 희귀 초판본으로 가득 차 있었다. 《이상한 나라의 앨리스》, 《버드나무에 부는 바람》, 《호빗》, 《켄싱턴 공원의 피터 팬》도 있었다. 수백만 달러의 값어치가 있는 책들이 마치 병원 대기실에 쌓인 잡지처럼 무심하게 진열되어 있었다.

"잭은 이전 삽화가를 별로 좋아하지 않았습니다. 잭이 아니라 출판사가 고용한 사람이었거든요. 출판사가 새로운 표지로 책들을 다시 출간하기로 결정했을 때, 잭은 팬 아트 대회를 열었죠. 내 동생 데이비는 그의 책을 세상 그 무엇보다도 사랑했고요. 나는 동생에게 이야기 속 그림들을 그려주곤 했어요. '폭풍 상점'이나 '흑백 모자 호텔' 같은 것들이요. 데이비가 대회 소식을 듣고는 나더러 그림을 보내라고 고집하더군요. 나는 그저 동생 기분이나 좋게 해주려고 그림을 보낸 건데, 웬걸—"

"대회에서 이겼군요."

휴고는 손을 들어 '그런 것 같네요'라고 말하는 듯한 제스처를 취했다. "맞아요. 이겼죠. 상금은 5백 달러였는데, 진짜 상은 돈이 아니었어요. 진짜 상은 책의 새로운 삽화가가 될 기회를 얻는 거였죠."

루시는 미소를 지으며 말했다. "데이비한테 큰 빚 졌다는 소리 좀 듣겠네요."

"그랬었죠." 휴고가 말했다. "동생은 몇 년 전에 죽었어요."

루시는 연민이 가득 담긴 눈으로 그를 바라보았다. "세상에, 리스 작가님, 정말—"

"휴고라고 불러요."

"그럴게요, 전 루시예요. '심장 마비'라고 부르셔도 괜찮고요. 그때처럼." 루시가 말했다.

"내가 지었을 법한 별명이네요. 그땐 뵈는 게 없는 쓰레기였으니까."

"그때만 그랬나요?" 그녀가 웃으며 말했다.

"듣기 좋지는 않지만, 틀린 말은 아니에요." 그가 눈을 찡긋하며 말했다.

"그건 제 대사인데요."

휴고는 무슨 말이라도 던져 그녀와 계속 대화를 이어가고 싶었지만, 시간이 다 된 것 같았다.

"이제 들어가야겠어요." 그가 말했다. "잭이 곧 나타날 것 같거든요."

"진짜 용기가 필요한 순간이네요." 루시는 문손잡이로 손을 뻗었다.

그는 자기도 모르게 그녀가 문을 열지 못하도록 손잡이를 잡았다.

"당신을 여기 데려온 사람의 이름 기억해요?" 휴고는 질문을 하고는 곧바로 후회했다.

"마이크요. 마이키라고도 불러도 된다고 했어요. 왜요?"

"아닙니다. 가시죠."

루시는 용감한 표정을 지어 보이며 문을 열었다.

"루시." 휴고가 말했다. 그녀는 뒤를 돌아 그를 바라보았다.

"행운을 빌어요."

12

 루시는 떨리는 손으로 서재 문을 밀어 열었다. 테레사가 그녀에게 말한 것처럼 편하게 공짜 휴가를 즐긴다고 생각하려고 했지만, 문을 열고 서재에 들어서자마자 세 사람의 시선이 그녀에게 쏠렸다. 그녀를 유심히 살피며 평가하는 눈빛을 보고 있자니, 그중 누구도 공짜 휴가나 기대하며 이곳에 오지 않았다는 것을 피부로 느낄 수 있었다.

 루시는 수줍게 미소를 지으며 방 안으로 걸어 들어갔다.

 "안녕하세요, 여러분." 그녀는 살짝 손을 흔들며 말했다. "저는 루시예요."

 "안녕하세요, 루시. 저는 멜라니예요. 여기서 유일한 여자가 아니라 참 좋네요."

 캐나다 억양을 쓰는 30대 후반의 동양인 여자가 다가와 악수를 청했다. 키가 크고 마른 체격에, 길고 검은 머리는 깔끔하게 하나로 높이 묶고 있었다. 루시는 한 번도 그런 완벽한 머리를 해 본 적이 없었다. 멜라니는 부드러운 크림색 캐시미어 스웨터와 딱 붙는 청바지를 입고 갈색 가죽 부츠를 신고 있었다.

루시는 그녀의 손을 맞잡으며 인사했다. "반가워요."

멜라니는 남색 정장을 입고 장식장 옆에 서 있는 잘생긴 흑인 남자를 가리켰다. "이분은 안드레 왓킨스예요. 애틀랜타에서 온 변호사랍니다."

"안녕하십니까, 루시 양?" 안드레가 한 걸음 앞으로 다가와 정치인처럼 힘차게 악수했다. "TV에서 정말 멋졌어요. 프로 방송인 같더군요."

"당신도요." 루시가 말했다. "진행자를 거의 의자에서 떨어뜨릴 뻔하셨잖아요."

"그게 내 일이니까요." 안드레가 말했다. 루시는 그가 몇 년 후 조지아 주지사 선거에 출마하는 모습을 상상할 수 있었다.

"더스틴입니다." 방 안의 다른 남자가 말했다. "파티에 온 걸 환영해요."

루시는 그에게도 인사를 건넸다. 그녀는 더스틴이 응급실 의사였다는 사실을 기억해 냈다. 그는 오랫동안 햇빛을 보지 못한 사람처럼 보였다. 청바지에 재킷을 입고, 안에는 깔끔한 흰색 셔츠를 받쳐 입고 있었다. 다들 그녀보다 잘 차려입은 것 같았다. 잘 차려입었을 뿐만 아니라 나이도 더 많아 보였으며, 훨씬 편안해 보였다. 그녀는 마치 여름 캠프에 하루 늦게 도착한 것 같은 느낌이었다. 이미 모두가 친구가 되어 있는 듯했다. 게다가 짙은 녹색 벽을 배경으로 어두운 목재 가구와 거대한 벽난로, 그리고 움직이는 사다리까지 갖춘 서재가 너무도 웅장하고 압도적이어서 더 긴장이 되었다.

"만나서 반가워요. 저 때문에 일정이 뒤로 밀렸다면 죄송해요. 캘리포니아에서 오느라 긴 비행을 해야 했거든요." 루시는 장식장 위에 커피 주전자를 발견하고는 스스로 한 잔을 따랐다. 배에서 꼬르륵 소리가 났다. 아침에 시리얼을 먹은 이후로 제대로 된 음식을 먹지 못한 탓이었다.

"여기 출신이신 줄 알았는데요." 더스틴이 마치 그녀를 평가하듯 고개를 갸웃하며 말했다.

그녀는 이 사람들이 자신의 인생사를 알고 있으리라고는 기대하지 않았다. 하지만 그들이 그녀를 경쟁자로 보고 있다면, 그 정도 정보를 가지고 있는 건 당연한 일이었다. 그녀도 그들의 TV 인터뷰를 보고, 그들이 어떤 삶을 살았는지를 찾아봤었다. 그들 역시 그녀의 인터뷰를 봤을 테고, 검색도 했을 터였다.

"맞아요." 그녀가 말했다. "캘리포니아로 이사했어요. 늘 추운 날씨가 싫어서요." 그녀가 자주 하던 대답이었고, 보통 이렇게 말하면 더 이상 질문을 받지 않을 수 있었다.

더스틴이 무슨 말인가 하려는 순간, 문이 다시 열렸다. 잭일까? 하지만 아니었다. 들어온 사람은 휴고였다. 그는 서재 안으로 들어와 벽난로 앞에 섰다. 모두가 조용히 그가 입을 열기만을 기다렸다.

"개인적으로 이게 맞는 건지는 잘 모르겠습니다만… 안녕들 하십니까." 휴고가 말했다.

휴고는 비참해 보이면서 동시에 잘생겨 보였다. 루시는 커피잔에 얼굴을 숨긴 채 그를 보며 웃음을 터뜨렸다.

13년 전과 외모가 달라졌는지는 몰라도, 루시의 눈에 비친 휴고 리스는 그녀의 기억 속 그대로였다. 그는 마치 아이들에게 잔디밭에서 당장 나가라고 소리치는 괴팍한 노인 같았다. 참가자들이 그 아이들이었고, 시계섬은 그의 잔디밭인 셈이었다.

모두가 조심스럽게 인사를 건넸다.

"잭에게서 메시지가 왔습니다. 미리 사과드립니다. 메시지는 이겁니다. '게임 시작은 여섯 시다.'"

"잠깐만요, 여섯 시요?" 멜라니가 물었다. "지금이 거의 여덟 시인데. 그럼 아침 여섯 시인가요?"

휴고는 마치 진짜 아픈 사람처럼 한숨을 내쉬었다.

"이름, 휴고 토마스 리스. 직업, 반백수 예술가. 일련번호… 이건 도통 무슨 뜻인지 모르겠군요. 그리고 이런 메시지가 쓰여 있습니다. '게임 시작은 여섯 시다.' 잭이 남긴 말은 이게 전부고, 내가 할 수 있는 말도 이게 전부입니다."

안드레가 큰 소리로 손가락을 튕기자, 멜라니가 깜짝 놀라 움찔했다.

"게임 시작이 여섯 시라고요?" 안드레가 휴고에게 물었다.

"메시지에 따르면 그렇습니다."

안드레는 주먹을 불끈 쥐더니 휴고를 향해 손가락을 가리키며 말했다. "이해했어요. 좋아요, 갑시다."

그는 손짓으로 모두에게 일어나라는 신호를 보냈다.

"잠깐만요. 어떻게 된 거죠?" 멜라니가 가방을 집어 들며 말했다.

"우리는 시계 섬에 있으니까," 안드레가 말했다. "여섯 시는 시간이 아니라 장소인 거죠. 그렇죠? 내 말이 맞죠?"

휴고는 절제된 동작으로 조용히 박수를 쳤다.

"그럴 줄 알았어요. 아버지는 운전을 가르쳐주시면서 늘 말씀하셨습니다. '손은 열 시와 두 시, 항상 열 시와 두 시'라고요."

루시는 그 문제를 바로 맞히지 못했다는 사실에 자존심이 상했다. 응접실에 있던 시계를 직접 보고 오는 길인데도 여섯 시가 무슨 의미인지 기억하지 못한 것이다. 이제 잭 마스터슨의 열성 팬처럼 구는 대신 대회에 집중할 때였다.

"연기 냄새를 따라가세요." 휴고가 말했다. "어둠 속에서 넘어져 다리가 부러지지 않게 조심하시고요."

첫 번째 성취에 신이 난 안드레는 마치 학교 교장처럼 빠르고 능숙하게 모두를 서재 밖으로 안내했다. 그는 사람들을 집 밖으로 이끌고 현관으로 나섰다. "상황을 좀 파악해야겠군요." 그는 주변을 둘러보며 말했다.

루시가 가장 먼저 연기 냄새를 맡았다. 연기 냄새가 달착지근했다. 모닥불이었다.

"이쪽이에요." 그녀가 말하며 길을 따라 걸어가기 시작했다. 그녀의 배에서 꼬르륵 소리가 났고, 그녀는 목적지에 핫도그와 구운 마시멜로가 그녀를 기다리고 있기를 은근히 바라고 있었다.

네 사람은 거의 아무 말도 하지 않고 연기 냄새를 따라 오래된 나무판자 길을 조심스럽게 걸었다. 땅에 심어진 작은 태양광 조명들이 길을 밝혀주고 있었지만, 밝고 거칠게 빛나는 별빛에 의지해 걷고 있는 것 같은 묘한 기분이 들었다. 빛 공해 없는 곳에 살아본 지가 오래된 그녀였다. 시계섬에서는 별들이 너무 가까이 있는 것처럼 느껴졌고, 유유히 흐르는 강물에 손을 담그듯 하늘을 향해 손을 뻗어 별들 사이를 헤집을 수 있을 것만 같았다.

그들이 따라가던 길은 모래사장으로 이어졌고, 모래사장 위에는 돌화로가 만들어져 있었다. 돌화로 주위에는 거대한 나무 밑동을 잘라 만든 의자들이 놓여 있었다. 모닥불을 피우고 있던 흰 앞치마를 두른 젊은 여자가 음식과 음료가 가득 차려진 야외용 식탁을 가리켰다. 테이블 위에는 정말로 구운 마시멜로가 있었다. 그것도 아주 많았다. 그리고 핫도그도 있었다. 생수와 이온 음료도 준비되어 있었지만, 맥주나 와인은 없다는 사실을 루시는 눈치챘다. 잭의 마음속에서 그들은 여전히 어린 아이인듯했다.

밤공기가 서늘했지만 바람은 멈췄고, 의자들 가운데 모닥불이 밝고 따뜻하게 타오르고 있었다. 10분이 지나고, 15분이 지났다. 다들 편안하게 대화를 나누고 있었다. 멜라니는 루시에게 뉴브런즈윅에서 자신이 운영하는 어린이 서점에 대해 이야기하고 있었고, 더스틴은 안드레에게 충격을 주고 싶은지, 응급실에서 있었던 끔찍한 일들을 이야기하고 있었다.

루시의 가슴이 기쁨으로 벅차오르면서 눈에 눈물이 맺혔다. 침실 창밖으로 구경만 하던 달에 처음 발을 디딘 우주비행사들이 이런 기분이었을까?

"루시, 괜찮아요?" 멜라니가 말했다.

루시가 미소 지었다. 그녀의 심장이 두근거렸고, 목구멍이 조여왔다.

"마스터마인드가 왔어요."

네 사람은 모두 말을 멈추고 고개를 돌렸다.

어둠 속에서 목소리가 들려왔다. 근엄하지만 웃음기가 섞여 있으며, 단호하지만 장난기 넘치고, 나이 들었지만 여전히 젊은 목소리였다.

"손이 있지만 악수할 수 없고, 얼굴이 있지만 웃을 수 없는 것은 무엇인가?"

루시가 답했다.

"시계요!"

그림자 속에서 잭 마스터슨이 걸어 나왔다.

루시의 눈에 잭 마스터슨은 그때와 똑같이 인자한 미소를 짓는 자애로운 왕처럼 보였다. 나이 지긋한 인정 많은 왕이 갈색 케이블 니트 스웨터와 코듀로이 바지를 입고 있는 것 같았다. 루시가 그를 만난 것은 13년 전이었다. 하지만 그는 20년은 더 늙어 보였다. 그때는 갈색 머리칼에 회색이 섞인 정도였는데, 이제는 머리카락도, 수염도 완전히 백발이 되어 있었다.

"똑딱." 그가 말했다. "시계섬에 온 걸 환영합니다. 아니면, 다시 온 걸 환영한다고 해야 할까요?"

자신의 삶을 바꾼 인물이 말을 하는 동안, 모두가 침묵했다.

"난 마스터마인드가 아닙니다. 단지 그를 창조한 사람일 뿐이지요." 잭 마스터슨이 입을 열었다. "하지만 나도 그의 능력 중 하나를 가졌답니다. 바로 마음을 읽는 능력이지요. 여러분 모두가 자신에게 묻고 있을 질문 한 가지를 나는 알고 있습니다. 내가 왜 여러분을 여기로 불렀을까? 그 이유를 알려드리지요," 그는 말했다. "옛날에, 나는 《시계섬의 저택》이라는 책을 썼지요. 어릴 적 여러분은 그 책을 읽었고요. 그 책을 쓰고 나서 내 인생이 바뀌었습니다. 그리고 그 책을 읽음으로써 여러분의 인생도 바뀌었지요. 우리 모두는 아마도 내 책이 다시 우리의 인생을 바꿔주길 바라고 있을 겁니다. 우리네 인생은 이야기들로 만들어지거든요. 감동을 주고, 마음을 움직이고, 우리에게 교훈을 전하는 이야기는…

우리를 변화시키니까요."

그는 손을 흔들며 그들 각각을 가리켰다. "여러분이 바로 그 증거입니다. 이곳에 온 네 명의 아이들, 그들은 책을 읽고, 도움을 청할 만큼 용기를 얻었지요. 아이에게 도움을 요청하는 것보다 용기가 필요한 일은 없습니다. 그리고 그런 용기는 보상받을 자격이 있고요."

그는 한 사람씩 눈을 마주쳤다.

그는 안드레를 가리켰다. "어린 안드레가 기억나는군요. 소설에 나오는 다니엘처럼 되고 싶다고 했었지요. 다니엘은 학교에서 자기를 괴롭히는 아이들이 잘못했다는 걸 증명하기 위해 시계섬에 왔던 아이죠. 그리고 멜라니도 기억나요." 그는 미소 짓는 멜라니를 가리키며 손을 흔들었다. "멜라니는 로완을 무척 좋아했지요. 시계섬에 와서 부모님의 이혼을 막으려 했던 소녀 말이에요. 그리고 우리 더스틴은 폭력적인 아버지 밑에서 도망쳐 시계섬에 왔던 윌처럼 되고 싶어 했었지요. 그리고 루시…" 그는 그녀를 보며 미소를 지었고, 루시도 미소를 지었다. "루시는 나의 첫 여주인공 아스트리드처럼 되고 싶어 했어요. 너무나도 아스트리드가 되고 싶었던 나머지 핼러윈에 그녀처럼 옷을 입고 다녔지요. 루시, 아스트리드가 이곳에 살고 있다는 걸 알고 있나요? 로완도, 윌도, 다니엘도 모두 이곳에 있습니다. 잘 살펴본다면 말이지요. 잘 살펴보니, 지금도 그들이 보이는군요."

그는 참가자들을 바라보고 있었다.

"나의 아이들이 돌아와서 참 좋군요." 그는 가슴에 손을 얹고 말했다.

"젠장, 작가님." 안드레가 감정에 북받쳐 말했다. "다시 오게 돼서 정말 좋습니다."

멜라니가 거의 뛰다시피 하며 제일 먼저 잭에게 다가갔다. 그는 짧지만 다정하게 멜라니를 안아주었고, 쑥스러우면서도 뿌듯해하는 아버지처럼 그녀의 등을 토닥였다. 그리고 안드레도 그에게 다가갔다. 잭은 환하게 미소 지으며 애틀랜타에서 어린이들을 위해 무료 법률 지원을 제공하고 있는 그가 정말 자랑스럽다고 이야기했다. 다음은 더스틴이었다. 더스틴은 오랫동안 만나지 못한 할아버지와 재회하듯 잭을 꽉 껴안았다. 루시는 더스틴이 했던 말을 떠올렸다. 그는 두려움으로 가득 차 늘 숨어 지내다시피 하던 자신의 어린 시절에 시계섬 책이 탈출구가 되어 주었고, 덕분에 삶을 살아갈 수 있었다고 했다.

이제 루시의 차례였다.

"마지막으로 내 조수도 왔군요." 잭은 부드럽게 그녀의 손을 양손으로 감싸며 말했다. 그의 차고 매끄러운 손이 약간 떨리고 있었다. 어릴 적 그녀는 잭 마스터슨이 자신의 아버지가 되는 꿈을 꾸곤 했었다. 이제 그는 할아버지처럼 보였다.

"루시, 루시." 그는 그녀가 이렇게 많이 자란 게 믿기지 않는다는 듯 고개를 저었다. 미소 가득한 표정은 무언가를 말하고 싶어 하는 듯 보였지만 애써 참는 것 같았다. "비행은 괜찮았습니까?" 그가 물었다.

"잘 착륙했으니 불평할 수 없죠." 그녀는 몹시 당황한 상태였다. 현존하는 가장 유명한 아동 문학 작가에게 손이 잡혀 있었으니 말이다.

"공항에서 오는 길은? 누가 마중을 나갔던가요?"

"마이키요. 좋은 분이었어요. 재밌는 소문들을 들려주더라고요."

"그렇지, 우리 마이키는 좋은 사람이에요. 말이 너무 많긴 하지만." 잭은 미소를 지으며 그녀의 얼굴을 살폈다. "루시 하트 양은 어떻게 지내고 있나요?"

그는 다른 사람은 보지 못하는 무언가를 꿰뚫어 보듯 루시를 보았다. 어쩌면 그의 책 속 마스터마인드라는 캐릭터가 그런 능력을 가졌다는 사실을 루시가 알기 때문에 그렇게 보이는지도 몰랐다. 마스터마인드는 상대방의 눈을 보면 마음속 가장 깊은 소원을 알아낼 수 있었다.

"전보다 나아졌어요." 그녀가 말했다. "지난번 만났을 때보다는 훨씬요."

"잘 해결될 줄 알았어요." 그는 그녀의 손을 살짝 쥐었다가 놓아주었다. 그런 다음 모두를 향해 몸을 돌렸다. "여러분 모두의 문제가 잘 풀리리라고 생각했습니다. 지금 보니 정말 잘들 지내고 있군요. 나의 용감한 아이들은 이제 용감한 어른들이 되었어요. 아아, 우리가 함께 보낼 시간이 많았다면 좋았겠지만, 안타깝게도—" 루시는 대화 중에 아아, 라는 감탄사를 자연스럽게 사용할 수 있는 사람은 세상에서 잭뿐이라고 생각했다. "시계가, 언제나 그렇듯, 똑딱거리고 있군요."

루시는 의자로 돌아가서 휴고의 재킷을 단단히 여몄다. 밤공기가 점점 더 차가워졌지만 잭은 전혀 개의치 않는 듯 보였다.

"아마도 여러분은 내 새 책을 받기 위해 여기에 왔다고 생각할 겁니다. 하지만 사실은 그보다 더 큰 이유가 있습니다. 여러분이 처음 이곳에 왔을 때는 가슴 속에 소원을 품고 있었습니다. 내 책 속 아이들처럼 되고 싶다는 소원이었지요. 이제 그 소원을 이루게 될 겁니다. 이 섬에 있는 동안 여러분은 여러분이 바랐던 대로 내 책 속 캐릭터가 될 것입니다. 안타깝게도 나는 마스터마인드처럼 인상적이거나 신비로운 사람은 아니지만, 그는 내가 그의 대변인 역할을 할 수 있도록 허락해 줬답니다. 그가 전하는 메시지는 하나뿐입니다. 하지만 내가 굳이 그 메시지를 전할 필요는 없지요. 여러분이 내 책을 읽었다면 이미 그가 여러분에게 전하는 메시지를 알고 있을 테니까요. 생각나는 게 있나요?"

안드레는 미간을 찌푸렸고, 더스틴은 멍한 표정으로 잭을 바라봤다. 멜라니는 잘 모르겠다는 표정으로 어깨를 으쓱했다. 하지만 루시는 기억하고 있었다. 심지어 크리스토퍼도 그 답은 알고 있을 것이다.

"음… 만약 마스터마인드가 책 속의 아이들에게 했던 말을 우리에게도 한다면, 아마 '행운을 빌어주마. 그게 꼭 필요할 게다.'라고 할 거예요."

13

 구운 마시멜로와 핫도그를 먹은 후, 잭은 그들을 다시 집으로 안내했다. 따뜻하고 아늑한 서재로 들어가 커다란 안락의자에 앉으니 한결 마음이 편해졌다. 그녀를 둘러싼 벽에는 온갖 형태와 크기의 시계들이 걸려 있었다. 고양이가 주방에서 꼬리를 흔드는 모양으로 만들어진 시계, 뻐꾸기시계, 왕궁에 걸려 있었어도 이상하지 않을 화려한 마차 시계까지. 시계섬 저택에 와 있다는 사실이 실감 났다. 잭 마스터슨이 그들 앞에 서 있었고, 휴고 리스는 한쪽 의자에 앉아 무언가를 스케치하고 있었다. 새 책의 표지를 그리는 중일까?
 "자," 잭이 한숨을 내쉬며 말했다. "이 게임을 우리끼리만 진행하고 싶었지만… 윗분들의 생각은 달랐답니다. 그렇지 않나, 휴고?"
 "담당자를 모셔 오죠." 휴고는 스케치북을 덮고 일어나 방을 나섰다.

"담당자가 누굽니까?" 안드레가 물었다.

루시는 자리에서 일어나 차를 한 잔 따랐다.

"접니다." 서재 문간에 고급스러워 보이는 바지 정장을 입은 여자 한 명이 서 있었다. 잭은 영화 〈죠스〉의 주제가를 흥얼거리기 시작했다. 루시는 잭의 의도를 단번에 알아차렸다. 상어에 비유한 걸 보니 그녀는 변호사가 틀림없었다.

"저는 시계섬 시리즈를 출간하고 있는 라이언하우스 출판사의 변호사, 수잔 하이드입니다. 여러분은 단 한 권만 인쇄될 그의 마지막 책을 두고 경쟁하게 될 겁니다."

"단 한 권이라…" 잭이 고개를 끄덕이며 말했다. "듣기 좋군."

잭이 불쑥 끼어들었지만 하이드는 전혀 기분 나쁘지 않다는 듯 계속해서 말했다. "공정성을 보장하기 위해 모든 수수께끼와 게임들은 사전에 저희에게 제출되어 승인을 받았습니다. 전화기, 스마트폰, 컴퓨터, 또는 그 외 인터넷에 연결된 모든 장치를 사용하는 것을 포함해 어떠한 형태로라도 부정행위가 적발될 경우, 즉시 실격 처리됩니다. 다른 참가자와 공모하거나 금품으로 매수하려는 시도 또한—"

"언제든 환영입니다." 잭이 끼어들었다. "나는 10달러, 20달러짜리 지폐나 트러플 초콜릿으로 받겠습니다."

모두 웃음을 터뜨렸다. 변호사만 빼고.

"먼저 처리해야 할 일이 있습니다." 하이드가 말했다. "서류 작업이지요. 이 집에 들어온 순간 바로 사인했어야 할 중요한 서류들이 있습니다."

잭은 천장을 올려다보며 말했다. "주여, 변호사들로부터 저를 구하소서."

"흠흠, 제가 있다는 걸 잊지 말아 주세요." 변호사인 안드레가 반쯤 농담조로 말했다.

"그래, 미안하군." 잭이 말했다. "혹시 이 게임에서 이기지 못하더라도 나와 내 에이전트 그리고 출판사를 고소하지 않겠다는 사탄의 계약서에 사인해 줄 수 있겠나?"

"이건 면책 서류이기도 합니다." 하이드가 말을 이었다. "예를 들어, 수영을 하다가 익사해도 책임을 묻지 않겠다는 뜻이죠."

"물에 빠져 죽더라도," 멜라니가 차를 따르며 말했다. "누구도 고소하지 않겠다고 약속할게요."

"농담이 아녜요." 문가에 서 있던 휴고가 말했다. "이곳의 물살은 순식간에 사람을 죽일 수 있으니까."

"괜찮네, 휴고." 잭이 말했다. "이들 중 아무도 다치지 않을 테니까. 그렇지 않나요?"

참가자들은 신중하게 행동하겠다고 동의했다.

변호사는 간단히 말했다. "좋습니다. 그럼 서명하는 것도 문제가 없겠네요."

그녀는 서류가 끼워진 서류철 네 개를 가방에서 꺼내 그들에게 건넸다.

"아직 사인하면 안 됩니다." 안드레가 손을 들어 올리며 말했다. "먼저 읽어봐야죠."

방 안은 조용해졌고, 안드레는 자리에서 서성거리며 계약서를 읽었다. 휴고는 벽난로의 불을 쑤셨고, 더스틴은 바닥이 흔들릴 정도로 다리를 심하게 떨었다. 멜라니는 차를 홀짝였고, 루시는 규칙을 되새기고 있었다. 한 게임밖에 못 이기더라도 마지막 게임에서 기회를 얻게 될 수도 있다는 생각이 들었다. 그동안 잭은 아무렇지도 않게 퀴즈쇼의 테마송을 휘파람으로 불었다.

두 번씩이나.

"괜찮네요." 안드레가 말했다. "문제 될 건 없겠어요."

안드레가 가장 먼저 서명했다. 루시는 서류철을 받아 밑줄이 쳐진 부분 위에 자신의 이름을 적었다. 이제야 모든 것이 현실로 다가오는 듯한 느낌이었다.

루시는 서류철을 다시 돌려주었다.

"또한," 하이드가 말을 이었다. "여러분 중 누구도 책을 얻지 못할 경우, 출판 권리는 라이언하우스 출판사로 귀속됩니다."

"그게 어떻게 된 일이냐 하면," 잭이 말했다. "내가 이 대회를 출판사에 맡기지 않으면 날 고소하겠다고 하더군요. 걱정 말아요. 나는 여러분 중 최소 두세 명은 승산이 있다고 생각하니까."

"네 명의 가출 소년 소녀들은 서로를 바라보았다."

루시는 그 수수께끼 같은 말을 듣고 나니 이상하게도 기뻤다. 마스터마인드가 할 법한 대사 같았다. 그는 늘 공정하게 게임을 진행했지만, 친절하지는 않았다.

"그 두세 명이 누굽니까?" 안드레가 대담하게 물었다.

"루시와 멜라니만 마중을 나간 기사 이름을 알고 있더군요. 잘했어요, 숙녀분들. 그게 게임이었다면 벌써 점수를 한 점씩 땄을 겁니다."

"잠깐, 뭐죠?" 더스틴이 물었다. "게임이라고 말도 안 하고 무작위로 시험할 생각이신가요?"

잭은 장난기 가득한 미소를 지으며 말했다. "그럴 가능성이 높지요."

아마도 농담이었겠지만, 그의 말에 방 안에 감돌던 친근하고 유쾌한 분위기는 사라져 버렸다. 그리고 긴장감이 안개처럼 짙게 깔리기 시작했다.

하이드가 규칙이 적힌 다른 서류 한 장을 건넸다.

루시는 종이에 적힌 내용을 읽어 내려갔다.

게임은 매일 열릴 예정이었다. 책을 차지하려면 총 10점을 얻어야 하고, 대부분의 게임은 1등이 2점, 2등이 1점을 얻을 수 있었다. 단 마지막 게임의 경우만 예외적으로 5점을 얻을 수 있다고 한다.

"마지막 게임이 5점이라고요?" 안드레가 물었다.

잭이 웃으며 대답했다. "나는 언제나 약자에게 거는 편이거든."

"그리고 아무도 규정된 10점을 얻지 못할 경우," 하이드가 덧붙여 말했다. "책은 즉시 라이언하우스 출판사로 넘어갑니다."

"규정된 점수라 좋은 말이군." 잭이 고개를 끄덕였다.

"승자가 한 명인 경우," 잭을 무시한 채 변호사가 계속 말했다. "라이언하우스 출판사에서는 몇백만 달러라는 후한 보상금을 제시하고 승자에게서 원고를 구매할 권한을 제게 위임했습니다."

몇백만 달러라니. 루시의 숨이 가빠졌다. 단 백만 달러만 있어도 아파트와 차를 마련하고 크리스토퍼를 데려오기에는 충분한 액수였다. 물가가 비싼 캘리포니아에서 그 돈이 오래 남아 있지는 않겠지만, 어쨌든 좋은 출발점이 될 수 있었다.

잭은 손을 휘저으며 말했다. "그냥 경매에 내버려."

"10점을 얻는 사람이 두 명이면요?" 더스틴이 물었다.

"그럴 일은 없을 걸세." 잭이 말했다. "10점을 얻는 사람이 한 사람만 있어도 대단한 일이 될 테니까."

잭은 웃음기 없는 표정으로 루시와 눈을 마주치고는 시선을 고정했다. 그는 이제 늙어 보이지 않았다. 지금 그는 사랑받는 아동문학 작가 잭 마스터슨이 아니라 시계섬의 주인이자 수수께끼의 마법사, 마땅히 자격을 얻은 아이들의 소원만을 들어주는 그림자 속 인물, 마스터마인드 같았다.

정적이 흐르는 방 안에는 마치 곧 비밀이 드러날 것 같은 긴장이 감돌았다. 바닷바람이 집을 스쳐 지나가는 소리와 가끔 벽난로의 불꽃이 튀는 소리만이 정적을 깨고 있었다.

"아, 미리 경고하자면 말이지요…" 잭은 잠시 말을 멈추고 적절한 단어를 찾는 듯했다. "도전 과제들이 주어질 겁니다. 점수에 들어가지는 않지만, 과제를 거부하면 실격 처리되어 집으로 보내지게 되지요. 모두 이해했나요?"

안드레가 고개를 저었다. "솔직히 잘 모르겠습니다. 작가님."

"이해하지 못한다고 탓을 할 수는 없지." 잭은 알쏭달쏭한 마스터마인드 역할을 계속 이어갔다. "그럼 시작해 볼까요?"

밖에서는 바람이 더욱 세차게 불었다. 루시는 깊게 숨을 들이마셨다.

게임이 시작되었다.

거세진 바람에 덧창이 덜컹거리고, 벽난로의 불길이 흔들렸다.

잭은 잠자코 기다렸다. 마치 그가 명령이라도 한 것처럼, 그리고 그 명령에 복종하듯 곧 바람이 잠잠해졌다.

잭이 입을 열었다.

달moon 위에

초록 유리문green glass door이 달린 방
나도 들어갈 수 없고
너You도 들어갈 수 없어.
무엇을 위한 방일까?
아기 고양이Kitten는 들어갈 수 있고
새끼 강아지puppy도 들어갈 수 있어.
하지만 고양이cat랑 개dog는 들어갈 수 없어.
드릴drill은 되지만 나사screw는 안 돼.
여왕queen은 들어갈 수 있지만
왕king은 들어갈 수 없어.
뽀뽀kiss는 되지만
포옹hug은 안 돼.
절대로 안 돼.
구를roll 수는 있지만
흔들rock 수는 없어.
시계clock도 없어.
달moon 위의
초록 유리문green glass door이 달린 방.
질Jill은 들어갈 수 있지만
잭Jack은 들어갈 수 없어.
대체 무엇을 위한 방일까?"

14

긴 침묵이 흐른 후, 잭이 말했다. "답을 정확히 맞히는 첫 번째 사람은 2점, 그다음 사람은 1점을 획득하게 됩니다. 답을 알아낸 사람은 다른 사람에게 이유를 설명하지 말고 그냥 이 시를 계속 이어 말하면 됩니다."

"그…렇군요." 더스틴이 말했다. "힌트는 없나요?" 그는 긴장한 듯 웃었다.

"물론 있지요." 잭이 말했다. "힌트는 아주 많습니다."

루시는 숨을 깊이 들이마셨다.

잭은 뒤로 돌아 책장에서 책 한 권을 고르고 말했다.

"책은 그 문을 통과할 수 있지요." 그는 책을 펼쳐 한 페이지를 들어 보이며 말했다. "하지만, 한 페이지는 통과할 수 없겠군요."

"네?" 안드레가 물었다. 그는 마치 단서를 찾으려는 듯 주변을 두리번거렸다.

잭은 책을 다시 선반에 올려 두고 방 안을 천천히 걸었다. "커피는 초록 유리문을 통과할 수 있겠군요." 그는 커피를 컵에 따른 후, 마치 건배를 하듯 컵을 높이 들었다. "하지만 머그 컵은 안 됩니다. 커피는 통과할 수 있지만, 차는 안 되고요."

멜라니가 말했다. "그렇군요. 혼란스러운 건 저뿐인가요?"

잭은 휴고에게 다가가 그의 어깨에 손을 얹으며 말했다. "휴고는 문을 통과할 수 없지만, 리스 씨는 통과할 수 있네요."

"이런, 맙소사." 휴고가 크게 신음하자 루시는 웃음을 터뜨렸다.

잭이 루시를 가리켰다. "문을 통과할 때는 낄낄거릴 수는 있지만, 웃을 수는 없어요."

"아니, 도대체 무슨 말이죠?" 안드레가 따져 물었다. "무슨 말인지 전혀 모르겠군요. 아시는 분?"

"스스로 알아내야지요." 휴고가 말했다. "내 세상에 온 걸 환영합니다."

잭은 장난기 어린 부드러운 웃음을 흘렸다. 루시는 그가 이 상황을 즐기고 있다는 걸 느낄 수 있었다. 한 사람이라도 즐거워서 다행이었다. 다른 사람들은 전혀 즐기고 있는 것 같지 않았기 때문이다.

잭은 벽난로로 돌아가 그 위에 걸린 그림을 가리켰다.

"피카소는 초록 유리문을 통과할 수 있지만 그의 그림들은 안 되지요." 잭이 말했다.

"그건 피카소 그림도 아니잖아요." 휴고가 눈을 흘기며 말했다. "내 그림인데요."

"아주 멋지네요." 루시가 말했다. 그림 속에는 눈길을 사로잡는 밝고 강렬한 색채로 나무와 모래, 그리고 사각형과 삼각형으로 이루어진 집이 그려져 있었다.

"칭찬은 문을 통과할 수 없지만, 아첨은 통과할 수 있겠군요." 잭이 말했다.

멜라니는 얼굴을 손으로 감싸며 신음했다. "도대체 그게 무슨 말이죠?" 그녀는 양손 사이로 숨을 내쉬었다. 고개를 들었을 때, 그녀는 더 이상 완벽하게 단정해 보이지 않았다.

"다른 힌트가 필요합니까?" 잭이 물었다.

모두가 큰 소리로 '네!'라고 외쳤다.

"'수사슴hart'은 통과할 수 없어요. 하지만 '꽃사슴deer'은 통과할 수 있고요. 잘 생각해 봐요, 루시."

"쓸모없는 힌트네요." 더스틴이 말하며 다시 소파에 쓰러지듯 앉았다.

잭은 손가락을 들고 방을 훑어보다가 안드레에게 시선을 고정했다.

"안드레, 마지막으로 본 영화가 뭐지요?"

"음…" 그는 잠시 생각하더니 말했다. "아마 〈스타워즈〉였을 겁니다. 아들과 같이 봤어요."

"아주 좋아요." 잭은 손을 비비며 말했다. "나도 들어본 적이 있는 영화군요. 자, 보자…" 그는 손가락을 튕겼다. "자, 시작해 보자. 해리슨 포드는 문을 통과할 수 있어요. 그리고 마크 해밀도. 캐리 피셔도 통과할 수 있군요. 삼가 고인의 명복을 비는 바입니다(스타워즈 시리즈에서 레아 공주 역을 맡은 적 있는 캐리 피셔는 2016년 작고했다-옮긴이). 물론, 레아 공주도 통과할 수 있어요. 하지만 한 솔로는 안 되고, 루크 스카이워커도 안 됩니다. 다스 베이더의 성우인 빌리 디 윌리엄스는 초록 유리문을 세 번이나 통과할 수 있어요. 하지만 다스 베이더는 절대로 통과할 수 없지요. 그는 안 됩니다."

"영웅들은 통과할 수 있나 보군요? 악당들은 안 되고?" 안드레가 물었다.

"피카소는 영웅이 아니었어요." 휴고가 말했다. "그의 연인들에게 물어보면 그렇게 말할 겁니다."

"그렇지." 잭이 말했다. "하지만 그의 연인들은 모두 문을 통과할 수 있지."

멜라니는 깨질 듯한 두통을 느끼는 사람처럼 관자놀이를 손끝으로 문지르며 중얼거렸다. "이제 곧 비명을 지를 것 같아요."

"답은 하나겠죠." 더스틴이 잭을 바라보며 말했다. "그들 모두가 공통적으로 가진 한 가지, 맞죠?"

"맞아요." 잭이 말했다. "그들 모두 공통적으로 한 가지 특징을 가지고 있답니다."

잭은 잠자코 그들이 자신의 힌트를 흡수하기를 기다리는 듯했다.

루시는 숨을 깊게 들이마셨다. 그래, 좋아⋯ 그들 모두가 공통적으로 가지고 있는 것. 물건들, 사람들, 개념들이 공유하는 한 가지⋯ 캐리 피셔, 레아 공주, 책, 피카소, 아침? 도대체 잭이 무슨 말을 하고 있는 걸까?

루시는 눈을 감고 깊이 생각했다. 잭은 아이들을 위한 책을 쓰는 작가다. 아마도 이 수수께끼는 아이들도 풀 수 있을 만한 문제일 것이다.

그러다 잭이 캐리 피셔라는 이름을 말한 순간⋯ 머릿속에서 작게 종이 울리는 듯했다. 기억 하나가 떠오른 것이다. 그녀는 크리스토퍼에게 캐리라는 이름의 철자를 가르치고 있었다. 그의 반에 카리라는 아이가 있었고, 소리는 같지만 철자를 다르게 쓰는 단어들이 있다는 사실이 크리스토퍼에게는 신선한 충격이었다. 카리Kari와 캐리Carrie.

단어들에 답이 있다. 단어 중에는 특정한 규칙에 따라 철자를 쓰는 단어들이 있다…

루시의 머릿속에서 작은 불꽃이 튀었다.

잭이 말한 것들이 공통적으로 가지고 있는 특징은 모두 단어라는 사실이었다. 물론, 그림painting, 작품artwork, 페이지page, 휴고Hugo도 단어였다. 그러니 단순히 단어라는 것만이 공통점일 수는 없었다.

뭔가 특별한 점이 있는 게 분명했다.

리스 씨Mr. Reese

피카소Picasso

책Book

해리슨 포드Harrison Ford

프린세스 레아Princess Leia

캐리 피셔Carrie Fisher

빌리 디 윌리엄스Billy Dee Williams는 세 번.

세 단어로 된 이름. 세 번. 세 단어로 된 이름. 세 단어.

초록Green

유리Glass

문Door

루시는 그녀가 불러주는 대로 캐리Carrie라는 이름을 힘들게 적어 내려가던 크리스토퍼가 떠올랐다. 혀를 살짝 내민 채 이마를 찡그린 귀여운 표정으로 잔뜩 집중하면서 'R' 두 개를 천천히 종이에 써 내려가던 아이의 모습이 눈앞에 그려졌다.

C-A-R-R-I-E.

캐리 피셔Carrie Fisher

프린세스 레아Princess Leia

해리슨 포드Harrison Ford

피카소Picasso

책Book

초록Green

유리Glass

문Door

해리슨Harrison, 캐리Carrie, 빌리 디Billy Dee.

그녀와 크리스토퍼의 회사 편지지에는 카리Kari가 아니라 캐리Carrie라는 이름이 적혔었다. 캐리Carrie는 R이 두 개였다.

루시의 가슴이 뛰기 시작하더니 눈도 번쩍 뜨였다. 그녀는 고개를 들고 말했다.

"양sheep은 문을 통과할 수 있어요. 하지만 새끼 양lamb은 통과할 수 없어요. 그리고 나무tree는 통과할 수 있지만 나뭇가지limbs는 통과할 수 없어요."

잭은 천천히 두 팔을 벌리며 함박웃음을 지었다. 그리고 그녀를 가리키며 말했다.

"맞혔군요."

'맞혔군요.' 루시가 평생 들어본 것 중 가장 기쁜 말이었다.

그녀는 승리의 미소를 지으며 환하게 웃었다. 잭이 박수를 쳤지만, 다른 사람들은 아무도 박수를 치지 않았다.

"뭡니까?" 안드레가 마치 더 이상 앉아 있을 수 없다는 듯 자리에서 벌떡 일어섰다. "대체 피카소랑 양이랑 스타워즈가 무슨 상관이 있죠?"

"루시, 뭐죠?" 더스틴이 물었다. "진짜 궁금해서 미치겠네요."

"안 돼, 안 돼, 안 됩니다." 잭이 다시 손가락을 흔들며 말했다. 더스틴은 마치 잭의 손가락을 물어뜯을 듯한 표정으로 그를 쳐다보았다.

"루시, 이제 나가도 좋아요. 다른 사람들에게 힌트를 주면 안 됩니다. 다른 사람들은 2등이 차지하게 될 1점을 두고 계속 게임을 해야 하니까요. 휴고, 루시를 방으로 데려다주게나. 그리고 루시가 원하면 구운 마시멜로보다 더 든든한 저녁을 준비해 줄 수 있겠지?"

"여기서 나갈 수만 있다면 기꺼이 해드려야지요." 휴고가 일어나며 말했다.

"스릴은 초록 유리문을 통과할 수 있지만," 잭이 말했다, "흥분은 통과할 수 없습니다."

루시는 휴고를 따라 서재를 나가며 누군가 절망에 찬 신음을 내뱉는 소리를 들었다.

"어서 갑시다." 휴고가 서재를 벗어나자마자 말했다. "사태가 더 험악해지기 전에."

그 말이 농담처럼 들리지는 않았다.

그녀는 빠른 걸음으로 그를 따라 현관 쪽으로 갔고, 휴고는 앞장서서 계단을 올랐다. 계단 끝에 다다르자, 휴고가 어깨 너머로 그녀를 돌아보았다.

"어떻게 알아냈죠? 그가 물었다.

루시는 얼굴을 찡그렸다. "내가 머리가 좋아서라고 말할 수 있으면 좋겠지만, 사실은 얼마 전에 일곱 살짜리 아이에게 캐리라는 이름의 철자를 가르친 적이 있어요. 그 아이는 R이 하나라고 생각했는데, 사실은 두 개였죠. 캐리라는 이름에는 R이 두 개 들어가잖아요. 해리슨이라는 이름에도 R이 두 개 들어가고. 피카소에는 S가 두 개, 리스에는 E가 두 개 들어가죠."

"책에는 O가 두 개, 커피에는 F와 E가 각각 두 개 들어가고요." 휴고가 말했다. "잘했어요."

"그렇게 어렵진 않았어요."

그녀는 서재에서 누군가 매우 크고 분명하게 욕설을 내뱉는 소리를 들었다. 그녀는 웃음을 터뜨렸다.

"경고했잖아요." 휴고가 말했다. "대부분의 사람들은 알아채지 못해요. 화를 내다가 결국 포기하고 답을 알려달라고 하죠. 잭은 아이들을 위해 글을 써요. 그의 수수께끼도 보통 그런 수준이죠. 아이들이 어른들보다 더 빨리 알아내는 이유는 아이들이 더 직관적이기 때문이고요."

"그럼 난 그냥 몸집만 큰 아이인가 보네요."

루시는 그녀가 이 저택에 처음 방문했을 때 이 복도를 지났던 걸 기억해 냈다. 왼쪽으로 가면 잭의 애완 까마귀가 있는 그의 사무실이 나올 것이다. 하지만 그들은 오른쪽으로 돌았다. 휴고는 어두운 참나무로 된 양쪽 문을 밀어 열었다.

"여기입니다." 휴고는 주머니에서 열쇠를 꺼내 문을 열었다. "잭이 당신에게 '오션 룸'을 줬군요."

그는 문을 열고 불을 켰다. 루시의 눈은 놀라움과 기쁨으로 휘둥그레졌다. '오션 룸'이라는 이름을 들었을 때 바다 전망이 있는 방이겠거니 생각은 했지만, 그녀의 눈앞에 펼쳐진 풍경은 상상 이상이었다. 방은 겨울 아침의 바다처럼 반짝이는 옅은 푸른색으로 칠해져 있었고, 흰 장식으로 둘러싸인 벽난로 위 선반에는 배 모형이 담긴 병이 놓여 있었다. 사방에 기둥 네 개가 우뚝 솟아 있는 침대는 세 사람이 누워도 될 만큼 컸다.

휴고는 그녀에게 욕실로 들어가는 문, 손전등과 비상 용품이 보관된 옷장, 벽난로 선반 위에 놓인 이번 주 일정을 보여주었다. 루시는 일정표를 대충 흘끗 보고 말았다. 벽난로 위에 걸린 그림에 시선을 뺏겼기 때문이었다. 바다 대신 하늘을 헤엄치며 새 떼를 쫓는 상어를 그린 그림이었다.

"멋지네요. 당신 작품이에요?" 루시가 물었다.

"내 작품 중 하나죠." 휴고가 말했다. "제목은 '제물낚시'예요."

"정말 멋져요. 이 그림을 좋아할 아이가 있어요."

"아들인가요?"

루시는 잠시 말을 멈췄다. '네'라고 답하고 싶었다. 네, 제 아들이에요. 이름은 크리스토퍼예요. 내 아들 크리스토퍼… 하지만 그녀는 고개를 저었다.

"내가 가르치는 아이예요. 이름은 크리스토퍼고요. 상어를 정말 좋아하거든요." 그녀는 휴대폰을 꺼내 들었고, 어느새 크리스토퍼가 자신이 준 귀상어 장난감을 들고 있는 사진을 휴고에게 보여주고 있었다.

"귀여운 아이네요. 머리 스타일은 꼭 미치광이 과학자 같군요."

"그러니까요." 루시가 말했다. "그리고 마법이라도 부리는지 매번 양말이 사라진다니까요. 7살짜리에게 양말 멜빵을 사주는 건 좀 이상하겠죠? 양말이 자꾸 신발 앞꿈치 쪽에 몰려서요."

"그 문제를 어떻게 해결하는지 알아요?"

"강력접착제를 써볼까요?"

"샌들을 신겨요." 휴고가 말했다. "지금 상어에 집착하는 시기를 지나고 있으면 다음은 공룡이겠네요."

"공룡은 작년에 이미 지났어요," 그녀가 말했다. "내 생각엔 아마도 다음은 우주 아니면 고대 이집트일 것 같아요."

"아니면 타이타닉일 수도 있고요." 휴고가 말했다. "내 동생 데이비도 타이타닉에 푹 빠져 있었거든요."

그는 자신의 휴대폰을 꺼내 데이비가 타이타닉 박물관 전시 포스터 앞에서 찍은 사진을 보여주었다. 사진을 힘들게 찾을 필요도 없었다. 이미 그의 휴대폰 배경화면으로 설정되어 있었기 때문이었다.

"얘가 데이비예요?" 사진 속에서 활짝 웃고 있는 열 살쯤 된 남자아이를 보고 미소 지으며 루시가 물었다. 데이비는 다운증후군을 가진 아이들이 으레 그렇듯, 살짝 처진 눈과 단추처럼 작은 코를 가지고 있었다.

"네, 아홉 살인가 열 살 때였어요. 런던에서 열린 타이타닉 전시회에 데려갔어요. 전시회에 못 가면 영화라도 보여줘야 했는데, 최소한 서른 살이 되기 전까지는 영화를 안 보여주려고 했거든요."

"세상에, 이렇게 예쁜 아이가—"

"그러게나 말이에요." 휴고는 휴대폰을 다시 주머니에 쑤셔 넣었다. "어쨌든," 그는 다시 본분에 충실하며 말했다. "배는 안 고파요?"

"조금 고파요."

"저녁을 가져다드리죠."

"감사합니다." 그녀가 말했다. 그가 방을 나가려 할 때, 루시는 그를 붙잡았다. "저기, 휴고? 크리스토퍼를 위해 이 그림 사진을 찍어도 될까요?"

휴고는 살짝 당황한 듯했지만, 이내 손을 흔들며 말했다. "마음대로 하세요."

휴고가 나간 후, 루시는 방을 천천히 둘러보았다. 이 방이 일주일 동안 자신의 차지라는 사실이 믿기지 않았다. 침대 위에는 도톰하고 부드러운 이불이 덮여 있었고, 바다 테마에 어울리게 푸른 줄무늬가 그려진 흰색 침대 시트도 깔려 있었다. 창가로 가보니, 어두운 바다의 가장자리가 모래사장을 향해 빠르게 밀려왔다가 스르르 물러가는 모습이 보였다. 다시 밀려올 때는 조금 더 가까이 다가오는 듯했다.

그 경치를 바라보며 밤을 샐 수도 있을 것 같았지만, 짐을 풀고 정리해야 한다는 사실을 루시는 알고 있었다. 그녀는 캐리어를 짐 선반 위에 올리고 짐을 풀기 시작했다. 그녀는 놀이터에서 놀고 있는 그녀와 크리스토퍼를 찍은 사진이 들어 있는 액자를 꺼냈다. 테레사의 선물이었다. 루시는 액자를 벽난로 선반 위에 올려놓았다.

집에 온 것 같은 느낌이 들었다.

"저녁 식사입니다."

루시가 돌아보니, 덮개가 씌워진 쟁반을 든 휴고가 문가에 서 있었다.

"당신이 정말 유명한 예술가라는 건 알고 있나요?" 루시가 물었다.

"아무리 유명한 예술가라도 제일 인기 없는 리얼리티 TV 쇼 출연자보다는 덜 유명하다고 하더군요. 어디에 두면 될까요?"

"음…" 그녀는 주변을 둘러보다 작은 화장대와 의자를 발견했다. "저기는 어떨까요?"

휴고는 쟁반을 화장대 위에 내려놓았다. 너무 배가 고팠던 루시는 바로 화장대로 다가가 덮개를 열었다.

"와… 이거 랍스터 비스크(랍스터를 삶아서 만든 크림수프-옮긴이)예요?"

"당신 메인 사람이라고 들었거든요."

"맞아요, 메인 사람이죠. 아니, 그랬었죠. 먹어도 괜찮을—"

"드시죠. 나는 이미 먹었어요."

루시는 자리에 앉아 랍스터 비스크를 먹기 시작했다. 메인을 떠난 지 너무 오래된 게 아니라면 그녀가 평생 먹어본 것 중 가장 맛있는 랍스터 비스크였다. 순수한 기쁨으로 가득 찬 신음이 너무 크게 터져 나오는 바람에 그녀는 얼굴이 달아올랐다.

"미안해요." 그녀가 말했다. "좀 외설적이었네요."

"그만큼 마음에 든다는 뜻이니 나야 기쁘죠." 휴고는 웃음을 참는 듯 보였다.

다음 한입은 신음소리 없이 맛을 음미할 수 있었다. 왜인지 모르지만, 휴고는 여전히 그녀의 문가에 서 있었다.

아래층에서 다시 한번 고함 소리가 들려왔다. 그 뒤로 아주 인상적인 욕설이 이어졌다.

휴고는 소리가 난 쪽으로 어깨 너머를 힐끗 바라보았다.

"누군가 화가 단단히 났나 보군요." 그가 말했다. "내려가서 누군가 잭을 불쏘시개로 두들겨 패지는 않는지 확인해야겠어요."

"행운을 빌어요."

휴고는 숨을 과장되게 깊이 들이쉬며 돌아섰다.

"휴고?"

그가 그녀를 돌아보았다.

"나한테 왜 힌트를 줬어요?"

그가 미간을 찌푸렸다. "힌트 준 적 없는데요?"

"여기 데려다준 운전사 이름을 기억하냐고 물었잖아요."

"물어봤지. 답을 알려준 건 아니죠." 그는 어깨를 으쓱했다. "그냥 당신이 대회에 참가할 만한 사람인지 아닌지 궁금했을 뿐이에요. 당신은 자격이 충분하더군요." 그때, 아래층에서 갑자기 '젠장!'이라고 외치는 소리가 들렸다. 휴고는 다시 어깨 너머를 힐끗 보았다. "아무튼, 이제 진짜 잭을 구하러 가야겠군요. 잘 자요, 루시."

"잠깐만요."

루시는 자리에서 일어나 가방을 열었다. 그리고 가방 안에서 비행기에서 뜨개질을 마무리한 진홍색 목도리를 꺼냈다. "여기요." 그녀는 목도리를 그에게 건넸다.

휴고는 목도리를 받아 들며 내려다보았다. "예쁘군요… 하지만—"

"온라인으로 제가 직접 뜬 목도리를 팔거든요. 하지만 이번 주에 코트를 빌려준 값으로 그냥 드릴게요. 두꺼운 코트를 가져와야 한다는 걸 알았지만, 몇 년 동안 제대로 된 코트를 산 적이 없었어요."

"코트를 가져도 괜찮아요. 하지만 목도리는 마음에 들어요. 이번 주 동안 쓰고, 떠날 때 코트랑 맞바꾸는 걸로 하죠."

그가 목도리를 목에 둘렀고, 자신이 만든 목도리를 두른 모습을 보고 있자니 갑자기 그가 굉장히 매력적으로 느껴졌다. 얼굴이 붉어지는 느낌이 들자, 루시는 그가 알아차리기 전에 재빨리 자리에 앉아 식사에 집중하는 척했다.

"어쨌든, 고마워요." 그녀가 말했다. "잭을 죽게 내버려 두진 말아 주세요."

"장담은 못 해요." 그는 문가에 멈춰 섰다. "오늘 밤에 문 잘 잠그고 자요. 지금 당신이 선두에 있잖아요. 다른 참가자들이 계략을 꾸밀지도 몰라요."

"혹시 모르니까 작살이라도 쥐고 잘게요."

문 위쪽에는 실제로 고풍스럽게 생긴 작은 작살이 걸려 있었다.

"좋은 생각이군요."

그 말과 함께 휴고는 방을 나섰다. 루시는 일어나서 문을 닫고 그의 말대로 문을 잠갔다.

랍스터 비스크를 싹싹 먹어 치운 그녀는 방 안에 딸린 욕실에서 느긋하게 샤워를 마치고 잠옷을 입은 채 행복하게 침대로 기어들어 갔다. 고급스럽고 부드러운 침대 시트에는 라벤더 향이 배어 있었다.

메인주가 열 시일 때 레드우드는 저녁 일곱 시였다. 베일리 부인이 메시지를 전해줄는지도 확실하지 않았지만, 도저히 참을 수가 없던 루시는 메시지 한 통을 보냈다.

'크리스토퍼에게 전해주세요. 지금까지는 제가 이기고 있다고.'

루시는 답장을 기다렸다. 기대를 거의 접었을 때쯤, 그녀의 손에 들린 휴대폰이 진동했다.

'아이가 환호하고 있어요.'

루시도 마음속으로 환호성을 지르고 있었다. 루시는 답장을 보

냈다. '소리를 지르고 싶으면 질러야죠.'

그 이후로는 답장이 없었다. 이제 7시 30분일 테니 크리스토퍼가 목욕을 하고 잠자리에 들 시간이었다. 루시도 잠이 필요했다. 오늘 밤은 아주 잘 잘 수 있을 것 같았다. 첫 번째 게임에서 이긴 데다, 그것도 아주 쉽게 이겼기 때문이었다. 다른 사람들은 여전히 아래층에서 머리를 싸매고 있었다.

변호사.

의사.

성공한 자영업자.

신용카드 빚이 1만 달러나 있으며, 룸메이트 세 명과 함께 살고. 차도 없는 유치원 보조교사 루시 하트가 그들을 이긴 것이다.

만약 정말로 그녀가 해낸다면 어떨까? 실수만 하지 않는다면, 어리석은 실수만 피할 수 있다면, 무엇도 그녀를 방해하지 않고, 그녀 스스로 함정에 빠지지만 않는다면, 어쩌면 그녀가 정말로 이길 수 있을지도 모른다.

그리고 그녀는 이 모든 걸 혼자 해낼 수 있었다. 만약을 대비해 계획을 세울 필요도 없었다. 매일 크리스토퍼와 함께 보내는 소중한 두 시간을 포기할 필요도 없고, 부모님이나 앤지의 죄책감을 건드려 도움을 청하거나 돈을 구걸할 필요도 없었다. 아이를 키우려면 마을 하나가 필요하다고 코스타 부인은 말했었다. 어떤 사람들에게는 그 말이 맞는지 모르지만, 어쩌면 루시는 마을 하나가 필요하지 않을 수도 있었다. 혼자서도 충분히 할 수 있을 테니까.

루시는 대회에서 이겼을 때 어떤 느낌일지를 상상해 보았다. 그녀는 크리스토퍼에게 그 소식을 전할 순간을 상상했다. 물론 지금은 전화로 이야기하는 것을 무서워하지만, 어차피 그녀는 꿈을 꾸는 중이었고, 조금 큰 꿈을 꾼다고 문제가 될 리는 없었다.

그녀는 크리스토퍼에게 전화를 거는 모습을 상상했다. 연결음이 울리고, 수화기 너머 조심스럽게 '여보세요?'라고 말하는 크리스토퍼의 목소리를 떠올렸다.

루시는 그에게 '여보세요'라고 답하지 않을 것이다. '잘 지내고 있어?'라는 안부 인사도 하지 않을 것이다. 그녀는 자신이 아이에게 정확히 뭐라고 말할지 이미 알고 있었다.

"크리스토퍼… 내가 이겼어."

15

휴고는 응접실에서 게임이 끝나기를 기다리고 있었다. 새 책 표지를 스케치하며, 서재 문 너머에서 들려오는 소리를 엿듣는 중이었다. 엉뚱한 추측들과 절망에 찬 신음소리, 그리고 끊임없이 더 많은 힌트를 달라고 구걸하는 소리가 닫힌 문을 통해 들려왔다.

새벽 1시가 가까워져 오자, 잭은 안드레, 멜라니, 더스틴에게 포기할 준비가 되었냐고 물었다. 만약 모두가 2등이 얻을 수 있는 1점을 포기하기로 동의하면, 답을 알려주겠다고 했다.

그들은 모두 즉시 동의했다.

잭이 그들에게 초록 유리문의 비밀을 알려주자, 집안에 탄식이 울려 퍼졌다. 휴고는 그 소리를 들으며 웃음을 터뜨렸다. 잭의 수수께끼를 풀어야 하는 사람이 자신일 때는 정말 싫었지만, 불청객들이 수수께끼에 괴로워하는 모습을 보는 건 기분이 썩 나쁘지 않았다.

피곤에 절은 세 명의 참가자들은 서재에서 터덜터덜 나오며 거의 아무 말도 하지 않았지만, 멜라니는 혼잣말로 중얼거렸다. "빌리 디 윌리엄스? 어떻게 그 생각을 못 했지?"

"나도 몰랐어요." 휴고가 말했다. "도움이 되길 바랍니다."

"아니, 전혀 도움이 안 되네요." 그녀가 말했다. "전혀."

휴고는 그들에게 경쾌하게 작별 인사를 건넸다. "내일은 더 좋은 운이 찾아오겠지요!"

잭이 그들과 함께 나오지 않자, 휴고는 스케치북을 덮고 서재 안으로 들어갔다. 잭은 작은 열쇠로 고풍스러운 마차 시계의 태엽을 감고 있었다.

"늦게까지 깨어 있군." 잭이 시계를 돌려 자신의 손목시계와 시간을 맞춰보며 말했다.

"그런가요? 시간을 확인하지 않았네요."

"이 방에서 그건 범죄일세." 잭은 휴고 뒤 벽에 걸린 50개는 될 듯한 시계들을 향해 모든 것을 다 안다는 듯 고개를 끄덕였다. "또 나를 꾸짖으러 왔나?"

휴고는 벽난로를 등지고 서 있었다. 불은 거의 사그라들었지만, 잔열 덕분에 방에는 여전히 온기가 돌고 있었다.

"꾸짖을 생각은 없어요. 그냥 함께 시간을 보내니 어떤지 궁금해서요."

잭은 만족스러운 듯 고개를 끄덕이며 말했다. "기대 이상이야. 정말 멋진 아이들일세."

"우리처럼 불행한 중년들이던데요."

"루시 하트를 중년이라고 부를 수는 없지." 잭은 벨이 달린 구식 자명종 시계를 집어 들어 다시 태엽을 감았다. "첫 번째 게임에서 그 아이가 이겨서 기뻤네. 나이 많은 참가자들 사이에서 좀 기가 죽은 것 같았거든."

"정말 견딜 수 없을 정도로 멍청한 게임이더군요."

"그냥 여름 캠프에서 하던 재밌는 고전 게임일세." 잭이 말했다.

"혹시 캠프 지도 선생님 이름이 루시퍼였습니까?" 휴고는 스케치북을 무릎에 올리며 벽난로 앞에 앉았다.

"이름은 기억이 안 나네만, 코주부원숭이도 부러워할 정도로 코가 컸지. 그가 숨을 들이쉴 때마다 튼튼한 나무에 매달려 있어야 콧속으로 빨려 들어가지 않을 수 있었다네." 잭은 휴고의 무릎 위에 올려진 스케치북을 바라보았다. "난 늘 그림을 잘 그리는 사람들이 부러웠네. 캐릭터의 코가 크다는 걸 설명하려면 단어 50개와 비유 10개가 필요하단 말일세. 자넨 연필 한 번만 그으면 되지 않나."

"난 책을 6억 권이나 팔아치운 작가들이 더 부럽습니다."

"아, 그렇군." 잭은 부드러운 소리로 쿡쿡 웃었다.

이따금 잭은 한밤중에 수다쟁이가 되곤 했다. 그런가 하면 휴고가 질문 세례를 퍼부어도 아무 대답도 얻지 못할 때도 있었다. 오늘 밤은 어떤 날일까? 휴고는 운을 시험해 보기로 했다.

"책의 표지 작업을 하려는데, 내용을 전혀 몰라서 잘 안 풀리고 있어요."

"책을 읽지 않고 표지를 만드는 표지 디자이너가 자네가 처음은 아닐세."

"그렇긴 하지만 힌트라도 좀 줄 순 없습니까?"

"그냥 음…《시계섬의 수호자》 같은 느낌으로 그려보면 어떤가. 자네가 작업한 표지 중 내가 가장 좋아하는 작품일세." 잭은 아무 의미 없는, 아니 어쩌면 의미심장한 눈짓을 보냈다.

"새 책이 정말 나오기는 합니까? 내가 우승했던 상금 5백 달러짜리 팬 아트 대회 때랑 똑같이 할 생각은 아니시지요? 난 아직도 상금을 못 받았다고요."

잭은 거꾸로 가는 '이상한 나라의 앨리스 시계'의 시간을 맞추고 있었다. "5백 달러를 받는 게 내 책의 삽화를 그리는 것보다 나았겠나?"

"5백 달러도 받고 삽화도 그렸으면 좋았겠죠."

잭이 웃음을 터뜨렸다. "책은 나올 걸세. 그리고 단 한 권뿐이지. 내가 타자기로 직접 완성해서 어딘가에 숨겨놨다네."

"진짜 그 책을 낯선 사람에게 맡길 생각입니까? 이미 상어 떼가 몰려들고 있어요. 희귀 도서 수집가, 억만장자, 인플루언서들까지…" 휴고는 인플루언서라는 단어를 듣기만 해도 공포스럽다는 듯 과장되게 몸을 떨었다. 하지만 사실이었다. 휴고 자신도 얼마면 잭의 새 책을 손에 넣을 수 있겠냐고 묻는 수집가들의 전화를 몇 번 받았었다.

"그러려고 하네." 잭이 말했다.

"루시 하트는 선해 보이더군요," 휴고가 말했다. "영감님이 그녀를 시험하는 게 마음에 들지 않네요. 그녀는 이 집 앞에 불쑥 나타나 영감님의 경력을 위험에 빠뜨릴 뻔한 자기 행동을 사과한 유일한 사람이에요."

"새 목도리인가?" 잭이 물었다. "루시가 그런 목도리를 뜨는 것 같던데?"

휴고는 잭을 노려보았다. "의도적으로 말을 돌리시는군요."

"그리고 자넨 의도적으로 내가 말을 못 돌리게 하고 있고."

"혹시 죽어가고 계신 겁니까?" 휴고가 물었다. "그런 게 아니라고 말해주시죠."

"이런 말 하긴 싫지만, 우리 모두 죽어가고 있다네."

"내 말이 무슨 말인지 아시잖아요."

잭은 벽에서 종달새 시계를 떼어내더니, 소매로 시계 겉면에 쌓인 먼지를 닦아냈다.

"난 죽어가고 있는 게 아닐세." 잭이 말했다. "다만 모래시계의 윗부분에 남아 있는 모래가 아랫부분에 있는 모래보다 훨씬 적다는 걸 깨달았을 뿐이지. 다 끝나기 전에 약속을 지키고 싶어. 특히 자네에게 한 약속 말일세."

"제게 한 약속이요? 무슨 약속이죠?"

"자네가 섬을 떠나 자네 인생을 살아가기로 결심했을 때, 내가 괜찮을 거라고 약속하지 않았나."

휴고는 긴장했다. "알고 계셨습니까?"

"알고 있지. 자네가 몇 년 동안 마음 한쪽을 섬 바깥에 두고 있었다는 것도 알아. 그리고," 그는 시계를 원래 자리에 걸며 말했다. "자네가 여기 머무른 유일한 이유도 알고 있네."

"그게 무슨 말이시죠?"

"내가 자네에게 아버지 같은 존재이기 때문이지. 내가 그걸 어떻게 아는지 아나?" 잭은 시계를 고리 위에서 움직여 수평을 맞췄다.

"내가 그렇게 말한 적이 있습니까?"

"아니, 자네가 나를 원망하기 때문이지. 아들이 아버지를 원망하듯이 말일세."

휴고는 마치 터진 풍선처럼 가슴이 쪼그라드는 느낌이 들었다.

"전 그런 게―"

종달새가 노래를 부르기 시작했다. "종달새가 우리에게 신호를 주는군." 잭이 말했다. "자, 이제 잠자리에 들도록 하거라, 아들아. 내일 아침, '동쪽의 블루버드가 울 때' 보자꾸나." 잭이 말했다. "늦어도 '붉은깃찌르레기새'가 울 때쯤엔 말이지."

잭은 서재 문 쪽으로 향했다가 걸음을 멈추고 뒤를 돌아보았다.

"내 걱정할 필요 없네. 나는 내가 정확히 무엇을, 왜 하고 있는지 알고 있으니까."

휴고는 그 말을 믿고 싶었다. 하지만 마치 보이지 않는 톱니바퀴로 작동하는 시계처럼, 잭의 행동만 볼 수 있을 뿐, 그가 무엇 때문에 그런 행동을 하는지는 정확히 이해할 수 없었다.

"적어도 우리 중 한 명은 그렇다니 다행이네요." 잭이 돌아서서 다시 서재 문 쪽을 향해 걷기 시작하자 휴고가 웅얼거리듯 말했다. "잭?"

잭은 다시 돌아섰다.

"저는 영감님을 원망하지 않아요. 원망은 불공평한 대우를 받았다고 생각할 때 느끼는 감정이죠. 영감님은 내게 충분히 공평한 대우를 해주셨어요. 내가 원망하는 건 이 빌어먹을 세상입니다. 영감님을 봐요. 아이들이 좋아하는 이야기를 쓰고, 병원과 아동 자선단체에 돈을 기부하고, 가끔 이곳저곳에 오지랖을 부리고, 희망 없는 일에 지나치게 애를 쓰는 것 말고는 아무런 죄도 저지르지 않았잖습니까… 그런데 내가 떠나고 나면, 결국 나이 든 까마귀 한 마리와 와인 한 병과 함께 빈 집에 혼자 남게 될 테죠."

잭은 그를 찌푸린 얼굴로 바라보았다. "자네가 나이 들었다고 하는 소리를 썰이 못 들었길 바라네. 알다시피, 그는 아주 예민하거든." 곧 그의 얼굴이 부드러워졌다. "나도 자네가 혼자 있는 걸 보고 싶지 않아. 그리고 그 새 목도리, 잘 어울리는군."

잭은 부드럽게 미소 지으며 걸음을 옮겼다.

루시는 깜짝 놀라며 잠에서 깼다. 심장이 빠르게 뛰는 가운데, 깊은 잠에서 깬 이유를 설명할 수 있을 만한 소리가 들리는지 확인하기 위해 귀를 쫑긋 세웠다. 휴대폰을 확인하니, 거의 새벽 1시였다.

"누구세요?"

누군가가 조용히 그녀의 방문을 두드렸다.

"누구시죠?" 루시의 목소리가 떨렸다. 이렇게 늦은 시간에 도대체 누가 방문을 두드리는 걸까?

아무런 대답도 들리지 않았다. 그녀는 침대 옆 스탠드를 켠 다음 자리에서 일어나 문 쪽으로 다가갔다. 흰 봉투가 깔개 위에 놓여 있었다. 문 밑으로 밀어 넣어진 듯했다. 루시는 봉투를 집어 든 다음, 잠금장치를 풀고 문을 열었다.

어두운 복도는 텅 비어 있었다.

루시는 다시 문을 잠그고 침대에 앉았다. 봉투 안에는 흰색 카드가 들어 있었다. '시곗바늘 마을에서 만납시다'라는 글씨가 알아볼 수 없는 필체로 적혀 있었다.

루시는 카드 내용을 두 번 읽었다. 그녀는 시계섬 시리즈에 '시곗바늘 마을'이 등장한다는 사실을 알고 있었다. 그곳은 마스터마인드의 변덕에 따라 사라졌다가 다시 나타나는 작은 마을이었다. 메모를 남긴 사람이 그녀를 위해 그려 놓은 지도를 보니, '시곗바늘 마을'은 섬의 한가운데 있는 것 같았다.

이것도 게임의 일부일까? 잭이 이야기하던 신비로운 도전 과제 중 하나일까? 도저히 다른 가능성을 생각할 수 없었지만, 한밤중에 게임을 하는 건 여전히 이상해 보였다. 그녀가 아직 깨어 있으리라고 생각한 것일까? 메인의 새벽 1시는 캘리포니아 시간으로는 저녁 10시니까.

루시는 혹시 모르니 가보기로 결심했다. 약간의 두려움과 시차 때문에 승리를 놓치고 싶지는 않았다.

루시는 서둘러 옷을 입었다. 청바지와 긴팔 티셔츠를 입고 양말과 신발을 신은 뒤 마지막으로 휴고가 빌려준 코트를 걸쳤다. 코트를 몸에 두르자 바다와 땅의 소금기 냄새와 소나무나 삼나무로 가득 찬 상록수 숲의 은은한 향이 느껴졌다. 휴고의 비누나 면도 크림에서 나는 향인 듯했다.

루시는 옷장에서 손전등을 꺼낸 다음 조용히 방을 빠져나와 복도로 나섰다. 13년 전 처음 왔을 때와 비교해 거의 변하지 않은 저택이 어쩐지 기이하게 느껴졌다. 마치 집이 숨을 참고 있는 것 같아 으스스하기도 했다. 어리석은 환상일 뿐이라는 것을 알면서도, 시계섬 저택에 있으려니 자꾸만 환상에 빠지게 되었다.

계단 옆 녹색 벽에 걸린 선조들의 초상화 중 하나에서 우아한 글씨체로 새겨진 황동 명패를 발견한 그녀는 미소를 지었다. 명패에는 이렇게 적혀 있었다. '누군지 전혀 모르겠음'

잭 마스터슨이 그의 또 다른 자아인 마스터마인드만큼이나 이상하고 기발한 인물이라는 사실을 확인해 주는 듯했다.

계단 아래쪽 부분으로 내려가자 요란하게 삐걱거리는 소리가 났다. 루시는 움찔하며 멈춰 섰지만, 그녀를 꾸짖거나 다시 침대로 돌려보내는 사람은 없었다. 그녀는 현관문으로 가서 조심스럽게 문을 열고, 다시 한번 자신의 운명을 바꾸기 위해 시계섬을 찾아온 용감하고 대담한 아이가 된 것 같은 기분으로 어둠 속으로 걸어 들어갔다. 두 번째 도전이었고, 이번에는 진짜로 자신의 운명을 바꿀 수 있을지도 모를 일이었다.

버튼을 눌러 손전등을 켜자, 따뜻한 노란빛이 마치 원을 그리며 춤추는 요정들처럼 그녀의 발치를 동그랗게 비췄다. 그녀는 돌길을 따라 저택 옆으로 돌아가서, 정원 문을 지나쳤다.

션과 함께 살던 시절, 루시는 잠깐 동안 부유하고 유명한 사람들과 어울려 지낸 적이 있었다. 그때 대저택과 영지, 성 같은 집들을 들락거리며 완벽하게 정돈된 뒷마당과 인피니티 풀, 가짜 로마 조각상, 거대한 분수들을 구경하곤 했다. 하지만 이 저택에는 그런 것들이 없었다. 인피니티 풀도, 로마식 분수도, 자연에 존재할 리 없는 형태로 다듬어진 기이한 관목들도 보이지 않았다.

숲, 깊고 어두운 진짜 숲 말고는 아무것도 없었다.

루시는 몸이 덜덜 떨렸지만 섬의 중심을 향해 나 있는 길을 따라 나아갔다. 여기는 시계섬이었다. 이곳은 그녀의 어린 시절이자 그녀가 오래전에 잃어버린, 그러나 결코 잊지 못한 그녀의 순수함이기도 했다. 금방이라도 손전등으로 길을 밝히는 아스트리드와 그녀 뒤에 숨은 동생 맥스를 만날 수 있을 것만 같았다.

왼쪽에서 무언가 기척이 느껴졌다. 루시가 고개를 돌리자 작은 사슴 떼가 숲속을 달리고 있었다. 손전등으로 비춰보니 온몸에 적갈색과 흰색 점박이 무늬가 있는 홀스타인 젖소 같은 사슴 한 마리가 보였다. 휴고가 말했던 점박이 무늬 사슴이었다. 그녀는 숲속에서 요정을 본 것 같은 기분이 들었다.

루시는 그들이 계속 달릴 수 있도록 한 발짝 뒤로 물러서다가 무언가 딱딱한 것에 발이 걸려 거의 넘어질 뻔했다. 그녀는 무엇 때문에 넘어질 뻔했는지 확인하기 위해 손전등 불빛을 바닥 가까이 낮췄다. 돌부리나 나뭇가지일 것 같았다.

그녀의 눈에 들어온 것은 기찻길이었다. 철로 만든 레일에 나무 판자들이 연결되어 있었다.

기찻길이 있다고? 시계섬에 기차가 있던가? 그녀는 시계섬 기차가 책 속에만 존재하는 설정이라고 생각했었다. 누가 11만 평짜리 섬에 기차를 놓았을까? 하지만 기찻길 폭이 너무 좁았다. 이 기찻길 위를 다니는 기차는 대형 열차는 확실히 아닌 듯했다. 루시는 선로를 따라 약 백 미터쯤 걸어가다가 땅에 말뚝으로 박힌 나무 표지판을 발견했다. 그 위에는 이렇게 쓰여 있었다.

'시곗바늘 마을에 오신 것을 환영합니다. 주민: 당신.'

루시는 미소 지었다. 마침내 찾아낸 것이다. 그녀는 표지판을 지나 조약돌이 깔린 길로 들어섰다. 나무가 드문드문 서 있어서 별빛과 달빛이 마을 위로 쏟아지고 있었다. 루시는 마을 깊숙이 걸어 들어가며 누군가 나와서 수수께끼를 내거나 도전 과제를 주길 기다렸다. 하지만 주위는 고요했고, 이곳에는 그녀 말고는 아무도 없는 듯했다. 그녀는 그렇게 작은 도시 이곳저곳을 거닐었다.

그녀의 왼쪽에는 시계 우표를 붙이면 전 세계 어디로든 편지를 보낼 수 있는 아담한 빨간 우체국이 보였다. 시계섬 시리즈를 사면 여기서 사용할 수 있는 시계 우표가 함께 들어 있기도 했다.

하지만 창문은 캄캄하고 빨간색 문도 잠겨 있었다. 오른쪽에는 노란색 테두리 장식이 있는 하늘색 3층 건물이 서 있었다. 건물은 폭이 좁고 왼쪽으로 약간 기울어져 있었다. 가게 앞 창문에는

'흑백 모자 호텔'이라는 표지판이 걸려 있었다. 그녀는 이 장소를 기억해 냈다. 시계섬 책에서 아이들은 이 건물을 찾아와서 모험을 도와줄 누군가를 만나곤 했다. 이 호텔의 규칙 중 하나는 호텔 안에서 늘 검은색과 흰색 모자를 쓰고 있어야 한다는 것이었다. 책에서는 이 호텔에서 유쾌한 가십과 함께 아주 맛있는 초코바닐라 맛 소프트아이스크림을 제공한다고 했었다.

그러나 그곳 역시 어두컴컴하고 꽁꽁 잠겨 있었다. '레드 로버의 보물찾기 용품점(양동이 구매 시 삽 무료 증정)'과 '거의 모든 것의 도서관' 시계섬 지점도 마찬가지였다. 아이들은 그 도서관에 들어가서 모험에 필요한 거의 모든 물건을 빌릴 수 있었고, 심지어는 시계섬의 영구 사서처럼 보이는 스토리 부인까지도 대여할 수 있었다. 그녀는 도서관에 사는 설표 윈터에게 먹이를 주느라 바쁘지 않은 한 언제나 기꺼이 아이들의 모험에 함께했다.

루시는 도서관 창문을 들여다보았다. 서가에서 먼지로 변해 가고 있는 책들은 보였지만 안타깝게도 대출 창구 뒤에 스토리 부인은 없었다. 커다란 고양이 침대에 몸을 웅크린 윈터도 보이지 않았다.

마을 전체가 유령 도시 같았다. 아무도 살지 않았던 마을도 유령 도시가 될 수 있을까? 페인트는 벗겨지고 창문도 뿌옇게 변해 가고 있었다. 잭은 왜 이곳을 방치하고 있는 걸까?

유령 마을의 안쪽으로 들어가던 루시는 마침내 기차역을 발견했다. 기차역 건물은 책 표지에 그려진 것과 똑같이 창백한 녹색 직사각형 모양이었고, 측면에는 크고 굵은 글씨체로 '시곗바늘 마을 역'이라는 글자가 쓰여 있었다. 역에는 검은색과 노란색이 칠해진 기관차에 객차 두 대가 연결된 기차가 서 있었다. 어린이 공원에 있는 작은 기차와 비슷했다. 아이들 열두 명과 그 부모들을 태우면 딱 맞을 듯한 크기였다. 불쌍하게도 기차는 새똥으로 덮여 있었다. 목적지를 알리는 표지판이 선로의 한쪽 방향을 가리키고 있었다. 표지판에는 '사원역'이라고 쓰여 있었다. 책 속에서 아이들은 시계섬 급행열차를 타고 '사원역'으로 향하곤 했다. '사원'은 10월의 군주와 그의 부인이 다스리는, 매일이 핼러윈인 곳이었다.

하지만 기차는 어디로도 갈 것 같지 않아 보였다. 애초에 선로가 완성조차 되지 않은 것 같았다. 역 전체가 목적을 잃고 방황하는 것 같은 느낌이었다.

그리고 이곳에는 그녀 말고는 아무도 없었다. 그 쪽지를 대체 누가 남겼을까? 다 포기하고 포근한 침실로 돌아가려던 찰나, 그녀는 불이 켜진 우스꽝스러운 오두막을 발견했다. 흰색과 회색으로 칠해진 오두막에는 동그랗게 생긴 문이 나 있어 마치 호빗의 집처럼 보였다. 문 옆에 걸린 페인트칠 된 간판에는 '폭풍의 상점'이라는 글씨가 쓰여 있었다.

다른 건물들처럼 잠겨 있으리라 생각하면서도 그녀는 문손잡이를 돌려보았다. 놀랍게도 문이 열렸다. 루시는 이상하게 생긴 동그란 문을 열고 안으로 들어갔다. 가게 안은 물론 어두침침했지만, 그녀는 스위치를 찾아 불을 밝혔다. 작은 꼬마전구 수만 개가 반짝이는 별들처럼 방 안을 환하게 밝혔다.

'폭풍의 상점' 안을 걷고 있자니 교회나 사원에 들어온 듯한 기분이 들었다. 이곳은 그녀의 어린 시절 꿈의 성지였다. 잭의 저택이나 기찻길이나 심지어는 바다보다도 이 가게가 그녀에게는 진짜 시계섬처럼 느껴졌다. 책에서는 이 작고 기이한 가게에서 작고

소원 게임 213

기이한 남자가 단지 안에 폭풍을 담아 팔았다. 병에 담긴 폭풍, 상자에 담긴 천둥, 연노랑 봉투에는 '연을 높이 띄워줄 바람'이 담겨 있었고, 마개로 닫힌 흰색 항아리 안에는 '눈물을 감춰줄 비'가 담겨 있었다.

'폭풍의 상점'을 완벽하게 재현하기 위해 엄청나게 공을 들인 듯했다. 마치 중세의 약재상 안에 들어온 것 같은 기분이었다. 병과 단지와 조각된 나무상자들이 선반과 테이블, 진열대 여기저기에 놓여 있었다. 손으로 직접 쓴 종이 이름표들을 통해 그 안에 무엇이 들어 있는지 알 수 있었다. 루시는 단지 하나를 들어 이름표를 읽었다. '시계섬 폭풍의 상점-병에 담긴 눈 오는 날.'

파란 유리 단지 안에는 진짜 눈보라가 갇혀 있는 것처럼 으스스한 느낌이 드는 뿌연 물질이 가득 차 있었다. 뚜껑을 열면 섬 전체에 눈이 내려 내일은 아무도 학교에 갈 필요가 없을 것 같았다. 그녀는 선반에 놓인 다른 단지들을 바라보았다. 모두 이야기를 바탕으로 정성스럽게 재현된 소품들이었다.

'돛을 미는 바람'

'도둑맞은 천둥'

유리 상자 속 화려하게 반짝이는 회색 리본에는 '구름의 은빛 가장자리'라고 적혀 있었다.

'조심성을 날려버릴 바람'

투명한 유리로 만든 사람 조각상의 머릿속에는 '번뜩이는 생각'이 들어 있었다.

상자 안에 든 수정으로 만든 삼각 문진에는 '빙산의 끄트머리'라고 적혀 있었다.

루시는 '찻주전자에 담긴 폭풍'이 담긴 하늘색 찻주전자를 슬

쩍해도 괜찮을까 진지하게 고민했다.

오랫동안 찻주전자를 손에 들고 있던 그녀는 결국 선반 위에 다시 올려놓았다.

"가져가요. 아무도 눈치채지 못할 테니."

루시는 깜짝 놀라 뒤돌아섰다. 회색 외투를 입은 남자가 가게 뒤편에 서 있었다. 잿빛 머리카락과 강인한 눈빛을 가진 쉰 살쯤 돼 보이는 남자였다.

"누가 이기고 있습니까?" 그가 물었다.

"저요. 두 점 앞서고 있어요. 누구시죠?" 루시가 물었다.

"명함을 드려야겠군요." 그가 필요 이상으로 친절한 미소를 지으며 말했다. 그는 그림자에서 걸어 나와 루시에게 명함을 건넸다. 변호사 리처드 마컴.

"변호사세요?"

"내 의뢰인이 잭 마스터슨의 새 책을 매우 사고 싶어 한답니다."

"책을 출판하려는 건가요?"

"아니요, 내 의뢰인은 희귀 도서 수집가입니다. 역사상 가장 많이 팔린 어린이 소설 시리즈의 마지막 책이 단 한 권만 존재한다면, 그보다 희귀한 건 없겠지요, 루시 양. 몇천만 달러는 기꺼이 지불할 생각이시랍니다. 몇천만 달러요. 라이언하우스 출판사에서 제시한 푼돈과는 차원이 다른 액수입니다. 그쪽에서는 정말 인색하기 짝이 없는 액수를 제시했더군요. 몇백만 달러로는 캘리포니아에서 6개월도 못 버틸 겁니다."

"제가 책을 받는다면, 출판사에 팔아서 세상의 모든 아이들이 읽을 수 있게 할 생각이에요." 그녀는 그에게 명함을 돌려주려 했

소원 게임　215

지만, 그는 손을 들어 거절하며 가까이 몸을 기울였다. 너무 가까이 다가오는 바람에 그녀는 뒤로 물러서려다가 선반에 부딪히고 말았다. 유리병에 담긴 폭풍들이 흔들렸다.

"개인적인 질문을 하나 해도 될까요?" 마컴이 말했다. 그는 그녀의 대답을 기다리지도 않고 물었다. "당신같이 착한 사람이 왜 션 패리시 같은 놈과 만났죠?"

"션이 왜요?"

그는 어깨를 으쓱했다. "션 패리시. 유명 작가죠. 잭 마스터슨만큼은 아니지만, 어차피 그 정도로 유명한 사람은 많지 않잖아요? 당신은 학교에서 들은 글쓰기 수업에서 그를 만나 6개월 후 그 남자와 동거하기 시작했더군요. 아마 돈 때문이었겠죠? 사랑은 아니었을 테니. 하지만 그걸로 당신을 비난할 생각은 없습니다. 난 돈 좋아하는 여자들이 좋거든요. 내 아내도 그런 여자 중 하나고." 그는 자신이 세상에서 가장 재미있는 농담을 했다는 듯 웃음을 터뜨렸다.

"그런 걸 어떻게 다 알고 있죠?"

"난 많은 걸 알고 있죠. 당신에 대해서, 안드레 왓킨스, 멜라니 에반스에 대해서도… 난 당신 부모가 당신을 조부모님 댁에 보냈다는 것도 알고, 이제는 가족과 연락을 끊었다는 것도 알아요." 그는 엄지손가락을 치켜세웠다. "난 그런 당신이 좋아요, 루시 양. 난 나한테 피해 주는 관계는 미련 없이 끊어내야 한다는 주의거든. 자, 과거가 어쨌든 지금 당신은 여기에 있어요." 그가 계속해서 말했다, "당신은 스물여섯 살이고, 학교 동창들은 결혼하고 아이를 낳고 있겠죠. 반면 당신은 너무 가난해서 연애조차 꿈도 못 꾸는 상황이고."

"책을 영원히 혼자만 간직하려는 수집가와 거래를 할 거라고 생각하나요? 내가 가난해서?"

"안 할 이유가 있나요? 나라면 할 텐데. 어마어마한 부자가 된 당신 집 앞에 당신 언니가 나타나 한 번만 기회를 달라고 빌면 재미있지 않을까요? 성공은 최고의 복수예요, 루시 양. 그리고 몇천만 달러는 어떤 복수도 살 수 있는 금액이죠."

"난 복수하고 싶지 않은데요." 그녀가 말했다.

"물론 복수는 원하지 않겠죠. 하지만 분명 원하는 게 있을 겁니다. 우리 모두 무언가를 원하잖아요?" 그는 재킷의 안주머니에 손을 넣었다. 루시는 그가 손수건이나 또 다른 명함을 꺼낼 거라고 예상했다. 대신, 그는 크리스토퍼의 학급 사진을 꺼내 보였다가 다시 코트 주머니에 넣었다. "모든 사람은 뭔가를 원하죠."

"섬을 떠나주세요. 지금 당장."

"좋아요, 하지만 그건 가지고 있어요." 그는 그녀의 손을 조심스럽게 접어 명함을 쥐여 주며 부드럽게 말했다. "카르페 디엠, 루시 양. 기회를 놓치지 마요." 그는 손가락으로 총 모양을 만들어 그녀에게 쏘는 시늉을 했다.

그러고는 가게를 나서 마치 존재한 적 없었던 사람처럼 어둠 속으로 사라졌다.

16

 잭의 저택에서 뒷문으로 나온 휴고는 정원을 지나 자신이 머무는 별채로 이어지는 길을 따라 내려갔다. 몸을 가누기 힘들 정도로 피곤했지만, 홀로 폐허가 된 시계섬 공원 쪽으로 걸어가고 있는 루시가 그의 눈에 들어왔다.
 새벽 1시에 걷기에 안전한 길은 아니었다. 기찻길에 걸려 넘어질 수도 있고, 공원의 낡은 건물들은 당장 쓰러져도 이상할 게 없었다. 그는 루시가 마음대로 섬을 돌아다닐 권리가 있고, 심지어 손전등도 가지고 있다고 속으로 되뇌었다. 하지만 별채까지 반쯤 걸어가던 그는 결국 그녀가 괜찮은지 확인해야겠다는 생각에 숲 쪽으로 발걸음을 돌렸다.
 그는 빠른 걸음으로 도서관, 우체국, 호텔을 지나 불이 켜진 '폭풍의 상점'을 발견했다. 문가에 도착하자마자 문이 열리더니 루시가 나왔다. 그녀는 눈을 동그랗게 뜨고 주변을 두리번거렸다.

"루시?"

"휴고, 어떤 남자 못 봤어요?"

"누구 말입니까?"

그녀는 고개를 이쪽저쪽으로 돌리며 거칠게 욕설을 내뱉었다. 아이들에게 알파벳을 가르치는 사람과는 도무지 어울리지 않았지만, 휴고는 별로 상관하지 않았다.

"무슨 일입니까?" 휴고가 재차 물었다.

"여기 어떤 남자가 왔었어요." 그녀가 말했다. "지금은 사라졌어요. 그치만 진짜 있었다고요."

"어떤 남자 말입니까?" 그는 그녀의 팔을 부드럽게 잡았다.

그녀는 숨을 내쉬었다. 차가운 밤공기 속에서 그녀의 숨이 구름처럼 피어올랐다. 루시는 그에게 변호사가 준 명함을 건넨 뒤, 누군가가 그녀의 방문을 두드려 공원으로 오라는 메시지를 전달했으며, 변호사라고 주장하지만 텔레비전에 나오는 마피아 청부업자처럼 말하는 남자를 만났다는 이야기를 전했다.

"이게 게임의 일부일 수도 있다고 생각했어요. 도전 과제 같은 거요."

휴고는 루시의 손전등 불빛 아래에서 명함을 읽었다.

"아는 이름이군요." 휴고가 말했다. "잭의 책을 넘기는 대가로 엄청난 돈을 제안했겠네요. 맞죠?"

"맞아요. 몇천만 달러를 제안했어요. 도대체 누구죠? 잭이 우리를 시험하려고 고용한 배우인가요?"

"그렇다면 잭을 가만두면 안 되죠." 휴고는 그녀에게 명함을 돌려주며 말했다. "집으로 돌아갑시다."

그는 잭의 저택으로 돌아가는 길을 가리켰다. 그들은 길을 따라 걷기 시작했다. "괜찮아요?" 그가 물었다.

"음, 그런 것 같아요. 그냥 좀 놀란 것뿐이에요."

"그럴 만하죠." 한밤중에 이유도 모른 채 침대에서 끌려 나왔으니 무서운 게 당연했다. "잭에게 말해야겠어요. 섬에 보안 인력을 추가로 배치하는 게 좋을 것 같군요. 내 생각엔 그가 9시에 배를 대기시켜 뒀을 거예요."

"9시? 잠깐, 아홉 시 선착장이요?"

그는 그녀의 기억력에 감탄하며 고개를 끄덕였다. 그녀가 게임에서 앞서고 있는 게 놀랍지 않았다. 예쁜 외모만큼 머리도 좋으니까.

"그 사람 진짜 변호사는 맞나요?" 루시가 물었다. 그녀는 그가 다시 나타날까 봐 두려운지 계속 두리번거리며 주위를 살폈다. "소름 끼치는 사람이었어요."

"진짜 변호사는 맞아요. 소설을 쓰는 인공지능을 개발하려는 실리콘밸리의 억만장자 밑에서 일한다더군요. 그 사람은 좀 두들겨 맞고 3년짜리 미술대학원에 강제로 등록시켜야 해요."

"잔인하네요." 루시가 나직이 웃음을 터트리며 말했다. 그녀는 다시 깊이 숨을 들이쉬고 한 번 더 구름 같은 숨을 내뱉었다. "그래요. 교훈을 하나 얻었네요. 누군가 방문 아래로 밀어 넣은 쪽지를 무턱대고 믿으면 안 되겠어요."

"좋은 깨달음이군요."

"사실 섬을 탐험해 보고 싶긴 했어요. 하지만 새벽 2시는 좀 아니잖아요." 그녀는 그가 빌려준 코트를 더 단단히 여몄다. 그녀가 코트를 돌려줄 때 코트에 그녀의 향기가 배어 있을지 궁금해졌다. 왜 그런 생각을 하는 걸까? 왜 그녀의 향기에 신경이 쓰이는 걸까?

"이왕 나왔으니 간단히 소개를 해줄게요." 휴고가 말했다. "여기는 '시곗바늘 마을'이에요. 포틀랜드에 있는 어린이 병원 환아들을 위한 공원이 될 예정이었죠. 잭은 아픈 아이들이 가족과 함께 이곳을 방문해서 하루 이틀이라도 병을 잊었으면 좋겠다고 생각했어요."

"아, 어린이 병원에 대해서는 아주 아주 잘 알아요." 이미 알 만큼 알아서 더는 알고 싶지 않다는 듯한 말투였다.

"어릴 때 아팠습니까?"

그녀는 고개를 저었다. "우리 언니가요. 선천성 면역 결핍 질환을 앓았어요. 면역 체계가 비정상이어서 생기는 모든 병을 통칭하는 용어죠. 언니는 늘 아팠어요. 덕분에 난⋯ 난 우리 집에서 가족들과 함께 살 수도 없었어요."

그의 심장이 쪼그라드는 듯했다. 데이비도 사는 내내 건강했던 적이 별로 없지만 그와 떨어져 지낸다는 상상조차 할 수 없을 것 같았다. 그건 고문이나 다름없었을 터였다.

"정말 안됐네요. 당신도, 당신 언니도."

루시는 가슴팍 위로 팔짱을 꼈다. 그들은 길을 따라 천천히 걷고 있었다. 휴고는 밤이 너무 어두워서 발밑을 조심하기 위해 천천히 걸음을 옮기고 있을 뿐, 그녀와 좀 더 오래 함께 있기 위해서가 아니라고 속으로 되뇌었다.

"내가 가출하게 된 가장 큰 이유는 아마 언니일 거예요. 나랑 떨어져 있고 싶다는 걸 꽤나 분명하게 표현했거든요. 그래서 여기 와서 잭과 함께 살 수 있다면⋯" 그녀는 잠시 말을 멈추고 숨을 내쉬었다. "내가 무슨 생각으로 여길 왔는지 모르겠어요. 아마 관심을 끌고 싶었던 거겠죠."

"집에 가고 싶었던 거예요." 휴고가 말했다. 그녀는 아픈 곳이 찔렸다는 듯한 표정으로 그를 바라보았다. 하지만 곧 미소를 지었다.

"바로 그거예요. 이곳이 진짜 내 집이라고 생각했었죠. 아이들은 그런 생각을 하잖아요. 자기가 외계인이라고 생각하고, 부모님이 진짜 부모님이라는 걸 믿지 않기도 하고요. 잭이 아빠였으면 좋겠다고 생각한 아이는 나 말고도 수백만 명은 될 거예요."

"수십억 명은 되겠죠." 휴고가 말했다. 그녀는 다시 미소를 지었다.

"내가 바라던 대로 되지는 않았지만, 다시 그때로 돌아가도 아마 똑같이 했을 거예요. 특히 그 덕분에 지금 여기 와 있으니 더더욱 그렇죠."

그가 눈앞에 나타난 기찻길을 가리키자, 그녀는 가볍게 기찻길을 넘었고, 그들은 계속해서 길을 따라 걸었다.

"공원을 만드는 프로젝트는 어떻게 된 거죠?" 그녀가 물었다. "왜 완성되지 못했나요?"

"잭이 글쓰기를 그만둔 이유와 같죠."

"잭이 글쓰기를 왜 그만뒀는데요?"

휴고는 대번에 답할 수 없었다. 아이들의 마법을 깨지 말라는 잭의 첫 번째 규칙을 떠올랐기 때문이었다.

"그냥 힘든 시기를 겪었다고만 해두죠." 그가 마침내 말했다. "그 힘든 시기가 지금까지…" 그가 손목시계를 확인했다. "6년 반이나 계속되고 있네요."

루시는 한쪽 눈썹을 치켜올리며 그를 바라보았다. "그냥 힘든 시기라기에는 너무 긴데요. 걸어서 지구 한 바퀴를 돌고도 남을 시간인걸요." 그는 반박할 수 없었다. "그 시기를 드디어 벗어난 걸까요?"

"어떻게 알겠어요." 그가 말했다. "그러길 바라요. 연기하는 건지 진짜인지는 알 수 없지만."

"오늘 밤은 행복해 보이던데요."

"행복이요? 그는 행복이 무슨 의미인지조차 잊어버렸어요." 그는 코트 주머니에 손을 집어넣고 길가에 있는 돌멩이를 숲속으로 걸어찼다. "360도 바다 전망이 있는 아름다운 섬을 소유하고, 누구나 살고 싶어 할 저택을 가지고도… 몇 년 동안 세상에서 가장 불행하게 지냈어요. 잭은 돈으로 행복을 살 수 없다는 말을 증명하는 살아 있는 예시죠."

"잭은 살 수 없을지 몰라도, 돈으로 행복해질 수 있는 사람도 많을 거예요." 그녀가 살짝 원망하는 듯한 어조로 말했다.

휴고는 고개를 저었다. "전혀 불행할 일 없어 보이는, 돈 많은 사람들을 만나봤어요. 그들도 다른 사람들처럼 불행해요. 돈과 불행을 다 가져본 사람으로서 하는 말이에요."

"나는 돈으로 행복을 살 수 있을 것 같아요."

그는 눈을 굴렸다. 그녀도 잭처럼 꿈속에 살고 있었다.

"벌써부터 값을 가장 높이 쳐주는 사람이나 마컴에게 책을 팔 생각을 하는 겁니까? 그 돈을 어떻게 쓸지 고민하면서?"

그는 고개를 돌려 그를 노려보았다. "뭐라고요? 복권 당첨되면 뭘 할지 상상해 본 적 없는 것처럼 말하네요."

"복권은 세상에 단 한 권뿐인 어린이 소설이 아니잖아요. 그래요. 나도 상상해 본 적 있지만, 당신과는 달리 난 공중누각 같은 집에 손님으로 많이 가 봤어요. 나한테 그런 곳은 너무 쓸쓸하더 군요. 하지만 계속 소원을 빌고 꿈을 꿔 봐요. 언젠가는 이뤄질 수도 있으니까."

그녀는 차갑고 쓸쓸한 웃음을 터뜨렸다. 그렇게 젊고 순수해 보이는 사람에게서 볼 수 있으리라고는 생각지 못한 놀랍도록 쓴웃음이었다.

"나도 나름대로 으리으리한 집에 많이 가봤지만, 그런 집을 사는 데는 전혀 관심 없어요. 나는 크리스토퍼를 데려오는 데 필요한 집과 차만 있으면 돼요." 그녀는 멈춰 서서 그를 마주 보았다. 화려하게 장식된 가스 가로등이 그녀의 창백한 얼굴을 비췄다. 그녀의 뺨과 코가 추운 밤공기에 분홍빛으로 물들어 있었다. 그는 자신도 모르게 그녀의 입술을 바라보고 있었다. 그녀의 부드러운 분홍색 입술은 미소가 잘 어울렸지만, 지금 그녀는 웃고 있지 않았다.

"크리스토퍼?"

"내가 가르치는 아이요." 그녀는 크리스토퍼가 누군지 그에게 다시 한번 설명했다. "지금은 초등학교 2학년인데, 2년 전에 우리 유치원 반에 있었거든요. 똑똑하고 멋진 꼬마예요. 아이를 만나자마자 가정에 문제가 있으리라는 걸 알았어요. 아버지는 공사 현장에서 일하다가 부상을 당하셨다는데, 진통제에 중독되셨대요. 엄마도 마찬가지고. 흔히 있는 일이죠. 부모님은 그 아이를 사랑했지만, 저는 그 아이가 겁에 질려 있다고 느낄 때가 많았어요. 어떤 날은 소극적이고 어떤 날은 지나치게 주의를 끌려 하고, 하루의 절반을 집에 가고 싶다고 울기도 하고, 또 하루의 절반은 집에 가고 싶지 않다고 울기도 했어요. 그치만 똑똑한 아이예요. 정말 똑똑해요. 특히 읽고 이해하는 수준이 남달라요. 그래서 그가 힘든 날을 보내고 있는 것 같으면 아이들을 몇 명 모아서 함께 책을 읽곤 했어요. 하지만 스무 명이 넘는 아이들을 모두 가르치려니 그 아이 한 명을 위해 해줄 수 있는 일에는 한계가 있었어요. 여름이 오고 방학이 되었어요. 난 우리 동네에 있는 식당에서 일하게 되었죠. 어느 날, 사회복지사에게서 전화가 왔어요. 크리스토퍼 램의 부모님이 약물중독으로 돌아가셨다더군요. 질 나쁜 약물이 유통됐던 거죠. 그날 도시에서 그 약물을 과다복용한 사람이 총 열여섯 명이었고, 그중 열한 명이 사망했어요."

"이런." 휴고가 말했다.

그녀는 그를 쳐다보지 않고 계속 말을 이어갔다. "크리스토퍼는 집에서 나와야 했어요. 그리고 사회복지사들이 친척을 찾는 동안 머물 곳이 필요했죠. 사회복지사가 연락할 만한 어른이 있냐고 물었는데… 제 이름을 얘기하더래요. 일주일 후, 저는 그 아이를 위해서라면 장기라도 팔 준비가 돼 있었어요. 난 아이를 임시 보호할 형편도 안 됐고 입양할 형편은 더더욱 안 됐어요. 룸메이트가 세 명이나 있는 데다, 차도 없고, 신용카드 빚도 있고, 최저임금밖에 못 받는 일을 하죠. 아, 제일 좋아하는 신발에 구멍도 나 있네요."

그녀는 운동화에 난 작은 구멍을 보여주려고 발을 내밀었다.

"그러니 어쩌면 값을 제일 많이 쳐주는 사람에게 책을 팔아야 할지도 모르죠." 그녀의 목소리는 칼날처럼 날카로웠다. 단어 하나하나가 그를 난도질하는 듯했다. "당신은 개인 소유의 섬에 살잖아요. 돈이 있는 사람들은 돈으로 행복을 살 수 없다고 쉽게 말할 수 있어요. 하지만 만약 나한테 돈이 생기면, 크리스토퍼와 행복을 살 수 있을 거예요. 솔직히, 행복까지는 바라지도 않아요." 그녀는 그와 그가 방금 한 모든 어리석은 말들을 지우는 것처럼 허공에서 손을 저었다. "평생 한 번이라도 크리스토퍼한테 줄 15달러짜리 장난감을 사면서 손이 덜덜 떨리지 않아봤으면 좋겠네요. 책을 팔아서 돈이 생겼을 때 뭘 할 수 있을지 꿈을 꾸는 게 당신이 보기에는 못마땅할지 모르지만, 나와 크리스토퍼가 지금 당장 할 수 있는 건 소원을 빌고, 꿈을 꾸는 거밖에 없어요. 아무것도 하지 않는 것보다는 낫거든요."

"루시, 난—"

"교사용 휴게실에서 수다 떨 때 당신 같은 애들을 뭐라고 부르는지 알아요?" 그녀는 그의 가슴을 손바닥으로 탁 때렸다. "버릇없는 애송이요."

그는 턱을 굳게 다물고 그녀를 바라보았다. "평가가 공정하지 않네요."

"세상이 공정해지면 알려줘요. 잘 가요, 휴고. 이제 나 혼자서도 돌아가는 길을 찾을 수 있어요."

그녀가 점점 멀어졌다. 휴고는 떠나는 그녀를 그저 멍하니 바라볼 수밖에 없었다.

하얗고 펄럭이는 무언가가 그의 눈에 들어왔다. 종잇조각이었다. 그는 땅에서 종잇조각을 집어 들었다. 그녀는 화가 나서 그의 가슴팍을 때린 게 아니라 마컴의 명함을 그에게 건넨 것이었다.

17

다음 날 아침 9시, 루시는 힘겹게 식당으로 들어섰다. 다른 참가자들은 이미 자리에 앉아 식사를 하고 있었다. 그녀가 떡갈나무 쌍여닫이문을 지나 들어오자 모두들 접시에서 시선을 들어 그녀를 바라보았다.

"죄송합니다." 그녀가 말했다. "시차 적응이 안 돼서요."

"그러시겠죠." 안드레가 말했다. "뷔페는 저쪽에 있어요. 자유롭게 가져다 먹으면 된답니다."

그녀는 커피를 따르고 접시를 채웠다. 대화는 별로 없었다. 모두가 지쳐 보였다. 그녀도 마찬가지였다. 마컴을 만나고 휴고와 말다툼을 한 이후 다시 잠자리에 들기가 쉽지 않았다. 다행히 커피가 적당히 식어 있어서 빨리 마실 수 있었다.

"그거 커피예요, 루시." 더스틴이 말했다. "맥주가 아니라고요. 벌컥벌컥 마시면 안 됩니다."

"밤새 너무 힘들었어요." 그녀가 머그 컵 너머로 대답했다.

"그랬어요?" 멜라니가 물었다. "당신은 일찍 나갔잖아요. 우리는 거의 새벽 1시까지 깨어 있었어요."

"누가 2등 했어요?" 그녀가 물었다.

어색한 침묵이 흘렀다. 안드레가 헛기침을 했다. "결국 모두 포기했습니다."

"아," 무슨 말을 해야 포크나 숟가락이 날아오지 않게 할 수 있을지 알 수 없던 루시가 할 수 있는 대답은 그것뿐이었다.

더스틴이 커피를 다시 따르기 위해 장식장 쪽으로 가며 말했다. "섬에서 이상한 사람 못 봤어요? 정장 입은 남자라든가?"

"본 것 같은데요." 안드레가 말했다. "당신은요?"

"저도 본 것 같아요." 멜라니가 반쯤 먹은 소시지를 접시 위에서 이리저리 굴리며 말했다.

"마컴이에요." 루시가 말했다. "나도 그 사람을 만났어요. 거절하기 힘든 제안을 하더군요."

"나도 마찬가지예요." 안드레가 고개를 끄덕이며 말했다. "그래서 어떻게 했습니까?"

"거절했죠." 루시가 말했다. "그래도 책은 출판되어야 하잖아요?"

"물론이죠." 멜라니가 말했다. 안드레도 동의했다. 더스틴도 책이 출판되는 게 당연하다고 했지만, 말하는 동안 루시의 눈을 마주치지는 않았다.

갑자기 식당 문이 열리더니 잭이 환한 미소를 지으며 들어왔다. "모두들 좋은 아침이군요."

그들은 열정을 끌어모아 잭에게 인사를 건넸지만, 딱히 활기가 느껴지지는 않았다.

"그래요, 그래. 모두에게 힘든 밤이었지요. 루시, 기뻐할 소식이 있어요. 집에 보안을 추가했답니다. 이제 더 이상 한밤중에 상어 공격을 받을 일은 없을 겁니다."

"상어 공격?" 멜라니가 물었다.

"그 변호사라는 남자가 한밤중에 내 방에 찾아왔었거든요." 루시가 설명했다. "고맙습니다, 작가님."

"별말씀을. 내가 좋아하는 상어는 바다에 사는 상어뿐이에요. 그래서 변호사들을 선착장에서 던져버리곤 한답니다. 어쨌든, 다음 게임에 대해 이야기해 봅시다."

모두가 들을 준비를 하기 위해 눈을 반짝이며 자세를 고쳐 앉았다.

"시계섬의 왕을 찾아봅시다. 그의 왕관 아래에서 다음 게임의 지시 사항을 찾을 수 있을 겁니다."

"그건 또 무슨 말이죠?" 안드레가 물었다. 그는 공책과 연필을 꺼내 들고 있었다. 잭은 같은 말을 똑같이 반복했다.

"시계섬의 왕을 찾아봐요. 그의 왕관 아래에 다음 게임의 지시 사항이 있을 겁니다."

"이번에는 점수가 없으니, 여러분이 함께 찾아도 좋고 따로 찾아도 좋습니다." 잭이 말했다. "하지만 지시 사항을 찾기 전까지는 다음 게임을 시작할 수 없습니다. 행운을 빌어요."

잭은 자애로운 미소를 지으며 모두와 한 번씩 눈을 맞춘 뒤 식당을 떠났다.

안드레는 크게 한숨을 내쉬었다. "우리 어머니 말이 맞았을지도 모르겠군요. 시계섬으로 도망친 게 내가 한 가장 멍청한 짓이라고 하셨었죠."

네 사람은 점수가 걸려 있지 않으니 함께 지시 사항을 찾기로 했다. 그들은 집을 나서서 섬을 한 바퀴 도는 길로 나아갔다. 그들은 '네 시의 안녕 해안'이라는 표지판에서 시작해 시계 반대 방향으로 돌며 '세 시의 퍼핀 바위', '두 시의 조수 연못'을 지나쳤다.

그들은 계속해서 아이디어를 던졌다.

시계섬의 왕이 누구일까? 잭일까? 그는 왕관을 쓰고 있지 않았다. 그럼 어떻게 해야 할까? 그의 머리라도 잘라서 왕관을 찾아야 할까?

"할 수 있을 것 같은데요." 더스틴이 웃으며 말했다. "수술 실습에도 들어갔었으니까요."

"잭의 머리통을 자르는 건 좀 미루자고요." 안드레가 말했다.

조각상일까? 그럴 수도 있다. "조각상이 있는지 잘 찾아봅시다." 안드레가 말했다.

갑자기 멜라니가 길 한복판에 멈춰 서더니 딱 소리가 나도록 손가락을 튕기며 말했다. "시계섬의 왕? 책 제목 중 하나잖아요."

"아녜요." 루시가 말했다. "정확한 제목은 《시계섬의 사라진 왕이》에요. 하지만…"

루시는 크리스토퍼와 함께 지내는 마지막 날 함께 그 책을 읽었었던 게 기억났다. 크리스토퍼는 표지가 마음에 든다며 그 책을 골랐었다. 검은 말을 타고 저주받은 숲을 지나는 소년 왕을 바라보며 나무들이 사악하게 웃고 있는 그림이었다. 소년의 검은 머리 위에는 황금 왕관이 씌워져 있었고, 아마도 크리스토퍼는 그의 검은 머리칼 때문에 그 책을 고른 듯했다.

"휴고의 그림이 집안 곳곳에 있어요." 루시가 말했다. "표지 그림 중 하나에 힌트가 있을지도 몰라요. 소년이 말을 타고 숲속을 지나고 있는 그림을 본 사람 있나요?"

안드레가 손가락을 튕기며 말했다. "본 적 있어요. 내 방으로 가는 복도 끝에서요. 갑시다."

그들은 올 때보다 훨씬 빠른 걸음으로 저택으로 돌아갔다. 아침 공기가 점점 덥혀지고 있었다. 루시는 다행이라고 생각했다. 어젯밤에 휴고를 '버릇없는 애송이'라고 부른 것에 죄책감이 들어 그가 빌려준 코트를 입을 수 없었기 때문이다.

하지만 그를 피할 수는 없을 듯했다. 저택으로 돌아온 그들은 계단을 올랐다. 복도 하나를 지나 다시 낮은 계단을 오르자, 검은색 로열 타자기가 올려진 작고 고풍스러운 테이블 위쪽에 소년 왕의 그림이 걸려 있었다. 타자기에는 종이 한 장이 끼워져 있었는데, '찾았군요'라는 문구가 타이핑되어 있었다.

멜라니는 종이를 타자기에서 조심스럽게 빼냈다.

뒷면에는 이렇게 적혀 있었다. '다음 게임은 2시에. 1시에서 시작됩니다.'

안드레는 고개를 저으며 천장을 올려다보았다. "바깥세상이 그립군요."

루시는 웃으며 말했다. "1시는 소풍 정원이에요. 오후 2시에 거기서 만나자는 거겠죠?"

그때 잭이 복도 반대편 끝에 있는 문에서 고개를 내밀었다.

그는 유령처럼 으스스한 목소리를 흉내 내며 '그렇다아아아아'라고 속삭인 후 사라졌다.

이제 그들은 무엇을 해야 할지 알게 되었다. 멜라니, 안드레, 더스틴은 복도를 떠나 아래층으로 내려가거나, 자기 방으로 돌아가

거나, 산책하거나, 아침 식사를 더 먹으러 갔다.

"어릴 때는," 멜라니가 걸어가며 말했다. "도로시가 왜 그렇게 오즈를 떠나서 캔자스로 돌아가고 싶어 했는지 이해가 안 갔어요. 이제 알겠네요."

그 말에 모두가 웃었다. 루시만 빼고. 그녀는 뒤에 남아 어두운 숲을 탈출하는 말 위의 소년 그림을 바라보았다. 아름다운 그림이었고, 휴고의 작품 중에서도 최고였다. 아니, 루시는 기꺼이 오즈에 영원히 머무르고 싶었다. 시계섬에서도 마찬가지였다. 그럴 수만 있다면.

시계섬에서 긴 나무 숟가락으로 달에 사는 남자에게 갓 잡은 별들을 먹여주고 있는 부드러운 갈색 머리 소녀.

휴고가 아침마다 침대에서 일어나게 하는 원동력이었다. 그는 점점 기묘하고 애수 어린 분위기가 짙어지는 이 그림이 좋았다. 이 그림이 잭의 새 책 표지가 될 수도 있을까? 아직 알 수는 없지만 휴고는 자신의 머릿속 이미지가 캔버스 위에서 살아나는 과정을 즐기고 있었다. 그림은 레메디오스 바로(스페인 출생 초현실주의 예술가-옮긴이)의 작품 같은 느낌이 들기도 했다. 휴고가 생각하기에 아이들이 스페인과 멕시코에서 활동했던 여성 초현실주의 화가를 배우는 데 이른 때란 없을 것 같았다.

휴고는 잠에서 깬 후 몇 시간째 그림을 그리고 있었다. 그는 새벽 다섯 시에 잠에서 깨어났다. 밤은 데이비가 나오는 수천 가지 꿈으로 가득 차 있었다. 그 꿈들은 모두 그림으로 그려져야 한다고 소리치고 있었다.

어느 꿈에서는 그들이 다시 아이로 돌아가 있었다. 휴고는 데이비의 침대 옆 의자에 앉아 그에게 이야기를 읽어주고 있었다. 침대 발치에는 새들이 앉아 있었고, 창밖으로는 상어들이 헤엄쳐 지나갔다. 그리고 꿈속 어딘가에서 루시 하트가 방 안으로 들어와 미소를 지으며 이제 자기가 데이비에게 책을 읽어 줄 차례라고 말했다. 그녀가 데이비에게 읽어주었던 책 표지에는 달에 사는 남자, 숟가락, 별, 그리고 어린 루시 하트를 닮은 소녀가 그려져 있었다.

휴고는 자신의 뇌가 던져준 기묘한 이미지들을 애써 분석하려 하지 않았다. 그런 상징학과 이론화는 평론가들의 몫이었다. 그는 꿈을 꾸고, 상상하고, 그림을 그리는 사람이었다. 무엇이 무슨 의미를 가지는지는 그가 알 바 아니었다. 중요한 것은 그의 꿈이 좋은 꿈이었다는 것, 잠에서 깨고 나서도 계속 다시 돌아가고 싶은 꿈이었다는 것뿐이었다. 데이비는 하룻밤 동안 다시 살아 있었고, 휴고는 루시가 이제는 세상에 없는 그의 동생에게 읽어주었던 책을 손에 쥐고 싶었다.

데이비… 그 아이가 너무 그리웠다. 이렇게나 긴 시간이 흘렀는데도 불구하고 휴고는 적막 속에서 조용히 자신에게 속삭이곤 했다. "데이비, 어디 있니? 어디로 가버린 거야?"

데이비가 살아 있을 당시, 휴고는 어린 동생에게 유치한 동화책을 읽어주기가 너무 귀찮았다. 그는 과거로 돌아가 십대 시절의 자신을 흔들어 깨우고 싶었다. 지금 그는 데이비에게 한 번만 더 이야기를 읽어줄 수 있다면 무슨 일이든 할 수 있을 것 같았다. 한동안 데이비가 가장 좋아하는 책은 《파퍼씨네 펭귄들》이라는 책이었다. 휴고는 몇 주 내내 매일 밤 한 장씩 그 책을 읽어줘야 했고, 다 읽고 나면 다시 처음부터 읽어줘야 했다.

동생이 좋아할 만한 새로운 책을 간절히 찾고 있던 휴고는 헐값에 옛날 어린이 동화를 구할 수 있을지도 모른다는 생각으로 지역 교회에서 열리는 바자회를 찾았다. 한 테이블에 시계섬 시리즈가 쌓여 있었다. 들어 본 적이 없는 책이었지만 네 권에 1파운드라니, 손해 볼 것 없는 가격이라고 휴고는 생각했다.

그날, 단돈 1파운드에 그의 인생이 시작되었다.

휴고는 달빛 색 물감을 부채꼴 붓에 듬뿍 묻혔다. 데이비가 꿈에 나온 것은 정말 오랜만이었다. 왜 하필 어젯밤이었을까? 아마도 루시 때문이리라고 그는 생각했다. 그녀에게 데이비 이야기를 했었으니까. 그녀가 묻지도 않았는데 그가 먼저 이야기를 꺼냈었다. 그러고는 어리석게도 그녀가 다칠까 걱정이 된다는 핑계로 그녀를 따라 '시곗바늘 마을'로 들어갔었다. 그러나 결국 그녀에게 상처를 준 것은 그 자신이었다.

휴고는 필요 이상으로 힘을 주어 다시 붓을 씻었다. 커피 한 잔을 마시고 주먹으로 얼굴을 세 개 한 대 맞으면 훨씬 나아질 것 같았다. 파이퍼는 그에게 중요한 이야기는 어른들에게 맡기고 그림 얘기나 하라고 여러 번 말했었다. 그 말을 들었어야 했다. 화실을 떠나려던 그는 창밖을 힐끔 보았고, 움직이는 무언가가 눈에 들어왔다. 루시 하트가 별채 밖 바위투성이 해변을 따라 산책하고 있었고, 갈매기들이 물 위를 빙글빙글 돌며 날아다니고 있었다.

휴고는 그녀에게 가서 어젯밤 그녀의 꿈을 망친 것을 사과하고 싶었지만, 자신의 동기가 못내 의심스러웠다. 정말 그녀의 용서를 받고 싶은 걸까? 아니면 잘못을 만회하고 싶은 걸까? 아니면 성가시게도 그녀에게 끌려서, 몇 년 만에 처음으로 누군가가 자기를 인간적으로 좋아하는지 신경 쓰게 된 것일까? 아, 이렇게 괴로울 데가.

그는 이번만큼은 물러서서 어젯밤 일을 잊고 커피나 마시며 얌전히 있기로 마음먹었지만, 보스턴에서 온 더스틴인가 하는 의사가 루시에게 다가가 팔을 붙잡는 모습을 보고 걸음을 멈췄다.

'흥미진진하군.'

휴고는 창가로 다가가 창문을 약간 열었다. 그리고 그들의 대화를 엿들으려는 게 아니라 방 안을 환기 시키는 것뿐이라고 자신에게 되뇌었다.

"진심이에요?" 더스틴이 물었다. 그는 위협적인 목소리로 다그치고 있었다. 그는 손가락을 관자놀이에 대더니 그녀의 답이 말도 안 된다는 듯 손을 들어 올렸다.

"변호사 얘기 들었잖아요. 부정행위를 하면 실격이에요. 나는 부정행위를 하기도 싫고, 실격당하고 싶지도 않아요. 당신도 그렇지 않나요?" 그녀는 이해가 특별히 둔한 아이에게 무언가를 설명하는 선생님처럼 말했다.

"부정행위가 아니에요. 나는 팀워크를 갖자고 얘기하는 거예요. 좀 전에 우리가 했던 것처럼. 그게 다예요."

"그건 진짜 게임이 아니라 잭이 던진 도전 과제일 뿐이었잖아요."

더스틴은 허공을 향해 눈을 굴렸다. "정신 차려요. 돈을 벌고 싶긴 한가요?"

"나는 책을 받고 싶어요. 하지만 어떤 수집가에게 팔아서 출판이 안 되도록 만들지는 않을 거예요. 그 책을 기다린 아이들이—"

"그게 무슨 상관인데요? 변호사가 천만 달러 이상을 제시했다고. 우리 둘이 나눠 가지면 최소한 몇백만 달러씩은 가질 수 있어요."

"상관있어요." 루시는 말했다. 휴고는 그녀의 강단에 박수를 보내고 싶었다.

"천사 같은 척하지 말아요, 루시. 마컴 말로는 당신이 빈털터리라던데요. 나도 그래요."

"난 됐어요."

"보이는 것만큼 멍청하군요."

그걸로 충분했다. 휴고는 별채 뒷문을 나가서 해변으로 향했다.

"루시," 휴고가 나무 뒤에서 걸어 나가며 그녀를 불렀다. 루시의 입이 떡 벌어졌다. 더스틴은 돌아서서 그를 노려보았다. "괜찮아요?"

"괜찮습니다. 우리끼리 얘기 중입니다만." 더스틴이 말했다. "다른 사람은 들을 필요 없는 얘기지요."

"아뇨, 말을 하는 건 루시뿐이던데요." 휴고가 말했다. "당신이 뱉은 건 헛소리고."

더스틴이 비웃었다. "참가자끼리 얘기도 못 하는 건 아니잖아요."

"그쪽이 한 건 대화가 아니지. 이 게임에서 이길 가능성이 있는 참가자를 협박한 거야. 심정은 이해해. 변호사 마컴 놈한테 넘어갔겠지. 나한테도 전화했거든. 꽤 솔깃한 제안을 하더군요."

"봤죠?" 더스틴이 말했다. "저 사람은 머리가 돌아가는군요."

"내 머리가 잘 돌아가는 만큼, 루시도 마찬가지야. 그쪽보다 잘 돌아가는 걸 그쪽도 아니까 협박해서 편으로 만들려고 했겠지."

"난 의사예요. 알아요? 존스 홉킨스 의대를 나왔다고요."

"존스 홉킨스에서는 이름 철자를 어떻게 쓰는지는 안 가르치나 보지? 캐리, 해리슨에는 'R'이 두 개 들어가는 것도 모르고." 휴고가 말했다.

더스틴은 양손을 들어 돌리며 황급히 자리를 떠났다. "됐고, 난 갑니다."

그가 떠나고 나자 휴고는 루시를 바라보았다. "왕자병 말기네요."

루시는 약간 멍해 보였다. "어제랑 오늘 아침까진 멀쩡한 사람 같았는데. 놀랍네요."

"지는 걸 못 견디는 남자들이 있죠. 교무실에선 저런 놈들을 '밴댕이 소갈딱지'라고 부르겠네요."

루시는 한숨을 쉬며 그를 바라보았다. "당신을 찾으러 왔어요." 그녀가 말했다. "미안하다고 말하려고요. 어젯밤엔 내가 좀 흥분했었어요. 이 게임은 내 인생을 조금 더 낫게 만들 유일한 기회거든요."

"아뇨, 아녜요. 사과하지 마요. 내가 생각 없이 군 거예요. 늘 그렇듯이." 그는 주변을 둘러보며 다른 사람이 없는지 확인했다. "차나 커피라도 한잔할래요? 내 집이 바로 저기예요." 그는 나무 사이에 가려진 손님용 별채를 가리켰다.

그녀는 옅은 미소를 지었다. "그러면 좋겠지만, 아마—"

"그래요. 내가 당신을 돕는다고 이의를 제기하는 사람이 생길 수도 있겠네요. 그래도 저택까지 데려다 줄 수는 있어요. 누가 또 당신을 몇백만 달러짜리 음모에 끌어들이려고 하면 막아줘야 하니까."

"음모를 꾸미는 게 영화에서 보는 것만큼 재밌지는 않네요. 실망스러워요."

그는 그녀와 함께 해변을 따라 저택으로 향했다. 구름 낀 아침 하늘을 비집고 쏟아져나온 햇빛이 물 위에서 춤을 추고 있었다. 바닷바람은 따뜻하고 부드러웠다. 휴고는 낯선 감정을 느꼈다. 행복일까? 아니다. 희망일까? 그것도 아니었다. 하지만 그와 비슷한 어떤 것이었다.

"솔직히," 휴고가 말했다. "몇백만 달러 이상 벌 수 있는 기회를 거절한 건 인상적이었어요."

그녀는 고개를 저었다. "그렇게 재수 없게 말하지만 않았어도 넘어갔을 수도 있어요."

"유치원 보조교사가 '재수 없다' 같은 말을 써도 됩니까?"

"지금은 근무 중이 아니잖아요. 근무 중이었다면 '똥구멍 같다'고 했겠죠."

"그럼 '개나리'는 어때요?"

"개나리요?"

"우리 고향에서 쓰던 말이에요." 그가 설명했다. "개자식과 라임이 맞잖아요."

"기억해 둘게요. 애들이 좋아하겠어요."

"십장생이 무슨 욕 대신이냐고는 묻지 마요." 그가 윙크하며 말했다.

"말해줘요." 그녀는 팔꿈치로 그를 쿡 찔렀고, 그는 그 느낌이 싫지 않았다.

"대신 그림을 그려줄게요."

"제발 그려줘요. 팔아서 새 신발을 사게."

"중고시장에서 내 인지도를 너무 과대평가하는군요."

"몇백 달러만 받고 팔아도 신발 몇 켤레는 살 텐데요?"

"이제야 좀 현실적인 가격을 얘기하네요." 그가 미소를 지었다. 맙소사, 그는 지금 그녀에게 잘 보이려고 애를 쓰고 있었다.

루시 하트에게서 멀리 떨어져 있겠다던 다짐은 이렇게 물거품이 되고 말았다.

몇 년 전, 시계섬 책들 중 하나의 맨 뒷장에 증정용 포스터가 끼어있던 적이 있었다. 루시는 그 포스터를 조심스럽게 뜯어내서 침대 위에 핀으로 고정했다. 그리고 그 포스터를 오랫동안 바라보았다. 포스터 속에는 시계섬을 내려다보고 있는 기이하게 생긴 돌탑 창가에 한 소녀가 앉아 있는 모습이 정교하게 그려져 있었다. 까마귀 한 마리가 발톱으로 쪽지를 쥔 채 그녀를 향해 날아가고 있었다. 그 밑에는 《시계섬의 공주》 시계섬 시리즈 제30권, 표지 및 삽화 : 휴고 리스'라고 적혀 있었다.

루시는 그 책을 사랑했고, 포스터를 사랑했으며, 시계섬의 공주가 되고 싶었다. 그녀는 열세 살부터 열여섯 살까지 침대 위에 걸린 그의 작품 아래서 잠들었다는 사실을 그에게 말하지 않았다. 지금 그녀는 휴고와 오래된 친구처럼 시계섬의 해변을 걷고 있었다. 휴고 리스와 친구가 되어도 괜찮겠다는 생각이 들었다. 만약 상황이 달랐다면, 아주 많이 달랐다면… 하지만 상황은 달라지지 않았다. 크리스토퍼는 그녀가 필요했고, 그녀에게 중요한 건 그게 전부였다.

"다시 한번, 구해줘서 고마워요." 갑자기 찾아온 어색한 침묵을 깨기 위해 루시가 입을 열었다.

"두 사람이 내 화실 밖에서 말다툼을 하고 있었잖아요. 난 일을 하고 있었을 뿐이에요. 전적으로 나를 위해 한 일이죠."

"그 별채에 사세요? 아니면 그냥 작업실인가요?"

"거기 살아요. 일도 하고, 일하기 싫을 때 거기로 도망치기도 하고. 왜요?"

"그냥… 저택에서 사실 줄 알았어요. 작가님이랑—"

"아뇨, 아뇨, 아뇨." 그가 손을 들어 올렸다. "어떤 소문들이 도는지 알고, 사람들이 어떤 말도 안 되는 농담을 하는지도 알아요. 맞아요. 잭은 동성애자예요. 하지만 난 아니고. 만약 그렇다고 하더라도 작가님은 내 아버지 같은 존재지 그 이상은 아닙니다."

루시는 웃음을 터뜨렸다. "그런 말 하려던 게 아니에요. 그런 얘기는 꺼낸 적도 없고요. 그냥, 저택이 아주 커서 한 말이에요."

"저택은 감옥이나 마찬가지죠."

"그렇게 나쁘진 않을 것 같은데요. 아름다운 저택이잖아요." 두 사람은 해변 산책로를 벗어나 저택으로 이어지는 자갈길을 따라 걸었다.

루시는 다시 말을 꺼내기 전에 잠시 뜸을 들였다. 무례하게 굴고 싶지는 않았지만 호기심을 억누를 수는 없었다.

"혹시… 그러니까, 보통 삽화가가 책을 쓰는 작가와 같이 사는 일은 드물잖아요. 그렇지 않나요?"

휴고는 기분이 상한 것 같지 않았다. "간단히 말하자면, 드물죠. 긴 이야기를 하자면… 동생 때문에 억지로 참가한 대회에서 내가 우승했고, 2년 후 동생이 세상을 떠났어요. 사실 난 젊었을 때 친구들이랑 좀 과하게 놀았어요. 그런데 데이비가 죽고 나서 완전히 무너졌죠. 술, 마약, 안 해 본 게 없죠. 작업을 완성하려고 코카인을 했고, 잠을 자려고 위스키를 마셨어요. 절대 같이해서는 안 되는 조합이죠."

"이런, 휴고…"

루시가 눈을 맞추려 했지만, 휴고는 시선을 피했다. "그때 나는 죽음과 내기를 벌이고 있었어요. 잭이 내 상태를 보고 개입했죠. 바로 저기 저 방에서요." 그는 저택 창문을 가리켰다. 루시가 기억하기로는 잭이 글공장이라고 부르던 방이었다.

"안타깝네요." 루시가 말했다.

"동생을 잃은 건 내 인생에서 가장 끔찍한 일이었지만, 잭은 가장 큰 행운이었어요. 그는 나를 앉혀놓고 나 같은 재능을 가진 사람은 재능을 낭비할 자격이 없다고 했죠. 내가 가난한 사람들 앞에서 돈을 태우고 있는 거나 마찬가지라고 했어요. 잔인할 뿐만 아니라 냄새도 고약하다고요. 그 말이 가슴에 와닿더군요. 우리 아버지는 데이비가 태어난 후 우릴 버렸고, 덕분에 엄마는 밤낮없이 일해야 했어요. 내가 동생을 반쯤 키웠다고 할 수 있죠. 그게 싫지는 않았지만, 한 푼이 아쉬울 때 누가 우리 집 앞에서 돈을 태우고 있다고 상상해 보니…"

"그 기분 알죠."

그는 시선을 내리깔고 발을 질질 끌며 길을 따라 걸었다. 신발에 묻은 모래를 털기 위해서였다. "난 해고될 뻔했어요. 잭의 편집자는 그러고 싶어 했죠. 잭은 건전한 어린이 소설을 쓰는데, 삽화가는 재활센터에 있다는 소문이 돌면 기자들의 먹잇감이 되기 딱 좋죠."

"건전하다고요? 책에 나오는 아이들은 다들 가출하고, 남의 집에 무단침입하고, 규칙을 어기고, 그 대가로 보상을 받는데요."

"그렇죠? 평론가들보다 훨씬 책을 잘 이해하고 있네요." 그는 그녀를 향해 미소 지었다. "잭은 그들이 나를 해고하지 못하게 막

아쳤어요. 내가 삽화를 그리지 않으면 앞으로 시계섬 시리즈를 쓰지 않겠다고 했죠. 세상에서 제일 잘 나가는 작가가 나 때문에 자기 경력을 걸다니 아직도 믿을 수가 없네요. 그 앞에서 나는 겸손해질 수밖에 없었죠. 잭이 나를 바로 잡아줬고, 그 이후로 줄곧 잘 지내고 있고요."

"힘들었겠어요. 당신 자신을 자랑스럽게 생각해 봐요."

"나를 위해 해준 일들을 생각하면 그를 실망 시킬 수가 없었어요. 처음 작업하기 시작했을 때 몇 달 동안 손님용 별채에 살면서 재출간된 책 표지들의 시안을 그렸죠."

"나를 만났던 게 그때군요." 루시가 말했다.

"잭은 6년 전부터 힘든 시기를 겪기 시작했고, 난 그때 섬으로 돌아왔어요. 그때부터 쭉 여기 살았죠. 그가 여기 혼자 있는 모습을 상상조차 할 수 없었거든요. 잭은 이제 괜찮아졌다고 주장하고 있는데 정말 그러길 바라요. 어쨌든 이제 드디어 떠날 때가 된 것 같네요."

"떠나요?" 루시는 믿을 수가 없었다. 시계섬을 떠나고 싶어 하는 사람이 있다니. "왜요?"

"여기에 영원히 머무를 수는 없잖아요. 그렇지 않나요?"

"왜 안 돼요?"

그는 질문을 무시한 채 말을 이었다. "솔직히 여길 떠나면 작업이 지금처럼 잘되지 않을까 봐 걱정돼요. 이 섬에서 최고의 작품을 그렸거든요. 여기에서 완전히 비참하게 지냈던 게 도움이 되지 않았나 싶어요."

"시계섬에서 어떻게 비참할 수가 있어요?"

"난 어디서든 비참할 수 있어요. 예술가의 특권이죠."

루시는 그의 옆구리를 팔꿈치로 툭 쳤다. "난 그 말 안 믿어요."

"그럼 어디 한번 행복했던 예술가 이름을 하나만 대봐요."

루시는 지금까지 들어본 모든 예술가를 떠올리며 얼굴을 찌푸린 채 생각에 잠겼다. 그러다 한 손가락을 들어 올리며 말했다. "드가? 아름다운 발레리나 그림을 그리지 않았나요?"

"맞아요. 하지만 그는 발레리나와 여성을 전반적으로 혐오했어요. 악명 높은 여성 혐오자이자 인간 혐오자였죠. 다른 사람을 생각해 봐요."

"음… 반 고흐는 비참하게 살았다는 걸 알고 있어요. 그럼 모네는요?"

"아내 두 명이 죽었죠. 아들도 죽었고, 평생 돈이 없어 힘들게 살았어요. 결국에는 시력을 잃었고요. 하나 더 대 봐요."

루시는 잠시 더 생각한 끝에 손가락을 튕겼다.

"생각났어요. 밥 로스."

그는 눈을 가늘게 뜨고 그녀를 바라보았다. "그렇네요. 인정해 줄게요." 그가 말했다.

"내가 이겼어요. 어쨌든 이번 게임은요."

"미안하지만 점수는 없어요."

"괜찮아요. 그냥 영광을 만끽하면 돼요." 루시는 말했다. 태양이 점점 더 높이 떠오르면서 따스한 햇살이 시계섬의 매분, 매초를 부드럽게 어루만지는 듯했다.

"웃고 있네요." 그가 말했다.

"당신도요."

"내가 그랬나요?"

"당신은 정말 재능 있는 화가예요. 하지만 스스로 생각하는 것만큼 비참해지는 데 능숙하진 않네요."

"그 말 취소해요."

"예술가가 너무 변명이 많네요." 루시는 말했다.

"음… 상황이 좀 나아지고 있다는 건 인정해야겠네요."

"작가님이 다시 글을 쓰고 있어서요?"

그가 다시 특유의 미소를 지었다. 별을 조금 더 밝게 만드는 듯한 그 미소. "맞아요, 그것 때문이죠." 하지만 루시는 상황이 나아진 사람이 잭뿐만이 아니길 바랐다.

"식당에서 차 한잔할래요?" 루시가 물었다. 그 정도는 괜찮지 않을까? 공개적인 장소에서 차를 마시는 것쯤은?

"그럴 수 없어요. 잭과 할 얘기가 있어요."

"무슨 얘긴가?"

둘은 동시에 뒤를 돌아보았다. 잭이 좁은 복도를 따라 식당 쪽으로 걸어오고 있었다.

"좋은 아침이에요, 루시 양." 잭이 말했다.

"좋은 아침이에요, 작가님."

"문제가 생겼습니다." 휴고가 말했다.

"난 문제를 싫어하네만." 잭이 말했다. "하루라도 문제없이 지나갈 수는 없는 건가?"

"휴고—" 루시가 말했다. "그건—"

"배를 불러야 해요." 휴고가 그녀의 항변을 무시하며 말했다. "더스틴이라는 의사 양반이 자격을 잃었습니다."

"잭, 저는—" 루시가 말을 시작했다.

"감쌀 필요 없어요." 휴고가 말했다. "그 사람은 당신을 절대 감싸주지 않으리라는 걸 당신도 알잖아요. 작가님, 더스틴이 루시에게 부정행위를 저지르자고 제안했어요. 거절했을 때도 전혀 뜻을 존중할 생각이 없어 보였고요."

　잭은 잠시 그의 말을 곱씹었다. 루시는 그 소식을 들은 잭의 마음이 조금은 상했으리라고 생각했다. 잭이 멜라니, 안드레, 더스틴, 그리고 그녀를 여전히 아이들로, 마치 자기 자식인 양 바라보는 듯한 느낌이 들었기 때문이었다.

　"배를 부르게." 잭이 한숨을 쉬며 말했다.

　"미안해할 필요 없어요, 루시 양. 더스틴이 시계섬의 두 번째 규칙을 잊은 게 루시 잘못은 아니니까요. 언제나 마스터마인드를 믿어야 합니다. 그렇지 않아 보여도 마스터마인드는 늘 여러분 편이니까요."

18

 루시는 어젯밤부터 오늘 아침까지 쌓인 스트레스를 씻어내려는 듯 뜨거운 물로 오랫동안 샤워를 했다. 샤워를 마치고 나와 보니, 문 아래에 쪽지가 놓여 있었다.
 혹시 더스틴이 남긴 협박성 작별 인사일지도 모른다고 생각한 루시는 처음에는 쪽지를 열어보지 않았다. 그런데 다시 보니 쪽지가 하늘색이었다. 잭이 쓰는 편지지 색이었다. 마침내 쪽지를 열어보니, 이렇게 적혀 있었다. "문밖에 선물이 있어요. 놀라지는 말아요. 물지 않으니까."
 쪽지에는 H.R이라는 서명이 있었는데, 괄호 안에 '(인사부의 HR이 아님)'이라는 설명이 덧붙여져 있었다.
 문을 열자 발치에 종이 상자가 놓여 있었다. 그녀는 상자를 들어 올려 방 안으로 가지고 들어갔다. 휴고가 무슨 선물을 준 걸까? 그녀는 상자를 열었다.

상자 안에는 신발이 들어 있었다. 그게 다였다. 짙은 갈색 가죽으로 만든 여성용 등산화 한 켤레. 약간 닳기는 했지만 상태는 아주 좋았다.

루시는 선물에 고마워해야 마땅하다는 것을 알면서도 고마운 마음이 들지 않았다. 기분이 영 좋지 않았다.

루시는 침대에 앉아 신발을 내려다보았다. 어리석게도 그녀는 휴고가 오전 내내 그녀에게 잘 보이려 노력하고 있다고 거의 믿을 뻔했다. 더스틴의 무시무시한 계략에서 그녀를 구해주고, 보디가드 역할을 자청하지 않았던가. 그리고 그녀는 그의 보호를 받고 싶었었다. 하지만 공짜 신발이라니? 도저히 호감의 표시로 느껴지지 않았다. 오히려 동정이나 자선에 가까웠다. 그녀가 그에게서 가장 받고 싶지 않은 것들이었다. 그는 좋은 사람이고, 그게 다였다. 그저 친절한 사람이라서 그녀에게 잘해준 것뿐, 호감이 있어서가 아니었다. 어젯밤 돈으로 행복을 살 수 없다면서 그녀를 비난하는 그에게 그녀가 너무 가혹했던 모양이었다.

그리고 루시는 떠올렸다. 휴고도 한때 찢어지게 가난했던 적이 있었다. 아버지가 오래전에 떠나신 후, 어머니가 닥치는 대로 일을 하며 번 돈으로 생활하느라 허리띠를 졸라매야 했던 시절을 겪은 그는 가난이 어떤 것인지 잘 알았다. 신발을 선물이 동정에서 우러난 것은 아닐지도 모른다. 어쩌면 동질감을 표현하는 방법이었을 수도 있다. 그렇다 해도 마음이 쓰렸다. 하지만 그녀는 어른답게 행동하기로 했다. 다 떨어져 가는 신발을 신고 있는 상황에서 새거나 다름없는 좋은 등산화를 마다하는 것은 고마움을 모르거나 멍청한 사람들만 하는 짓일 테니까.

루시는 청바지 주머니에서 휴대전화를 꺼내 테레사에게 문자 메시지를 보냈다.

'나한테 멍청한 짓 좀 그만하라고 얘기해 줘요.'

답장이 오리라고는 기대하지 않았는데, 곧 답장이 왔다. 루시는 시간을 확인했다. 레드우드는 아직 아침 6시 46분이었다. 테레사는 아마 깨어난 지 15분도 채 안 됐을 터였다.

'사람을 멍청하다고 표현하는 건 나쁘다고 가르치면서, 루시가 그런 말을 쓰면 그러면 안 되죠.'

루시는 답장을 보냈다.

'그럼 목표에나 집중하라고 말해줘요. 이 섬에 있는 남자 생각을 떨쳐버릴 수 있게.'

테레사는 즉시 전화를 걸어왔다. 루시는 웃음을 터뜨리며 전화를 받았다. 그녀가 채 입을 떼기도 전에 테레사는 말했다. "그 남자가 누구예요?"

"좋은 아침이에요, 테레사." 루시가 말했다.

"아침 인사는 때려치워요. 그 남자가 누군데요? 다른 참가자?"

"휴고 리스라는 남자예요. 시계섬 시리즈의 삽화가인데, 정말 잘생겼어요."

"그건 내가 판단할게요." 잠시 정적이 흘렀다. 아마도 테레사는 인터넷으로 휴고 리스의 사진을 검색하고 있을 것이다. 몇 초가 흘렀다. 그녀는 이렇게 말했다. "괜찮네요. 아니 괜찮은 것보다 나은 것 같네. 섹시한 대학 교수처럼 생겼어요."

"지금은 그렇죠." 루시가 말했다. "처음 여기 왔었을 때 그 사람을 만났었어요. 그때는 90년대 펑크 록 밴드의 기타리스트처럼 생겼었어요. 팔 전체에 문신도 있었고요."

"어디 좀 봐야겠어요." 테레사는 말을 멈췄고, 루시는 그녀가 휴고의 예전 사진을 찾을 때까지 기다렸다. "맙소사…" 테레사가 잘 나온 사진을 찾은 모양이었다.

"게다가 영국인이네요."

"윌리엄 왕자처럼 말이죠."

루시는 생각에 잠겼다. "술집 밖에서 윌리엄 왕자에게 주먹을 날리는 쪽에 더 가깝겠네요."

"그쪽이 더 매력적이긴 해요."

루시는 웃음을 터뜨렸다. 테레사와 이야기하면 기분이 풀어지리라는 사실을 루시는 알고 있었다.

"그 사람도 당신한테 호감이 있는 것 같아요?" 테레사가 물었다.

"잘 모르겠어요." 루시가 말했다. "나한테 신발을 한 켤레 선물했더라고요."

"음… 신발이라니? 그게 무슨 뜻이죠?"

"통화하면서 요리 중이에요?" 냄비와 프라이팬이 덜거덕거리는 소리가 들리자 루시가 물었다.

"난 유치원 교사예요. 문어처럼 동시에 여러 일을 할 수 있다고요. 어서 질문에 답이나 해봐요."

루시는 휴고의 코트를 빌리게 된 일, 한밤중에 변호사를 만난 일, 그를 '버릇없는 애송이'라고 부른 일, 더스틴의 계략에서 휴고가 그녀를 구해준 일, 그리고 신발을 선물 받은 것까지, 이제껏 일어난 모든 일을 그녀에게 털어놓았다.

"그 남자, 루시한테 호감이 있네요." 테레사가 마침내 말했다.

"신발 선물이 동정이 아니라 관심 표현일까요?"

"마틴도 나한테 작업 걸 때 어항을 주더라고요. 남자들은 여자한테 빠지면 약간 정신이 나가는 것 같아요. 그+ 남자가 루시한테 자기 신발을 줬으니 루시는 팬티라도 줘 봐요."

"유치원에서 애들을 가르치는 분이 그렇게 말해도 돼요?"

"유치원 선생한테도 남편은 있어야죠. 그 남자 잡아요."

"난 여기 남편을 구하러 온 게 아니잖아요. 알죠? 선생님은 나한테 목표에 집중하라고 말해줘야죠. 난 크리스토퍼를 위해 여기 왔다고요."

"루시, 만약 두 가지를 다 이룰 자격이 있는 사람이 세상에 있다면. 그건 바로 루시예요. 대회에서 이겨서 크리스토퍼를 데려오고, 남자도 잡으면 되죠. 간단하잖아요."

루시는 이마를 문질렀다. "테레사 선생님, 도움이 안 되고 있어요."

"그럼 멍청한 사람들한테 전화를 했어야죠. 난 루시한테 그 남자를 밀어내라고 말하기에는 너무 똑똑하다고요. 그 사람한테 다가가 봐요. 제대로 해보라고요. 어항이라도 사 들고 나타나게 만들어요."

"전 테레사 선생님이 너무 좋아요. 선생님은 제정신이 아닌 것 같긴 하지만 그래도 좋아요. 덕분에 기분이 살짝 나아졌어요."

"기분 상해있을 필요 없어요. 루시는 멋진 사람이에요. 절대 잊지 마요. 나도 루시가 좋아요. 사람들이랑 잘 지내되 너무 착하게 굴진 마요. 알겠죠?"

"선생님도요." 두 사람은 전화를 끊었다.

테레사와 대화하고 나니 확실히 기분이 나아졌다. 루시는 낡은 컨버스 운동화를 벗어 침대 밑으로 던졌다. 그리고 가장 두꺼운 양말을 찾아 신었다. 등산화는 꽤 잘 맞았다. 거의 새것이나 다름

없는 등산화 덕분에 섬을 돌아다니기가 훨씬 수월해질 것 같았다. 그녀는 거울에 비친 자기 모습을 살펴보았다. 빨간 스키니진과 등산화가 아주 잘 어울렸다. 빨간 스키니진은 중고 의류점에서 발견한 것이었고, 그녀가 가장 좋아하는 검은색 스웨터는 션이 오래전에 선물한 것이었다.

이를 닦고 나니 거의 두 시가 되었다. 루시는 '한 시의 소풍 정원'을 향해 걸어갔다.

안드레와 멜라니가 이미 도착해 있었다. 더스틴은 보이지 않았다.

"잘했어요, 루시." 안드레가 무미건조하게 박수를 치며 말했다. "오늘 아침에도 퍼즐을 풀더니 더스틴까지 쫓아냈군요."

"그러려고 한 건 아니었어요."

"칭찬으로 받아들여요." 멜라니가 말했다. "그는 우리와는 공모할 생각이 없었어요. 당신한테만 제안을 한 거라고요."

"그래요, 정말 운이 좋네요." 사실 조금 찝찝하지만 칭찬이기는 했다. 그녀는 첫 번째 게임에서 이겼고, 오늘 아침 수수께끼가 무슨 의미인지도 맞혔다. 이틀째밖에 안 되긴 했지만, 이번 게임에서도 이긴다면 거의 반은 승리한 거나 다름없었다.

잭이 길을 따라 올라와 피크닉 테이블 앞에 섰다. 하이드는 그의 옆에 서서 가죽 서류철을 들고 있었다.

"다시 만나서 반갑군요. 알다시피 한 명이 빠지게 됐습니다." 잭이 말했다. "더스틴이 한 시간 전에 떠났어요. 나한테 대신 용서를 빌어달라고 하더군요, 루시 양. 더스틴은 학자금 대출 때문에 스트레스 장애를 앓고 있답니다."

"전 괜찮아요." 루시가 말했다. "용서할게요."

"다시 한번 모두에게 안내 말씀드립니다." 하이드가 말했다. "어떠한 형태로든 부정행위를 하거나, 부정행위를 시도하는 즉시 실격 처리됩니다."

"안타깝군요." 잭이 말했다. 그의 목소리에서 쓸쓸함이 묻어났다. "개인적으로 나는 부정행위, 거짓말, 도둑질을 지지하는 편이라서 말입니다. 내 책 아이디어가 어디서 나오겠어요?"

"농담이십니다." 하이드가 덧붙였다. "마스터슨 씨의 작품이 표절 시비에 휘말린 적은 한 번도 없습니다."

"다들 농담인 걸 알았을 겁니다" 잭이 말했다. 그는 사악한 기운이 느껴지는 미소를 지으며 손뼉을 쳤다. "이제 불쾌한 일은 잊고 새 게임을 시작해 봅시다."

변호사 하이드가 일어서서 서류철을 열었다.

"이게 뭡니까?" 안드레가 그녀에게서 종이를 받아 들며 물었다. "절대 불가능한 보물 사냥? 진심이에요? 아무도 못 찾는 보물을 사냥해요? 이게 도대체 말이 됩니까?"

루시는 종이를 받아 들고 목록에 적힌 항목들을 훑어보았다.

손수레가 놓인 요정 정원
바람을 탄 연
검은색만 있는 체커판

"병에 담긴 아홉 다리 거미들?" 멜라니가 말했다. "장난하시는 거죠? 내가 뇌졸중이라도 걸려서 머리가 굳어버린 게 아니라면, 이 목록은 말이 안 돼요."

"둘 다 가능성이 있는 얘기군요." 잭이 말했다. "둘 다일 거라고 장담하지요. 이 보물 사냥의 비밀을 알아내면 2점을 얻을 수 있습니다. 2등에게는 점수가 없습니다."

"힌트라도 주셔야지요, 작가님." 안드레가 말했다. "하루 종일 '종이로 접은 소시지'나 '물고기가 품은 비밀' 같은 희한한 것들을 찾아 헤맬 수는 없잖습니까!"

"제발요." 멜라니가 애원하듯 말했다. "지난 게임 이후로 제가 바보가 된 것 같은 기분이었어요. 결국 답은 아주 명백할 텐데, 이번에는 시작하기 전에 좀 더 명확하게 힌트를 주실 수는 없나요?"

그녀는 미소 지었지만, 두려움과 긴장이 섞인 미소였다. 멜라니도 루시처럼 반드시 우승해야만 하는 이유가 있는 걸까?

"아, 하지만 인생이란 원래 그런 거지요." 잭이 말했다. "뒤를 돌아보면 다들 시력이 2.0이 된다고들 합니다. 틀린 말은 아니지요. 우리는 잘못을 저지른 후에야 무엇이 올바른 행동이었는지 알게 되니까요. 대부분 난해한 말들을 남겼지만 위대하다고 평가받는 쇠렌 키르케고르의 말을 빌리자면, '인생은 뒤를 돌아봐야 이해할 수 있지만, 그래도 계속해서 앞으로 나아가야 한다'라고 했습니다. 그리고 모든 작가들이 알다시피, 결말을 읽기 전까지는 도입 부분을 이해할 수 없는 법이지요. 이게 힌트랍니다. 즐거운 사냥되시길."

그 말과 함께 잭은 돌아서서 등대 쪽으로 천천히 걸어갔다.

세 명의 참가자는 목록을 반복해서 읽었다.

울부짖는 늑대

잡다하게 모인 문어들
한 줄기의 어둠

루시는 웃음이 터져 나올 뻔했지만 그러기에는 너무 중요한 게임이었다. 초록 유리문과 표지 그림에 관한 첫 두 게임은 너무 간단해 보였고, 어쩌면 그녀에게도 승산이 있다고 조금이나마 희망을 걸 수 있었다. 하지만 지금은 속이 울렁거릴 지경이었다. 무엇을 해야 할지 전혀 감이 오지 않았다.

"분명 속임수가 있을 거예요." 멜라니가 말했다. "그렇죠?"
하이드는 목을 가다듬더니 뒤로 돌아 저택 쪽으로 걸어갔다.
"좋아요." 멜라니가 말했다. "서로 공모하는 건 안 될 테고, 난 다른 데서 이것들을 찾아볼게요."
"나도 가보겠습니다." 안드레와 멜라니는 각각 다른 방향으로 걸어갔다.

산들바람이 부는 맑은 날씨였다. 바다는 잔잔했고, 새들이 바람을 타고 하늘을 날고 있었지만, 두 사람의 눈에는 보물사냥 목록 말고는 아무것도 보이지 않는 듯했다.

루시는 피크닉 테이블에 남아 힌트를 다시 읽었다. 멜라니의 말이 맞았다. 분명히 속임수나 중의적인 표현, 또는 그녀가 놓치고 있는 무언가가 있을 터였다. 휴대전화로 단어들에 무슨 의미가 있는지 검색해 볼까도 고민했지만, 그건 부정행위였다.

딱히 인터넷이 도움이 될 것 같지도 않았다. 이 게임은 잭의 책에 나오는 수수께끼들과 비슷했고, 그가 혼자서 고안해 낸 듯했다. 그리고 만약 이 게임이 그의 책에서 나온 수수께끼들과 비슷하다면, 어린아이도 풀 수 있다는 뜻이었다.

그래서 뭘까? 목록의 비밀이 무엇일까?

루시는 소풍 정원을 떠나 무작정 길을 따라 걸었다. 걷고 있으면 생각이 더 잘 떠오르곤 했다.

그녀의 발걸음은 자연스럽게 '시곗바늘 마을'로 향했다. '레드 로버의 보물찾기 용품 가게'는 기울어진 지붕, 색이 맞지 않는 나무판자들, 손으로 직접 쓴 간판까지 마치 골드러시 시절 캘리포니아의 옛 광부 오두막을 만화적으로 재현해 놓은 모습이었다. 보물 사냥은 보물찾기와 다를 게 없었지만, 가게 창문 안을 들여다보니 모든 선반은 비어 있었다. '거의 모든 것의 도서관' 시계섬 지점도 단단히 잠겨 있었다. 이곳에서는 도움이 될 만한 무언가를 찾을 수는 없을 것 같았다.

그녀는 사원역까지 가는 기찻길을 따라 계속 걸었다. 기찻길은 숲속 공터 한가운데서 갑작스럽게 끝났다. 공터에는 야생화가 흐드러지게 핀 초원 말고는 아무것도 없었다. 예쁜 초원이기는 했지만 책에 나오는 사원역은 아니었다. 탑도 없고, 호박 왕좌도 없으며, 10월의 군주와 그의 부인도 보이지 않았다.

루시는 기찻길 끝자락에 서서, 잭이 시계섬을 재현하려던 꿈을 도대체 왜 포기했을지 생각했다. 분명히 철로까지 깔고 있었는데, 그러다 이렇게… 멈춰버린 것이었다. 왜였을까?

루시는 개미와 벌들을 피해 야생화 초원 한가운데에 앉았다. 다시 목록을 살펴보았지만, 여전히 아무것도 떠오르지 않았다.

켄터키 스타일로 튀긴 닭?
한 조각의 파이?

"잭 마스터슨 작가님, 도대체 뭘 해야 하는 거죠?" 루시는 혼잣말로 중얼거렸다.

루시는 자신이 바보천치가 된 것 같은 느낌이었다. 눈앞에 있는 답을 알아보지 못하고 있는 게 틀림없었고, 이번 게임에서도, 전체 대회에서도 다른 누군가가 우승할 것만 같았다. 그러면 그녀는 다시 레드우드로 돌아가 손가락이 시큰거릴 때까지 온라인 상점에서 팔 목도리를 뜨개질하고, 일주일에 두 번씩 혈장 헌혈로 용돈벌이를 하느라 떨어진 체력을 보충하기 위해 싸구려 스파게티로 배를 채워야 할 것이다. 그리고 크리스토퍼를 아들로 입양하지 못하면 인생에서 진정한 의미를 찾을 수 없으리라고 생각하면서, 부디 언젠가는 그럴 수 있기를 기대하며 살아야 할 것이다. 그 아이가 그녀의 아들이 되지 못하면, 그녀의 인생은 영원히 시작될 수 없는 걸까?

아니, 그보다는 크리스토퍼의 인생이 시작되지 않을 것이다. 적어도 그들이 함께 꿈꿨던 삶은 시작될 수 없었다. 바보 같지만 소박한 삶. 성이나 탑도 없고, 마법의 섬 따위도 없는, 방 두 개짜리 아파트와 그럭저럭 굴러가는 중고차 한 대면 족한 그런 삶 말이다. 그런 삶을 살 수 없도록 그녀를 방해하는 건, '인형용 아파트'나 '고양이 한 덩이'가 무슨 뜻인지 알아내지 못하는 자신의 머리뿐이었다.

차갑고 단단한 땅 위에 앉아 있다 보니 루시의 발에서 점점 감각이 사라지고 있었다. 그녀는 자리에서 일어서서 바지 엉덩이 부분에 묻은 먼지를 털어냈다. 할 수 있는 건 계속 앞으로 나아가는 것뿐이었다. 그녀는 눈물을 참으며 숲속을 걷기 시작했다. 곧 나무가 듬성듬성해지더니 키 큰 수풀들이 그 자리를 대신했다. 돌길은 나무판자를 이어 만든 다리 앞에서 끝이 났다. 루시는 다리를 건너 구부러진 길을 따라 걸었고, 50미터쯤 앞에 등대가 나타났다.

크지는 않지만 어딘가 끌리는 데가 있는 등대였다. 약 25미터 정도 높이에 흰색 칠이 되어 있고, 꼭대기에는 밝은 빨간색 돔이 모자처럼 올려진 등대였다. 루시는 햇빛 아래 서서 머리카락을 휘날리고 얼굴을 때리는 상쾌한 바람을 느꼈다. 그녀는 잭의 응접실에 있던 시계섬 시계를 떠올렸고, 12시에 그려져 있던 등대를 기억해 냈다. 바로 이 등대였다.

정오와 자정 등대 외벽에는 전망대로 이어지는 사다리가 설치되어 있었다. 루시는 손에 밴 땀을 청바지에 쓱쓱 문질러 닦고 사다리 가로대를 단단히 잡았다. 꼭대기까지 올라가 보니 밑에서 볼 때보다 훨씬 높게 느껴졌다. 머리가 핑 도는 듯했지만, 가로대를 꽉 쥔 채 해변을 바라보았다.

눈부신 풍경이었다. 적어도 푸른색과 회색, 금색과 은색이 어우러진 이 풍경을 보면 그렇게 느껴야 마땅했다. 태양이 구름 뒤에서 숨바꼭질을 하고 있었다. 그러나 루시는 자신의 눈앞에 텅 빈 벽돌담이 놓인 것처럼 거의 기쁨을 느낄 수 없었다. 시간이 흘러가고 있었다. 똑딱, 똑딱. 그녀에게 주어진 시간이 점점 줄어들고 있었다. 이제 곧 누군가가 답을 알아낼 테고, 그 사람이 그녀 자신일 것 같지는 않았다.

잭은 첫째 날 밤 그들에게 시계섬 게임을 하게 되리라고 말했었다. 그랬으면 좋았을걸. 책에 나오는 아이들은 이야기가 끝날 때쯤 결국 소원을 이루곤 했다. 하지만 지금 생각해 보니 꼭 그렇지만도 않았다. 아이들은 종종 자신들이 원하는 것이 아닌 다른 무언가, 더 나은 무언가를 얻기도 했다. 그들 자신도 원했는지조차 몰랐던 무언가를 말이다. 첫 번째 책인 《시계섬의 저택》에서 아스트리드와 그녀의 동생 맥스는 아버지가 집에 돌아오게 해달라는 소원을 빌었었다. 마지막에 그들이 이룬 소원은 그 소원이 아니었다.

이야기 속에서 아스트리드와 맥스는 아빠와 함께 살 수 있게 되었다. 하지만 그럴 수 있었던 것은 그들이 용기를 내어 친구들과 학교, 바닷가 집을 포기하고 아빠가 계신 지역으로 가고 싶다고 엄마에게 말했기 때문이었다.

물론 마스터마인드는 그들에게 줄 작별 선물을 비밀리에 준비해 두고 있었다. 집이 팔린 후 이삿짐 트럭을 타고 떠나면서 아스트리드는 출발하기 직전 도착한 봉투를 열었다. 봉투 안에는 편지와 열쇠 하나가 들어있었다. 편지에는 그들의 파란 집을 산 사람이 마스터마인드이며, 그 집은 아스트리드가 어른이 되어 다시 돌아올 준비가 될 때까지 그 자리에서 기다리고 있을 것이라고 적혀 있었다.

쓸쓸하지만 희망과 기대로 가득 찬 결말이었다. 아이러니하게도, 아스트리드가 소원을 이루는 데 필요했던 것은 수수께끼를 푸는 재능이 아니라 그녀의 용기와 정직함이었다. 아주 따뜻하고 감동적인 이야기였다. 루시에게는 도움이 될 것 같지 않았지만. 아니, 혹시 도움이 되려나?

아이들은 소원을 이루기 위해 어떻게 했더라?

우선 소원을 빌었다. 그리고 시계섬에 도착했다. 그리고 수수께끼를 풀거나 이상한 게임을 했다. 마지막으로, 자신의 두려움과 맞섰다.

그녀가 두려워하는 게 있던가? 실패하는 것 말고 두려워하는 게 있던가? 침실에 나타난 쥐나 베개 위를 기어다니는 지네 같은 흔한 것들 말고는 떠오르는 게 없었다. 아니면 션을 다시 만난다든가. 그거라면 확실히 침실에 쥐가 들어오는 것보다 끔찍했다.

루시는 바닷바람을 깊이 들이마신 다음 등대 사다리를 내려가기 시작했다. 그리고 다시 길을 찾아 섬을 빙 둘러 걸었다. 소풍 정원을 지나쳐 두 시의 조수 연못에 도착했지만, 밀물이 들어와 있어서 아무것도 볼 수 없었다. 조수 연못을 보려면 썰물일 때 다시 와야 했다. 그래도 끝없는 물살에 깎여 매끄럽게 다듬어진 회색 돌무더기 위에 서서 유리같이 맑은 물속을 빤히 들여다보았다. 물고기나 해조류, 불가사리나 성게 같은 것들을 찾아보려 했지만 아무것도 보이지 않았다. 바다는 비밀을 꽁꽁 감추고 있었다.

비밀. 비밀. 비밀을 품은 물고기. 그게 도대체 무슨 뜻이람?

루시는 해변을 따라 세 시의 퍼핀 바위를 향해 걸으면서 목록을 다시 한번 읽었다.

1. 울부짖는 늑대A crying wolf
2. 잡다하게 모인 문어들An assortment of octopi
3. 겸손한 배우A humble actor
4. 병에 담긴 아홉 다리 거미들A jar of nine- legged spiders
5. 물고기가 품은 비밀A fish with a secret
6. 한 덩이의 고양이A loaf of cat
7. 인형용 아파트A doll condo

8. 선반을 든 엘프A shelf on an elf

9. 한 조각의 파이A slice of Pi

10. 손수레가 놓인 요정 정원A wheelbarrow for a fairy garden

11. 검은색만 있는 체커판A solid-black checkerboard

12. 폭발하는 북소리The bang from a drum

13. 바람을 탄 연The wind under a kite

14. 그림자의 그림자A shadow's shadow

15. 종이접기 살라미An origami salami

16. 켄터키 스타일로 튀긴 닭A Kentuckian Fried Chicken

17. 한 줄기의 어둠A ray of darkness

루시는 소리를 지르고 싶었지만 참았다. 화를 내봤자 실수만 하게 될 터였다. 분명 그녀는 뭔가를 놓치고 있었다. 잭의 수수께끼는 답을 알고 나면 늘 무릎을 '탁' 치게 돼 있었으니까.

잭은 '뒤를 돌아보면 다들 시력이 2.0이 된다'라고 했었다. 그 말에 무슨 의미가 있어야 하지 않을까?

루시는 코트 주머니에서 펜을 꺼내 두 번째 글자만 읽어보았다. '부, 다, 손, 에…' 뒤에서 두 번째 글자만도 읽어보았지만 어떻게 해도 말이 되지 않았다.

잭이 또 무슨 말을 했더라?

'인생은 뒤를 돌아봐야 이해할 수 있지만, 그래도 계속해서 앞으로 나아가야 한다.' 철학자 키르케고르가 한 말이라고 했었다.

뒤를 돌아봐야 이해한다고?

그래서 그녀는 글자들을 거꾸로 읽어보았다. '울부짖는 늑대'는 '대늑 는짖부울'이 되었다.

이렇게도 말이 되지 않았다.

잭은 모든 작가들이 결말을 읽기 전까지는 도입부를 이해할 수 없다는 사실을 안다고도 말했었다.

그래서 루시는 단서를 뒤에서 앞으로 읽어보았다.

'어둠 줄기의 한 닭…'

이 또한 답이 아니라는 사실을 바로 알 수 있었다.

포기하려던 순간, 그녀는 각 단서 마지막 단어의 영어 철자들을 살펴보기로 했다. 펜으로 모든 마지막 글자를 표시했고, 그 순간 무언가 발견했다는 사실을 직감했다.

울부짖는 늑대wolf-F
무작위로 모인 문어들octopi-I
겸손한 배우actor-R
한 병에 담긴 아홉 다리 거미들spiders-S
물고기가 품은 비밀secret-T

F-I-R-S-T

심장이 미친 듯이 뛰면서 머리로 피가 쏠리는 느낌이 들었다. 루시는 모든 마지막 글자를 동그라미로 표시해 가며 답을 찾아냈다.

'FIRST TO FIND ME WINS.'

나를 가장 먼저 찾는 사람이 승리한다.

19

 루시는 온 힘을 다해 달렸다. 그녀는 달리기를 잘하는 편이 아니었다. 늘 걷거나 자전거를 타고 다녔지만, 학교를 졸업한 이후로 뛸 일은 별로 없었다. 5킬로미터 달리기 운동을 그만둔 자신이 원망스러웠다. 전력 질주를 한 지 몇 분이 채 되지 않아 다리와 폐가 비명을 지르는 듯했다.
 하지만 그녀는 멈추지 않았다. 마치 여름 방학이 시작되기 전, 마지막 수업이 끝나는 종이 울린 후 교실을 뛰쳐나가는 아이들처럼 계속해서 달렸다. 잭이 그들에게 목록을 나눠준 지 겨우 두 시간이 지났을 뿐이었다. 답을 찾아낸 사람은 분명 아무도 없을 것이다. 하지만 그녀는 위험을 감수하고 싶지 않았다. 그녀에게는 이 게임에서 얻을 수 있는 2점이 꼭 필요했다.
 하지만 이미 속도가 느려지고 있었고, 저택까지 반도 오기 전에 숨을 고르기 위해 걸음을 멈춰야 했다. 허리를 숙인 채 가쁜

숨을 내쉬며, 등산화를 준 휴고에게 속없이 고마운 마음이 들었다. 다 떨어져 가는 컨버스 운동화를 신고 있었다면 절대 이렇게 달릴 수 없었을 터였다. 루시는 숨을 들이마시며 폐가 타들어 가는 듯한 고통을 느꼈다. 저 멀리 저택이 보였다.

또 다른 무언가가 보였다. 다섯 시 해변에 누군가가 있었다.

안드레였다. 야구 모자를 쓰고 밝은 파랑색 바람막이를 입은 것을 보니 해변에 있는 사람은 틀림없이 안드레였다.

그리고 그는 달리고 있었다.

저택을 향해.

루시도 있는 힘을 다해 달렸다. 새 신발의 밑창이 섬을 빙 두르는 산책로의 나무 바닥에 닿으며 둔탁하면서도 경쾌한 소리를 냈다.

안드레는 그녀보다 키가 크고, 덩치도 좋고, 빠르지만 그녀가 저택과 더 가까이에 있었다. 게다가 그는 해변에서 위로 올라오고 있었고, 그녀는 해변 쪽으로 내려가고 있었다. 저택까지 불과 5백 미터, 4백 미터… 심장이 터질 것만 같았다. 3백 미터 정도 남았을 때는 구역질이 날 지경이었다. 2백 미터쯤 남았을 때, 덜컹거리는 나무판자를 밟고 미끄러질 뻔했지만, 완전히 넘어지기 전에 간신히 중심을 잡을 수 있었다. 이렇게 허비한 2초 때문에 승리를 뺏기게 될까? 그녀는 일단 계속 달렸다. 안드레가 저택에 가까워졌지만 그녀도 마찬가지였다. 루시는 아드레날린이 폭발하는 것을 느끼며 자갈길을 달려 올라가 현관문을 박차고 들어갔다. 안드레는 바로 몇 걸음 뒤에서 그녀를 쫓고 있었다. 이제 잭을 찾아야 했다. 루시는 서재에 있을 가능성이 가장 높다고 생각했다. 하지만 안드레는 잭의 사무실로 가려는지 계단을 오르기 시작했다.

사무실 창문 너머로 잭을 본 것일까? 달리기는 더 빨랐지만, 방을 잘못 선택하는 바람에 지고 마는 건 아닐까?

루시는 거실로 뛰어 들어갔다. 잭이 커피잔을 든 채 벽난로 앞에 서 있었다. 멜라니도 커피잔을 손에 쥔 채 그와 함께 서 있었다. 그녀는 미소를 짓고 있었다.

루시는 잭을 바라보다가 멜라니에게로 시선을 옮겼다.

그리고 소파에 털썩 주저앉았다. 1초 뒤 안드레가 들어와 눈앞에 펼쳐진 광경을 멍하니 바라보았다. 그는 잭과, 입이 귀에 걸린 채 웃고 있는 멜라니와, 패배자처럼 소파에 앉아 있는 루시를 번갈아 보았다.

"젠장." 그는 욕을 하며 발로 문을 쾅 닫았다. 그 소리에 루시는 깜짝 놀랐다. 멜라니는 여전히 미소를 짓고 있었다.

"미안하게 됐어요, 여러분." 멜라니가 어깨를 으쓱하며 말했다. "2등 한 사람은 점수가 없다고 작가님이 말씀하셨었죠."

"집에나 가는 게 낫겠군요." 안드레가 말했다. 그는 소파에 주저앉으며 어깨를 축 늘어뜨리고, 패배한 듯한 표정을 지었다. "여자들이 남자들보다 똑똑하다던 아내 말이 맞았어요."

그가 여전히 농담할 여유가 있는 것 같아 다행이었다. 루시는 울고 싶었지만 참았다.

"아, 포기하지 말아요, 안드레 군." 잭이 안드레의 등을 두드리며 말했다. "마지막 게임이 5점짜리니까요. 아직 기회가 있어요."

"그 게임에서 이길 가능성이 얼마나 되겠습니까?" 안드레는 소파에 기대며 한쪽 눈썹을 치켜올렸다.

"아주 낮긴 하지요." 잭이 인정했다. "하지만 이 둘에게도 마찬가지로 낫답니다." 그는 엄지손가락으로 루시와 멜라니를 가리키며 윙크했다. 안드레가 웃었다. 방 안의 긴장감이 한층 누그러졌다.

안드레는 비웃듯 말했다. "기분 나쁘게 듣지 마세요, 작가님. 내가 열한 살 때였으면 이게 재밌었을지도 모르지만, 지금은 그저 스트레스 그 이상도 이하도 아니네요."

잭은 놀라거나 기분 나빠하는 기색 없이 말했다. "나는 그저 여러분이 그 당시 원했던 걸 주고 있을 뿐이랍니다. 소원을 빌고, 게임을 하고, 보상을 받는 것 말이지요."

루시가 원했던 건 그게 아니었다. 그녀는 시계섬 시리즈를 사랑했고, 친구들이 호그와트나 나니아에 가는 꿈을 꾸듯 시계섬 시리즈 속 주인공이 되는 꿈을 꾸기도 했었다. 하지만 그녀가 정말로 원했던 것은 잭이 편지에서 농담처럼 제안했듯, 그의 조수가 되는 것이었다. 그녀는 이곳에서 그와 함께 살며 그를 돕고, 그의 딸이 되어 그를 아버지처럼 따르고 싶었다. 시계섬 시리즈를 사랑했지만, 그녀가 원했던 것은 환상이 아니라 현실이었다.

"그래서 다음 게임은 뭡니까?" 안드레가 잭에게 물었다.

"저녁 식사 후에 알게 될 겁니다. 하지만 그때까지는 즐기도록 하세요. 여기는 시계섬이지 강제수용소가 아니니까요."

그날 저녁, 그들은 시계섬 모노폴리 게임을 했다. 쉽게 말해, 시계섬을 배경으로 한 모노폴리 게임이었다. 변호사인 안드레가 손쉽게 승리를 차지했고, 멜라니가 2등을 차지했다. 루시는 점수를 얻지 못했다. 그녀는 모노폴리를 해 본 적이 없었고, 너무나 중요한 게임이라는 압박감 때문에 게임을 즐길 수도 없었다. 모노폴리 게임에서처럼 감옥에 가는 대신, 그들은 '시계탑'으로 보내지거나 '두 시간'을 얻지 못하는 벌칙을 받았다. 시계섬 모노폴리에서는 '시간'이 화계 단위였다. 게임 박스에는 '시간이 곧 돈이다'라고 적혀 있었다.

두 번째 밤이 끝났을 때, 점수는 다음과 같았다.

루시: 2점

멜라니: 3점

안드레: 2점

셋째 날, 수요일에는 게임이 더 많이 준비되어 있었다. 시계섬에 관한 퀴즈 게임에서는 루시가 쉽게 승리를 차지했고 멜라니는 2등을 했다. 그 다음에는 정원에서 '무궁화 꽃이 피었습니다' 게임을 변형한 '마스터마인드 꽃이 피었습니다'라는 게임을 했다. 마지막으로 저녁 식사 후에는 시계섬 시리즈를 주제로 '몸으로 말해요' 게임을 했다. 서재 뒤편에 앉아 그들을 구경하며 애써 웃음을 참고 있는 휴고 때문에 책 속 장면들을 연기하기가 굉장히 민망했다.

루시는 이틀 동안 묘한 변화가 일어나고 있다는 생각이 들었다. 그들은 이제 게임을 왜 하고 있는지는 잊은 것 같았다. 특히 '몸으로 말해요' 게임에서 호박 소년들과 그들의 유령 군대와 싸우는 10월의 군주를 연기하는 안드레를 보며 특히 그런 생각이 들었다. 유령 군대를 어떻게 흉내 낼 수 있을까? 놀랍게도 안드레는 방법을 찾아냈다. 그리고 루시는 시계섬의 악명 높은 도둑인 '빌리 디 아더 키드'에게 납치된 동생을 찾기 위해 등대 벽을 기어오르는 아스트리드를 연기해야 했다.

그야말로 난장판이었지만 엄청나게 재미있었다. 하지만 루시는 한 점 차이로 뒤지고 있었다. 이 대회에 무엇이 걸려 있는지 결코 잊어서는 안 됐다.

셋째 날이 끝날 무렵, 점수 차는 아슬아슬하게 좁혀져 있었다.

루시: 5점

멜라니: 6점

안드레: 5점

셋째 날 저녁 8시까지 게임을 하고 난 뒤 잭은 모두에게 생크림이 듬뿍 올라간 핫초코를 건넸다. 그들은 활활 타고 있는 서재 벽난로 앞에 앉아 핫초코를 홀짝였다.

"그래요, 작가님. 하나도 재미가 없다고 했던 건 사과드려야겠군요."

"서두르지 말아요. 내일은 전혀 재미없을 테니까."

멜라니와 안드레는 서로를 바라보았다. 루시는 어깨 너머로 휴고를 힐끗 보았고 휴고는 그녀에게 윙크를 보냈다. 그 윙크에 루시의 체온이 조금 올라간 것 같았다.

"내일은 뭘 할 예정입니까?" 안드레가 물었다.

"뭘 할지 모르나요?" 잭이 말하며 멜라니, 안드레, 루시를 차례로 가리켰다.

"전 알아요." 루시가 잭을 마주 보며 말했다. "알 것 같아요."

"뭔데요?" 멜라니가 앞으로 몸을 기울이며 말했다. 그녀는 긴장한 듯 보였다. 그들 모두가 그랬다.

"우리가 책 속에 있다고 하셨죠?" 루시가 잭에게 물었다. "시계섬 시리즈에 나오는 아이들처럼 놀게 될 거라고 하셨잖아요."

"그랬지요." 잭이 말했다.

"책에서는 먼저 아이들이 섬에 도착하고, 수수께끼를 풀고 게임을 하죠. 이제껏 우리가 해왔던 것처럼요. 그리고 그 다음에는—"

"자신의 두려움과 맞서게 되는군요." 안드레가 말했다. "마스터마인드가 늘 아이들에게 하는 말이잖아요. '이제 두려움과 맞설 시간이다, 얘들아.'"

"아주 잘했어요." 잭이 고개를 끄덕이며 말했다.

안드레가 말했다. "마스터마인드가 그렇게 말할 때마다 늘 긴장했었습니다. 그 말은 시계섬에서 곧 진짜 사건이 벌어질 거라는 뜻이었거든요. 저는 《시계섬과 유령 기계》를 읽고 몇 달 동안 악몽에 시달렸어요. 주인공 소년이 자신과 똑같이 생긴 유령에게 쫓기는 장면 때문에요. 완전 끔찍했어요."

"내 편집자는 그 장면을 빼자고 설득했었지요." 잭이 말했다.

"왜요?" 멜라니가 물었다.

"아이들이 몇 달 동안 악몽을 꾸게 될 거라더군요. 난 그럴 리 없다고 했는데…, 이제라도 편집자에게 사과를 해야겠군요." 그가 턱을 톡톡 두드리며 말했다.

"우리를 두려움과 맞서게 하실 생각입니까?" 안드레가 물었다. 이제 더 이상 아무것도 두려울 게 없는 나이라고 말하는 듯한 냉소적인 어투였다.

"아, 그게 가장 중요한 도전이니까요." 잭이 벽난로 선반에 머그컵을 내려놓으며 말했다. "두려움에 맞서기 전까지는 절대 두려움을 이길 수 없는 법입니다. 맞서지 않으면, 두려움이 여러분을 이기고 있는 거지요."

"우린 이제 나이를 먹을 만큼 먹었습니다." 안드레가 말했다. "이제는 거미나 뱀, 유령 따위는 무섭지 않아요. 제가 가장 두려운 건 아버지에게 맞는 신장을 찾지 못해 아버지가 돌아가시는 겁니다. 그게 제 가장 큰 두려움이에요. 그리고 그 생각이 머릿속에서 떠나질 않아요. 그런 두려움에 맞설 방법이 어디 있겠습니까?"

말이 되는 질문이었다. 잭은 어른이 된 그들이 어떤 두려움과 맞서도록 만들까? 그들은 이제 열 살짜리 아이들이 아니었다. 더 이상 어둠을 무서워하거나, 고급 화병을 깨뜨려 놓고 무서워서 부모께 사실대로 말하지 못하거나, 혹은 친구에게 미안하다고 사과하는 게 두려운 나이가 아니었다. 어른의 삶이란 매일 아침 두려움을 마주하며 눈을 뜨는 것이었다. 그런 어른들을 어떤 두려움과 맞서게 할 수 있을까?

"저는 제 서점을 잃는 게 제일 두려워요." 멜라니가 말했다. "작은 마을에서 어린이 서점을 운영해 본 적 없으시죠? 식료품점 하나 유지하기도 버거운 동네에서요. 우린 이미 매일 두려움과 마주하고 있는데, 어떤 두려움과 어떻게 맞서게 하실 건가요?"

잭은 묘한 미소를 지으며 답했다. "알게 될 겁니다."

루시는 몸을 떨었다. 그는 진심이었다. 그들이 두려움에 맞서게 할 방법을 찾을 수 있는 사람이 있다면 그것은 바로 마스터마인드였다.

"미리 경고하는데," 잭이 말했다. "두려움에 맞선다고 해서 점수를 얻는 건 아니에요. 하지만 맞서지 않으면 마지막 게임에 참가할 자격이 없답니다."

루시는 깊이 숨을 들이마셨다. 잭은 이런 날이 오리라 경고했지만, 그동안은 와닿지 않았었다. 그래도 그녀는 뭐든 할 생각이었다. 그게 무엇이든, 뱀과 뽀뽀를 하든, 바다 위에서 외줄타기를 하든, 대회에서 이길 수만 있다면 뭐든 할 수 있을 것 같았다.

소원 게임 269

"자," 잭이 말했다. "더 중요한 소식이 있는데, 기상청에서 오늘 밤 폭풍 경보를 발령했답니다. 강풍과 폭우가 예상된다고 하더군요. 만약 통통배로 노를 저어 섬을 나갈 생각이었다면, 일정을 다시 잡아야 할 겁니다. 다들 편안한 밤 보내길 바랍니다. 좋은 꿈들 꾸시고." 잭이 자리를 뜨려 하자, 안드레가 질문을 던져 그를 붙잡았다.

"작가님도 두려움에 맞서 보셨나요?" 안드레가 물었다. 그의 목소리는 정중했지만, 루시는 그의 말투에 반항이 담겨 있다는 사실을 눈치챘다. 만약 잭이 자신의 두려움과 맞서 본 적이 없다면, 그들에게만 두려움에 맞서라고 하는 건 불공평할 테니까.

잭은 잠시 말이 없었다. 하지만 집안은 고요하지 않았다. 바람이 점점 거세게 불기 시작했기 때문이었다. 나뭇가지가 창문을 두드리고 바람이 지붕을 세차게 때렸다. 벽난로의 불길은 갑작스러운 돌풍에 춤을 추듯 일렁였다.

"여러분께 수수께끼를 하나 내야겠군요." 잭이 말했다. "섬에 사는 두 남자가—"

"이런, 제발요." 휴고가 신음하며 말했다.

방 안은 다시 바람 소리와 타닥거리는 불길 소리만 들릴 뿐 고요했다.

잭은 다시 말을 이었다.

섬에 사는 두 남자가 있었다.
아내와 딸을 잃은 두 남자는 모두 바다를 탓했다.
하지만 둘은 결혼한 적이 없고, 아버지도 아니다.
여자들과 바다의 비밀은 무엇일까?

마지막으로 방 안을 둘러본 잭은 말했다. "이 수수께끼를 푼다고 해서 점수를 얻지는 못할 겁니다. 하지만 만약 푼다면, 다른 종류의 상을 얻게 될지도 모르지요."

그 말과 함께 잭은 그들을 뒤로한 채 거실을 떠났다.

모두가 서로를 바라보았지만, 루시는 휴고를 바라보았다.

휴고는 그녀와 시선을 마주쳤다. "미안하지만, 나한테 묻지 마요. 당신이 맞추면 알려줄게요. 이건 나 혼자만의 이야기가 아니라서."

"답을 안다는 겁니까?" 안드레가 그에게 물었다.

"당연히요. 내가 그 섬에 사는 남자 중 하나니까요. 불행히도 말입니다."

"뭐 생각나는 거 있습니까?" 안드레가 멜라니를 보며 말했다.

"전혀 모르겠네요. 아버지가 아닌데 어떻게 딸이 죽을 수가 있죠?"

안드레가 루시에게 물었다. "루시는 어때요?"

루시는 휴고의 눈을 보며 말했다. "모르겠어요.".

하지만 거짓말이었다.

그녀는 수수께끼의 답을 알 것 같았다.

4부
아이야, 두려움과 맞서거라

"아스트리드? 맥스? 어디 있니? 아스트리드!"

아스트리드는 엄마의 목소리를 알아챘다. 조금 낯설게 들리기는 했지만 어디서든 알아챌 수 있는 목소리였다. 아스트리드는 자신이 겁에 질린 엄마의 목소리는 처음 듣는다는 사실을 깨달았다. 아스트리드와 맥스가 한밤중에 사라졌으니 엄마가 겁에 질려 있는 건 당연했다. 그들이 시계섬에 있다는 사실을 엄마가 어떻게 아셨을까?

"이제 어쩌죠?" 아스트리드가 마스터마인드에게 물었다. 그는 커다란 갑옷 옆에 드리운 그림자 속에 서 있었고, 그 그림자가 마치 갑옷처럼 그를 감싸고 있는 것처럼 보였다. 아스트리드는 밤새도록 시계섬에 있었지만, 아직 그의 얼굴을 본 적이 없었다. 어쩌면 앞으로도 볼 수 없을 것 같았다.

"만약 네가 엄마라면, 자식들이 어떻게 하길 바라겠느냐?" 마스터마인드의 목소리는 지금까지 들어본 것 중 가장 부드럽고 온화한 목소리였다.

아스트리드가 답을 하기 전에 맥스가 끼어들었다.

"우리를 찾고 싶어 하시는 거예요." 맥스가 말했다. "우리가 어디 있는지 알려드려야 할 것 같아요."

맥스는 그림자를 향해 시선을 돌렸지만, 그림자는 아무 말도 하지 않았다.

"안 돼. 엄청 혼날 거야." 아스트리드는 쉰 목소리로 맥스에게 속삭였다.

"여기 영원히 숨어 있을 수는 없어." 맥스가 아스트리드의 눈을 마주 보며 말했다. "그렇지?"

"맥스? 아스트리드? 어디 있니?" 그들은 해변에 서 있는 어머니를 볼 수 있었다. 비바람에 엄마의 머리카락과 코트 자락이 거세게 휘날리고 있었다. 엄마는 추위에 떨며 두려움에 사로잡힌 듯했다. "아스트리드!"

두려워하는 엄마의 목소리를 듣기가 고통스러웠다. 그런 엄마를 보고 있자니 마음이 아팠다.

"무서워요." 아스트리드가 말했다.

"혼날까 봐서?" 마스터마인드가 물었다.

"왜 집을 나갔냐고 엄마가 물어볼까 봐서요." 아스트리드가 말했다. "그럼 엄마한테 사실대로 얘기해야 하니까요."

"뭘 얘기해야 하지?" 마스터마인드는 답을 하는 사람도 깨닫지 못한 답을 이미 안다는 듯 질문을 던지는 재주가 있었다.

"이사를 가게 되더라도 아빠와 같이 살고 싶다고 말해야 해요." 맥스가 말했다. "엄마랑 아빠가 우린 여기 남고 아빠만 이사를 가기로 결정한 건, 우리가 학교를 옮기지 않게 하기 위해서였어요. 하지만 우리가 엄마에게 아빠랑 같이 있고 싶은 마음이 여기 남고 싶은 마음보다 더 크다고 말하면…"

"그러면 이사를 가게 될 거예요." 아스트리드가 말했다. 그것은 아스트리드가 가장 두려워하던 일이었다. 모든 것을 뒤로 하고 이곳을 떠나 새롭게 시작하는 것. 새로운 동네에서 새로운 친구들과 함께, 혹은 친구 하나 없이 새로운 삶을 시작하기가 그녀는 너무 두려웠다. 그것보다 더 무서운 일이 있을까?

그 순간, 아스트리드는 지금 집에 계속 살면서 아빠와 함께 살 수 없게 되는 것이 새로운 삶을 시작하는 것보다 더 무섭다는 사실을 깨달았다.

아스트리드는 맥스의 손을 꼭 잡고 말했다. "가자."

그들은 마스터마인드에게 작별 인사조차 하지 않고 나란히 현관문을 박차고 뛰쳐나갔다.

"엄마!" 아스트리드가 외쳤다. "엄마, 우리 여기 있어요!"

잭 마스터슨, 《시계섬의 저택》에서 발췌
시계섬 시리즈 제1권 (1990년 출간)

20

휴고는 잭을 따라 거실을 나갔다. 루시가 그를 찾으러 갔을 때 그는 이미 사라지고 없었다. 아마도 손님용 별채로 돌아간 듯했다. 그날 아침, 손님용 별채가 어디 있는지 그가 알려주기는 했지만 거기까지 그를 쫓아갈 만한 명분이 딱히 없었다. 가서 무슨 말을 할 수 있을까? 신발 고마워요. 그런데 내가 수수께끼를 푼 것 같아요. 만약 내 추측이 맞다면, 당신 아내는 다른 남자 때문에 당신을 떠났겠네요. 그 얘길 해줘요.

별로 상황에 도움이 될 것 같지 않은 대화였다.

그래서 루시는 멜라니, 안드레와 함께 서재에 앉아 있었다.

무언가가 바람에 날아와 저택을 쿵 하고 때렸다. 세 사람은 모두 갑작스러운 소음에 놀라 몸을 움찔했다. 폭풍이 오고 있다는 잭의 말은 농담이 아니었다.

"메인은 정말 이상하군요." 안드레가 말했다. 그의 짙은 눈동자는 창문 너머 저 먼 곳에서 소용돌이치는 바다에 고정되어 있었다. "허리케인이 오는 것 같은데요."

"그냥 좀 심한 폭풍이에요." 폭풍이 노리스터(미국 동북부 해안 지역에서 발생하는 강력한 폭풍. 겨울철에 자주 발생한다-옮긴이)로 변하지 않기를 바라며, 루시가 말했다.

"나는 폭풍이 싫어요." 멜라니가 말했다. 그녀는 창문을 힐끗 바라본 후 몸을 떨며 고개를 저었다. 그러고는 비웃음이 섞인 듯한 웃음을 지었다. "내가 폭풍이라는 두려움과 맞서게 하려고 작가님이 일부러 준비한 날씨인지 궁금하네요."

안드레가 그녀를 바라보았다. "서점을 잃는 게 유일한 두려움이라더니요?"

"사실, 서점 문을 닫게 돼서 전남편 말이 맞았다는 걸 증명하게 될까 봐 두려운 거예요. 이혼할 때 내가 절대 서점을 제대로 운영하지 못할 거라고 그랬거든요. 내가 뭘 하고 있는지도 모른다는 그의 말이 맞았을지도 모른다는 생각이 드는 게 몸서리치게 싫어요."

멜라니의 솔직한 고백에 루시의 마음이 아렸다. "우리가 처음 만났을 때 나는 당신이 완벽한 삶을 살고 있을 줄 알았어요. 모든 걸 다 갖춘 사람처럼 보였거든요." 루시가 말했다.

"옷차림 말고는 제대로 갖춘 게 아무것도 없는걸요." 멜라니가 말했다.

"사실," 안드레가 일어나 사그라들고 있는 벽난로 앞에 섰다. "내가 가장 두려워하는 건 아들한테 진실을 말하는 겁니다. 할아버지가 아프시다는 건 알고 있지만, 신장 이식을 빨리 받지 못하면 영영 회복할 수 없다는 말은 하지 않았거든요. 둘이 워낙 가까운 사이라…"

"당신 신장은 맞지 않나요?" 멜라니가 물었다.

안드레는 고개를 저었다. "아버지는 희귀 혈액형 보유자세요. 정말 악몽 같은 나날들을 지나왔죠."

"아들에게 말하고 싶지 않은 이유가, 아직 당신도 현실을 받아들이고 싶지 않아서일 수도 있어요." 멜라니가 말했다.

안드레는 고개를 끄덕일 뿐 아무 말도 하지 않았다.

"아버지 일은 정말 유감이에요." 루시가 말했다. "하지만 아들과 그렇게 좋은 관계를 맺고 있다니, 솔직히 저는 부럽네요. 부모님과 그런 관계가 될 수 있다면 난 뭐든 했을 거예요."

"서로가 있다는 게 얼마나 운이 좋은 건지 자꾸 잊어버려요." 그가 말했다. "상기시켜 줘서 고맙군요." 그는 미소를 지었다. "아, 어릴 때 무서워하던 것들이 그립네요. 아버지께서 손주가 커가는 모습도 보지 못하고 돌아가실까 봐 걱정하는 대신 유령이나 옷장 속 괴물 따위를 무서워하게 될 수 있다면 뭐든 할 텐데."

"거미도요." 멜라니가 말했다. "그리고 쥐도. 하긴, 진짜 쥐보다 쥐새끼 같았던 내 전남편이 훨씬 더 무섭더군요."

"자, 이제 루시 당신 차례예요." 안드레가 말했다. "우린 다 털어놨어요. 당신이 진짜 두려워하는 건 뭡니까?"

"하나만 있는 건 아닌 것 같아요." 루시는 멍하니 머그 컵 바닥에 남은 핫초코 찌꺼기를 빙빙 돌리며 말했다. "그러니까, 이 중에서 하나 골라야 해요. 전 남자 친구와 마주치는 것. 또는 내 삶이 그동안 얼마나 별 볼일 없었는지 그가 알게 되는 것. 그리고 부모님과 언니가 날 사랑하지 않은 이유가 사실 나한테 사랑받을 만한 구석이 없어서였다는 사실이 밝혀지는 것. 그래요, 나도 이 말이 얼마나 한심하게 들리는지 알아요. 하지만 아무리 나이가 들어도, 아무리 내 자신에게 그건 그들 잘못이지 내 잘못이 아니라고 수없이 말해도, 그게 정말 나 때문이 아니었다고 완전히 납득할 수는 없더라고요."

안드레가 몸을 앞으로 숙이며 루시의 눈을 마주쳤다. "당신 잘못이 아니에요." 그가 말했다. "내 아들을 위해서라면 산도 옮길 수 있는 아버지의 입장에서 말하는 겁니다. 당신 잘못이 아니에요. 자식이 스스로 쓸모없다고 느끼게 만드는 부모는 뭔가가 잘못된 거예요." 그는 멜라니를 가리켰다. "그리고 멜라니, 모든 사업은 힘든 시기를 지나게 되어 있어요. 애플도 90년대에 파산 직전까지 갔었어요. 나 꽤나 똑똑해요. 아무나 하버드 로스쿨에 들여보내 주지는 않거든요. 그런데도 지난 게임에서 당신한테 완패 당했죠."

멜라니는 활짝 웃으며 말했다. "고마워요." 그러더니 역겨워 못 견디겠는 표정을 과장되게 지어 보였다. "젠장, 난 이제 내가 이 대회에서 이기고 싶은 만큼 우리 모두가 같이 이겼으면 좋겠어요."

"작가님은 정말 교활하네요." 안드레가 말했다. "아마 이것도 다 계획일 겁니다."

"충분히 그럴 수 있죠." 멜라니가 말했다.

"의심할 여지가 없네요. 다들 아침에 봅시다." 안드레는 일어서서 문 쪽으로 걸어갔다. 그러다 돌아서서 그들을 바라보았다. "내가 이겼으면 좋겠지만, 만약 두 사람 중 누군가 우승한다고 해도 기쁠 겁니다. 두 사람 모두 어떻게든 소원을 이루길 바라요. 우리 모두가 그랬으면 좋겠군요."

멜라니는 그를 향해 미소 지었고, 안드레는 떠났다.

"돈이 있으면 하고 싶은 게 뭐예요?" 멜라니가 안락의자에서 일어서며 루시에게 물었다.

루시는 잠시 망설였다. 자신의 사연을 구구절절 늘어놓고 싶지는 않았지만, 크리스토퍼에 관해서는 몇 번을 이야기해도 질리지 않았다.

"내가 위탁모가 되어 맡고 싶은 아이가 있어요. 사실 입양을 하고 싶은데, 그러려면 먼저 위탁모가 되어야 하죠. 그런데 지금 나는 위탁 부모 자격 요건을 충족할 수 없어요. 아이와 저는… 우린 가족이 되고 싶지만, 아마 그렇게 안 될 것 같아요."

"당신이 우승해서 책을 팔지 못한다면 말이죠."

"맞아요. 내가 우승하지 않는 한 불가능하죠."

멜라니가 미소를 띤 채 말했다. "정말 의미 있는 소원이네요."

루시는 침실 창문을 통해 점점 거세지는 폭풍을 바라보았다. 메인의 변화무쌍한 봄 하늘을 그녀는 무척이나 그리워했었다. 가끔 무섭기도 했지만, 보이지 않는 결승선을 향해 질주하는 듯한 구름과 금방이라도 바다 괴물이 솟구쳐 오를 것처럼 소용돌이치는 바다가 아름답다고 그녀는 생각했다. 그녀는 크리스토퍼가 이곳에 함께 있다고, 얼굴을 유리창에 바짝 붙인 채 그녀 앞에 서 있다고 상상했다. 폭풍이 지나가면 둘은 함께 해변으로 달려 나가 떠내려온 나무 조각을 찾고, 모래사장에 고립된 불가사리를 주워 다시 바다로 던져 줄 것이다.

침대 옆 탁자 위에서 그녀의 휴대폰이 진동했다. 루시는 전화기를 집어 들고 테레사에게서 온 긴 메시지를 확인했다.

'어떻게 설명해야 할지 모르겠지만, 크리스토퍼가 방금 우리 교실에 들렀었어요. 새로운 위탁가정으로 가게 됐대요. 새 위탁 부모는 프레스턴에 사는 나이 든 부부라네요. 학기 마지막 주인 이번 주까지 이 학교에 다닐 수 있도록 허락해 줬대요. 지금 회의 중이라 곧 전화할게요. 당연히 크리스토퍼는 많이 겁먹었고, 불안에 떨고 있어요. 그런데 내년부터 다른 학교에 다니게 되리라는 건 모르는 것 같아요. 정말 안타깝게 됐어요.'

루시는 문장들의 의미가 완전히 가슴에 와닿을 때까지 메시지를 여러 번 읽었다. 너무 충격적인 소식이어서 눈물조차 나지 않았다. 첫 반응은 부정이었다. 뭔가가 잘못된 게 분명하다고 생각했다. 프레스턴은 레드우드에서 거의 30킬로미터 떨어져 있었다. 같은 행정 구역 안에 있기는 하지만…

이론적으로 위탁가정 아이들은 언제든지 다른 가정으로 옮겨질 수 있었다. 아이들이 얼마나 상처를 받든, 학업을 따라가기가 어렵든 말든, 갑작스럽게 짐을 싸서 전학을 가야 하는 상황이 생길 수도 있다는 사실을 루시는 알고 있었다.

물론 알고는 있었지만, 크리스토퍼에게 그런 일이 생길 거라고는 생각하지 못했다. 그가 다른 위탁가정에 가더라도, 다른 동네나 다른 학교로 가게 되리라고는 상상도 해 본 적 없었다.

그녀는 꿀 수 있는 가장 나쁜 꿈을 꾸는 기분이었다.

루시는 숨을 삼키듯 깊게 들이마셨다. 그리고 방 안 어딘가 답이 있을 것처럼 미친 듯이 두리번거려 보았다. 하지만 도움이 될 만한 것은 아무것도 없었다. 침대, 서랍장, 화장대, 벽난로 위에 걸린 휴고의 상어 그림이나 벽난로 선반 위 시계 모양 북엔드 사이에 세워진 책 몇 권이 그녀에게 도움을 줄 수 있을 것 같지는 않았다.

루시는 그 책들을 알아보았다. 《시계섬의 저택》, 《시계섬에 드리운 그림자》, 《시계섬에서 온 편지》, 《시계섬의 유령》까지, 첫 출판 당시의 표지를 그대로 가지고 있는 시계섬 시리즈의 첫 네 권이었다.

루시는 웃다가 이내 신음을 뱉었다. 고개를 저으며 뺨에 흐르는 눈물을 손으로 닦았다.

대단하시군요, 작가님. 그녀는 생각했다. 그를 인정할 수밖에 없었다. 그는 정말 그녀를 철저히 겁에 질리게 하는 방법을 찾아냈다. 두려움에 맞서라더니, 그녀가 가장 공포에 떨 만한 무언가를 그는 찾아낸 것이다.

루시는 일어서서 문으로 향했고, 복도를 지나 저택 반대편 끝에 있는 잭이 글공장이라 부르는 공간으로 성큼성큼 걸어갔다.

루시는 한 번 크게 문을 두드렸다.

"들어오게." 안쪽에서 잭의 목소리가 들렸다. 루시는 문을 열고 방 안으로 들어가 등 뒤에서 쾅 소리가 나도록 문을 닫았다. 잭은 편지처럼 보이는 종이 더미가 잔뜩 쌓인 책상에 앉아 있었다.

"루시군요." 그가 진심 어린 미소를 지으며 말했다. 그는 참가자들을 바라볼 때면 늘 그렇게 행복한 표정이었다. 물론 꾸며낸 표정일 테지만.

"대단하시네요, 작가님." 루시가 말했다. "어떻게 하신 거죠?"

잭의 고개가 약간 옆으로 기울어졌다. "뭘 말입니까?"

"테레사 선생님이 저한테 문자 메시지를 보낸 것처럼 꾸미셨잖아요? 혼자 그런 짓을 벌일 분이 아니니, 작가님이 꾸며낸 일이겠죠. 테레사 선생님의 연락처를 작가님 걸로 바꿔놓으셨잖아요. 두려움에 맞서게 하려고 그런 거 아닌가요?" 그녀가 물었다. "이게 내 두려움이잖아요? 휴고에게 크리스토퍼 얘기를 한 적이 있으니, 그 사람이 작가님께 얘기를 해줬겠죠."

"그래요, 나는 크리스토퍼에 관해 알고 있답니다. 하지만 무슨 일이 있었던 건가요?"

"아시잖아요. 작가님이나 변호사들 중 한 명이 메시지를 보냈잖아요. 크리스토퍼가 30킬로미터 떨어진 동네의 새로운 위탁가정으로 옮겨지게 됐다고."

그는 숨을 내쉬며 몸을 앞으로 숙였다. "오, 루시." 그는 고개를 저었다. "내가 성가신 게임들을 고안해 내긴 했어도 여러분을 고문할 생각은 없답니다. 절대로요, 절대."

그녀는 그의 말을 믿고 싶지 않았지만 믿을 수밖에 없었다. 그의 표정과 눈을 바라보았다. 그 지혜롭게 주름진 얼굴, 다정하면서 피곤에 지친 듯한 눈을 보니 그가 메시지를 조작했다고 잠시라도 믿었던 자신이 미쳤었다는 생각이 들었다.

"집에 가야겠어요." 그녀가 말했다.

"뭐라고요? 지금? 오늘 밤에? 폭풍이 치고 있는데요."

"상관없어요. 당장 공항으로 가서 첫 비행기를 타야 해요. 크리스토퍼는 학기가 끝나고 바로 다음 날 이사를 가요. 금요일이 학기 마지막 날이에요. 이번 주 금요일이요, 작가님. 토요일이면 벌써 아이는 떠나고 없을 테고, 지금 당장 집에 가지 않으면 아이가 이사하기 전에 함께 시간을 보낼 수 없어요. 그가 다른 위탁가정으로 갈 때 함께 있어 줘야 해요. 그렇지 않으면… 아이가 힘들어할 거예요. 공포에 질릴 거라고요. 크리스토퍼는—"

크리스토퍼는 루시를 찾으며 울 것이다. 매달릴 수 있는 누구에게든 매달려 그녀를 보기 전까지는 떠나지 않겠다고 할 것이다.

아이가 떠날 때 그녀가 반드시 함께 있어 줘야 했다. 그에게 괜찮을 거라고, 가능한 한 자주 보러 가겠다고, 무섭겠지만 그는 혼자가 아니라고 말해줘야 했다. 물론 지킬 수 없는 약속이었다. 하지만 어쨌든 지금 당장은 크리스토퍼에게 가야 했다.

"루시, 나한테 전세기가 있었다면 지금 당장 루시를 태워 집에 데려다줬을 테지만, 이런 날씨에 이륙하려는 파일럿은 세상에 없을 겁니다."

그 말이 끝나기가 무섭게 무언가가 저택 옆면을 때렸다. 아마도 부러진 나뭇가지인 것 같았다. 하지만 루시는 신경 쓰지 않았다.

"좋아요, 그럼." 루시는 말했다. "해안까지 헤엄이라도 쳐야죠. 그리고 차를 빌릴 거예요."

그녀는 방을 나가기 위해 돌아섰고, 잭이 그녀의 이름을 부르자 도움을 청하는 간절한 눈빛으로 뒤돌아보았다.

"제발 이러지 맙시다. 우리가 도울 수 있어요. 약속합니다. 하지만 일단 진정해야 해요."

"진정이요?" 그녀는 고개를 저으며 쓸쓸하게 웃었다. "어릴 때도 작가님은 내가 크면 괜찮아질 거라고 약속하셨잖아요. 하지만 난 괜찮지 않아요. 우릴 여기로 불러서 게임을 시키는 이유가 뭐죠? 우리가 작가님 이야기 속 아이들처럼 시키는 대로 뭐든 할 거라고 생각한 건가요? 시계섬도 가짜잖아요. 병 속에 든 폭풍 따위는 없고, 기찻길은 어디로도 이어지지 않죠. 아무 데로도요. 하지만 크리스토퍼는 진짜라고요. 그 아이는 어떤 책이나 게임보다도 백만 배는 더 소중해요. 전 그 아이에게 어른이 되면 행복해질 테니 기다리라고 하지 않을 거예요. 그 아이는 지금 당장 행복해질 거고, 무슨 일이 있어도 제가 행복하게 만들어 줄 거예요."

루시는 돌아서서 잭을 뒤로한 채 사무실을 나왔다.

잊어버리자. 대회고 뭐고 전부.

그녀는 일단 포틀랜드 공항까지 가야 했다. 거기에서 차를 빌려 뉴햄프셔나 보스턴, 아니면 비행기가 뜰 수 있는 도시 어디로든 갈 것이다. 그녀는 체크카드를 가지고 있었다. 차를 빌리고 비행기표를 사려면 저축한 돈의 절반을 써야겠지만, 크리스토퍼가 레드우드에서 겁에 질려 혼자 있는 동안 대륙 반대편에서 발만 동동 구르고 있을 수는 없었다. 베일리 부부의 집 침실에 앉아 몇 벌 되지도 않는 옷과 책을 쓰레기봉투에 넣어 짐을 싸고 있는 크리스토퍼를 상상하려니, 그녀는 속이 뒤집히는 것 같았다.

비가 아무리 심하게 내려도 적어도 오늘 밤 안에 포틀랜드까지는 갈 수 있을 것이다. 짐을 서둘러 여행가방에 던져 넣으며 창밖을 흘끗 보니 물 위에 떠 있는 배 몇 척이 보였다. 허리케인도 아니고, 돌풍도 아니었다. 비바람이 몰아치는 것뿐이다. 그녀는 선착장으로 달려가서 빌릴 수 있는 배가 있는지 알아볼 생각이었다. 션은 스피드보트를 가지고 있었고, 그녀는 스피드보트 운전하는 법을 배웠다. 스피드보트도 괜찮고, 낚싯배라도 상관없었다. 그것마저도 없으면 통통배라도 탈 생각이었다.

짐을 다 싸고 난 루시는 휴고의 코트를 낚아채듯 집어 들어 걸쳐 입은 다음, 계단을 내려가 현관문을 나섰다. 그리고 빗속으로 걸어 들어갔다.

차가운 비가 세차게 내리고 있었지만 루시는 상관하지 않았다. 이미 결단을 내렸으니까. 그녀는 내일 아침까지 캘리포니아에 도착할 것이고, 그 무엇도, 누구도 그녀를 막을 수는 없었다.

루시는 고개를 숙인 채 바람을 뚫고 앞으로 나아갔다. 끈을 아무리 꽉 조여도 후드가 자꾸 바람에 벗겨졌다. 포기하자. 그냥 젖는 수밖에.

저 앞에 선착장이 보였다. 선착장 끝에서 나고 있는 불빛 두 개가 보였지만, 모터보트나 스피드보트는 보이지 않았다.

어딘가 배가 더 있어야 했다. 이 섬의 주인은 억만장자이니, 분명 어딘가에 보트 창고가 있을 터였다. 그녀는 해변을 위아래로 훑어보다가 아무것도 보이지 않자 바람에 마구 흔들리는 나무들 뒤를 살폈다. 작은 석조 건물이 눈에 들어왔다. '바로 저기구나.' 그녀는 짐 가방을 끌고 다시 오솔길을 올라가 석조 건물로 이어지는 숲속의 갈림길로 들어섰다.

가까이 다가가 보니, 석조 건물은 보트 창고가 아니라 휴고가 머무는 손님용 별채였다. 휴고라면 어디서 배를 찾을 수 있는지 알려줄 수 있을 터였다.

그녀는 문을 쾅쾅 두드렸다.

"휴고?" 그녀가 소리쳤다. "휴고, 나예요, 루시예요!"

그가 전화기를 든 채 문을 열었다. 누군가와 통화 중이던 그는 그녀를 보고도 전혀 놀란 것 같지 않았다.

"다시 걸게요." 그가 말하며 청바지 주머니에 휴대전화를 넣었다.

그는 방금 샤워를 마친 듯했다. 머리카락이 젖어 있었고, 발에는 아무것도 신고 있지 않았다.

"휴고, 부탁이에요. 제가 지금 포틀랜드에 가야 해요."

"오늘 밤엔 못 가요." 휴고가 말했다. 그는 손을 뻗어 그녀의 팔을 붙잡고 집 안으로 끌어들였다. 방금 전까지 그가 통화하고 있던 사람은 분명 잭인 듯했다.

"놔요." 루시는 그의 손을 뿌리치며 소리쳤다.

문을 열기 위해 돌아서려던 순간, 휴고의 말이 그녀의 발걸음을 멈췄다.

"크리스토퍼는 당신이 이렇게 행동하길 바라지 않을 겁니다. 당신도 알고 있잖아요."

21

 루시의 가슴이 분노로 새하얗게 불타올랐다. 그녀는 방금 들은 말을 믿을 수 없다는 듯, 휴고를 향해 고개를 저었다. "크리스토퍼가 뭘 원하고, 뭘 원하지 않는지 당신이 어떻게 알겠어요. 그 아이도, 나도 잘 모르면서."
 휴고도 물러서지 않았다. "당신이 그 아이를 입양하고 싶어 하는 건 알죠. 당신이 돈이 필요하다는 것도, 그 돈을 마련하려면 기적이 필요하다는 것도 알아요. 당신이 직접 말해줬잖아요. 당신 기적은 여기 있어요." 그는 손을 내밀어 그녀가 지금 여기, 기적의 한가운데 서 있다는 듯 시계섬 전체를 가리켰다. "이틀밖에 안 남았어요. 두 게임만 더 하면 된다고요. 왜 지금 포기하려는 거죠?"
 "게임이요? 내가 이기고 있지도 않은 게임이요?"
 "한 점 차로 뒤지고 있을 뿐이에요."
 "점수가 무슨 상관이에요!" 루시가 쏘아붙였다. "나는 크리스토퍼한테 돌아가야 해요. 지금 분명 겁에 질려 있을 거라고요. 그 애한텐 내가 필요해요."

"지금도 물론 당신을 원하겠지만, 아이에겐 영원히 당신이 필요해요. 지금 떠나서 당장 원하는 대로 해 줄 수 있겠지만, 여기 남아 이 빌어먹을 게임을 이겨서 그가 영원히 필요로 하는 걸 충족시켜 줄 수도 있어요. 당신은 이길 수 있어요. 잭의 게임은 심지어 바보라도 이길 수 있는 게임이니까요. 내가 그 증거고." 그가 자신의 얼굴을 손가락으로 가리키며 말했다.

그녀는 별안간 날카로운 웃음을 터뜨리더니 이내 눈물을 쏟았다.

"루시…" 휴고는 그녀의 어깨에 살며시 손을 얹었다.

"가야 해요." 그녀는 울먹이며 말했다. "아이가 혼자 있을 텐데, 내가 가만히 있을 수는 없어요. 아무도 나를 도와주러 오지 않을 걸 알면서 방 안에 혼자 앉아 있는 기분을 당신은 몰라요."

"도와요?" 휴고가 부드럽게 되물었다.

"그러니까 방 안에 앉은 아이를요. 크리스토퍼요. 무슨 말인지 알잖아요."

"아뇨." 휴고가 말했다. "무슨 뜻인지 말해줘요. 당신을 도왔어야 하는데 오지 않은 사람이 누구예요?"

루시는 이마를 손으로 짚으며 그에게서 돌아섰다.

"언니가 죽을 것 같다고 생각했어요." 그녀가 말했다. "갑자기 열이 펄펄 끓어서 부모님이 급히 병원에 데려갔었어요. 베이비시터 부를 시간도 없었고, 난 병원 대기실에 혼자 남겨졌죠."

"루시…"

"난 여덟 살이었어요." 그녀가 말했다. "그리고 부모님은 몇 시간 동안이나 돌아오지 않았어요. 몇 시간이나요. 다섯 시간 동안 대기실에 혼자 있었는데 아무도 날 찾으러 오지 않았죠. 잘 있나 보러 온 사람도 없었어요. 앤지가 살아있다고 말해주는 사람조차 없었고요."

휴고가 그녀를 품에 안았지만, 그녀는 그의 포옹을 받아들일 수 없었다. 그녀는 여전히 가슴 위로 팔짱을 끼고 있었다.

"부모님이 날 거기 영원히 남겨두고 떠날까 봐 두려웠어요. 부모에게 사랑을 못 받는다고 느끼는 여덟 살짜리라면 충분히 할 수 있는 생각이죠."

그녀는 코를 훌쩍이며 작게 웃음을 터뜨렸다.

휴고가 그녀의 턱을 살짝 당겨 그녀가 고개를 들게 했다. "뭐가 웃기죠?"

"시계섬 책을 읽기 시작한 게 그날 밤이었어요. 색칠공부 책들 사이에 한 권이 끼어있었거든요. 그날 밤, 그 책 덕분에 내가 완전히 희망을 잃지 않을 수 있었던 것 같아요. 부모님은 결국 날 데리러 오지 않았어요. 대신 조부모님이 오셔서 날 그분들 집으로 데려가셨죠. 그 이후로 부모님이나 앤지와 함께 살지 않았어요. 가끔 집에 들렀었는데, 날 보고 싶어 했던 것처럼 보이지도 않더라고요." 그녀는 휴고의 품에서 벗어나 한 걸음 물러섰다. 그녀는 끝까지 노력해 보고 싶었다. "아무도 날 구하러 오지 않는 가운데 혼자 두려움에 떨고 있는 아이의 기분이 어떤지 당신은 몰라요."

휴고는 간절한 눈으로 말했다. "전화해 봐요, 루시. 당신이 지금 당장 와줬으면 좋겠는지 크리스토퍼에게 물어봐요. 내 전 재산을 다 걸게요. 그 아이는 당신이 여기 남아서 계속 게임을 하길 원할 거예요."

"전화를 걸 수가 없어요. 크리스토퍼는—" 그녀는 다시 목까지 울음이 차올랐다. "전화기를 무서워하거든요."

"뭐라고요?" 그는 혼란스러운 듯 미간을 찌푸렸다. "그게 무슨 말이죠?"

"어느 날 아침에 크리스토퍼 엄마의 전화기가 멈추지 않고 울리더래요. 끊임없이 울리는데 아무도 받지 않았죠. 그래서 크리스토퍼가 전화를 받으러 갔는데, 그때 엄마와 아빠가 침대 위에서 죽어있는 모습을 목격한 거예요. 엄마가 출근을 안 하니 직장 상사가 계속 전화를 걸었던 거죠."

"젠장." 휴고는 고통스럽게 얼굴을 찌푸렸다.

"그 이후로 아이는 전화기를 무서워해요." 루시가 말했다. "그래서 전화를 걸 수 없어요. 뭘 원하는지 물어볼 수도 없고요. 그냥 가야 해요. 그럴 수밖에 없어요."

그녀는 문을 향해 돌아섰지만 휴고가 그녀 앞을 가로막았다. 그는 항복한다는 듯 양 손바닥을 들어 보였다.

"들어 봐요." 그가 말했다. "내가 도울게요. 하지만, 오늘 밤엔 못 가요. 이런 폭풍 속에선 잭의 저택까지 걸어가는 것도 힘들어요. 하물며 바다를 건너겠다니, 물에 빠져 죽을 수도 있다고요. 당신마저 죽고 없으면 크리스토퍼는 어떻게 될까요?"

그녀는 고개를 떨궜다. 뜨거운 눈물이 얼굴을 타고 흘러내렸다. 휴고와 잭이 옳다는 걸 그녀도 알고 있었다. 나뭇가지들이 휘청이며 휴고의 집 벽을 긁다가 꺾이고 부러지는 소리가 들렸다. 나뭇가지와 돌멩이들이 날리는 소리, 성난 바다가 포효하는 소리도 들려왔다.

"아이가 언제 떠나는데요?" 달아나려는 겁먹은 말을 달래듯 차분하고 안정적인 목소리였다.

"학기가 끝나자마자요." 그녀가 말했다. "금요일 저녁이나 토요일 아침쯤."

"내일은 수요일이잖아요. 그렇죠? 시간이 있어요. 폭풍이 지나가고 아침이 밝으면, 집으로 가는 비행기가 뜬다는 걸 확인하고―" 휴고는 육지 쪽을 가리켰다. "내가 직접 공항까지 데려다줄게요. 내일 밤이면 레드우드에 도착할 수 있어요. 안전하게. 지금 떠나봤자 집까지 가지도 못해요. 절대로."

그녀는 입술을 앙다문 채 그를 노려보았다. "너무 과장하는 것 같은데요."

"누가 할 소릴!"

그녀는 다시 코웃음을 터뜨렸다. "비꼬기까지 하시네요."

"내 모국어는 반어법 빼면 시체죠. 이제 제발 안으로 들어와서 진정해요. 그러지 않으면 내가 밧줄로 당신을 선착장에 묶어야 할지도 몰라요. 난 여러 가지 매듭법을 알아요. 장담하건대, 허리에 밧줄이 감기면 기분이 매우 나쁠 거예요."

"좋아요." 그녀가 손을 휘저으며 말했다. "하지만 정말 폭풍이 걷히면 날 공항에 데려다준다고 맹세해요."

휴고는 깊이 숨을 들이쉬었다. "폭풍이 걷힌 뒤에도 정말 떠나고 싶다면, 내가 포틀랜드 공항까지, 아니 반경 3백 킬로미터 내에 있는 공항 어디로든 데려다줄게요. 됐죠?"

당장 문을 박차고 뛰쳐나가고 싶은 생각이 굴뚝 같았던 루시는 그의 뒤에 있는 문을 바라보았다.

"루시," 휴고가 부드럽게 말했다. "부탁이에요. 잭은 이미 자신이 아끼던 꼬마를 하나 잃었어요. 또 한 명을 잃는다면 정말 마음 아파할 거예요. 그리고 오늘 밤에 바다를 건넜다간 목숨을 부지하기가 힘들어요. 당신 시체가 시계섬 해변에 떠밀려 온 첫 번째 시체는 아니고요."

섬에 있는 두 남자가 물을 탓한다…

루시는 돌아섰다.

"들어와요. 몸 좀 녹이고 진정해요. 날이 잠잠해지면 내가 도울게요. 알겠죠?" 휴고가 어색한 미소를 지어 보였다.

"알겠어요." 루시가 마지못해 말했다. "아침까지만 신세 질게요."

두 손을 모으고 '고마워요'라고 말하는 휴고는 안도하는 기색이 역력했다. 그는 자신이 빌려준 그녀의 코트를 받아서 옷걸이에 걸었고, 그녀는 그가 준 신발을 벗어 문 옆에 놓았다. 그는 그녀를 거실로 안내했다. 벽난로에 불이 피워져 있었고, 빨강, 주황, 파랑 빛으로 춤추는 불꽃 덕분에 흙 내음이 섞인 따뜻한 온기가 그녀의 피부에 스며들었다.

혼자 남은 루시는 휴대전화를 꺼내 테레사에게 답장을 보냈다.

'크리스토퍼에게 가능한 한 빨리 집에 가겠다고 전해줘요. 여긴 폭풍이 몰아치고 있지만, 내일 아침에는 비행기를 탈 수 있을 거예요.'

테레사는 기다리고 있던 것처럼 바로 답장을 보냈다.

'무리해서 안 와도 돼요. 이번 주말에 크리스토퍼를 만날 수 있게 내가 도울게요. 거기 남아서 게임을 끝내요. 아이도 그걸 원할 거예요.'

루시는 뭐라고 답해야 할지 몰라 화면만 멍하니 보다가 결국 휴대전화를 다시 주머니에 넣었다.

휴고가 수건 더미를 들고 돌아왔다.

"받아요." 그는 그녀에게 수건을 건넸다. 루시는 수건으로 머리와 얼굴을 문질렀다. 지금 자신의 모습이 어떨지 생각하고 싶지 않았다. 아마 미친 사람처럼 보일 것이다.

"그 꼬마는 누구였어요?" 루시는 마른 수건을 어깨에 두르며 물었다. "내가 몰라야 하는 이야긴가요?"

그는 그녀가 벽난로에 바짝 붙어 몸을 말리려 애쓰는 동안 그녀 앞에 놓인 탁자에 앉았다.

"수수께끼는 풀었어요?"

"두 남자가 '자신의' 아내나 '자신의' 딸이 아니라 그냥 '아내'와 '딸'을 잃었다고 했어요. 그들이 잃은 아내와 딸은 누구라도 될 수 있는 거죠."

휴고는 고개를 끄덕였다. "똑똑하네요."

"그냥 아이들을 가르치는 교사예요. 그 잃어버린 소녀는 누구였어요?"

"이름은 어텀 힐러드였어요." 휴고는 마치 오랫동안 입 밖에 꺼내지 않아 먼지가 가득 쌓인 이름을 말하듯 소녀의 이름을 내뱉었다. "비밀유지 계약서에 서명을 했기 때문에 소녀의 가족들은 언론에 사건을 알릴 수 없었죠. 그래서 온라인에도 아무 정보가 없고요."

루시의 속이 뒤틀렸다. 비밀유지 계약서라니.

"소송이 걸렸나요? 작가님한테?"

그는 가슴 앞으로 팔짱을 끼며 말했다. "잭은 누구에게나 사랑을 받을 만한 구석이 있는 그런 사람이잖아요. 하지만 그런 구석이 사람을 미치게 하기도 하죠."

그녀는 이제 더 이상 캐묻기가 두려울 지경이었다. "무슨 일이 있었던 거예요?"

"처음 만난 날, 잭은 내게 시계섬의 첫 번째 규칙을 말해줬어요. 절대 마법을 깨지 말라는 규칙이요."

"마법이요?"

휴고는 어깨를 으쓱했다. "아이들은 잭이 마스터마인드라고 믿었어요. 시계섬도 진짜라고 생각했고요. 만약 잭에게 자신들의 소원을 말하면 그가 소원을 이뤄주리라고 생각했죠. 7년 전에, 어팀이 잭에게 편지를 보냈어요. 아빠가 매일 밤 자기 방에 들어오는 것을 멈춰달라는 소원을 빌었죠."

"세상에." 루시는 손으로 입을 가렸다.

"그런 편지가 얼마나 많이 오는지 상상도 못 할 거예요."

"아마 그럴 테죠." 그녀는 손을 내리며 말했다. "그래서 어떻게 됐어요?"

"그 아이는 포틀랜드에 살고 있었고, 잭은 자기가 정말 그녀를 도울 수 있다고 생각했어요. 다른 아이들에게 하는 것처럼, 신뢰할 수 있는 어른에게 털어놓으라고 격려하는 편지를 보냈을 뿐만 아니라, 모든 편지를 당국에 넘겼어요. 하지만 소녀의 비밀이 담긴 편지만으로 수사가 시작되기는 힘들었죠." 휴고가 목 뒷덜미를 문질렀다. 입 밖으로 말하기 껄끄러운 이야기가 분명했다. "그래서 잭이 전화를 걸었어요."

"전화를 걸었다고요?"

"어팀이 편지에 전화번호를 적어놨거든요. 잭은 그 번호로 전화를 했어요. 그리고 그때부터 일이 잘못 흘러가기 시작했어요. 잭은 어쩔 수가 없었어요. 그의 아버지도 완전히 폭군이었으니까. 잭은 평소에는 곰인형 같은 사람이지만, 어려움에 처한 아이를 보게 되면 불곰으로 변해요." 휴고가 미소 지었지만, 그 미소는 금방 사라졌다. "잭은 아이에게 '내가 소원을 하나 빌 수 있다면, 널 시계섬에 데려와서 영원히 안전하게 지낼 수 있게 해달라고 빌 겠다'라고 했어요."

이제 모든 퍼즐이 맞춰지는 듯했다. "아이가 그 말을 그대로 믿었군요."

"그랬죠. 시계섬에 도착할 수만 있다면 잭과 함께 지낼 수 있으리라고 생각한 거예요. 그래서 당신과 똑같이 배를 탔어요. 하지만 그날 배는 시계섬으로 오지 않았어요. 그래서 아무도 안 볼 때 바다로 뛰어들었죠. 헤엄쳐서 섬에 오려고요." 휴고가 루시의 눈을 바라보았다. "잭은 매일 아침 식사 전에 해변을 산책하곤 했어요. 하지만 다섯 시 해변에서 아이의 시체를 발견한 날 이후부터 산책을 멈췄죠."

루시는 너무 충격을 받은 나머지 말문이 막혔다.

그는 반창고를 뜯어내듯 빠르게 말을 이었다. "가족은 소송을 제기하겠다고 협박했고, 잭을 소아성애자로 몰아세웠죠. 웃기죠? 하지만 아까 말했듯이, 죽은 소녀가 쓴 편지를 근거로 한 고발만으로는 수사가 시작될 수 없었죠. 잭의 변호사가 가족에게 합의금을 제시했어요. 정확한 액수는 모르지만, 수백만 달러였던 걸로 알고 있어요. 그리고 모두 비밀유지 계약서에 서명했죠. 잭은 완전히 좀비 같은 상태였어요. 그렇지 않았다면 법정 싸움을 계속했겠죠. 그 이후로 그는 글도 쓰지 않고, 해변을 산책하지도 않고, 삶을 멈춰버렸어요. 그때 내가 여기로 이사를 왔고요."

그가 들려준 이야기는 루시가 상상했던 것보다 훨씬 더 끔찍했다. 그녀는 잭 마스터슨이 뇌졸중을 겪느라 글을 쓸 수 없게 됐으리라 생각했었다. 아니면 젊어서 은퇴하고 부를 즐기기로 했거나, 시계섬 시리즈에 싫증이 나서 필명으로 지루한 성인들을 위한 따분한 책이나 쓰고 있으리라고 생각했었다. 하지만 잭이 자신의 소원으로 인해 실수로 아이를 죽게 했고, 그 바람에 아동 학대범에게 거액의 합의금까지 지불했으리라고는 꿈에도 상상하지 못했다.

"그런 인간들한테 수백만 달러를 줬다니 믿기지 않아요." 루시가 말했다.

"그가 왜 대부분의 변호사들을 증오하는지 이해할 수 있는 대목이죠." 휴고가 말했다.

"만약 그 일이 뉴스에 나갔다면—" 루시가 말했다.

휴고는 고개를 끄덕였다. "그의 인생은 망가졌을 거예요."

사람들은 그의 이야기를 더럽고, 끔찍하고, 사악하게 받아들였을 것이다. 소녀를 섬으로 유인했다는 혐의를 받는 아동 문학 작가로 낙인찍힌 잭은 다시는 아동 문학계에 발을 들일 수 없었을 터였다.

"가엾어라." 루시가 말했다. 지금 당장이라도 그에게 미안하다고 사과하고 한동안 그를 꼭 안아주고 싶었다.

휴고는 자리에서 일어섰다. "내가 왜 지난 6년간 여기서 살고 있는지 설명이 됐겠네요. 그를 지켜볼 누군가가 필요했어요. 그가 짧은 선착장 끝에서 긴 산책을 떠나도록 하지 않으려면 말이죠. 실제로 그가 선착장에서 뛰어내리지 못하게 말린 적도 몇 번 있었고요."

루시는 보일 듯 말 듯 미소를 지었다. "그렇게 해줘서 고마워요."

"그가 나를 위해 똑같이 했으니까." 휴고는 그녀의 어깨에 걸쳐 있던 수건을 집어 들어 그녀의 팔을 가볍게 톡 쳤다. "이제 몸이 좀 따뜻해지고 물기도 말랐으려나요?"

"따뜻해졌어요. 물기가 마르려면 한참 남았고요. 머리 짧은 남자가 사는 집에 헤어드라이어가 있을 리는 없겠죠?"

"보통 없죠." 그는 말했다. "하지만 예술가의 집에는 있답니다."

휴고는 작업실에서 헤어드라이어를 가져와 루시에게 건넸다. 그녀는 헤어드라이어를 한 번 보더니 다시 그를 바라보았다.

"잠깐만요. 헤어드라이어로 그림을 그려요?" 루시가 물었다. 그의 헤어드라이어는 알록달록한 물감으로 뒤덮여 있었다.

"아크릴 물감을 빨리 말려야 할 때 헤어드라이어를 쓰죠. 업계의 작은 비밀이랄까요."

"그렇게 급하게 그림을 말려야 할 때가 있나요?"

"어제 보냈어야 하는 작품을 완성할 때?" 그는 자책하는 표정을 지어보려 했지만 결코 해낼 수 없으리라는 걸 아는 눈치였다. "잭은 마감일이 파티와 같은 거라더군요. 항상 적당히 늦게 도착해야 한다나. 그야 쉽게 말할 수 있겠죠. 마이다스 왕처럼 부자니까. 우리 같은 서민들은 5분 일찍 도착해도 누가 쫓아내지는 않을까 긴장해야 하는데 말이죠."

루시는 미소를 지으며 헤어드라이어와 짐 가방을 들고 욕실로 들어갔다. 휴고는 그녀가 다시 웃기 시작했다는 사실에 마음이 놓였다. 그녀가 욕실을 쓰는 동안 침실 벽장 안으로 들어간 그는 휴대전화를 꺼내 잭에게 전화를 걸었다.

"루시가 거기 있나?" 전화를 받자마자 잭이 물었다.

"붙잡아뒀어요. 한바탕 잔소리를 퍼부으니 진정하더군요. 계속 머물지는 잘 모르겠어요." 그는 그녀에게 대회 일정이 끝날 때까지가 아니라, 포틀랜드에 안전하게 갈 수 있을 때까지만 머무르라고 해둔 상태였다.

"주의를 딴 데로 돌리게. 자네 프로젝트를 좀 도와달라고 하든지."

"프로젝트로 관심을 끌라고요?"

"늘 효과가 있거든." 잭이 말했다.

"최선을 다해 볼게요. 그런데 영감님—" 그는 이 질문을 하고 싶지 않았지만 반드시 확인해야만 했다. "이게 영감님 계획이 아니라고 맹세할 수 있습니까? 모두에게 두려움과 맞서게 하겠다고 하셨으니—"

"난 크리스토퍼나 다른 아이들을 이 게임에 끌어들일 생각이 없네."

"이게 아니면, 루시에게 어떤 두려움과 맞서게 하실 생각이죠?"

휴고가 예상했던 것처럼 잭의 대답은 그의 짜증만 돋울 뿐이었다. "그리 사악한 일은 아닐세."

"만약 루시가 다치기라도 하면—"

"다치면? 나한테 주먹이라도 날릴 텐가? 아니면 결투라도 신청할 셈이야?"

"진정하세요." 휴고가 말했다. "루시가 지금 좀 예민하다고 말하려는 것뿐이니까."

"그 아이를 좋아하는군. 그렇지?" 잭은 성가실 정도로 만족스러워 하고 있었다. 마치 이 모든 일이 그가 계획한 대로 흘러가고 있다는 듯이. "내 허락은 이미 받은 셈 치게."

"영감님 허락은 필요 없거든요."

"어쨌든 허락하네."

휴고는 그 말을 무시했다. "아셔야 할 게 있어요. 루시에게 어텀에 대해 이야기했어요. 어쩔 수 없었어요. 너무 괴로워하고 있었거든요."

"괜찮네. 루시도 알아야지." 잭은 잠시 말이 없었다. "부탁일세. 적어도 루시가 하루만 더 머물게 해주게. 내일 루시가 만났으면 하는 사람이 오거든."

"누구요?"

"그건 나만 안다네. 루시가 알아내야 할 수수께끼이기도 하고."

그는 전화를 끊었다.

22

루시가 욕실에서 나왔을 때, 휴고는 거실에 없었다.

"휴고?"

"이리 오시오!" 그가 대답했다. 목소리는 짧은 복도 끝에서 들려오는 것 같았다. 루시는 혼란스러웠지만 궁금한 마음에 그의 목소리가 들리는 곳으로 향했다. "'이리 오시오'라니, 누가 그런 말투를 써요?" 그녀가 물었다.

"나요. 빨리 이리 와 봐요."

그녀는 반쯤 열린 문 앞에 다다랐다. 원래 침실로 쓰던 곳인 듯했지만, 문을 밀고 들어가 보니 휴고의 작업실이 나왔다.

"그래요. 이리 왔— 우와." 루시는 감탄사 말고는 어떤 말도 할 수 없었다. 문간에 서서 방안을 잠시 바라보던 그녀는 조심스럽게 방안으로 들어섰다. 마치 「오즈의 마법사」에서 도로시가 흑백의 캔자스를 떠나 화려한 오즈에 도착한 순간 같았다. 모든 벽이 천장에서 바닥까지 그림으로 가득 차 있었다. 바닥에 깔린 방수포 위에는 알록달록한 물감 얼룩이 가득했다. 방 안 여기저기에 놓인 테이블들은 물감, 붓, 물통, 마법의 시약이 들었을 것 같은 병들로 가득 차 있었다. 낡은 금속 책장에는 낡은 스케치북 수백 권이 꽂혀 있었는데, 스케치북들조차 물감으로 뒤덮여 있었다.

루시는 묻지 않을 수 없었다. "심심할 때 방 한가운데 서서 물감을 마구 뿌리기라도 하나요?"

"맞아요." 휴고는 캔버스 더미 옆 바닥에 무릎을 꿇고 있었다.

"이게 전부 시계섬과 관련된 것들인가요?"

"그럴 수도 있고, 아닐 수도 있어요. 스케치, 사진, 표지 그림, 그리고 잭이 그림에 대해 남긴 메모들을 전부 모아놨거든요." 그는 한 캔버스의 뒷면에서 노란색 접착식 메모지를 떼어 그녀에게 보여주었다.

루시는 메모지를 받아 들고 큰 소리로 읽었다. "섬뜩한 '우-우-우-우'여야지 '아아!'는 별로일세. 무슨 말인지 모르겠네요."

"내 말이요."

루시는 메모지를 휴고에게 돌려주면서 아주 잠깐 메모지를 기념으로 가져가고 싶다는 생각을 했다.

"내 그림들은 전부 여기 아니면 포틀랜드의 창고에 있어요." 휴고가 계속 말했다. "잭의 출판사가 몇 년 전에 이 모든… 것들의 역사적, 문학적 중요성을 강조하더군요." 그는 물감과 그림이 있는 쪽으로 손을 휘저었다.

"그림들을 그냥 벽에 기대어 쌓아 둬요? 비닐로 덮지도 않고? 금고에 넣어두지도 않고?"

"담요만 덮어두죠." 그가 말했다. "그리고 아주 좋은 제습기도 있고요." 휴고는 그림 더미를 덮고 있던 담요 몇 장을 벗겨냈다. "아, 저쪽에 차와 비스킷이 있어요. 마음껏 먹어요."

루시는 물감으로 뒤덮여 있지 않은 유일한 테이블로 걸어갔다. "비스킷이요? 쿠키 같은데요."

"영어를 제대로 가르쳐줘야겠군요." 휴고가 말했다. "쿠키는 비스킷이라 부르고, 비스킷은 스콘이라고 불러요. 하지만 우리는 비스킷을 그레이비가 아니라 클로티드 크림이랑 잼과 함께 먹죠. 그레이비는 비스킷이 아니라 고기에 곁들이는 거니까."

"그건 찬성이에요." 루시는 머그 컵을 집어 들었다. 차가운 손에 전해지는 따뜻함이 기분 좋았다. 머그 컵을 들고 방을 돌아다니자, 마치 세상에서 가장 작고 기묘한 미술관에 온 듯한 기분이 들었다.

"치즈케이크도 있어요. 영국에서도 그건 치즈케이크라고 부르죠."

"그림도 그리고 치즈케이크도 만들어요?"

"아뇨. 전부 잭의 주방에서 훔쳐 온 거예요." 그는 바닥에 놓여 있던 자신의 머그 컵을 집어 들고 일어섰다. "나는 세상에서 가장 막돼먹은 손님이죠. 헤어드라이어는 잘 썼어요?"

"덕분에 완전히 다 말랐어요." 루시는 장난스럽게 머리를 한 번 휙 넘겼다. "음, 그림용 헤어드라이어를 빌려줘서 고마워요."

"여기서 날 도와주는 걸로 보답해요." 휴고는 벽에 겹겹이 기대어 있거나 수레에 실려 있는 캔버스 더미를 가리켰다. "간단히 말해서, 내 전 여자 친구가 갤러리에서 일하는데, 시계섬 표지 그림을 몇 점 전시하고 싶대요. 다섯 개만 골라줘요."

"전시할 그림을 고르는 걸 도와달라고요?"

"내가 좋아하는 것들은 아무도 안 좋아하거든요."

기분이 좋아진 루시는 머그 컵을 내려놓고 휴고에게 다가갔다. "내가 얼마나 중립적일 수 있을지 모르겠네요. 난 당신 작품은 다 좋거든요."

"알겠어요." 그가 말했다. "그럼 이걸 보낼게요."

그는 《시계섬의 어두운 밤》의 표지 그림을 들어 올렸다.

"그건 좀 아닌 것 같아요." 루시는 흑백으로 그려진 그림을 보고 손을 저었다. "너무 어둡네요."

휴고는 웃으며 뒤로 물러섰다. "당신이 한 번 골라 봐요."

루시는 방수포 위에 무릎을 꿇었다. 다행히 물감은 이미 오래전에 말라 있었다. 그녀는 천천히 그림들을 넘겼다. 한 점 한 점이 이야기책이고, 추억이었다.

시계섬 대 화성의 해적
시계섬과 괴물들의 밤
시계섬과 해골들의 음모
시계섬과 시계태엽 까마귀
시계섬의 수호자

모든 그림이 다 마음에 들었다. 시계섬을 사랑하는 아이들이라면 이 표지 그림들을 보고 신나지 않을 수 없을 터였다. 커다란 캔버스 위에 그려져 있어서 작은 세부사항까지도 전부 볼 수 있었기 때문이다.

"개인적인 질문을 해도 될까요?" 루시는 또 다른 그림 더미를 넘기며 물었다.

"물어봐요. 반드시 대답해 주겠다고 약속은 못해요."

"갤러리에서 일하는 그 전 여자 친구가 내가 받은 등산화의 원래 주인인가요?"

"이름은 파이퍼예요." 휴고가 말했다. "이렇게 생겼죠."

그는 벽에서 작은 초상화를 떼어냈다. 아름다운 검은 머리 여인을 그린 초상화였다. 엘리자베스 테일러를 닮은 그녀는 마치 영화배우 같았다. 루시는 그냥 묻지 않았다면 좋았으리라고 생각했다. 그녀에 비해 평범한 자신이 초라하게 느껴졌기 때문이었다.

"섬에 사는 두 남자." 그녀는 그의 눈을 바라보며 말했다. "딸의 죽음에 대해서는 이제 알았어요. 그럼 잃어버렸다는 아내는 이 여자인가요? 그녀가 다른 사람의 아내라면, 결국 결혼을 했나 보네요."

휴고는 작은 캔버스를 다시 벽에 걸었다. "그때는 파이퍼가 내 아내가 되길 바랐어요. 내가 가장 좋아하는 뉴욕의 갤러리 중 한 곳에서 일하고 있죠. 우린 거기서 처음 만났고요. 내가 잭을 지키기 위해 이곳으로 이사 왔을 때, 그녀도 함께 왔었어요." 그는 잠시 말을 멈췄다. "우리 두 사람 모두 잭이 우울증에서 벗어나는 데 얼마나 오래 걸릴지 생각 못 했던 것 같아요. 모든 사람이 섬 생활을 좋아하는 건 아니더라고요. 파이퍼는 여기서 6개월을 버텼어요. 하지만 그 이상은 견딜 수 없었죠. 고립되는 걸 싫어하는 사람이었거든요. 나는 그녀와 잭, 둘 중에 하나를 선택할 수밖에 없었어요." 매일 그 그림을 보기가 이제는 지쳤다는 듯, 휴고는 그림을 다시 벽에서 떼어내더니 바닥의 그림 더미 위에 포개놓았다. "지금은 수의사와 결혼해서 행복하게 살고 있고, 예쁜 딸도 있어요. 그녀가 행복해서 나도 좋아요."

"또 반어법인가요?"

처음에는 아무 대답도 하지 않던 그는 이내 입을 열었다. "아뇨, 얼마 전에 그녀를 만났는데, 그런 감정은 다 사라졌더군요. 분노도… 사랑도요. 정말이에요. 그녀가 행복한 걸 보니 나도 기뻤어요." 그는 한숨을 내쉬었다. "안타까운 일이지만 난 괴로울 때 훨씬 좋은 작품을 그려요. 하지만 곧 뉴욕으로 이사할 거예요. 그럼 다시 괴로워질 수 있겠죠."

"여기 월세가 너무 싸서 괴롭지 않은 건 아니고요?"

그의 미소가 너무 매력적이어서 루시는 빨개진 얼굴을 들키지 않으려고 다시 그림 더미를 살펴보는 척했다.

"마음에 드는 그림은 찾았어요?"

'당신이요.' 그녀는 속으로 생각했지만 입 밖으로 내지는 않았다. "음… 전부 다 좋아요. 그래서 '시계섬의 공주'를 찾아보려고요. 내가 제일 좋아하는 책이었거든요."

"그 그림은 '시계섬의 왕자'와 함께 세인트 주드 병원에 기증했어요."

"아, 그렇군요. 그럼 '시계섬의 비밀'은요? 크리스토퍼가 제일 좋아하는 책이에요."

"어딘가에… 기증했어요."

루시는 의심스러운 눈빛으로 그를 바라보았다. "어딘가요?"

"네."

"어딘지 말해 주면 안 되나요?"

"말해 줄 수는 있어요. 다만 말하기 싫을 뿐."

"휴고…"

"영국 왕실에서 운영하는, 그러니까… 미술 학교 자선단체가 있다고 해서—"

"거기까지만 해요. 이미 충분히 부러워 죽겠으니까." 루시가 말했다.

"별로 대단한 건 아녜요. 뭐, 버킹엄 궁전에 걸려 있는 것도 아닌데요. 사실, 걸려 있을 수도 있지만."

"이제 그만 말하세요."

"비스킷을 더 가져올게요."

"치즈케이크도 있다면서요?"

휴고는 눈을 굴리며 말했다. "치즈케이크를 대령하죠."

그가 작업실 밖으로 나간 사이, 루시는 허리를 펴려고 일어섰다가 튼튼해 보이는 회색 선반 뒤에 숨겨진 또 다른 그림을 발견했다. 그녀는 선반으로 다가가서 그림을 조심스럽게 꺼냈다. 또 다른 초상화였다. 그림 속 얼굴과 눈, 사랑스러운 코가 낯이 익었다.

"아, 데이비네요." 루시가 말했다. 그녀는 어깨 너머로 휴고를 바라보았다. 휴고는 웃고 있지 않았다. "미안해요. 내가 너무 오지랖을 부렸어요."

"괜찮아요. 좋은 그림이에요. 그냥⋯ 아직 가끔은 보고 싶고, 가끔은 너무 버겁기도 해요."

"무슨 일이 있었는지 물어봐도 되나요?"

"심장에 문제가 있는 다운증후군 아이들이 있어요. 데이비는 운이 좋지 못했죠."

휴고는 치즈케이크 두 조각을 작업 테이블 위에 올려놓고, 자리를 만들기 위해 물감이 묻은 컵과 유리잔들을 옆으로 밀어냈다. "그 애가 열다섯 살 때였어요. 수술하지 않으면 오래 못 버틸 거라고 했죠." 그는 잠시 말을 멈췄다. 루시는 그의 손을 잡아주고 싫었지만, 그러지 말아야 한다는 사실을 알고 있었다. "합병증도 있었고, 혈전도 생겼어요. 병원에서 세상을 떠났어요. 엄마가 곁에 있기는 했지만, 나는 여기 있었죠. 일하느라."

"정말 안됐어요." 루시는 그의 팔에 가볍게 손을 갖다 댔지만 그는 아무런 반응 없이 다시 그 그림을 꺼내 들었다. 그리고 파이퍼의 초상화가 걸려 있던 자리에 걸었다. "아름다운 초상화예요."

"아름다운 것을 아름답게 그리기는 쉽거든요." 휴고는 잠시 말을 멈췄다가 다시 입을 열었다. "데이비는 지나가는 사람들을 붙잡고 자랑했어요. 자기 형이 시계섬 시리즈의 삽화를 그렸다고요. 엄마랑 서점에 가면 책장에서 시계섬 책을 꺼내 돌아다니면서 서점 안에 있는 모두에게 자기 형이 이 그림을 그렸다고 얘기하고 다녔죠. 어떤 여자는 사인을 해 달랬대요. 그 일이 데이비에게 큰 기쁨을 줬죠." 그는 미소 지었지만, 그 미소는 곧 사라졌다. "잭은 데이비가 떠났을 때 우리에게 백마 탄 왕자나 마찬가지였어요. 정말 존경스러웠죠. 장례식 비용을 전부 내줬고, 내 비행기 티켓도 사줬어요. 엄마가 몇 달 동안 일을 할 수 없을 정도로 힘들어했는데, 엄마가 사는 집 대출도 다 갚아줬죠. 잭이 우리 둘을 구한 셈이에요."

루시는 자신이 위험한 물가에 다가가고 있다는 사실을 알고 있었다. 아직 아물지 않은 상처는 조심스럽게 다뤄야 했다. "아, 그래서 작가님이 힘들어할 때 여기로 와서 함께 살게 된 거군요." 그녀는 부드럽게 말했다.

"잭한테 빚을 많이 졌어요. 그리고 이렇게 오래 걸리리라고는 생각도 못 했고…" 휴고는 그녀의 눈을 마주치지 못하고 고개를 돌렸다. "더 빨리 극복할 수 있을 줄 알았어요. 지금도 정말 극복한 건지, 아니면 내가 떠날 때 죄책감을 느끼지 말라고 연기하는 건지 잘 모르겠어요."

"알다시피, 그는 마스터마인드잖아요?" 루시는 다시 그의 얼굴에 미소를 띠게 하려고 케이크 접시를 들고 다른 하나를 휴고에게 건넸다. 효과가 있었다. "그가 정말로 무슨 생각을 하는지는 추측만 할 수 있지, 절대 정답은 알 수 없어요."

"그렇겠네요. 치즈케이크로 건배나 하죠." 두 사람은 포크를 가볍게 부딪치고 나서 케이크를 먹기 시작했다.

치즈케이크를 다 먹고 나자 40분이 지나 있었고, 그동안 루시는 휴고의 그림들 중에서 다섯 점을 골라냈다. 그는 그녀가 선택한 그림들을 훑어보았다.

"아, '시계섬과 괴물들의 밤'." 휴고는 고개를 끄덕이며 인정했다. "나도 가장 좋아하는 작품 중 하나죠."

"어릴 때는 그 책이 정말 무서웠어요. 작가님 책 대부분이 으스스하기는 하지만, 그 책은 진짜로 겁을 먹게 만들었죠."

"그 책의 어두운 비밀을 알려줄까요?" 휴고가 '괴물들의 밤' 그림을 이젤 위에 올려놓았다.

루시는 일어서서 옷에 묻은 먼지를 털어내고 휴고 옆에 섰다. "모르겠네요. 아는 게 좋을까요?"

"그 책 내용 기억해요?"

"어떤 소년이 시계섬에 와서… 정확히 뭐였더라." 그녀는 미간을 찌푸렸다. "아, 자기 아버지가 늑대 인간이라고 생각한 소년은 아버지를 구할 치료법을 찾으려고 했어요. 10월의 군주와 그의 부인이 그를 괴물들로 가득한 성으로 모험을 떠나게 하고요. 맞죠?"

"비슷해요." 휴고가 말했다. "잭의 아버지는 알코올 중독자였어요. 잭은 자신이 늑대 인간과 함께 자란 것 같다고 했죠. 아버지가 평소에는 멀쩡한… 인간인데, 술을 마시면 괴물로 돌변했으니까요." 그는 손가락을 튕겼다. "아버지가 잭과 어머니에게 폭력을 휘둘렀대요. 그 사람에 비하면 우리 아버지는 성인군자로 보일 정도죠. 우리 아버지는 아버지 노릇에 싫증이 났을 때 그냥 떠나버렸거든요. 엄마의 마음을 아프게 하기는 했지만, 팔은 부러뜨리지 않았죠."

"세상에." 루시는 그림을 바라보았다. 캔버스 한쪽 구석에 있는 소년이 성안으로 들어갈 용기를 내려고 애를 쓰고 있었다. 소년은 성안에서 아버지의 병을 치료할 방법을 찾을 수도 있지만, 까딱하면 목숨을 잃을 수도 있었다. "작가님의 어린 시절 얘기는 전혀 몰랐어요. 다른 사람들한테—"

"그 얘길 하냐고요? 아뇨. 시계섬의 첫 번째 규칙이 '마법을 깨지 말 것'이잖아요. 아이들은 마스터마인드를 믿어야 해요. 커튼 뒤에 누가 있는지는 알 필요 없죠."

루시는 그 말을 이해하고 잭에게 감사했지만, 그가 그렇게 많은 비밀을 감춰야 한다는 사실에 마음이 아프기도 했다. 세상으로부터 그가 숨기고 있는 게 또 있을까?

휴고는 계속해서 말을 이었다. "자신의 아버지가 늑대 인간으로 변한 어느 밤에 시계섬을 만들어 냈다고 몇 년 전에 잭이 이야기해 줬어요. 이불 속에 숨어서 야광 시계의 숫자를 바라보며 시간이 지나가길 기다렸대요. 시계는 그에게 마법 같은 존재였어요. 밤 10시와 11시는 위험한 시간, 늑대 인간의 시간이었지만, 아침 6시, 7시, 8시는 인간의 시간이었죠. 만약 그가 시간을 통제할 능력이 있었다면 늑대 인간의 시간이 오지 못하게 막을 수 있을 거라고 생각했대요. 그렇게 시계는 섬이 되었고, 두려움에 떠는 아이들에게 용기를 되찾아 주는 장소가 되었죠."

"그래서 그 책들을 좋아했었어요." 루시가 말했다. "내가 왜 그 책들을 그토록 좋아하는지 깨닫기도 전에 말이죠. 시계섬에 갈 수만 있다면 환영받을 거라고 생각했어요." 잭이 아이들을 그렇게 잘 이해하고, 그들의 이야기를 잘 쓸 수 있었던 것은 당연한 일이었다. 그런 일이 일어나지 않으리라는 것을 알면서도 루시의 일부가 여전히 병원 대기실에 남아 부모님이 자신을 찾아오리라 기대하는 것처럼, 잭도 언제나 그 검은 성안에서 괴물들과 싸우며 사랑하는 사람을 구하려 애쓰고 있을 것이었다.

그녀는 신음하며 이마를 문질렀다.

"아까 작가님께 화냈던 게 너무 후회되네요." 그녀가 말했다.

"그러지 말아요. 괜찮아요. 나한테 더 심한 말도 많이 들었으니까." 휴고는 팔꿈치로 가볍게 그녀를 툭 쳤다. 루시는 그와 가까이서 있는 이 상황을 즐기고 있는 자신이 싫었다. 그는 티셔츠를 입고 있었고, 덕분에 그의 팔에 있는 화려한 타투가 완전히 드러났다. 그의 팔 근육이 움직일 때마다 색들이 꿀렁이며 움직이는 것 같았다. 마치 살아 숨 쉬는 듯한 그림 옆에 서 있는 느낌이었다.

"또 어떤 그림을 골랐어요?"

루시는 자신이 고른 그림들을 그에게 보여주었다. 그는 그림들을 훑어보며 그녀의 선택에 고개를 끄덕였다. 그는 그중 하나를 '괴물들의 밤' 대신 이젤 위에 걸었다.

"'시계섬의 수호자'를 골랐네요."

"별론가요? 전 좋은데." 루시는 이젤 위에 올려진 그림을 가리키며 말했다. "등대도 그렇고, 하늘을 바라보고 있는 남자도…" 그녀는 보름달 빛을 받으며 산책로에 서 있는 남자를 가리켰다. "정말 인상적이에요. 신비롭기도 하고요."

"잭도 이 그림이 가장 좋다고 했어요. 왜 그런지는 모르겠지만."

"난 알 것 같아요."

휴고가 눈썹을 치켜올리며 그녀를 바라보았다.

루시는 그를 가볍게 팔꿈치로 찔렀다. "주변을 봐요." 그녀가 그의 작업실에 쌓여 있는 그림 기록들을 가리켰다. "시계섬 삽화들, 스케치, 메모, 메시지, 여기 보관되어 있는 모든 것들을요…"

"그게 왜요?"

"당신이 시계섬의 수호자인 거예요, 휴고." 그녀가 말했다. "작가님이 그 표지를 사랑하는 이유는 당신을 사랑하기 때문이에요."

휴고의 눈이 약간 커졌다. "내가 떠나면 또 다른 수호자가 필요할 거예요."

"내가 지원해도 되나요?"

그는 장난기 가득한 눈으로 그녀를 노려보았다. "까마귀가 따로 없네요. 아직 시체에서 온기가 채 식지도 않았다고요."

"그럼 빨리 식어주시면 감사하겠어요." 그녀가 말했다. "난 집이 필요하거든요."

그는 손가락으로 그녀의 얼굴을 가리키더니 그녀의 코끝을 가볍게 튕겼다.

루시는 놀란 척하며 숨을 들이마셨다.

"당해도 싸요." 그가 말했다.

"후회는 없어요."

"당장 나가요." 그가 말했다. "안 그러면 이제 비스킷은 없어요."

루시는 아쉬운 마음으로 물감 얼룩이 가득한 그의 아름다운 작업실을 떠났다. 거실로 돌아온 그녀는 벽난로 앞에 섰다. 손을 따뜻하게 데우고 있을 때, 청바지 뒷주머니에 있던 휴대전화가 진동했다. 그녀는 전화기를 꺼냈다. 테레사에게 메시지가 하나 더 와있었다.

'제발 남아서 게임을 끝내요. 크리스토퍼는 내가 잘 보살필게요. 루시가 지금 포기해버리면 크리스토퍼는 평생 자신을 용서하지 못할 거예요.'

"괜찮아요?"

루시는 고개를 들어 올렸다. 걱정스러운 표정으로 미간을 한껏 찌푸린 휴고가 거실 문가에 서 있었다.

"테레사가 방금 남아서 게임을 끝내달라고 부탁하는 문자를 보냈어요. 잘 모르겠어요. 작가님은 우리 중에서 누군가가 승리할 가능성이 거의 없다고 했거든요. 어차피 불가능한 거라면—"

"불가능하지 않아요. 잭이 별난 짓은 많이 해도 참가자들이 실패하도록 일부러 수를 쓰지는 않았을 거예요. 봐요, 나도 대회에서 이길 가능성이 없었어요. 난 지금쯤 해크니의 문신 가게에서 일하면서 매일 밤 집에 가는 길에 칼에 찔리지 않으려고 애를 쓰고 있어야 맞아요. 그런데, 지금 난 여기 있잖아요." 그는 손을 흔들어 주변을 가리켰다. "이 집, 이 섬에 살면서 경력이란 것도 쌓았고…" 그는 그녀에게 걸어가 그녀 앞에 섰다. "마지막까지 남아서 게임을 끝내라고 당신한테 강요할 수는 없어요. 하지만 난 장담할 수 있어요. 만약 끝까지 해보지 않고 떠난다면 평생 동안 오늘 여기 남았더라면 어떻게 되었을까를 궁금해하게 될 거예요. 날 믿어요. 아름다운 결말을 맞이할 수도 있어요."

"당신은 불행하다면서요." 그녀가 말했다.

"그렇다고 생각했어요. 그런데 아닌 것 같네요." 그가 눈썹을 위로 들어 올리며 손을 들었다. "어떤 현명한 여인이 최근 내게 그러더군요. 나는 말도 안 되는 얘기를 한다고"

루시는 한숨을 쉬었다. "말도 안 되는 얘기를 하는지는 모르지만, 당신 말이 맞을 때도 있어요. 후회는 더 이상 필요 없어요. 이미 평생 할 후회를 다 했거든요.

휴고는 미소를 한 번 지어 보이고는 작업실로 사라졌다.

루시는 테레사에게 섬에 남아 게임을 계속하겠다고 답장을 보냈다.

테레사에게서 답장이 왔다. '꼭 이겨요!'

루시가 할 수 있는 말은 하나뿐이었다. '노력할게요.'

23

 루시를 설득해 대회가 끝날 때까지 머무르도록 한 휴고는 작업실로 돌아가서 잭에게 전화를 걸었다. 자정을 훌쩍 넘긴 늦은 시간이었지만 잭은 전화를 받았다.
 "남기로 했어요." 휴고가 말했다.
 잭은 안도하며 휴고의 귀에까지 들릴 정도로 크게 한숨을 쉬었다. "잘했네."
 "지금 저택까지 데려다주려고요."
 "아직 폭풍이—"
 갑자기 방 안 분위기가 바뀐 듯하더니, 묘한 정적이 흐르고 곧 어둠이 찾아왔다.
 "그럴 수가 없게 됐네요." 휴고가 말했다. 집이 암흑에 잠기자 루시가 깜짝 놀라 짧게 비명을 지르는 소리가 들렸다.
 "문단속 잘하게." 잭이 말했다. "둘 다 아침에 보세나. 우리 모두 아침까지 이 섬에 있다면 말이지."

"루시가 여기 있는 게 안전할까요? 만약 다른 참가자들이 우릴… 아시잖아요."

"서로 눈빛을 주고받는다고 오해할까 봐 그러나?"

"친구일 뿐이에요."

"이보게나, 휴고. 자네가 아무리 애를 써도 어차피 다음 두 게임에서 루시가 이기도록 도울 수는 없다네." 잭은 전화를 끊었다.

휴고는 루시가 잘 있는지 살피러 나갔고, 루시는 거센 폭풍을 뚫고 저택으로 가기보다 그의 별채에서 아침까지 지내는 게 더 안전할 것 같다는 휴고의 말에 동의했다. 그는 루시를 벽난로가 있는 거실에 안전하게 두고 담요와 필요한 물품들을 챙기러 갔다. 가장 푹신한 베개와 가장 포근한 담요, 촛불 두어 개도 챙겼다. 마지막으로 그의 집에서 여자와 함께 밤을 보낸 게 언제였던가? 너무 오래전이었다. 하지만 지금은 즐거워할 만한 상황이 아니었다. 그는 그저 새로운 인물이 주는 에너지와 외로움 때문일 거라며 들뜬 마음을 억눌렀다. 하지만 루시가 그를 향해 미소 지을 때마다 신발 속에서 발가락이 오그라드는 기분은 나쁘지 않았다.

그가 거실로 돌아왔을 때, 루시는 난롯불이 활활 타오르도록 키워놓았다. 그녀는 벽난로 옆 바닥에 놓인 방석 위에 앉아 있었다. 그는 다른 방석을 집어 들고 그녀 옆에 앉아 몸을 녹였다.

"베개와 담요는 아주 많아요." 그가 말했다. "적어도 오늘 밤에 얼어 죽는 일은 없을 거예요."

"루시는 그의 얼굴에 뭐가 묻기라도 한 것처럼 그를 빤히 보았다.

"왜요?" 그가 물었다.

"오해하지 마세요." 루시가 말했다. "안경을 안 쓰니까 정말 이상해 보여요."

그는 화장실에서 손전등 불빛에 의지해 이를 닦을 때 안경을 벗었다는 사실을 잊고 있었다. "미안해요. 가서 안경 가져올게요. 내 얼굴은 가릴수록 잘생겨 보인다는 걸 나도 알아요."

루시는 입술을 오므리며 그를 노려보았다. "내 말은, 이상하게 잘생겨 보인다는 뜻이었어요. 정말 젊어 보여요."

그는 눈썹을 치켜올렸다. "역시 안경 대신 콘택트렌즈를 끼고 다녔어야 했는데."

그녀는 벽난로 옆 바닥에 그가 두고 간 스케치북을 집어 들었다.

"아까 내가 난리를 피우기 전에는 작업 중이었나요?"

"난리를 피우지는 않았죠. 그냥 속상했던 거지. 작업이 아니라 그냥 끈적대고 있었어요." 그가 말했다.

"끈적대요?"

"데이비가 쓰던 말이에요. 끄적거리다라는 말 대신 끈적거린다고 하곤 했죠. 내 낙서들은 끈적이라고 불렀고. 재밌는 아이였어요." 다른 사람들처럼 데이비 이야기를 꺼냈을 때 슬픔이 전염된다는 듯 움찔하거나, 피하지 않는 누군가와 이야기를 나눌 수 있다는 사실이 그는 좋았다.

"정말 멋진 아이였을 것 같아요. 당신의 끈적이들을 좀 봐도 될까요?" 그녀가 순진한 미소를 지으며 물었다.

그는 손짓으로 보라는 신호를 보냈다.

루시는 그의 그림에 작은 얼룩도 남기지 않으려고 셔츠에 손을 문질러 닦았고, 그 모습이 휴고에게는 애틋할 정도로 사랑스럽게 느껴졌다. 그녀는 스케치북의 첫 페이지를 펼쳤다. 크레이터까지 세밀하게 묘사된 보름달이 그려져 있었다. 페이지 전체를 차지할 만큼 커다란 달의 앞바다에는 해골 깃발을 단 해적선이 떠 있었는데, 웰시코기 한 마리가 해적선의 조타를 잡고 있었다.

"잭의 새 책에 해적선이 나오나요?"

"모르죠." 휴고가 말했다. 그는 몸을 뒤로 기울이며 벽난로 앞으로 발을 뻗었다. "그냥 보름달 앞에 코기가 선장인 해적선이 떠 있는 모습을 그리고 싶어서 그렸어요. 한때 내가 진지한 예술가가 될 거라고 생각했다니 웃기죠."

"그렇게 안 돼서 다행이에요." 루시가 말했다. "자기 방 벽에 렘브란트 그림을 걸어둔 아이는 본 적 없지만 당신 그림을 걸어둔 아이들은 많이 봤거든요."

"그런가요?"

루시는 눈을 마주치지 않고 자신을 가리켰다. "책에 딸려 왔던 시계섬의 공주 포스터요. 몇 년 동안이나 제 침대 머리맡에 걸려 있었죠."

그는 과장되게 끙 하는 소리를 냈다. "고맙군요. 내가 아주 늙은이가 된 것 같아요."

"칭찬으로 받아들여야죠."

"알겠어요. 고맙네요. 영광입니다" 그는 기분이 좋았다. 늙은이가 된 느낌이긴 해도 어깨가 으쓱해졌다. 루시는 계속해서 스케치북을 넘겼다. "아주 멋져요." 그녀는 빨간 모자를 쓴 까마귀 목탄화를 보며 말했다.

"썰이에요. 모자를 쓰기는 했지만."

"잘 어울려요." 그녀가 말했다. 다음 페이지에는 풍선 끈에 매달린 머리를 들고 있는 광대를 그린 연필화였다. 그녀는 또 한 장을 넘기며 눈썹을 번쩍 치켜들었다. 그러고는 스케치북을 돌려 휴고에게 그림을 보여주었다. "엣헴."

"내가 표현할 수 있는 예술의 폭은 아주 넓답니다." 그가 웃으며 말했다. 약간 창피해야 한다는 사실을 알았지만, 난초는 그저 난초일 뿐이었다. 때로는 다른 의미로 보여지기도 했지만.

"꼭 외음부처럼 생겼는데요."

"잭의 온실에 있는 난초예요. 그리고 조지아 오키프(미국의 화가이며 자연에서 영감을 얻기로 유명했다. 그녀의 꽃 그림은 여성의 생식기를 연상시킨다는 평가를 받곤 했다-옮긴이)를 탓해요. 시작은 그분이 했으니까."

그녀는 아무 말 없이 고개를 저으며 한 장 한 장 페이지를 넘겼다. "정말 놀랍네요." 그녀가 말했다. 휴고의 가슴에 전기가 통하는 듯했다. 예술가라면 누구나 그렇듯, 칭찬에 약한 그였지만, 자신의 스케치북에 빠져들어 미소를 지으며 행복해하는 루시의 모습은 그에게는 칭찬 이상으로 특별하게 다가왔다. 그리고 예쁜 여인의 얼굴에 미소를 띠게 만드는 것이 얼마나 기분 좋은 일인지 잊고 있었다는 사실을 깨달았다.

"예술적인 재능이 조금이라도 있었으면 좋겠어요." 그녀가 말했다. "목도리를 만들 수는 있지만, 그건 예술보다는 공예에 가깝잖아요."

"인간에게 유용한 예술이 공예죠." 휴고가 말했다. "그리고 다른 사람들이 뭐라든 신경 쓰지 마요. 내가 본 어떤 퀼트 작품은 피카소의 작품들보다 훨씬 인상적이었어요."

루시는 미소를 지을 뿐, 아무 말도 없이 한 페이지를 오랫동안 유심히 들여다보았다.

휴고는 이제 잠자리에 들어야 할 시간이라는 사실을 알았지만, 대화를 끝내고 싶지 않았다. 그는 생각했던 것보다 루시와 함께 보내는 시간을 더 즐기고 있었다.

"예술가가 되고 싶었던 적이 있어요?" 그가 물었다.

루시는 스케치북을 덮어 조심스럽게 커피 테이블 위에 올려놓았다. "아뇨. 하지만 예술계에서 일하고 싶었어요. 그나마 가장 가까웠던 일은 준전문 뮤즈로 일했던 거예요."

그는 눈썹을 들어 올리며 말했다. "준전문 뮤즈? 그게 뭐죠?"

"한때 작가랑 사귄 적이 있었거든요." 그녀가 말했다. "그 사람이 날더러 자기 뮤즈라고 했었죠. 칭찬으로 받아들일 수도 있는 말이지만, 그는 불행한 사람들의 이야기를 쓰는 작가였어요."

루시는 다리를 접고 몸을 웅크렸고, 휴고는 나직하게 웃음을 터뜨렸다.

"나도 알 만한 사람인가요?" 그가 물었다.

"션 패리시라고 알아요?"

휴고는 몸을 일으켰다. 단순히 낯이 익은 정도가 아니라, 벌써 귀에서 경고음이 들리는 것 같았다. "션 패리시? 농담이죠?"

그녀는 얼굴을 찌푸렸다. "알아요? 개인적으로?"

"그는 몇 년 동안 잭과 같은 에이전시에 있었어요. 직접 만난 적은 없지만, 워낙 유명하잖아요. 좋은 쪽으로도, 나쁜 쪽으로도."

루시는 양손을 들어 저울질하는 시늉을 했다. "퓰리처상 수상자지만, 실은…"

"전무후무한 인간 말종이죠." 휴고가 말했다. 그는 션 패리시의 글을 그리 좋아하지 않았다. 심지어는 그의 책을 읽다가 50페이지를 넘기기도 전에 차라리 그 책 종이에 손을 벤 채 상어 떼 속으로 뛰어드는 게 낫겠다는 생각을 한 적도 있었다.

"맞아요. 그래서… 그렇게 됐죠." 루시는 한숨을 쉬며 말했다. "내가 그의 여자 친구였어요."

"도대체 그런 인간을 어디서 만났죠?"

"대학 때 그 사람 수업을 들었어요." 그녀가 말했다. "그는 창작 글쓰기 수업을 가르쳤죠. 그때는 내가 언젠가 출판사에서 일하게 될 거라 생각했어요. 참 순진했죠. 그래서 유명 작가의 글쓰기 수업을 들어보면 도움이 될 거라 생각했어요. 어쩌면 직장을 구하는 데 도움을 받을 수도 있으니까."

"그의 학생이었다고요?" 휴고는 비난하는 듯한 어투를 최대한 숨기려고 했지만, 이미 실패했다는 사실을 알고 있었다. 션은 그가 아는 많은 남성 예술가들과 다를 게 없어 보였다. 그들은 재능만큼 자아도 거대하지만, 불안정한 내면을 채우려 어린 예술가들을 흡혈귀처럼 노리는 자들이었다.

"어떤 오해를 받아도 싼 인간이기는 하지만, 엄밀히 말하면 수업이 끝난 후에 벌어진 일이에요. 새해 전야에 술집에서 우연히 그를 만났거든요. 그리고 함께 그가 사는 엄청나게 좋은 아파트로 갔고, 그 뒤로 3년 동안 그와 함께였어요. 그러니까, 그 집에 살지는 않았지만, 쭉 그 사람과 사귀었다고요."

"그 사람이… 나보다 나이가 많지 않나요?"

"지금은 40대 초반이에요. 마흔셋쯤 됐으려나? 내가 그를 만났을 때 그는 《배반자들》이라는 작품으로 전미 도서상을 수상한 직후였어요. 우리가 만나는 동안 그는 베스트셀러 두 권을 냈고, 그의 작품을 각색한 영화도 한 편 나왔어요. 그가 말하길, 내가 그의 행운의 부적이자 뮤즈라더군요. 누구도 원하지 않고 사랑하지도 않는 길고양이를 거둔 덕분에 우주가 자기편으로 기울었다고 생각했어요. 내가 그의 선행이었던 거죠."

휴고의 눈이 휘둥그레졌다. "그런 말을 자기 입으로 했다고요? 기가 차네요."

"내가 '정서적 고아'라는 사실을 좋아했어요. 나를 그렇게 불렀죠. '부모를 잃는 것보다 나쁜 건 죽은 거나 마찬가지인 부모를 두는 것'이라나 뭐라나.《한밤중》아니면《속임수》에 나오는 대사예요. 나는 그 두 작품이 자꾸 헷갈려요." 루시는 시선을 돌려 잠시 불을 바라보았다. 다시 입을 열었을 때, 그녀의 목소리는 공허했다. "그는 본인도 정서적 고아라고 했어요. 부모님의 이혼, 마약, 불륜 같은 문제들로 가정이 늘 불안했던 탓에 열두 살 때부터 자기가 알아서 커야 했다면서요. 그땐 엉망인 우리가 늘 함께여야 한다고 생각했죠."

"출처를 대야죠."

"네?" 루시는 불안하게 웃었다.

"잭은 늘 출처를 밝혀야 한다고 했어요. 둘이 엉망이어서 늘 함께여야 한다고 생각한 사람이 누구예요? 그 인간이에요? 아니면 당신이에요?"

"그 사람이요. 난 그를 믿었고요."

그녀는 농담처럼 미소를 지었지만 휴고는 그 미소가 진짜가 아니라는 사실을 알아보았다. "루시… 정말 힘들었겠어요."

"오해는 하지 마요. 가끔 재밌을 때도 있었어요. 유명인의 와인 농장에서 열리는 파티에도 가고, 미슐랭 스타 식당에도 여러 번 갔었죠. 유럽 투어도 함께 갔었어요. 게다가," 그녀는 자신을 가리키며 말했다. "성에서 섹스도 해봤다고요."

"난 당신이 그저 평범한 유치원 보조교사라고 생각했는데 말이죠." 휴고가 바닥에 몸을 뻗으며 말했다. "진짜 예술가의 뮤즈와 함께 있었다니, 누가 알았겠어요? 모든 예술가의 꿈을 내가 이룬 셈이네요. 이렇게 운이 좋을 수가."

"내 문신 보여드릴까요?"

"내 앞날보다 더 궁금하네요."

"여기요. 민망하게 만들려는 건 절대 아니에요." 루시는 그의 시선을 피하며 셔츠를 들어 올려 갈비뼈 쪽에 새겨진 문신을 보였다. 양손으로 두루마리를 들고 있는 아름다운 그리스 여인이 약 20센티미터 정도 크기로 새겨져 있었다. 휴고는 옆으로 몸을 굴려 그녀에게 다가가서 불빛 속에서 그 여인을 자세히 들여다보았다. 손끝으로 선들을 따라가고 싶었지만, 그녀를 만지기 시작하면 멈추기 어려울 것 같았다.

"칼리오페예요." 루시가 말했다. "그리스 뮤즈들 중 수장이죠. 서사시의 뮤즈예요."

"션 패리시가 문신을 하게 만든 건 아니죠?"

"아뇨. 이건 제가 스스로 한 거예요. 그가 나를 '뮤즈'라고 부르니까, 그를 기쁘게 해주고 싶었거든요."

휴고는 여자의 몸을 탐하는 시선이 아니라 예술 작품을 감상하는 예술가의 눈으로 그림을 자세히 들여다보았다.

"실직한 뮤즈를 찾는 사람 혹시 알아요?" 그녀는 셔츠를 내리며 물었다.

"난 현대 예술가예요." 그는 머리 뒤로 손을 깍지 꼈다. "내 뮤즈는 가난과 무명에 대한 두려움이죠."

그녀는 미소를 지었지만, 눈은 먼 산을 보고 있었다. 마치 잊고 싶은 무언가를 떠올리고 있는 듯했다. "그 사람에 대해 하나는 인정해야겠어요. 내 인생에서 처음으로 누군가 날 원한다는 느낌이 들게 해준 사람이었어요. 그가 날 간절히 원한다고 생각했죠. 그리고 인생에서 처음으로 그런 기분을 느끼면 그동안 그 느낌을 얼마나 갈망해 왔는지 깨닫게 돼요."

휴고는 그녀의 목소리가 어딘가 달라졌다는 것을 느낄 수 있었다. 오랫동안 비밀스럽게 숨겨온 슬픔이 배어 나오는 듯했다. 그는 몸을 일으키며 부드럽게 물었다. "두 사람에게 무슨 일이 있었던 거죠?"

그녀는 긴 숨을 내쉬고는 이야기를 시작했다.

"그와 잠자리를 하기 시작했을 때부터 그가 어떤 사람인지 알았어야 했어요." 루시가 말했다. "왜 작가가 될 생각도 없으면서 자기 글쓰기 수업을 들었냐고 나한테 묻더라고요. 나는 언젠가 출판계에서 일하고 싶다고 했어요. 뉴욕의 아동 문학 출판사에서 일자리를 구할까 생각 중이라고요. 그가 '정말 잘할 것 같다'든지 '잘 어울려' 같은 말을 해주길 바랐던 게 기억나네요. 그냥 뭉뚱그려서 '당신은 할 수 있어. 난 믿어' 같은 말이라도 해주길 바랐죠. 그런데 아니었어요. 그는 눈을 굴리면서 아동 문학은 진정한 문학이 아니라고 하더니 나더러 진짜 일을 찾아보랬어요."

"그림 없는 책과 관련된 일 말인가요?" 그가 말했다. 자기 작품에 대해 이런 농담을 많이 들어온 그였다.

"맞아요. 미안해요."

"미안할 필요 없어요. 당신이 그 말에 동의하지 않는 걸 아니까."

"그래도, 그때는 그렇게 말할 용기가 안 나더라고요. 그냥 고개를 끄덕이며 그가 내 꿈을 짓밟게 내버려 뒀죠. 하지만 그는 매력적이고, 웃기고, 섹시한 사람이었고, 우리는 여행도 같이 다녔어요. 그의 아파트도 멋졌고요. 그래서… 그 모든 장점을 모아 삐뚤빼뚤한 조각보 같은 관계를 이어갔죠. 행복하지 않아도 스스로 운이 좋다고 믿게 만들 수 있잖아요. 유명 작가와 데이트하는 나는 참 운이 좋다고 생각했어요. 그러다 내가 임신을 하게 되면서 모든 게 무너졌어요."

"이런, 루시." 가엾은 여자 같으니, 휴고는 생각했다. 그녀를 꼭 안아주고 싶었지만, 그러지 말아야 한다는 사실을 알았다.

"마음속 깊이 나는 늘 알고 있었어요. 내가 그에게 어떤 존재였는지. 난 그가 젊어 보이기 위해 곁에 두는 어린 여자일 뿐이었죠. 하지만 아이는 그의 계획에 없었어요. 그는 내가 아이를 지우길 원했죠. 백번도 더 말했고, 심지어 병원 예약까지 잡아줬어요."

그녀는 깊이 숨을 들이마셨다.

"그래서 캘리포니아로 이사했어요." 그녀는 이야기를 계속했다. "샤워를 하고 나와 거울을 볼 때마다 바보 같은 뮤즈 문신이 보였어요. 그걸 볼 때마다 그를 행복하게 해주기 위해 내가 얼마나 많은 걸 포기했는지가 떠오르더라고요. 만약 계속 그의 곁에 있었다면 난 결국 갈가리 찢겼을 거예요. 그래서… 어느 날 저녁 맨해튼에서 그의 출판 기념 파티가 열렸을 때, 머리가 아프다는 거짓말을 하고 호텔로 돌아가서 짐을 챙겨 도망쳤어요. 그리고 딱 한 장 가지고 있던 신용카드로 서부로 가는 여행 경비를 결제했죠. 자리를 잡는 동안에는 대학 친구가 머물 곳을 제공해 줬고요. 캘리포니아에 도착하고 몇 주 뒤에 난 하혈을 하기 시작했어요."

말실수를 할까 두려웠던 휴고는 아무 말도 하지 않았다.

루시는 주먹을 꽉 쥐었다. "그리고… 션에게는 아무 말도 하지 않았어요. 아무 말도요. 내가 어디에 있는지조차 말하지 않았어요. 그가 다시 돌아오라고 설득할까 봐 무서웠거든요. 그래서 캘리포니아에 남기로 결심했어요. 캘리포니아는 그런 곳이잖아요? 도망 중이거나 새 출발이 필요한 사람들을 위한 곳. 직장을 구하고, 바닥부터 다시 시작했죠. 그리고 여기까지 왔어요. 여전히 밑바닥에서 발버둥 치고 있기는 하지만."

"정말 유감이에요." 휴고가 말했다. 달리 무슨 말을 할 수 있을까?

"유산을 하고 나서 문득 생각이 들더군요. 션이 맞았을지도 모른다고, 나는 엄마가 되어서는 안 되는 사람일지도 모른다고요."

"아니죠." 휴고가 말했다. "그럴 리가요. 당신은 크리스토퍼의 손을 잡아주겠다고 캘리포니아까지 헤엄쳐 가려고 했던 사람이에요. 나쁜 엄마는 그렇게 못해요. 션 패리시는 아이를 원하지 않았던 거예요. 아이가 생기면 자기 자신이 아닌 누군가를 신경 써야 하니까. 그러니까 그가 한 말 절대 믿지 말아요."

루시는 천장을 올려다보며 눈물을 참으려는 듯 눈을 깜빡였다.

"들어봐요." 휴고가 말했다. "만약 데이비가 아직 살아 있고, 내가 그를 돌볼 사람을 선택해야 한다면, 누구보다 당신한테 맡기고 싶어요. 잭도 포함해서요." 그는 자신이 진심으로 그렇게 생각한다는 사실에 스스로 놀랐다.

그녀는 미소 지었다. 그녀의 눈은 아직 눈물이 맺힌 채 반짝이고 있었다. "그렇게 말해줘서 정말 고마워요. 하지만 난 내 자신조차 돌볼 수 없는걸요."

"나처럼 해요. 부유한 친구들에게 얹혀살아요. 부유한 친구가 없다는 게 당신의 진짜 문제라면 문제겠네요."

그는 그녀를 웃게 하려고 애쓰는 중이었다. 보일 듯 말 듯 한 미소가 그녀의 입가를 스쳐 지나갔다.

"어쨌든, 그게 다예요. 내 이야기요."

"아직 안 끝났어요."

그녀는 지친 듯한 미소를 지었다. "그래요, 맞아요. 내가 이 게임에서 이길 거니까. 그렇죠?"

휴고는 두 손으로 그녀의 얼굴을 붙잡고 눈을 맞췄다.

키스하고 싶었지만 참아야 했다. 그녀에게 지금 필요한 것은 키스가 아니었다.

"할 수 있어요." 그가 말했다. "난 당신이 할 수 있다고 믿어요."

24

 루시는 잔잔하게 부는 바람 소리와 고요한 파도 소리를 들으며 휴고의 소파에서 깨어났다. 커피가 끓고 빵이 구워지는 맛있는 냄새가 풍겼다. 해가 떠 있었고, 전기도 다시 들어와 있었다. 더 이상 도망치거나 숨을 핑계를 댈 수 없었다. 루시는 천천히 일어나 손가락으로 머리를 쓸어 넘겼다.
 "휴고?" 루시가 부르자, 휴고가 주방에서 고개를 내밀었다. 그는 이미 일어나서 옷을 입고 아침 식사를 준비하는 중이었다. 그녀는 그의 크고 따뜻한 손이 얼굴에 닿았던 느낌과 그녀를 믿는다고 말하던 그의 강렬한 눈빛을 떠올렸다. 그녀는 얼굴이 달아오르기 전에 얼른 그 생각을 밀어냈다.
 "좋은 아침." 그가 말했다. "커피는 어떻게 줄까요?"
 "내 혈관에 바로 주입해 주세요." 그녀가 말했다.
 "주사기를 준비할게요. 샤워하고 싶으면, 욕실은 복도 끝 왼쪽에 있어요."

루시는 그가 말하는 쪽으로 갔다가 벽에 걸린 장식용 케이스를 보고 멈춰 섰다. 안에는 말을 타고 있는 남자의 모습이 새겨진 커다란 금화가 들어 있었다. 그녀는 눈을 가늘게 뜨고 동전에 새겨진 글씨를 읽었다. 칼데콧 메달이었다. 어린이책 삽화가가 받을 수 있는 가장 영광스러운 상이었다. 휴고가 칼데콧상을 받았다고? 그런 이야기는 들은 적 없었다. 션은 만나는 사람 모두에게 자신이 퓰리처상을 받았다고 자랑했었다.

휴고가 알아채기 전에 루시는 서둘러 휴대폰으로 그가 어떤 작품으로 상을 받았는지 찾아보았다. 책 제목은 《데이비가 꿈꾸던 세계》로, 다운증후군을 가진 어린 소년이 다른 세계에 들어가 자신이 꿈꾸던 것들을 이루는 과정을 아름답게 그려낸 그림책이었다. 소년은 그 세계에서 비행기를 조종하고, 산을 오르고, 거대한 괴물과 싸우기도 한다. 하지만 그곳에 머무를 기회가 주어졌을 때, 그는 가족이 그리워져 집으로 돌아간다. 그녀가 줄거리를 보고 예상했던 것처럼 데이비드 리스를 기리며 헌정된 책이었.

헌정사에는 '데이비, 꿈의 세계를 다 돌아보고 나면 우리에게 돌아오는 걸 잊지 마'라고 적혀있었다.

루시는 잘못하다간 휴고와 깊이 사랑에 빠질 것 같았다. 이미 그를 너무 많이 좋아하고 있었다. 그가 너무 마음에 들어서 며칠 후 대회가 끝나면 떠나야 한다는 사실, 그리고 아마도 다시는 그를 볼 수 없으리라는 생각조차 하고 싶지 않았다.

하지만 크리스토퍼를 위해 잭의 새 책을 얻어내기만 한다면, 모든 게 다 괜찮아질 것이다. 게임에 집중하자고, 그녀는 스스로 다짐했다. 그녀 자신을 위해서가 아니라 크리스토퍼를 위해서.

그녀는 샤워를 하고 물기를 말린 뒤 가방에서 청바지와 하늘색 스웨터를 찾아 입었다. 그때 휴고가 욕실 문을 가볍게 두드렸다.

"들어와도 돼요." 그녀가 말했다. "옷 다 입고 있어요."

"아쉽네요." 그가 말하며 문을 열었다. 헝클어진 머리에 청바지와 흰 티셔츠를 입고 맨발로 문가에 서 있는 그의 모습이 너무 멋져서 루시는 심장이 멎을 뻔했다. 심장이 실제로 그렇게 뛸 수 있다니 신기할 따름이었다.

"잭이 전화했었어요. 당신을 제발 보고 싶다더군요. '제발'은 내가 덧붙인 게 아니라 잭이 말한 거예요. 하지만 나도 부탁할게요."

"목소리가 괜찮던가요?"

"화가 났냐고 물어보는 거라면, 아니요. 늘 미친 사람 같이 이야기하긴 하죠."

그녀는 한숨을 쉬며 관자놀이를 문질렀다. "꼭 가야 하나요?"

"가 봐요." 그가 마침내 말했다. "책에서 늘 하는 말 알잖아요. '들어줄 사람이 없는 것 같을 때도 끝까지 소원을 비는 용감한 아이들의 소원만 이루어진다. 왜냐하면 항상 누군가는 듣고 있으니까.'"

"그래요, 알겠어요."

"저, 심장 마비 양." 그는 미소 지으며 말했다. "겁먹지 말아요."

겁이 났지만 마음을 굳게 먹은 루시는 저택으로 걸어갔다. 저택 안은 그녀 말고는 아무도 없는 것처럼 으스스할 정도로 조용했다. 그러다 서재에서 나직이 대화하는 소리가 들렸다. 루시는 어제 지나치게 노발대발한 자신에게 잭이 화가 났을지도 모른다고 생각했다. 어쩌면 더스틴처럼 그녀를 집으로 돌려보낼 수도 있었다. 어젯밤 그녀는 정말 무례했으니까.

하지만 자신이 틀렸다고는 생각하지 않았다. 지나치게 격해져서 성을 내고 예의 없게 굴기는 했지만 틀린 건 아니었다. 참가자들도 인간이고, 그들의 삶과 마음이 장난감처럼 다뤄져서는 안 됐다.

잭은 거실에서 그녀를 기다리고 있었다. 서재 문은 닫혀 있었다. "아, 루시 양." 잭이 미소 지으며 말했다. "기분은 좀 어떤가요?"

기분이 어떠냐고 묻는 잭 특유의 말투가 있었다. 그 답이 매우 중요한 것처럼 느껴지게 만드는 말투였다.

"좀 나아졌어요." 그녀가 말했다. "어젯밤엔 너무 흥분해서 죄송했다고 말씀드리고 싶었어요. 제가 조금—"

"부디 마음에 두지 말길 바랍니다. 이번 주가 루시에게 조금 힘든 시간이었을 거예요. 대회가 끝나기 전까지 조금 더 힘들어질 텐데 걱정이군요."

"더 힘들어져요?" 루시는 다시 서재 문을 힐끗 보았다. 여전히 닫혀 있었다. 마치 그 안에 누군가가 숨어 있는 것 같았다. 잭이 아직 그녀에게 보여주고 싶지 않은 누군가. 그리고 그녀가 두려워하는 누군가.

"싫어하지 않았으면 좋겠는데, 내가 친구 한 명을 초대했답니다. 루시와 이야기하고 싶어 하는 사람이자, 루시와 이야기할 권리도 있는 사람인 것 같더군요."

"친구요?" 루시는 잭을 바라보았다. 그리고 그 순간 서재 문 뒤에 누가 있는지 깨달았다.

선일 것이다. 그녀는 그의 아이를 낳고 싶었지만 결국은 잃고 말았다. 그와 잭은 같은 에이전시에 소속되어 있었다. 두 사람 사이에 연결 고리를 찾기는 어렵지 않았다.

잭은 참가자들이 두려움과 맞서게 하겠다고 약속했었다. 하지만 전 남자 친구를 섬으로 초대하다니? 잭이 자신에게 이렇게까지 할 수 있다는 사실을 루시는 믿을 수 없었지만, 어쩌면 그는 그녀가 모르는 무언가를 이해하고 있는지도 몰랐다. 그녀는 그저 션과 이야기하고, 자신이 떠난 후에 어떻게 살았는지만 말하면 됐다. 그러면 끝날 것이다.

이건 게임이었다. 루시는 이 게임에서 이겨야 했다.

그녀는 서재 문을 열었다.

소파에 앉아 있는 사람은 어떤 여자였다.

여자? 션이 아니고?

그녀는 루시를 보고 자리에서 일어났다. 처음에 루시는 그녀를 알아보지 못했다. 곧 그 여자가 완벽하게 흰 치아를 드러내며 눈부시게 환한 미소를 지었다. 부동산 중개 사무소 웹페이지에서 본 사진 속 그대로였다.

"앤지?"

25

그 여자가 손을 가볍게 흔들었다.
"안녕, 루시. 오랜만이네."
서재에는 무거운 침묵이 짙은 안개처럼 내려앉았다. 자리에 얼어붙은 듯 멈춰 선 루시는 무슨 말을 해야 할지, 어떻게 행동해야 할지, 어떤 기분을 느껴야 할지 혼란스러웠다. 그리고 곧 알게 되었다. 그녀는 뒤도 돌아보지 않고 서재를 나섰다.
"루시?" 그녀가 지나가는 순간 잭이 불렀다. "루시!"
그녀는 계단에 다다랐다. 그녀의 직감은 빨리 도망치라고, 방으로 가서 문을 잠그라고 외치고 있었다.
계단을 반쯤 올랐을 때, 잭이 그녀를 따라잡았다.
"루시. 부탁입니다. 나이 먹은 노인네를 생각해서 뛰지는 말아줘요."
그녀는 계단 꼭대기에서 뒤로 돌아 아래를 내려다보았다. 잭은 난간을 붙잡고 있었고, 커다란 그의 눈에는 간절함이 가득 담겨 있었다.

"이게 뭐죠, 작가님?" 그녀가 낮게 소리쳤다. 그에게 할 수 있는 말은 그것뿐이었다. 왜 그가 이런 짓을 꾸민 걸까?

"5분만," 잭이 말했다. "그거면 됩니다. 설명할 시간을 5분만 줘요."

여전히 충격에 휩싸여 있던 루시는 무슨 말을 해야 할지 알 수 없었다. 그녀의 언니가 아래층 서재에 있다니. 단번에 알아보지도 못할 정도로 오랫동안 왕래가 없던 언니였다. 세상에서 가장 만나고 싶지 않은 사람이었다. 차라리 션 패리시에게 무릎을 꿇고 커피를 대접할지언정, 언니와 이야기를 나누고 싶은 생각은 없었다.

"언니가 나한테 얼마나 상처를 줬는지 아시잖아요." 루시의 눈에는 눈물이 가득했지만 그녀는 눈물이 떨어지지 않도록 일부러 눈을 깜빡이지 않고 있었다. 이제 더는 언니 때문에 눈물을 흘리고 싶지 않았다.

잭은 가슴에 손을 얹고 말했다. "다 설명할 수 있어요. 5분만 내 말을 들어봐요."

그의 목소리와 눈빛 속에 담긴 무언가가 루시를 망설이게 했다. 그녀의 고통이 그에게도 고통을 주고 있는 것 같았다. 분노, 충격, 슬픔에 휩싸인 동안에도 그녀는 잭의 책이 가장 힘든 시기에 그녀의 버팀목이 되어주었다는 사실을 기억해 냈다. 잭에게 진 빚이 그리 크지는 않을지라도, 5분 정도는 내어줄 수 있었다.

"5분만이에요."

"정말 고맙군요. 내 사무실로 갈까요?"

그녀는 무거운 발걸음으로 그의 글공장으로 향했다. 공포에 질려 불안에 떠는 어린아이로 돌아간 듯한 기분이었다. 잭은 사무실 문을 열어 그녀를 안으로 들였다. 그는 그녀가 열세 살 때 앉았던 낡은 소파를 가리켰지만, 그녀는 고개를 저었다.

"서 있을게요." 그녀가 말했다.

잭은 더 이상 말하지 않고, 책상으로 가서 앉았다.

"재미있지 않습니까?" 그가 말했다. "사람들이 두려움에 맞서는 이야기를 읽는 게 말이에요. 하지만 스스로 두려움에 맞서는 건 그렇게 재미있지 않지요."

"난 앤지가 두렵지 않아요. 난 언니를 미워해요. 그건 다른 거라고요."

"난 두려움을 알아볼 줄 알아요." 그가 말했다. "날 믿어요. 나는 매일 아침 거울 속에서 두려움을 보거든."

루시는 그를 노려보았다. "뭐가 두려우신데요? 돈이 아주 많으시잖아요. 필요하거나 원하는 건 다 사실 수 있잖아요."

"시간은 살 수 없지요. 이 세상 누구도 시간을 살 수는 없으니까요. 내 인생에서 낭비한 모든 시간들… 그 시간을 되찾을 수도 없고요. 시간을 살 수만 있다면, 두려움을 피하느라 낭비했던 시간을 다시 살 수 있으면 좋겠군요."

그의 목소리는 후회로 떨리고 있었다. 루시는 천천히 소파에 주저앉았다.

"뭐가 후회되시는데요?" 그녀가 물었다. 이미 명예, 부, 수백, 수천만 명의 사랑과 찬사까지 많은 것들을 이룬 그였다.

잭은 의자에 몸을 기대며 휘파람을 살짝 불었다. 썰 레이븐스크로프트가 횃대에서 날아와 잭의 손목에 앉았다. 그는 새의 우아한 목을 쓰다듬었다.

"나는 아버지가 되고 싶었어요." 그가 말했다. 그리고 그녀를 가리켰다. "내가 그런 사람인 줄은 몰랐을 겁니다"

"네, 전혀 몰랐어요. 그럼 왜—"

"아, 이유야 뻔하지요. 지금도 혼자 사는 남성이, 특히 게이 남성이 아이를 입양하는 건 어려운 일 아닙니까? 내가 젊었을 때, 그러니까 삼십 년 전에는, 그런 용감하고도 어리석은 일을 하기가 너무나 불가능해 보였답니다."

"어리석은 일은 아니었어요. 오히려 용감한 거지, 어리석다니요."

"내가 막 책을 출간하기 시작했을 때였어요." 그가 말했다. "책을 핑계 삼아 그 일은 차일피일 미뤘고요. 그러다 나를 사랑하지 않는 사람과 사랑에 빠졌지요. 흔한 이야기예요. 그 이후 나는 유명해졌고, 그걸 또 다른 핑계로 삼아 계속 미뤘어요. 사실은 내 진짜 모습이 드러날까 걱정이 됐고, 학교들이 내 책을 금지할까 봐 두려웠답니다. 피해망상이라고 생각할 수도 있겠지만, 수컷 펭귄 두 마리가 함께 새끼를 키우는 사랑스러운 이야기가 '자유의 나라'인 미국에서 여전히 가장 많이 금지된 책 중 하나라는 걸 상기시켜 줘야겠군요."

"유감이에요. 작가님은 훌륭한 아버지가 됐을 거예요. 제 아버지보다 훨씬 나았겠죠. 물론 이게 대단한 찬사는 될 수 없지만… 어렸을 때 전 작가님이 제 아버지였으면 했어요. 이미 아시겠지만."

잭은 희미한 미소를 지어 보였다. "휴고가 어텀에 대해 이야기했다고요?"

그녀는 잠시 멈췄다가 대답했다. "네, 말해줬어요. 직접 말해주실 수도 있었잖아요. 우린 작가님을 이해했을 거예요."

"나는 늘 아이들이 어른들 걱정을 하지 않아도 되는 세상이 되어야 한다고 믿어왔어요. 만약 아이들이 어른들을 걱정해야 한다면, 뭔가가 단단히 잘못된 겁니다."

"저도 그렇게 믿어요." 루시가 말했다. "하지만 이제 우리는 더 이상 아이가 아닌걸요."

"내게는 여전히 아이들입니다." 그는 그녀를 보며 미소 지었다. "그리고 어텀 일은… 그 아이와 통화를 한 후에 나는 내 변호사에게 연락했어요. 그 아이 아버지가 경찰 조사를 받을 수 있게 해달라고 했지요. 필요하다면 비용도 모두 감당할 생각이었어요. 멍청한 늙은이 같으니… 나는 내가 그 아이를 구할 수 있다고, 여기로 데려와서 입양할 수 있다고 생각했어요. 마음속에서 그녀는 이미 내 딸이었습니다. 그런데 내 탓으로 세상을 떠났지요. 그런 아버지가 어디 있답니까…"

"아이가 집을 나오게 만든 건 작가님이 아니잖아요. 작가님은 그저 아이에게 도망칠 곳을 주었을 뿐이에요. 시계섬은 아이들에게 그런 의미잖아요. 여기에 한 번도 와보지 못할 아이들도, 상상 속에서는 얼마든지 와볼 수 있죠. 제 인생이 너무 힘들어졌을 때, 저도 꿈속에서 이곳에 왔었어요. 그게 도움이 됐고요."

"그렇게 말해주니 고맙군요. 하지만 사실 난 수년 동안 시계섬이 애초에 존재하지 않았다면 좋았겠다고 생각했어요. 내 책에서도, 내가 살고 있는 현실 속에서도 말입니다. 그랬다면 어텀은 아직 살아 있었을지도 모르지요."

"시계섬이 없어지면 좋겠다는 소원을 빌지는 마세요." 그녀가 말했다. "필요한 사람이 많단 말이에요. 크리스토퍼가 처음 저희 집에 머물게 된 날 밤에 저는 시계섬 책을 읽어주기 시작했어요. 그날 아침에 부모님이 돌아가신 모습을 직접 목격했던 터라 아이는 완전히 제정신이 아니었죠. 거의 좀비 같았어요. 그래서 책을 꺼내 읽기 시작했어요. 첫 챕터를 끝내고, 그만 읽었으면 좋겠냐고 물었어요. 아이는 고개를 저었고, 저는 계속 책을 읽었죠. 다음 날에는 다른 시계섬 책을 읽어달라고 하더라고요. 그 이야기들이 그 아이와 저, 안드레, 멜라니, 더스틴, 그리고 휴고를 악몽 속에서 꺼내준 거예요."

"휴고라." 잭이 그녀의 말을 반복했다. "비밀을 하나 말해주지요. 어텀의 죽음 이후 내가 이렇게 오랫동안 정신을 못 차리고 있던 건, 다시 일을 시작하는 순간 휴고가 떠나리라는 사실을 알았기 때문이랍니다. 내 인생에서 가장 가까웠던 자식과 같은 존재를 잃게 될까 두려웠던 거지요."

"아직 입양할 수 있어요." 루시가 말했다. "늦지 않았어요."

"아, 하지만 너무 두렵답니다." 그가 미소 지으며 말했다. 곧 그 미소는 자취를 감췄다. "사람들은 내가 내 책 속에 등장한다고, 내가 바로 마스터마인드라고 생각해요. 하지만 난 그가 아닙니다. 사실 난 항상 아이고, 영원히 아이로 남을 겁니다. 두렵지만 희망을 품고, 언젠가는 누군가가 내 소원을 들어주길 꿈꾸는 아이 말이에요." 그는 루시의 눈을 마주쳤다. "때로는 우리가 세상에서 가장 원하는 것이 우리가 가장 두려워하는 것이고, 우리가 가장 두려워하는 것이 종종 우리가 가장 원하는 것이기도 하답니다. 루시 양이 세상에서 가장 원하는 건 뭔가요?"

"당연히 크리스토퍼예요. 작가님도 아시잖아요."

"그럼 가장 두려워하는 건? 우리 둘 다 알고 있지 않나요?"

루시는 시선을 피하며 눈을 깜빡였고, 눈물이 떨어졌다.

"만약 혼자서 할 수 없으면 어쩌죠? 전 엄마가 되는 방법을 몰라요." 그녀가 마침내 말했다. "크리스토퍼는 이미 지옥을 겪고 돌아왔어요. 그 애를 실망 시킬 수는 없어요. 아이를 실망 시킨다면 전 완전히 망가질 거예요. 때로는 마음속 깊은 곳에서… 다른 사람이 아이를 맡는 게 아이에게는 더 나을 수도 있다는 생각을 하곤 해요."

그녀는 코스타 부인이 했던 말을 떠올렸다. 크리스토퍼에게 자신이 엄마가 될 수 없다고 털어놓으면 오히려 아이가 안도하게 될 거라고 그녀는 말했었다. 혹시라도 그녀의 말이 맞다면?

잭은 그녀를 바라보았다. 그의 눈빛은 부드럽고 따뜻했다.

"우리는 사람들에게 꿈을 좇으라고 말하곤 합니다. 꿈을 이루기 전까지는 완전해지지 않을 거라고, 목표를 향해 나아가기 전까지는 불행할 거라고요. 하지만 꿈을 포기하는 게 얼마나 기분 좋은 일인지는 아무도 말해주지 않지요. 그 기분은…"

"안도감인가요?" 루시가 말했다.

"안도감, 맞아요." 잭이 고개를 끄덕이며 말했다. "어느 날 나는 내가 아이들과 인연이 없을 거라고, 자식 없이 홀로 살겠다고 결심했어요. 그리고 다음 날 아침 눈을 떴는데, 햇살이 물 위에서 춤을 추는 듯하고, 커피 맛도 전보다 좋더군요. 인생에서 걱정할 일이 하나 줄었거든요. 지켜야 할 약속도 하나 줄었고, 이겨내야 할 싸움도 하나 줄었고, 누구에게도 상처를 주지 않아도 됐지요. 정말이지 달콤했습니다. 승리의 달콤함 같았달까요. 그게 바로 포기의 달콤함이지요."

루시는 물 위에서 춤추는 햇살을 바라보며 말했다. "어젯밤에,

휴고의 집에서…" 그녀는 자신이 이런 말을 하고 있다는 사실이 믿기지 않았지만, 잭이라면 이해할 것 같았다. "그런 생각을 했어요. 만약 포기하면 어떨까 하고요. 크리스토퍼를 입양하는 걸 말이에요. 만약 제가 그 아이의 엄마가 되지 않는다면? 대신 누군가의 여자 친구가 되어 운전대를 맡기는 거죠. 다른 누군가가 제 인생을 대신 운전하도록요. 제가 운전대를 잡는 건 좀 불안하잖아요?" 그녀는 슬픈 미소를 지으며 작게 웃었다. 그는 그저 연민 어린 눈빛으로 그녀를 바라보았다. "작가님이 말했듯, 걱정거리 하나는 줄겠네요."

"루시를 좋아하더군. 우리 휴고가 말입니다. 장담하는데, 지금 당장 별채로 내려가서 키스해달라고 하면 그렇게 해줄 겁니다. 만약 게임을 끝내고 싶지 않다고, 언니와 이야기하기 싫다고 하면 그는 이해할 테지요."

"그럴지도 모르죠."

"왜 그렇게 하지 않지요? 앤지와 얘기하거나, 게임을 그만두거나 둘 중 하나를 택하면 됩니다."

루시는 게임을 포기하고, 잭의 말대로 걱정거리 하나를 줄인 자신의 모습을 상상해 보았다. 꽤 괜찮은 그림이었다. 자갈이 깔린 길을 따라 휴고의 작은 별채로 내려가서 문을 두드리고 무슨 일이 있었는지 말하고, 그녀에게 평생의 상처를 준 언니를 잭이 불러들였다고 말하는 모습이 그려졌다. 휴고는 안타까워하며 그녀를 안아줄 것이다. 그녀가 원한다면 키스도 해줄 것이다. 그녀가 울면 그는 위로해 줄 것이다. 그들은 해변을 산책할 것이다. 두 사람이 함께하는 첫 번째 산책. 더 이상은 못 하겠다고, 그녀는 말할 것이다. '나 자신도 돌보지 못하면서 어떻게 크리스토퍼를

돌볼 수 있겠어요?'

어쩌면 휴고는 이렇게 말할지도 모른다. '괜찮아요. 이제 내가 돌봐줄게요.'

크리스토퍼는 그를 돌봐줄 다른 누군가를 찾을 것이다. 그러면 결국 그도 괜찮아질 것이다.

달콤하고, 유혹적인 꿈이었다.

루시는 일어서서 잭의 사무실에 있는 큰 창문으로 다가갔다. 그녀는 휴고의 별채로 이어지는 길을 내려다보다가 물 위에서 춤추는 햇살을 바라보았다.

"여덟 살 때부터 조부모님 댁에서 살게 됐어요. 학교에 있을 때마다 부모님이 날 데리러 와줬으면 좋겠다고 늘 생각했었죠." 그녀가 말했다. "그냥 어느 날 갑자기 나타나서 날 집으로 데려가는 거예요. 하지만 그런 일은 일어나지 않았어요."

잭은 창가로 가서 그녀 옆에 섰다. "안타깝군요. 그런 일이 일어났더라면 좋았을 텐데. 루시가 내 딸이었다면 난 풍선과 아이스크림을 들고 교실로 찾아가서 루시를 조랑말 등에 태우고 퍼레이드를 벌이며 집으로 갔을 겁니다."

"나는 크리스토퍼에게 그런 퍼레이드는 해줄 수 없어요." 그녀가 말했다. "그리고… 그 애를 데리러 가서 집으로 데려오는 것조차 할 수 없어요. 그래도 그 애 곁에 있어 줄 수는 있죠. 그건 할 수 있어요."

잭은 돌아서서 그녀의 이마에 가볍게 입을 맞추었다. 그녀가 늘 아버지에게 받고 싶었던 키스였다. 그리고 부드럽게 말했다. "내가 뭐라고 하던가요? 내 말이 맞았어요. 아스트리드가 아직 여기에 있다니까."

아스트리드는 바로 그녀였다.

루시는 자신의 두려움과 맞서기 위해 아래층으로 내려갔다.

서재 문을 열자 앤지가 《시계섬의 저택》을 손에 들고 책장 중 하나 앞에 서 있었다. 그녀는 책을 덮고 마치 방패처럼 가슴에 품었다.

"안녕." 앤지가 말했다.

"안녕."

"놀랐다면 미안해. 나는… 암튼, 좋아 보이네." 앤지가 미소 지었다. "네가 이렇게 나이를 먹었다니 믿기지 않아. 거의 못 알아볼 뻔했어. 마지막으로 봤을 때 네가 열일곱인가 열여덟쯤이었으니…"

"언니, 내가 여기 온 이유는 작가님이 언니와 얘기하라고 했기 때문이야." 루시가 말했다.

앤지는 그녀의 말에 놀란 것처럼 보이지 않았다. 그녀는 바닥을 내려다보다가 말했다. "미안해. 진심으로." 앤지는 두려움에 떨고 있는 것 같았다. 아니면 창피한 것일까? 그녀는 마침내 루시를 올려다보았다. "하지만 널 보게 돼서 정말 좋아."

"그래?"

"정말이야. 믿기 힘들겠지만." 앤지는 팔짱을 끼며 책을 가슴에 바짝 끌어안았다.

"앉아도 돼." 루시가 소파의 팔걸이에 앉았다. 휴고는 서재에 있을 때 늘 그 자리에 앉곤 했다. 앤지는 경계하는 듯한 미소를 지으며 맞은편 안락의자에 앉았다.

"네가 무슨 말이든 하기 전에, 연락도 없이 갑자기 여기에 나타나서 미안하다고 사과하고 싶어. 연락하고 싶었는데, 작가님이 말하지 말라고 부탁했어. 그리고 사실, 연락하려고 했더라도 네가 전화를 끊어버릴 것 같았어."

"그랬을 거야."

"응, 그럴 줄 알았어."

"그랬어?" 루시는 앞으로 몸을 기울여 자신과 가장 가까운 가족이라 할 수 있는 낯선 인물을 빤히 바라보았다. "가족 전체에게 사랑받지 못하고, 쓸모없는 존재라고 느끼면서 자라는 게 어떤 기분인지 언니가 조금이라도 알기나 해? 그렇게 느끼기만 하는 게 아니라 진짜로 아무도 날 원하지 않는다는 사실을 알게 되는 게 어떤 기분인지 아냐고. 언니가 직접 그렇게 말했잖아? 엄마 아빠는 언니가 골수 이식이 필요할까 봐 날 낳은 거라고, 엄마 아빠는 날 원하지도 않았고, 언니도 마찬가지라고 언니 입으로 말했잖아. 그것도 언니의 열여섯 번째 생일 파티에 온 스무 명이나 되는 사람들 앞에서. 기억나? 난 그 말이 매일 떠오르거든."

루시의 귓가에 앤지의 말이 여전히 생생하게 울려 퍼졌다. 부모님은 널 원하지 않았고, 나도 마찬가지야…

루시는 당시 고작 열두 살이었다.

"난…" 앤지는 시선을 돌렸다. 겁쟁이, 루시는 생각했다. 그녀는 루시의 눈을 마주칠 수조차 없었다. "그래, 내가 그렇게 말했지. 그런 끔찍한 말을 했어." 마침내 앤지가 그녀를 바라보았다. "그 말들을 다시 주워 담을 수 있으면 좋겠어. 그리고 미안해. 정말, 정말 미안해. 용서해 주길 바라지도 않고, 변명도 하지 않을게. 나도 겨우 열여섯 살이었지만, 그거 알아? 난 내가 하는 말이 얼마나 끔찍한지 알면서도 그 말들을 입 밖으로 뱉었어. 시간을 되돌릴 수 있으면 좋겠지만, 그럴 수는 없겠지. 내가 할 수 있는 건 그저 미안하다고 사과하는 것뿐이야."

루시는 아무 말도 할 수 없었다. 도저히 말이 입 밖으로 나오지 않았다. 그녀는 이런 날을 천 번도 더 상상했었다. 어머니나 아버지, 혹은 언니나 그들 모두가 그녀에게 와서 무릎 꿇고 용서를 구하는 모습을. 때로는 그들을 용서하는 꿈을 꾸기도 했었다. 하지만 대부분의 꿈에서는 그들을 용서하지 않았다. 그들에게 너무 늦었다고, 루시는 이미 그들을 지웠고, 가족 따위 필요 없다고 이야기하곤 했다. 그리고 자리에서 일어나 걸어 나갔고, 그들이 그녀의 이름을 아무리 크게 불러도 절대 뒤돌아보지 않았다.

마침내 앤지가 침묵을 깼다. "어쨌든, 이제 갈게. 넌 사과 받을 자격이 있고, 네가 원한다면 혼자 있을 권리도 있으니까."

앤지는 소파에서 천천히 일어섰다. 루시는 그녀의 표정이 일그러지는 모습을 보며 그녀가 어릴 적 병으로 인한 후유증을 앓고 있는지 궁금해졌다.

"있어도 돼." 루시가 말했다.

앤지는 의심스러운 눈빛으로 그녀를 바라보다가 천천히 다시 소파에 앉았다.

"하나만 물어볼게." 루시가 말했다. "언니가 한 말, 사실이야? 엄마랑 아빠가 날 낳은 게 언니에게 골수 이식이 필요할 수도 있다는 말을 들었기 때문이야? 골수 이식이 필요하지 않게 되면서 난 그냥 공간만 차지하는 존재가 된 거야?"

앤지는 소파에 기대앉아 차갑고 텅 빈 벽난로를 멍하니 바라보았다.

"뭐 하나 말해줄까?" 앤지가 물었다. "들어볼래?"

"그래. 말해 봐." 루시가 말했다.

"가족의 '편애'를 받는 아이가 보통 그렇지 않은 아이들보다 더 망가지는 경우가 많다는 거 알아? 그런 부모 밑에서 아이들이 가장 먼저 배우는 교훈은 부모의 사랑이 조건적이라는 거야. 기대에 부응하지 못하면 그 사랑이 사라질 수도 있다는 걸 알게 되는 거지. 형제자매들 사이에서 그런 일이 일어나는 걸 보면서 자기한테는 그런 일이 일어나지 않도록 온갖 노력을 하게 돼. 재밌지 않아? 나는 그걸 상담치료를 받으면서 배웠어."

루시는 아직 아무 말도 할 수 없었다. 그녀는 잠시 기다렸다가 입을 열었다. "상담치료를 받고 있어?"

"열일곱 살 때부터." 앤지는 말했다. 그리고 냉소적인 웃음을 지었다. "엄마 아빠의 생각이었어. 아니, 명령이었지."

"어릴 때 내내 병으로 고생한 트라우마 때문에?"

"내가 아프지 않으면 그분들이 행복하지 않았기 때문에." 그녀가 말했다. "부모님은 내가 아파야만 좋아해 줬어. 의사에게 보내 치료받게 하는 걸 좋아했지. 신체적인 병이 나아지자 엄마 아빠가 고쳐줘야 할 다른 문제가 필요했어. 그래서 처음에는 내가 학습 장애가 있다고 했고, 그 다음에는 섭식 장애가 있다고 했어. 나중에는 정신 질환이 있다고 결론 내리더라. 찾을 수 있는 모든 정신과 의사, 심리학자, 심리치료사에게 나를 보냈어. 자신들의 소중한 아이를 구하기 위해 모든 걸 다하는 영웅 역할을 못 하게 되면 인생에서 의미를 찾을 수가 없었던 거지."

루시는 자신이 듣고 있는 말을 믿을 수가 없었다. 마치 언니가 이중 스파이가 되어 부모님을 배신하고 있는 것 같은 기분이었다.

"우리 부모님은 건강한 사람들이 아니야." 앤지는 말을 이었다. "둘 다 자기애성 성격장애가 있을 수도 있고 엄마만 그럴 수도 있지. 아빠는 그냥 너무 약해서 엄마 말에 따를 수밖에 없는지도 모르고. 누가 알겠어? 사실 이제 중요하지도 않아. 두 사람에게 무슨 문제가 있든 말이지…" 그녀는 울지 않으려고 천장을 올려다보았다. "솔직히 말해서, 돌이켜보면, 네가 집이 아니라 할아버지 할머니 밑에서 자란 게 부럽기도 해. 내가 했던 말 때문에 나한테 화난 건 알지만, 이것만은 장담할 수 있어. 진짜 운이 좋은 건 너야, 루시. 그걸 네가 알았으면 좋겠어…"

루시는 머릿속으로 방금 들은 이야기를 이해하려 애쓰며 그저 멍하니 앤지를 바라보았다. "미안해. 이 모든 걸 어떻게 받아들여야 할지 모르겠어."

"정말? 난 네가 이 모든 걸 다 알아채서 떠난 줄 알았어. 치료 받으면서 또 하나 배운 게 있어." 앤지가 말했다. "문제 많은 가정에서 반항하고 문제를 일으키는 아이들이 정신적으로 가장 건강하다는 거야. 뭔가가 잘못됐다는 걸 알아채는 아이들인 거지. 그래서 반항하는 거고. 집이 불타고 있는 모습을 보고 도움을 청할 줄 아는 거야. 그게 너였어. 우린 그냥 주변이 불타고 있는데도 식탁에 앉아 저녁이나 먹고 있었던 거고. 내가 네 말을 들었어야 했어. 나도 함께 도움을 요청했어야 했어."

루시는 경계하며 앤지의 이야기를 들었다. 앤지는 처음에는 머뭇거리는 듯했지만, 곧 무너진 댐에서 물이 쏟아지듯 충격적인 이야기를 쏟아냈다.

앤지는 다른 아이들이 거리에서 놀고, 핼러윈 때 사탕을 얻으러 다니고, 자전거를 타고, 뒷마당에서 책을 읽거나 뛰어다니거나 나무를 오르는 모습을 창문 너머로 바라보기만 하면서 어린 시절의 절반을 보냈다. 다른 아이들을 싫어했지만, 그 이유는 단순히 질투가 났기 때문이었다. 돌이켜보니 그랬던 것 같다고 했다. 그녀가 아팠던 건 사실이었다. 거짓은 하나도 없었지만 그래도 루시를 멀리 보낼 필요는 없었다. 다만 그녀의 부모에게는 그게 더 영웅적으로 보일 수 있는 방법이었다. 큰딸이 너무 아파서 온 힘을 다해 아이를 돌보느라 둘째 딸은 희생할 수밖에 없었다고 하는 편이 더 감동적이니까. 더 마음이 아프니까. 얼마나 영웅적인 삶인가! 생각만으로도 앤지는 속이 메스꺼운 듯했다.

마침내 앤지의 병이 낫고 건강해졌을 때⋯ 그녀는 곧 깨달았다. 그녀가 아프지 않으면 부모의 관심을 받을 수 없다는 사실을. 그래서 앤지는 꾀병을 부리기 시작했다. 열이 있는 척, 병에 걸린 척 했다. 엄마 아빠가 원하던 바였다. 그리고 모든 게 다시 시작됐다. 앤지는 상담치료사와 상담을 하기 시작했고, 엄마 아빠의 순교자 연극도 다시 시작됐다.

"하지만 이번에는 부모님 뜻대로 되지 않았어." 앤지는 승리감이 서린 얼굴로 말했다. "내 심리치료사가 무슨 일이 일어나고 있는지 눈치를 챘거든. 우리 집에서 문제가 있는 사람은 내가 아니라 엄마 아빠였던 거야. 그리고 나도 더 이상 그들의 게임에 놀아나지 않기로 했고."

"더 이상? 그게 무슨 말이야?" 루시가 물었다.

"부모님을 안 보고 산 지 몇 년 됐어." 앤지는 마치 감옥에서 탈출한 사람처럼 의기양양하게 말했다.

루시는 입이 바짝 말라서 아무 말도 할 수 없었다. 살면서 이렇게까지 충격을 받은 적이 없었다.

"부모님을 더는 참을 수가 없겠더라." 앤지가 말을 이었다. "건강해지고 난 뒤에는 부모님도 나를 필요로 하지 않았고. 두 분은 지금 동유럽에서 입양한 두 아이를 키우고 계셔. 엄마는 그 애들에게 해주는 모든 걸 블로그에 올리는데, 굳이 찾아서 읽지는 마. 엄마더러 영웅이라고 칭송하는 댓글들을 보면 휴대폰을 창밖으로 던져버리고 싶을 테니까."

루시는 그저 고개를 저을 수밖에 없었다. 그녀의 부모가 영웅이라고? 자기 딸 생일에 전화 한 통 한 적 없는 그들이?

"있잖아." 앤지는 침묵 속에서 말을 꺼냈다. "부모님한테 가장 화가 나는 이유는… 너 때문이야. 널 잃은 게 가장 마음이 아파. 내 기억에…" 그녀는 아름다운 무언가를 떠올리듯 미소를 지었다. "네가 이 섬에서 살겠다고 도망쳐 왔을 때, 엄마 아빠는 정말 노발대발하셨어. 네가 아동방임으로 당신들을 고소할까 봐 걱정했지. 그들이 신경 쓴 건 그게 전부였어. 네가 밖에서 험한 일을 당하지 않을까 걱정하기는커녕, 당신들이 곤경에 빠질까 두려워하기만 했지. 그리고 나는 네가 정말로 대단하다고 생각했어. 정말로. 시계섬 시리즈를 읽어본 적 없던 나는 그 뒤로 몇 권을 읽게 됐어. 그리고 잭 마스터슨에게 편지도 썼지. 내가 네 언니라고 말하면서. 그가 답장을 보내왔고, 네가 얼마나 멋진 소녀인지, 그렇게 똑똑하고 용감한 동생을 가진 내가 얼마나 운이 좋은지 말해줬어. 그리고 너한테 했던 말에 대해 사과하라고 설득하려 했지만 난 도저히 그럴 수가 없었어. 내가 편지를 쓸 때마다 그는 너와 이야기해 보라고 답장을 보냈어. 나는 결국 편지 쓰는 걸 그만뒀지. 죄책감이 자꾸 커졌거든. 그러다 이번 대회가 열렸고, 네가 참가자가 된 거야. 나도 잭 마스터슨에게 전화를 받고 이 대회에 참여하게 되었지. 그래서… 여기 왔어. 그리고 다시 한번 미안해. 앞으로도 늘 미안할 거야."

"평생 동안 언니가 미안하다고 말할 날을 기다렸어."

"이제 더 이상 기다릴 필요 없어. 미안해, 루시. 난 엄마 아빠의 사랑을 잃을까 봐 두려웠어. 건강이 회복될수록 엄마 아빠의 사랑을 점점 잃는 기분이었거든. 그동안 네가 나에게서 그 관심을 빼앗아 갈까 봐 두려웠어. 난 그때 건강했고, 너도 마찬가지였지. 우리가 같은 조건에서 경쟁한다면, 그러니까…" 앤지는 고개를 들고 잠시 시선을 피했다가 마침내 루시를 바라보았다. "네가 이겼을 거야."

루시는 충격에 웃음을 터뜨렸다. "이겨? 대체 뭘?"

"인생." 앤지가 어깨를 으쓱하며 말했다. "네가 인생에서 이겼을 거야. 엄마 아빠는 날 온실 속 화초 다루듯 키웠고… 난 차를 어떻게 우려내는지도 몰랐어. 심지어… 내가 차를 좋아하는지조차 몰랐지."

"나도 내가 차를 좋아하는지 몰랐어." 무슨 말이라도 해야 할 것 같았던 루시가 말했다. "작가님이 설탕을 듬뿍 넣은 차를 만들어줬었는데, 꽤 맛이 있더라고."

"세상에서 가장 유명한 사람과 알고 지내다니. 설탕 넣은 차를 처음 만들어 준 사람이 바로 그 사람이라니. 개인 섬에서 경찰에게 끌려 나갔다니." 앤지는 두 손을 뻗어 루시에게 보였다. "넌 인생에서 이겼어. 난 네 발꿈치에도 미치지 못했고."

루시의 마음속에서 무슨 일인가 일어나고 있었다. 마음을 둘러싸고 있던 벽이 무너지는 듯했다.

"어릴 때 난 고양이 한 마리 키우는 것도 허락받지 못했어." 앤지가 말했다. "고양이 한 마리 말고는 아무것도 원하는 게 없었는데. 지금 난 두 마리를 키우고 있어." 그녀가 미소 지었다. "이름은 빈스 퍼랄디랑 빌리 폴리데이야."

"시계섬 시리즈에 나오는 이름들을 막 갖다 붙였네."

"작가님도 그런 절도는 환영한다더라." 앤지는 몸을 앞으로 기울였다. "오, 루시. 네게 전화를 걸어서 이런 이야기를 하고 싶었던 적이 수없이 많았어. 하지만 매번 포기했지. 난 그저 겁쟁이였어. 지금도 겁쟁이고. 작가님이 여기에 와달라고 설득하지 않았다면 난 널 영영 볼 수 없었을 거야."

"나도 언니한테 전화하려고 했었어. 돈이 필요해서였지만."

"당연히 줬을 거야. 아직도 필요해? 필요하면 말만 해."

"아니. 음, 맞아. 아직 필요하긴 하지만 언니가 주는 돈을 받고 싶진 않아."

"뭐, 마음이 바뀌면 말해줘." 앤지가 희미하게 미소를 지었다. "내가 해줄 수 있는 게 있을까? 엄마 아빠에 대한 더 끔찍한 이야기가 필요하다면 아직 많이 남았어."

"혹시 아이를 가지면 엄마 아빠가 우리를 망친 것처럼 아이들을 망칠까 봐 두렵지 않아?"

"그럼. 항상 그렇지. 난 남자 친구도 두 명밖에 안 사귀어 봤고, 그중 한 명은 완전히 나르시시스트였어."

"나도 겪어봤어."

"다른 한 명은 너무 착해서 내가…" 그녀는 고개를 저었다. "그는 나보다 더 나은 사람을 만날 자격이 있었어. 하지만 넌 안 그래도 돼."

"뭐가 말이야?"

"난 네가 아이를 가지는 건 하나도 걱정이 안 돼. 넌 훌륭한 엄마가 될 거야. 아이들이 사랑받을 자격이 있다는 걸 아니까. 넌 네가 사랑받을 자격이 있다는 걸 알았고, 그걸 우리에게도 말하려고 했는데 우리가 듣지 않았을 뿐이야."

루시는 무슨 말이라도 하고 싶었다. 정확히 무슨 말을 해야 할지는 몰랐지만, 아마도 '이렇게 모든 걸 말해줘서 고마워' 같은 말을 하고 싶었던 것 같다.

그때 잭이 서재 문을 조심스럽게 두드리고는 고개를 내밀었다.

"방해해서 미안합니다. 앤지 양, 배가 오고 있어요. 준비됐나요?"

앤지는 그와 루시를 향해 각각 미소 지었다. "너무 오래 머물러서 폐를 끼치고 싶지는 않아요."

그녀는 일어서서 문 쪽으로 걸어갔다. 루시가 말했다. "내가 선착장까지 데려다줄게."

앤지는 미소 지었다. "고마워. 그럼 좋겠어."

선착장으로 내려가는 길에 앤지는 주변을 둘러보았다. "정말 멋진 곳이야. 너 정말 운이 좋다."

선착장에 도착한 두 사람은 선장이 선착장에 배를 묶는 동안 기다렸다.

"어쨌든," 앤지가 말했다. 두 사람 사이에 다시 어색한 분위기가 감돌기 시작했다. "다시 만날 수 있으면 좋겠—"

"왜 지금이야?" 루시가 갑자기 물었다.

"응?"

"왜 지금에서야 나한테 이야기하는 거야? 1년 전이나 3년 전이 아니라? 작가님이—"

"이제 더는 시간을 낭비하고 싶지 않았어." 앤지가 말했다. "그게 다야."

선장이 앤지를 배에 태워 주었다.

"곧 다시 이야기할 수 있을까?" 앤지가 물었다. "게임이 끝나면 네 소식을 듣고 싶어. 네가 이겼는지 알려줄래?"

루시는 대답하기 전에 잠시 망설였다. "그래볼게."

윙 하는 엔진 소리와 함께 배가 선착장을 천천히 벗어났다.

잭이 다가와 루시 곁에 섰고, 배는 천천히 얕은 물가를 벗어나 깊은 바다로 나아갔다. "언니는 내가 운이 좋다고 생각하네요."

"아, 루시 양은 건강하니까요."

"전 왜 늘 언니의 삶이 완벽하리라고 생각했을까요?"

"왜냐하면 앤지는 부모님의 사랑을 받았으니까요. 앤지가 복권에 당첨된 거나 마찬가지라 생각한 거지요. 하지만 복권 당첨자의 저주에 대해 들어본 적이 있겠지요?"

루시는 그 말의 의미를 알고 있었다. 그리고 앤지가 그 저주를 받은 것 같았다. 부모님의 사랑을 얻었지만, 그 사랑을 잃는 건 한순간이었다.

"아직은 용서하기가 힘드네요." 배가 시야에서 사라질 때쯤 루시가 말했다.

"당연히 그럴 겁니다."

"하지만 언니가 밉지는 않아요."

"미움은 손잡이가 없는 칼이랍니다. 그걸로 무언가를 베려다간 결국 자신도 다치고 말지요."

"작가님—"

"루시, 오늘 상처를 줬다면 미안합니다." 잭이 말했다. "쉽지 않았다는 걸 알아요. 그리고 내가 오지랖 넓은 늙은이라는 것도 잘 알지요. 하지만 조금만 시간을—"

"작가님?"

그가 그녀를 향해 돌아섰다. 그의 표정은 마치 곧 단두대의 도끼가 떨어지기를 기다리는 사람 같았다.

"고맙습니다."

"마지막으로 질문이 있다." 마스터마인드가 어디를 가든 그를 따라다니는 그림자 속에서 말했다.

아스트리드는 피가 얼어붙는 듯했다. 질문이 더 있다고? 모든 시험을 통과하고, 모든 수수께끼에 답을 하지 않았나? 이제 그녀와 맥스가 할 일이 뭐가 남았을까? 엄마와 맥스가 선착장에서 아스트리드를 기다리고 있었다. 아스트리드는 그들과 함께 있고 싶었다. 집으로 가서 이삿짐을 싸고 싶었다. 아, 그 전에 아빠에게 전화를 걸어 새로운 소식을 전해야 했다. 집에 가만히 앉아 아빠가 기적처럼 이곳에 새 직장을 구하길 바라는 대신 아빠가 사는 곳으로 이사를 하기로 했다는 소식이었다. 이제 떠날 시간이었다. 새로운 삶을 시작할 시간. 가족을 다시 하나로 모을 시간. 시계가 똑딱거리며 말하고 있었다. '똑딱 똑딱, 이제 시계섬을 떠날 시간이야.'

"질문이 뭔데요?" 아스트리드는 문가에 서 있었다. 한 발은 저택 안에, 한 발은 바깥에 둔 채 언제라도 선착장으로 달려갈 태세였다.

"진실을 말해 보거라." 그가 말했다. "모든 진실을. 아니… 더 깊은 진실을. 이게 네가 무엇보다 원하는 것이냐?"

진실. 모든 진실. 더 깊은 진실.

"저는… 여기가 너무 좋아요." 그녀는 끝없이 펼쳐진 은빛 물결과 언제나 변함없는 청회색 하늘을 바라보며 말했다. "우리 가족이 다 함께 살았으면 좋겠지만, 한편으로는… 언젠가 다시 여기에 올 수 있으면 좋겠어요."

"너희 동네로 말이냐?"

"아니요. 여기요. 시계섬으로요. 다시 올 수 있을까요?"

"시계섬으로 돌아올 수 있느냐고? 네가 용감한 아이라면 그 소원도 언젠가 이루어질 게다."

"왜 용감한 아이들만 소원을 이룰 수 있나요?"

"왜냐하면 용감한 아이들만이 소원을 비는 것만으로는 충분하지 않다는 사실을 알기 때문이지. 소원을 이루려면 스스로 소원을 이루기 위해 노력해야 하는 법이다. 너와 맥스가 그랬던 것처럼." 그림자가 그녀 쪽으로 조금 더 다가왔다. 미소를 짓고 있는 듯했다. "어서 가렴. 엄마가 기다리고 있잖니. 요정의 배가 곧 선착장에 닿을 거다."

아스트리드는 어깨 너머로 뒤를 돌아보았다. 돛 대신 잠자리 날개를 단 요정의 배가 선착장 가까이 다가오고 있었다.

"저도 마지막으로 질문 하나만 할게요." 아스트리드가 물었다. "소원이 있으세요?"

마스터마인드의 그림자가 다시 한번 미소 지었다. 하지만 그 미소는 곧 사라졌고, 그림자는 다시 그림자가 되었다. 아스트리드는 그가 사라졌다는 걸 깨달았다. 언젠가, 소원이 이루어져서 시계섬에 돌아오게 되면 다시 물어보겠다고 다짐했다.

아스트리드는 돌아서서 엄마와 동생이 있는 선착장을 향해, 바다 건너편에서 기다리고 있는 새로운 삶을 향해 달려갔다.

잭 마스터슨,《시계섬의 저택》에서 발췌
시계섬 시리즈 제1권 (1990년 출간)

26

 대회의 마지막 날이었다. 오늘 누군가는 승자가 될 것이다. 어쩌면 승자가 없을 수도 있었다. 하지만 어떤 일이 일어나든, 내일이 되면 모든 게임이 끝나고 집으로 돌아가게 될 것이었다. 시계섬 저택은 차분하고 고요했다. 폭풍이 지나간 후의 고요함이 아니라 폭풍의 눈 속에 있는 동안의 고요함, 루시의 팔에 소름이 돋게 만드는 기묘한 정적이었다.
 곧 마지막 게임에 불려 가리라는 사실을 그녀는 알고 있었다. 잭 마스터슨의 새 책을 받으면 크리스토퍼와 함께 원하는 삶을 살 수 있을 것이고, 책을 받지 못하면 크리스토퍼도 잃게 될 터였다. 아이는 버스도 거의 다니지 않고 자전거를 타거나 걸어서 가기도 힘든, 30킬로미터 떨어진 새로운 위탁가정으로 가게 될 것이다.
 그녀는 머릿속에서 그 생각을 밀어내려 애썼다. 그리고 집 앞

테라스에 놓인 흰색 흔들의자에 앉아서 물 위로 지는 해가 반짝이는 모습을 바라보았다. 모든 것이 평화로워 보였지만, 그녀의 심장은 빠르게 뛰고 있었다. 그녀는 천천히 앞뒤로 움직이는 흔들의자의 움직임에 맞춰 숨을 고르려 애썼다. 의자가 뒤로 흔들릴 때는 소금기가 섞인 차가운 공기를 코로 들이마시고, 앞으로 흔들릴 때는 따뜻한 숨을 입술 사이로 내뱉었다. 앞으로, 뒤로, 앞으로, 뒤로… 테라스의 흰 나무 바닥 위에서 리듬감 있게 울리는 흔들의자 소리에 그녀는 열 살 무렵으로 돌아간 듯한 기분이 들었다. 그녀는 할머니, 할아버지의 집 현관 앞 테라스에 있는 2인용 흔들의자에 앉아 있었다. 그네에 앉아 계신 할아버지와 할머니가 앞뒤로 왔다 갔다 하자, 스프링이 삐걱거리는 소리가 들렸다. 그 소리는 고요한 저녁 풍경의 평화롭고 무해한 배경음악 같았다.

그녀는 사랑받고 있었다. 부모님에게서는 아니지만 할머니와 할아버지의 사랑을 받고 있었다. 비록 그녀의 외로움을 완전히 이해해 주시지는 못했지만, 두 분은 그녀를 사랑해 주셨다. 따뜻한 저녁이면 그녀를 앞마당으로 불러내 부드러운 대화를 나누며 함께 하루를 되새기곤 했다. 텔레비전도 없었고, 라디오도 없었다. 그저 그들 셋과 귀뚜라미 소리만 있을 뿐이었다.

그렇다, 그녀는 사랑받았었다. 할아버지와 할머니는 분명 여행도 다니고 싶었을 것이고, 바닥에 널린 장난감이나 학부모 면담, 학교 바자회 같은 것들로부터 벗어나 자유를 누리고 싶었을 것이다. 하지만 그분들은 기꺼이 그녀를 받아들였고, 불평 없이 사랑을 주셨다. 그녀는 부모님과 언니가 필요했고, 다른 아이들과 같은 가족을 원했다. 하지만 그녀의 가족은 친구들과는 달랐다. 그리고 어제 앤지와 대화를 나눈 후, 문득 궁금해졌다. 어쩌면 그녀가 가졌던 가족이 더 나은 가족이었을까?

어쩌면 그럴 수도 있었다. 그녀는 아이를 어떻게 사랑해야 하는지 알고 있었다. 사랑과 희생이 무엇인지도 알았다. 크리스토퍼에게 무슨 일이 있었든, 언젠가 그녀는 그에게 좋은 엄마가 되어줄 것이다. 아마 그럴 가능성이 크지만, 만약 이번 대회에서 진다면, 그녀는 다시 레드우드로 돌아갈 것이다. 그리고 금요일에 크리스토퍼가 떠날 때, 작별 인사를 건네며 사랑한다고 말한 뒤, 2년 전 그에게 했던 약속을 다시 할 것이다. 우리가 함께할 수 있도록 최선을 다해 노력하겠다고.

그리고 그 약속을 지키기 위해 무엇이든 할 것이다.

해가 지면서 하늘은 분홍, 주황, 파랑으로 물들고 있었다. 방충망 문이 열렸다가 덜컥 소리를 내며 닫혔다. 누군가 그녀의 어깨에 가만히 손을 얹고, 부드럽게 눌렀다.

고개를 들어 올려다보니, 역시나 휴고였다. 그는 미소 짓고 있었다.

"준비됐어요?" 그가 물었다.

루시는 고개를 저었다. "이 정도면 된 거겠죠."

하늘이 점점 어두워지는 가운데, 루시와 휴고는 집 안으로 들어갔다. 그들이 도착했을 때 모두가 서재에 모여 있었다.

안드레는 책장 중 하나에 등을 기대고 서 있었다. 그의 턱은 굳게 닫혀 있었고, 두 눈은 예리한 레이저를 쏘는 듯했다. 그는 턱을 약간 들어 올리고 눈을 가늘게 뜬 채, 마치 한 검투사가 다른 검투사에게 인사하듯 그녀를 바라보았다. 그의 표정은 이렇게 말하는 듯했다. '당신을 좋아하고 존경하지만, 이기려고 노력할 거야. 그리고 당신도 마찬가지로 해줬으면 좋겠어.'

멜라니는 소파에 앉아 팔로 무릎을 감싸고 약하게 몸을 흔들며 긴장을 달래는 듯했다. 그녀는 루시에게 떨리는 미소를 지었고, 루시는 그 미소를 받아주었다. 그들 모두 이 게임에서 승리해 삶을 바꿀 수 있었다. 루시는 항상 앉던 안락의자로 걸어가면서 멜라니의 어깨에 손을 얹었다. 멜라니는 루시를 올려다보았다.

"우리 모두 이길 수 있으면 좋겠네요." 루시가 말했다. 멜라니는 루시의 손을 꽉 잡았다.

"그러게요."

물론, 변호사 하이드도 자리에 있었다. 아무 말도 하지 않고 지켜보기만 했지만, 그녀의 얼굴에는 자신만만한 표정이 가득했다. 이 집을 떠날 때 그녀의 손에 그 책이 들려 있으리라 확신하는 듯했다.

마침내 잭이 서재 안으로 들어왔다. 그는 평소처럼 벽난로 앞에 자리를 잡고 모두를 마주했다. 방 안이 너무 조용해서 루시는 바깥에서 들려오는 바다의 물결 소리와 황혼 속에서 갈매기가 우는 소리까지 들을 수 있었다.

"똑딱, 똑딱." 잭이 말했다. "시계섬에서의 시간이 얼마 남지 않았군요." 그는 미소를 지었다. "시작하기 전에, 여러분 모두 함께해 줘서 정말 기뻤다고 말하고 싶군요. 여러분들 말입니다. 변호사는 빼고."

"자주 듣는 말이네요." 하이드가 말했다.

잭은 계속해서 말했다. "우리에게 주어진 시간을 모래시계로 표현했을 때, 바닥에 깔린 모래가 떨어질 모래보다 많아지는 내 나이가 되면, 시작한 일을 끝낼지 아니면 어느 곳으로도 이어지지 않는 기찻길을 남기고 갈지를 선택해야 합니다." 그는 잠시 멈추고, 루시의 눈을 바라보았다. "아무 데로도 이어지지 않는 기찻길 말입니다." 그는 다시 미소를 지으며 모두를 바라보았다. "여러 해 전, 여러분이 나이가 들면 언젠가 다시 이 섬에 돌아올 수 있을 거라고 약속했었지요. 그 약속을 지킬 수 있어서 정말 기쁘군요. 안드레, 멜라니, 루시… 여러분이 내 자식들이라고 해도 이보다 더 자랑스러울 수는 없을 겁니다. 사실, 가끔은 여러분이 내 자식들이었으면 좋겠다고 생각한 적도 있지요."

"저도 그랬어요." 멜라니가 말했다.

"우리 모두 그랬을 겁니다." 안드레가 말했다. "부모님을 존경하지 않는 건 아니지만, 개인 섬의 상속자 자리를 마다할 이유는 없지요."

루시는 아무 말도 하지 않았다. 말을 할 필요가 없었다. 그는 이미 그녀가 그를 얼마나 사랑하는지 알고 있었고, 본받을 게 없는 그녀의 부모가 아니라 그의 딸로 성장기를 보냈다면 좋았겠다고 생각하는 것도 잘 알고 있었다. 어릴 적 그녀는 그가 아버지가 되어주길 바랐었다. 이제 어른이 된 그녀는 그의 딸이 되고 싶었다.

"아아, 흔히들 말하듯, 좋은 일엔 끝이 있는 법이지요." 잭이 말했다. "그리고 여러분도 알다시피, 내 시계섬 시리즈에서는 이야기가 끝나기 전에 마스터마인드가 마지막으로 작은 질문을 던지게 되어 있어요. 이제 내가 그 마지막 질문을 던질 차례입니다. 그리고 만약 정답을 맞힌다면, 여러분은 5점을 받게 될 겁니다. 5점이면 모두가 10점에 도달하게 되니, 승부는 누구에게나 열려 있는 셈이지요."

그는 다시 한번 모두를 둘러보았다. "다들 휴대전화를 가지고 있지요?"

루시, 멜라니, 안드레는 서로를 바라보았다. 그들은 모두 휴대전화를 가지고 있었지만, 습관적으로 챙겼을 뿐이었다. 어차피 게임이 진행되고 있을 때는 사용할 수도 없는데, 휴대전화를 가지고 있냐고 왜 묻는 것일까?

"난 사랑과 우정의 힘을 믿습니다." 잭이 말했다. "그러니 마지막 질문에 답하는 데 친구의 도움이 필요하다면, 마음껏 연락해도 좋습니다. 우리가 혼자서 소원을 이룰 필요는 없으니까요."

방 안은 숨죽은 듯 조용했다. 모두가 숨을 참고 있는 듯했다.

"하이드 씨?" 잭이 말했다. "마지막 질문을 발표해 주시지요."

늘씬한 변호사가 자리에서 일어섰다. 그녀는 얼음처럼 차가운 미소를 띤 채 그들을 마주 보았다. "여러분 셋은 어릴 때 시계섬 시리즈를 너무나 사랑한 나머지 목숨을 걸고 이 섬에 오기로 결정했습니다. 하지만 여러분은 이 시리즈를 얼마나 잘 알고 계신가요?"

아무도 말이 없었다. 그 질문이 마치 장전된 총처럼 느껴졌다.

"5점을 얻어 대회에서 승리하기 위한 마지막 문제입니다." 하이드가 말했다. "작가님께서 말씀하신 것처럼 지인에게 연락하실 수 있습니다. 2005년 출간된 《시계섬의 비밀》 페이퍼백 129페이지에 나오는 두 단어는 무엇인가요? 제한 시간은 5분입니다. 아, 그리고 이 방을 나갈 수는 없습니다."

루시는 숨을 삼켰다. 멜라니는 충격을 받은 듯 멍해 있었고, 안드레는 손으로 입을 가렸다. 손 뒤의 입이 웃고 있는지 떡 벌어져 있는지는 알 수 없었다.

그와 멜라니는 곧바로 휴대폰을 스크롤하기 시작했다. 루시는 손에 죽은 물건을 쥔 것처럼 휴대폰을 들고 있었다. 잭이 자신에게 이런 문제를 낸 것이 믿기지 않았다.

루시가 전화해야 할 단 한 사람은 전화를 받지 않을 것이다. 크리스토퍼는 전화를 받을 수 없으니까. 루시는 크리스토퍼에게 자신의 시계섬 시리즈를 모두 주었었다. 크리스토퍼가 이 게임에서 이길 수 있는 가장 큰 희망이었다.

루시는 깊이 숨을 들이마시고 베일리 부인에게 전화를 걸었다. 베일리 부인을 거치면 시간이 더 걸리겠지만 선택지가 없었다. 크리스토퍼는 책등만 봐도 어떤 책인지 단번에 알아볼 것이다.

안드레는 이미 전화를 받을 사람을 찾은 모양이었다.

"자기야, 마커스 좀 당장 바꿔줘." 잠시 정적이 흐르다가, 안드레가 말했다. "아무것도 묻지 마, 마커스. 당장 방으로 가서 책장에서 책을 하나 꺼내. 시계섬 책이야." 또 한 번 정적이 흘렀다. "뭐라고? 그 책을 누구랑 바꿨다고? 네가 내 시계섬 책을 뭐랑 바꿔? 집에 가서 얘기하자. 지금은 당장 엄마한테 가."

멜라니는 휴대폰 연락처를 훑어보다 전화를 걸었다. "젠? 책장에 있는 시계섬 책들 쪽으로 가서 32권이 있는지 봐줘."

루시의 전화는 음성사서함으로 넘어갔다. 그녀는 휴대폰으로 잭의 머리를 후려치지 않으려고 온 힘을 다해 참아야 했다. 휴고가 자기를 보고 있는 게 느껴졌다.

루시는 다시 전화를 걸었다. 아마 베일리 부인은 아이를 보느라 전화를 못 받는 것 같았다. 소중한 시간이 계속 흘러가고 있었다. 전화가 다시 음성사서함으로 넘어가자, 루시는 바로 다시 걸었다. 대체 베일리 씨는 어디 있는 거야?

크리스토퍼가 전화를 받지 않을 걸 알면서도 그녀는 기도하듯

속으로 말했다.

'거기 있다면 베일리 부인에게 전화를 받으라고 전해줘, 크리스토퍼.' 루시는 기도하듯 마음속으로 되뇌었다.

'네 엄마가 거는 전화야.'

27

크리스토퍼는 자신의 방에서 가방을 싸고 있었다. 멋진 가방이었다. 베일리 부인이 그날 중고품 가게에서 사다 준 그의 첫 번째 여행 가방이었다. 이제껏 한 번도 여행 가방을 가져본 적이 없었지만, 이 가방은 정말 멋졌다. 파란색과 빨간색 바탕에 로켓이 그려져 있었고, 연기 모양으로 '발사!'라는 글자가 적혀 있었다. 여기저기에 긁힌 자국이 조금 있기는 했지만, 베일리 부인이 청소용액과 종이 타월로 한 번 닦아준 덕분에 거의 새것처럼 깨끗했다. 모든 물건을 쓰레기봉투에 넣어야 했던 지난번 이사 때보다는 훨씬 나았다. 그는 옷을 여행 가방에 넣었다. 루시가 준 책들을 넣을 상자는 베일리 부인이 구해다 주기로 했다. 상자를 구했냐고 물어봐야 할까? 책을 두고 갈 수는 없었다. 하지만 그녀는 아이들을 데리고 동네를 산책하러 나갔고, 베일리 씨는 침실에서 잠이 들어 밤에 일을 하러 나갈 때까지 깨지 않을 터였다.

크리스토퍼는 집 뒷문 옆에 재활용을 위해 쌓아둔 상자들이 종종 있다는 사실을 기억해 냈다. 그는 자리에서 일어나 주방으로 향했다. 시계섬 책들을 미리 챙겨두면 마음이 더 편해질 것 같았다. 베일리 부인은 그에게 새 위탁 부모인 짐과 수잔 매팅리가 정말 좋은 사람들이며, 대학에 다니는 자녀가 둘 있는데, 아직 '빈 둥지'에 살 준비가 안 됐다고 했다. 크리스토퍼는 그들이 새를 키운다는 뜻인 줄 알았지만, 베일리 부인은 그들의 자녀가 집을 떠나 집이 텅 비었다는 뜻이라고 설명해 줬다.

그는 재활용 쓰레기장을 찾았지만, 이번 주에 나온 상자들은 모두 너무 작아 보였다.

베일리 부인이 돌아와서 상자를 찾아줄 때까지 기다리는 게 나을 것 같았다. 그때까지 그는 냉장고를 열어 팩에 든 주스를 찾아보기로 했다. 가격이 비싼 탓에 베일리 부인이 늘 사다 두는 간식은 아니었지만 이번 주만큼은 떠나는 그를 위해 여러 개가 준비되어 있었다.

그는 가장 좋아하는 과일 펀치 맛을 골랐다. 가장 달고, 마시고 나면 혀가 빨갛게 물드는 게 재미있었기 때문이었다. 주스를 마시며 그는 자신의 계획에 대해 생각했다. 그는 매팅리 씨네 집에 가서 착실하게 행동하며 그가 얼마나 똑똑하고 책도 잘 읽는지 보여줄 작정이었다. 그리고 하루나 이틀 후에 루시에 대해 말할 작정이었다. 그들이 그가 기대하는 만큼 착한 사람들이라면 루시가 함께 살 수 있도록 허락해 줄 수도 있었다. 그렇게 되면 그녀는 그의 엄마가 되고, 매팅리 부부는 자신의 할머니, 할아버지가 되어 모두가 행복해질 것이었다. 할머니, 할아버지는 그의 부모님보다도 먼저 돌아가셨기 때문에 기억나는 게 많이 없었다. 하지만 할

아버지가 우스꽝스러운 표정을 짓고, 큰 소리로 웃고, 자신을 꼭 안아주고, 공중으로 높이 던져 받아주던 기억은 남아 있었다. 엄마와 할아버지와 함께하는 삶은 정말 멋질 것 같았다.

정말 멋질 것이다. 그는 최고로 행복해질 것이다. 베일리 부인은 매팅리 부부가 '정말 좋은 사람들'이라고 했다. '정말 좋은 사람들'이라는 말이 그는 마음에 들었다. 그 말이 그렇게 좋다면, 왜 이렇게 눈물이 쏟아지는 걸까?

복도에서 전화벨이 울렸다. 크리스토퍼는 훌쩍이며 몸을 일으켰다. 의자에서 내려와, 아기들과 함께 뒷마당에 있는 베일리 부인을 대신해 전화기를 확인하러 갔다. 매팅리 부부가 전화하면 알려달라고 했었다.

전화기는 충전기에 꽂혀 테이블 위에 올려져 있었고, 그는 화면을 바라보았다. 화면에 전화를 건 사람의 이름이 떠 있었다.

'루시 하트'

크리스토퍼는 그녀가 전화기 너머로 자신의 우는 얼굴을 볼 수 있기라도 한 것처럼 얼굴을 닦았다. 루시가 전화를 걸어왔다. 전화를 받으면 그녀와 이야기할 수 있었다. 그녀와 너무나도 이야기하고 싶어서 가슴이 아릴 지경이었다. 매팅리 부부가 그렇게 좋은 사람들인데도 눈물이 나는 건 루시와 이야기하고 싶어서인 것 같았다. 루시만큼 좋은 사람은 없었다. 그가 함께 살고 싶은 사람은 다른 누군가가 아니라 루시였다. 그에게 책을 읽어준 사람, 상어 인형을 사준 사람도 루시였다. 그가 좋은 소식을 전해주고 싶은 사람은 오직 루시뿐이었다. 그가 책을 너무 잘 읽어서 4학년 교재에 나오는 과제를 받았다는 것도, 어제 쉬는 시간에 농구에서 6점을 넣었다는 것도, 오늘 수학 퀴즈 시간에 반에서 가장 인기 많은 아이인 엠마가 그와 짝이 되고 싶어 했다는 것도 루시에게 말하고 싶었다. 엠마는 루시에 대해, 루시가 시계섬에 어떻게 가게 되었는지에 대해 알고 싶어 했다.

매팅리 부부가 정말 좋은 사람들이라고 해도, 궁궐 같은 집에 산다고 해도, 요트를 가지고 있다고 해도, 심지어 시계섬에 산다고 해도, 그는 그들과 살고 싶지 않았다. 그는 벽에 상어가 그려진 방 두 개짜리 작은 아파트에서 루시와 함께 살고 싶었다.

벽에 상어를 그려주겠다고 약속한 이상, 루시는 진짜로 그렇게 해주리라는 걸 그는 알았기 때문이었다.

크리스토퍼는 전화를 받으려고 손을 뻗었지만, 전화기에 손끝이 닿기 직전에 전화가 멈춰버렸다.

크리스토퍼는 작게 끙 하는 소리를 냈다. 베일리 부인에게 대신 전화를 걸어달라고 할 수 있지 않을까?

전화기가 다시 울리기 시작했다.

'루시 하트'

전화를 받으면 그녀의 목소리를 들을 수 있었다. 그의 계획을 이야기해 줄 수도 있었다. 마스터마인드에게 안부를 전해달라고 부탁할 수도 있었다. 대회가 어떻게 되어가고 있는지 물어볼 수도 있었다.

만약 루시가 이겼다면? 그래서 전화를 건 것일까?

크리스토퍼는 전화기가 윙윙거리는 소리가 싫었다. 뱀이나 벌이 낼 것 같은 소리였다. 그냥 기분 좋은 벨 소리가 나면 안 되는 걸까? 하지만 그는 두려워하지 않기로 했다.

"진짜로 이루어지는 소원은," 크리스토퍼는 혼잣말로 속삭였다. "용감한 아이들의 소원뿐이랬어…"

그는 용감해지는 방법을 알고 있었다. 어떻게 해야 하는지 알았지만, 진짜로 할 수 있을지 자신이 없었다.

하지만 마스터마인드는 그가 할 수 있다고 했었다. 그리고 크리스토퍼는 노력해 보겠다고 약속했었다.

크리스토퍼는 손이 덜덜 떨렸고, 심장이 빠르게 뛰었다. 전화기는 계속 울리고 있었다.

하지만 그는 용감하다고, 자신에게 되뇌었다.

마스터마인드도 그가 용감하다고 했고, 루시도 마찬가지였다. 그래서 그는 용감해지기로 했다.

"여보세요?"

루시가 숨을 삼켰다. "크리스토퍼? 너니?" 눈물이 그녀의 뺨을 타고 흘렀다. "전화를 받을 줄은 몰랐어."

"전화기에 선생님 이름이 떴어요! 이야기하고 싶었단 말이에요! 마스터마인드가 전화기를 무서워하지 말라고 가르쳐줬어요."

"아가, 정말 자랑스럽구나. 이렇게 자랑스러웠던 적이―"

"1분 30초 남았습니다." 하이드가 말했다. 째깍째깍.

"크리스토퍼, 크리스토퍼," 루시가 말했다. 그녀의 손이 덜덜 떨리고 있었다. "들어 봐. 내가 너한테 아주, 아주 큰 부탁을 해야 해. 방으로 가서 《시계섬의 비밀》 책을 꺼내, 알겠지? 지금 게임을 하는 중인데 네가 129쪽을 펼쳐서 뭐라고 적혀 있는지 읽어줘야 해. 할 수 있겠어? 할 수 있지? 좋아. 전화 끊지 말고."

"1분 남았습니다." 하이드가 말했다.

잠시 고통스러운 정적이 이어졌다. 루시는 과호흡이 올 것 같았다.

크리스토퍼가 책장에서 책을 떨어뜨리는 소리가 들렸다.

크리스토퍼가 전화기 너머에서 소리쳤다. "찾았어요!"

"129쪽이야, 크리스토퍼. 129라고 적혀 있는 페이지를 찾아. 그 페이지로 가서 뭐라고 적혀 있는지 읽어줘. 할 수 있겠어?"

"15초 남았습니다." 하이드가 말했다. "10초."

"찾았니?" 루시가 물었다. 그녀는 주변을 둘러보았다. 안드레는 누군가와 통화하고 있었지만, 희망이 없어 보였다. 멜라니는 여전히 귀에 전화기를 댄 채 초조하게 걷고 있었다.

"찾았어요!"

하이드가 카운트다운을 시작했다. "5, 4, 3, 2—"

크리스토퍼는 루시에게 정답을 말해주었다.

"내가 이겼어요!" 루시가 소리쳤다. "'내가 이겼어요!'라고 적혀 있어요!"

28

 《시계섬의 비밀》에서는 몰리라는 소녀가 보육원에서 도망쳐 시계섬으로 온다. 마스터마인드가 소원이 무엇인지 묻자 그녀는 그와 함께 그곳에 머물고 싶다고 이야기한다. 그것이 그녀의 유일한 소원이었다. 그는 그녀를 겁주려 하지만, 그녀는 보육원에서 겪은 일들보다 더 무서운 일은 없다고 대답한다. 마스터마인드는 풀기 힘든 수수께끼를 던지지만 몰리는 대답 대신 질문을 퍼붓는다.
 '왜 그림자 속에 숨어 있어요? 그 그림자는 왜 어디든 따라다녀요? 모자 같은 거예요? 나도 그림자 모자를 쓸 수 있어요? 얼굴이 이상하게 생겨서 항상 그림자 속에 있나요? 내 얼굴도 이상한가요? 그런데, 얼굴이 이상하면 안 되나요? 여기는 왜 시계섬이라고 불리나요? 섬이 시계인가요, 아니면 시계가 섬인가요? 집이 이렇게 큰데 왜 혼자 살아요? 저건 송곳니 페럿인가요? 아이가 있으세요? 아이가 갖고 싶으세요? 제가 자식이 되어드릴까요? 여기

서 살면서 자식이 되어드리면 안 될까요?'

그리고 그는 몰리가 두려움과 맞서도록 만들지만, 몰리는 그저 웃으며 부모님이 돌아가시고 보육원에 보내졌을 때 이미 산전수전을 다 겪었다고 이야기한다. 만약 진짜로 몰리를 겁주고 싶다면 그녀를 다시 보육원에 데려다줘야 할 테지만, 그가 그녀를 붙잡아 가방에 집어넣은 다음 가방을 어깨에 메고 보육원까지 데려가지 않는 이상 그녀는 절대 보육원으로 돌아가지 않겠다고 선언한다.

'절대 싫어요. 그냥 여기 있을래요. 송곳니 페럿 방에서 페럿과 함께 잘 거예요.'

마침내 마스터마인드는 어떤 아이도 이기기 힘든 가장 어려운 게임에서 자신을 이긴다면 그녀가 머물도록 허락하겠다고 말한다. 그 게임은 바로 눈싸움이었고, 그림자와 눈싸움을 하기가 쉽지 않다는 사실을 몰리는 알고 있다.

하지만 몰리는 눈을 오래 뜨고 있는 법을 안다. 사고로 돌아가시기 전 엄마가 가르쳐 준 비법이 있었던 것이다.

몰리는 겁이 났지만 게임을 하겠다고 한다. 이기면 시계섬에 머물 수 있고, 지면 다시 보육원으로 돌아가야 한다. 반드시 이겨야만 한다.

두 사람은 게임을 시작한다.

몰리는 눈물이 날 것 같았지만, 엄마가 가르쳐준 눈싸움 기술을 떠올리며 울지 않으려 애쓴다. 눈물을 참으며 눈싸움을 하려니 쉽지 않았지만, 그래도 마스터마인드라는 사람이 좋아서 참고 버틴다. 조금 무서운 구석이 있긴 하지만 그가 하는 일이라고는 우습게도 그림자 속에 서 있다가 아이들의 소원을 이뤄주는 것뿐이다. 게다가 그는 혼자 살기에 너무 큰 집에 살고 있다. 뭐, 송곳니 페릿 졸린까지 합치면 둘이 되겠지만, 어쨌든 아이들의 소원을 들어주는 것을 보면 아이들을 좋아하는 게 틀림없었다. 적어도 아이들을 세탁기에 가두고 탈수 버튼을 누를 것 같지는 않았다.

 엄마가 바로 뒤에 서 있는 느낌이 들고 어깨 너머로 돌아보면 엄마를 볼 수 있을 것 같지만, 몰리는 게임에 집중한다. 엄마를 다시 보고 싶지만, 돌아본다면 게임에서 지고 말 것이다. 절대 돌아볼 수 없었다. 그녀는 앞을 바라봐야 했다. 마스터마인드, 정확히 말하면 그녀를 바라보는 그림자에게서 눈을 떼지 않으면 다시 가족을 가질 수 있을지도 모른다. 새로운 가족, 다른 가족. 그녀와 마스터마인드와 졸린으로 이루어진 행복한 가족.

 마침내 그림자가 눈을 깜빡이며 고개를 돌린다.

 129페이지에서 몰리는 소리친다. "내가 이겼어요!"

 130페이지에는 다음과 같은 한 줄이 적혀 있다.

 '마스터마인드는 몰리에게 승리를 내주었다.'

29

"이겼어요?" 크리스토퍼가 물었다.

아니, 그들은 이기지 못했다.

루시의 가슴이 무너져 내렸다. 뭐라고 말해야 할지 알 수 없었다. 하이드의 타이머는 루시가 정답을 외치기 전 간발의 차로 멈췄다.

"잠깐만, 아가." 루시는 크리스토퍼에게 말했다. "그냥… 잠깐만 기다려주렴." 그녀는 괜찮은 척, 침착한 척하려 했지만, 그렇게 아쉽게 우승할 기회를 놓쳤다는 사실을 이해하려 애쓰며 무너지고 있었다.

"모두 게임에 참여해 주셔서 감사합니다." 하이드가 말했다. 그녀는 몸을 돌려 잭을 뚫어져라 보았다. "승자는 없는 것 같군요."

"미안합니다, 여러분." 잭이 말했다. "승자가 한 명은 나오길 바랐는데."

그는 구겨진 남색 바지 주머니에 손을 넣어 열쇠 하나를 꺼냈다. "책은 은행 금고에 있네." 잭이 하이드에게 열쇠를 건네며 말했다. "필요한 정보는 따로 전달하지. 그리고 이게 그 금고 열쇠일세."

그녀는 작은 은색 열쇠를 꽉 쥐었다. "출판사를 대신해 감사의 말씀 전합니다. 고맙습니다, 작가님." 그녀는 참가자들을 바라보며 조금은 미안해 보이는 표정을 짓는 예의를 보였다. "여러분 모두 이 대회에서 꼭 우승하고 싶어 했던 걸 알고 있습니다. 그래서 아마 다들 약간 실망하셨으리라 생각합니다. 여러분 각자에게 사인된 수집용 초판본을 드릴 겁니다. 본의 아니게 아동 문학 역사상 가장 멋진 마케팅 캠페인이 된 이 대회에 참여해 주셔서 감사합니다."

"다시 한번 말하지만, 난 결과가 이렇게 되지 않았으면 했습니다. 어떻게든 보상할 방법을 찾도록 하지요." 잭이 말했다.

안드레가 가장 먼저 미소를 지었다. "마음에 담아두지 마십시오, 작가님." 그는 걸어가서 손을 내밀었다. "다시 만나서 정말 기뻤습니다. 이 이야기는 앞으로 몇 년 동안 제 자랑거리가 될 겁니다."

잭은 안드레를 끌어안았다.

"루시 선생님?" 크리스토퍼가 말했다. "무슨 일이에요?"

"미안해, 아가." 루시는 전화기의 스피커에서 손을 떼며 말했다. "우리끼리 이야기를 하고 있었어."

"이겼어요? 상을 받았어요?"

"음… 그게—" 루시가 입을 열었다. 온몸이 너무 떨려서 속이 뒤집힐 것 같았다.

휴고가 손을 내밀었다. "내가 얘기할게요."

"뭐라고요?" 루시가 말했다.

"당신만 괜찮다면요."

떨리는 목소리로 루시는 말했다. "크리스토퍼, 여기 너랑 이야기하고 싶어 하는 분이 계셔. 이름은 휴고 리스인데, 시계섬 책에 나오는 멋진 그림들을 그리시는 분이야."

"정말요?" 크리스토퍼가 말했다. "지도랑 퍼즐 같은 것도요?"

"전부 다 이분이 그리셨어. 그리고 너랑 인사하고 싶으시대. 자, 여기 휴고 씨 바꿔줄게."

루시는 휴고에게 전화기를 건네주었고, 휴고는 전화기를 귀에 대고 말했다.

"크리스토퍼? 나는 휴고라고 해. 루시의 친구란다."

루시는 의자에 몸을 기댄 채 허탈함에 잠시 침묵을 지키며 휴고가 크리스토퍼에게 자신을 소개하는 소리를 들었다. 대체 무슨 말을 할 수 있을까? 거짓말을 할 수는 없었다. 아이들에게 무언가를 숨길 수는 있지만, 이건 도저히 할 수 없는 거짓말이었다. 곧 이 대회에서 우승자가 나오지 않았으며 잭의 신간이 그의 출판사로 넘어가게 되었다는 사실을 세상이 알게 될 터였다. 그녀는 손으로 얼굴을 감싼 채 깊이 숨을 들이쉬며 머리를 굴렸다. 이 상황을 고칠 방법을, 시간을 되돌려 단 1초만 빨리 대답할 방법을 찾을 수만 있다면…

"아니, 아니. 루시가 책을 얻지는 못했어. 하지만 2등 상을 받았단다. 상품은 내 그림이야. 커다란 상어 그림. 루시는 네가 그 그림을 정말 좋아할 거라고 하더라." 휴고가 미소를 지으며 루시와 눈을 마주쳤다. "가장 좋아하는 상어는 어떤 종이니? 귀상어? 보는 눈이 있구나. 망치 모양 머리를 가진 동물이 더 많으면 좋을 텐데 말이야. 망치머리 고양이, 망치머리 개, 망치머리 뱀처럼 말이지. 잠깐. 방금 네 덕분에 새로운 그림 아이디어가 떠올랐어."

루시는 승리의 기쁨에 찬 얼굴로 서재를 나가는 하이드를 지켜보았다.

"루시가 받은 내 그림을 잘 간직해 둬. 한 10년쯤 지나면 팔아서 대학교 학비에 보탤 수 있을 거야. 음, 아주 비싼 학교 학비까지는 안 되겠지만 그래도—"

루시는 웃음을 터뜨렸다. 너무 나직한 웃음이라 휴고는 듣지도 못했다. 그녀는 손을 뻗어 그의 어깨에 가만히 얹었다. 그가 그녀를 바라보았고, 그녀는 입 모양으로 조용히 '고마워요'라고 말했다.

그리고 의자에 머리를 기댄 채 조용히 눈물을 흘렸다.

30

 루시는 오션 룸에서 짐을 챙기고 있었다. 모든 에너지가 고갈된 듯했고, 사람이 아니라 좀비가 된 기분이었지만, 계속 몸을 움직이니 그나마 좀 나았다. 휴고가 돕겠다고 했지만, 그가 할 수 있는 일이라고는 그녀 곁에서 그녀가 다시 무너지지 않도록 주의를 돌리는 것뿐이었다.
 "내일 아침에 공항까지 데려다줄게요." 그녀가 가방을 지퍼로 잠그자 휴고가 말했다.
 "새벽 다섯 시에 배를 타야 해요." 그녀가 말했다. 그녀 자신이 듣기에도 멀고 공허하게 들리는 목소리였다. "새벽 다섯 시요."
 "상관없어요. 같이 갈게요. 말릴 생각 말아요."
 "말릴 생각 없어요." 그녀가 말했다.
 "벌써 아홉 시 반이었고, 곧 잠자리에 들 시간이었지만 휴고와 더 시간을 보내고 싶었다. 어쩌면 그들이 함께할 수 있는 마지막 시간일지도 몰랐다.

"갈 때 상어 그림을 가져가고 싶으면 포장하고 상자에 넣어야 하는데, 시간이 꽤 걸릴 거예요. 아니면 내가 택배로 보내줄게요. 아니면—"

그녀는 베개를 집어 들어 그에게 던졌다.

그는 베개를 받아 들고는 아픈 척을 하며 얼굴을 찡그렸다.

"이건 왜 던져요?" 그가 물었다.

"그럴 필요 없었어요." 그녀가 말했다. "가짜 2등 상을 줄 필요는 없었다고요."

"크리스토퍼에게 주고 싶었던 거예요." 그가 말했다. "그리고 그렇게 할 필요가 있었어요. 그렇게 하지 않으면 내가 미워질 것 같았거든. 원래보다 미워하던 것보다 더 많이요."

그녀는 벽난로 선반 위에 걸린 하늘을 나는 상어 그림을 올려다보았다. 휴고는 그 그림 제목이 '제물낚시'라고 했었다. 적어도 여기서 일주일을 보낸 증거로 가져갈 만한 무언가가 생긴 셈이었다. 그녀가 가장 좋아하는 화가, 크리스토퍼도 가장 좋아하는 화가인 휴고 리스의 그림이었다.

"이건 엄청난 선물이에요. 당신 작품이 꽤 비싼 값에 팔리는 거 알고 있어요."

"내가 뱅크시는 아니지만, 갤러리에 갖다 팔면 아마—"

"절대요. 그럴 수는 없어요." 그녀가 말했다. "당신이 크리스토퍼한테 준 그림을 내가 팔 일은 없어요. 그 그림은 언젠가 크리스토퍼가 원하면 대학 학비로 쓰일 거예요. 아니면 간직했다가 크리스토퍼의 아이나 손주에게 물려줄 수도 있고요. 하지만 내가 그림을 전당포에 맡기는 일은 절대 없을 거예요."

"루시—"

그녀는 접고 있던 티셔츠를 내려놓고 돌아서서 그를 마주 보았다.

"이리 와요." 그가 말했다.

"싫어요." 말은 그렇게 했지만, 그녀는 그에게로 다가갔다. 그리고 그의 품에 안겨 그가 자신을 꼭 안아주도록 내버려 뒀다. 다시 눈물이 터져 나왔다. 크고 구슬픈 울음이었다. 마치 깔끔하게 두 동강 난 것 같은 심장에서 흘러나오는 울음 같았다. 휴고는 그녀를 말없이 안고 그녀의 등을 쓸어주며 그저 조용히 있었다.

누군가의 마음이 부서질 때는 조용히 있어야 하는 법이니까.

마침내 그녀의 흐느낌이 가라앉았다. 그녀는 숨을 깊이 들이쉬었다가 내쉬었다.

"괜찮아질 거예요." 그녀가 조용히 말했다.

"알아요."

"다른 싱글맘들처럼 살 거예요. 죽어라 일해서 아이를 돌볼 거예요. 크리스토퍼를 자주 보지는 못하겠지만, 부업을 하나 더 하기로 했어요. 이제 전화로 이야기할 수 있으니까, 옆에 없어도 이야기할 수 있겠죠. 우리 집으로 데려갈 날이 오면, 내 노력이 가치가 있었다 생각하게 될 거예요."

"내가 돈을 빌려주겠다고 해도 당신은—"

"안 받을 거예요. 여섯 달 뒤에 돈이 더 필요해지면요? 2년 뒤에 차가 고장 나면요? 집세가 오르거나 직장을 잃으면요?" 그녀는 다시 한번 차분하게 깊은숨을 내쉬고는 휴고의 품에서 벗어났다. "내 힘으로 아이를 돌볼 수 있어야 해요. 하지만 신발은 고맙게 받을게요."

"상황이 달랐다면—" 그가 그녀를 바라보았다.

"그러게요."

그는 자리에서 일어나 그녀를 바라보았다. 더 하고 싶은 말이 있는 듯했지만, 하지 않기로 했거나 할 수 없는 것 같았다.

"부탁 하나 해도 돼요?" 그녀가 물었다.

"뭐든 다 해줄게요." 정말 진심으로 뭐든 다 해줄 수 있다는 듯한 말투였다. "그림을 기다리는 동안 크리스토퍼에게 줄 작은 상어 스케치 같은 거라도 그려줄 수 있나요? 크리스토퍼 이름도 넣어서요. 대신 빨간 목도리는 주고 갈게요."

"당연하죠. 스케치북 가져올게요. 그리고 빨간 목도리는 원래 내가 가지려고 했어요."

그는 문 쪽으로 향하다가 멈춰서 돌아섰다. "크리스토퍼는 당신을 정말 사랑해요, 루시. 당신이 전화했기 때문에 받은 거예요. 엄마가 건 전화라서."

그녀는 미소 지었다. "오늘 하루는 정말 엉망이었지만… 그래도 행복해요. 새 위탁가정으로 가더라도 이제 내가 차를 살 때까지 전화로라도 이야기할 수 있게 됐잖아요. 재밌는 게, 마스터마인드가 전화를 받을 수 있게 도와줬다고 하더라고요. 용감한 아이들에 대한 책을 읽어준 게 도움이 된 걸까요?"

"엄청나게 용감했어요." 휴고가 말했다.

그녀는 어깨를 으쓱했다. "아이 소원을 이뤄주지 못해 아쉬울 뿐이에요."

"당신이 그의 삶 속에 있잖아요." 휴고가 말했다. "아이는 행운아예요." 그녀는 얼굴이 달아오르는 것을 느꼈다. 휴고가 미소를 지었다. "어디 가지 말아요. 금방 올게요."

휴고가 나가자 루시는 손에 얼굴을 묻고 숨을 깊이 들이쉬었다. 게임에서 지다니. 마음이 아프고 기분도 끔찍했다. 또다시 눈물을 쏟으며 소리를 지르고 싶었다. 하지만 그녀는 지금 여기 이 자리에서 여전히 숨을 쉬고 있고, 내일이면 크리스토퍼를 만날 수 있었다. 그보다 중요한 건 없었다.

그녀는 휴대전화를 꺼내 메시지를 확인했다. 중요한 메시지는 없었다. 대회에 관한 소식은 아직까지 언론에 발표되지 않은 모양이었다. 잭은 내일이면 문의 전화가 빗발칠 것이라고 경고했었다. 루시는 앤지에게 전화할까 생각했다. 잭이 앤지의 번호를 알려줬다. 가족 없이 오랜 세월을 살았는데도, 그녀의 가족이 그녀를 방치하고, 외롭게 하고, 냉혹하게 대했는데도 불구하고 그녀는 여전히 마음이 무너질 때 연락할 가족이 한 사람쯤 있길 바랐다.

그녀는 휴대전화를 멀리 치웠다. 이렇게 상처를 받은 상황에서 또다시 상처받을 준비는 되어 있지 않았다.

"똑똑?"

루시는 얼굴을 정돈했다. 잭이 그녀의 방문 앞에 서 있었다. 그는 여전히 구겨진 바지와 커피 얼룩이 묻은 하늘색 셔츠, 솔기 부분이 풀어지기 시작한 헐렁한 카디건을 입고 있었다. 카디건 주머니에는 작은 책이 꽂혀 있었다. 그가 그렇게 큰 카디건을 입는 이유가 책을 꽂고 다닐 주머니가 필요해서인지 궁금해졌다.

"작가님, 아직 안 주무셨어요?" 그녀가 말했다.

"아니, 아니요. 사무실에서 문서 작업을 좀 했답니다. 들어가도 되겠지요?"

"그럼요. 들어오세요."

그는 방 안으로 느릿느릿 걸어 들어왔다. "우승하지 못해서 너무 속상해하지 않았으면 좋겠군요."

"괜찮아요. 책이 출판된다니 기뻐요. 언니를 만나게 된 것도 조금은 기뻐요. 그리고 작가님을 다시 만나게 되어서 정말 기쁘고요."

"휴고는요?"

그녀의 얼굴이 새빨개졌다. "그리고 휴고도요. 하지만 작가님이 생각하시는 그런 이유가 아니에요. 그는 제가 가장 좋아하는 화가거든요."

"나는 파울 클레(표현주의, 큐비즘, 초현실주의 화가-옮긴이) 이야기를 하면서 얼굴을 붉히지는 않는답니다."

"붉히실 수도 있지 않을까요?" 그녀가 말했다. "파울 클레도 굉장히 잘생겼을 텐데요."

잭이 웃음을 터뜨렸다. 그가 웃는 모습을 보니 좋았다. 웃을 때만큼은 열세 살이던 그녀와 처음 만났을 때 모습 그대로인 듯했다. 오랜 세월 그녀를 괴롭히던 고통이 사라지는 것 같았다.

"휴고는 어디 있나요? 왜 같이 있지 않습니까?"

"크리스토퍼에게 줄 스케치를 그릴 스케치북을 가지러 갔어요."

"아, 그럼 그가 돌아오기 전에 작은 선물을 하나 주고 싶군요." 잭은 카디건 주머니에서 책을 꺼냈다. "시계섬의 저택을 루시가 가졌으면 좋겠는데."

그녀는 책을 내려다보았다. 표지가 낡은 시계섬 시리즈의 첫 번째 책이었다.

"아, 감사합니다." 그녀가 말했다. "사인된 초판인가요? 이미 있는 책이기는 하지만, 제가 가진 건 초판 표지는 아니에요."

"선물은 책이 아니에요."

그녀는 미간을 찌푸렸다. "네?"

"선물은 책이 아니랍니다. 《시계섬의 저택》 책을 가지라는 게 아니라," 그가 말했다. "시계섬에 있는… 이 저택을 가지라는 뜻이에요."

그가 책을 열었다. 책 가운데에 열쇠 하나가 끼워져 있었다. 집 열쇠였다.

집 열쇠.

집으로 들어가는 열쇠.

시계섬의 저택으로 들어가는 열쇠.

"작가님…" 그녀가 숨죽이며 말했다. "이게 무슨—"

"책은 얻지 못했지만, 소원은 이뤘군요. 루시 하트, 아직도 내 조수가 되고 싶습니까?"

31

그녀는 침대에 털썩 주저앉았다. 다리에 힘이 풀려버린 탓이었다. 시야가 흐릿해졌다가, 이내 모든 것이 선명해졌다. 안개가 걷히고 마음이 가벼워졌다.

"저한테 이 집을…"

"주겠다는 겁니다." 잭이 말했다. "원한다면 말이지요. 그리고 나도 포함입니다. 왜냐하면 관 속에 들어가기 전까지 이 집을 떠날 계획이 없거든요. 크리스토퍼가 메인으로 오도록 설득할 수만 있다면, 아이도 이곳에서 함께 살면 좋겠군요."

"그건… 안 돼요. 아직 그 아이의 위탁모가 되지도 못했어요. 만약 된다고 해도 캘리포니아 밖으로 데려오려면 몇 달은 걸릴 거예요."

"오, 그건 내가 도울 수 있답니다. 다행히도, 난 쓸데없이 돈이 넘쳐나거든."

"그건… 너무 과해요, 작가님. 받을 수—"

"안타깝지만, 그건 루시의 선택이 아니에요." 잭이 말했다. 그는 카디건의 다른 주머니에서 접힌 종이 한 장을 꺼내 그녀에게 건넸다.

루시는 종이를 펼쳤다. 크리스토퍼가 부러진 색연필로 쓴 귀엽고, 삐뚤빼뚤하고 기울어진 글자들이 눈에 들어왔다. '내 소원은 루시 선생님이 나를 입양하는 거예요.'

하지만 편지는 그게 다가 아니었다. 크리스토퍼가 보낸 편지들이 대여섯 장은 더 있었다. 크리스토퍼와 잭이 몇 달 동안 편지를 주고받고 있었던 모양이었다. 루시는 편지를 한 장 한 장 넘겼다. 크리스토퍼는 수없이 철자를 틀리면서도 그가 '마스터마인드'라고 믿는 잭 마스터슨에게 루시의 아들이 되고 싶다는 바람, 부모님이 돌아가신 이야기, 전화기가 두렵다는 이야기를 털어 놓고 있었다. 마지막 편지에서 크리스토퍼는 다음번에 루시가 자신에게 전화를 걸면 반드시 받겠다고 약속하고 있었다.

"크리스토퍼가 전화에 대한 두려움을 극복하도록 작가님께서 도와주셨군요." 그녀는 고개를 들어 그를 바라보며 말했다. "책이 아니라, 작가님이었어요."

"두려움에 대해 누구보다 잘 아는 사람이 있다면, 바로 나니까요."

"작가님…" 그녀는 말을 이을 수조차 없었다. 목이 메어왔다. 잭은 아무도 모르게, 소리 소문 없이, 대륙 반대편에 있는 어린 소년이 용기를 찾도록 도운 것이었다. "그 녀석, 나한테는 아무 말도 안 했는데."

"루시를 놀라게 해 주고 싶었나 보네요. 성공했고요. 그렇지 않나요?"

그녀의 눈에서 눈물이 떨어졌다. 잭은 그녀의 어깨를 부드럽게 잡으며, 그녀의 얼굴을 진지하게 바라보았다.

"루시 하트." 잭이 입을 열었다. "13년 전, 넌 내 조수가 되고 싶다고 했었지. 소원을 이뤘구나." 그가 말했다. "명예직으로 생각할 수도 있고, 아니면 정말 이곳으로 이사 와서 나와 함께 지내며 내가 다시 삶을 시작하도록 도울 수도 있단다. 그리고 크리스토퍼의 소원은 네가 그를 입양하는 거였어. 그러니까," 그가 장난기 어린 미소를 지으며 말했다. "네 소원이 아니라 그의 소원을 들어주는 것뿐이란다. 이미 내 변호사에게 연락해서 절차를 시작했어. 변호사 말로는 몇 달 안에 모든 준비를 끝낼 수 있을 거라고 하더구나."

"몇 달 안 걸릴 겁니다."

루시가 돌아보자, 하이드가 문가에 서 있었다.

"변호사님?" 그녀는 눈앞의 광경을 믿을 수 없었다.

"시간이 되시면, 루시 양의 사인을 받아야 할 서류들이 좀 있어요. 서재에서 기다리고 있겠습니다."

"잠깐만… 작가님의 출판사 대리인이 아니셨나요?"

하이드는 무표정한 얼굴로 턱을 살짝 들어 올렸다. "묵비권을 행사하죠."

하이드가 나가자, 루시는 잭을 향해 돌아섰다.

"너… 너무 놀랐어요."

"나를 위해서가 아니라도, 크리스토퍼를 위해 '좋다'고 해주려무나."

"하지만… 휴고는요? 휴고는 어떻게 되는 거죠? 제가 그를 대신

하는 건가요? 그는 분명—"

"걱정 말거라." 잭이 말했다. "누군가 나와 함께 있다는 걸 알면 휴고도 더할 나위 없이 편해질 게야. 그러면 여기 머물든, 떠나든 자유롭게 선택할 수 있겠지. 더는 걱정이나 죄책감 없이 말이야. 그래도 걱정은 말거라. 내가 떠나면 시계섬 저택은 네 것이 될 테니까. 하지만 이 섬은 휴고의 몫이야." 그는 침대 옆 의자에 앉아 그녀와 눈을 마주쳤다. 루시는 그를 바라보았다. 지난 13년 동안 나이를 먹고 쇠약해졌지만, 그는 여전히 그림자에 둘러싸인, 낯설지만 신비롭고, 이상하면서도 선한 마스터마인드였다.

"난 행복해지기 위해서 충분히 오래 기다렸단다. 더는 기다리게 하지 말아주렴." 그는 손을 뻗어 그녀의 손을 잡았다. "어떻게 생각하니?"

달리 뭐라고 답할 수 있을까? 루시는 미소를 지으며 말했다. "내가 이겼어요!"

32

마스터마인드는 루시에게 승리를 내주었다.

잭 마스터슨,《시계섬의 비밀》에서 발췌
시계섬 시리즈 제52권 (2005년 출간)
언제나 출처를 밝혀라.

33

3개월 후

"긴장했나?" 잭이 물었다.

"긴장한 것처럼 보이나요?" 휴고는 공항 수하물 찾는 곳을 둘러보며 그들을 미심쩍게 쳐다보거나 알아보는 사람이 있는지 살폈다. 지금까지는 아무도 잭을 알아보지 못했다. 작가라는 직업이 가지는 특권 중 하나였다. 아무리 유명한 작가라도 사람들 사이에 섞여 있으면 익명성을 유지할 수 있었다. 그래도 어디선가 본 것 같은데 정확히 기억나지 않는다는 듯 잭을 두 번, 세 번 쳐다보는 아이들이나 십대들이 가끔씩 보이기는 했다.

"자네는 신나 보이네. 긴장돼 보이는 건 나고." 잭이 한숨을 쉬며 말했다.

"이해해요, 영감님. 손자를 처음 만나는 건 늘상 있는 일이 아니니까."

잭이 그를 바라보며 한쪽 눈썹을 치켜올렸다. "손자?"

"루시를 딸 삼기로 하셨으니, 크리스토퍼가 손자가 되는 게 당연하잖아요?"

잭은 잠시 그 말을 곱씹는 듯했다. "메인주에서는 다른 성인을 합법적으로 입양할 수 있다는 거 알고 있나?"

"저랑 루시 둘 다 입양하지는 말아 주세요."

"여동생한테는 키스할 수 없어서 그러나?"

"바로 그거죠." 휴고가 말했다.

"루시가 크리스토퍼의 방을 보면 당장 자네한테 청혼할 걸세."

"결혼하기 전에 키스부터 하게 해주세요."

잭이 코웃음을 쳤다. "허락을 구하는 건 구식이야."

휴고는 루시를 다시 만나는 게 더 설레는지, 아니면 곧 크리스토퍼의 방을 보게 될 루시를 볼 수 있다는 사실이 더 설레는지 알 수 없었다. 그는 루시가 일러준 크리스토퍼가 좋아하는 것들을 바탕으로 한 달 내내 크리스토퍼의 방을 꾸몄다. 천장에는 구름이 떠다니는 푸른 하늘을, 벽에는 바다 풍경을 그렸다. 선장 모자를 쓴 상어들이 배를 몰고 다니고 문어들은 그물코로 글자를 엮어 크리스토퍼의 이름을 만들어 냈다. 그가 그린 작품 중 최고였다. 행복이 최고의 뮤즈일 줄 누가 알았을까?

"다음번에 어떤 아이가 마스터마인드가 진짜냐고 물으면," 휴고가 말했다. "진짜라고 말할 거예요."

"자네가 루시를 그렇게 좋아하게 될 줄이야." 잭이 부드럽게 웃으며 말했다. "그건 내 탓으로 돌리지 말게. 전부 자네가 결정한 일이니."

"어쩐지 영감님 말에 신뢰가 안 가네요." 휴고가 도착 안내판을 흘깃 보았다. 곧, 이제 곧⋯.

잭은 특유의 모나리자 같은 미소를 지었다. 그는 작가의 시선으로 언제나 다른 사람들보다 열 페이지, 백 페이지 앞을 내다보곤 했다. "대회에 대해 자네에게 말해주지 못해 미안하네. 진심이야. 하지만 자네가 말릴까 봐 두려웠어. 난 너무 오래 겁쟁이로 살았거든. 내 마음의 소리를 듣고 조금은 용감해질 때였지. 아니면 멍청해지거나. 그 둘의 차이를 구분하기가 힘들 때가 있잖나."

그는 손목시계를 확인했다. 두 사람 모두 초를 세고 있었다.

"기다리는 동안 말하려 했는데," 휴고가 말했다. "더스틴 가드너가 이상한 이메일을 보냈더라고요. 영감님이 감사 카드를 꼭 보게 해달라고 하던데요."

"봤지, 그래."

"뭘 감사하다는 거죠? 섬에서 쫓아내 줘서 감사하다던가요?"

"별거 아닐세." 잭은 천진난만한 표정이었지만 휴고는 믿지 않았다.

휴고는 잭을 뚫어져라 바라봤지만, 잭은 그와 눈을 맞출 생각이 없어 보였다. "그 사람 학자금 대출 갚아주신 거 아녜요?"

"비밀일세. 다만, 돈을 받으려면 분노 조절 수업에 나가야 할 걸세."

"안드레와 멜라니는요?"

"내 게임에서는 이기지 못했지만, 멋진 위로상을 받을 자격이 있는 아이들이지."

"그리고 보니 이번 책 출간 기념 파티가 이상하게도 뉴브런즈윅 세인트존에 있는 '작은 빨간 등대 서점'에서 열린다고 하더군요. 뉴브런즈윅이라고요? 그 근처도 가보신 적 없으시잖아요."

잭은 주머니에 손을 집어넣고 어깨를 으쓱했다. "알다시피, 난 늘 소규모 독립 서점을 지지해 왔거든."

지지라니? 그는 거의 구세주나 다름없었다. 이미 무슨 일이 일어날지가 눈앞에 선했다. 책이 출간되는 주에 기자들과 팬들이 멜라니의 서점에 몰려들 것이다. 잭을 만나 사인을 받으려는 사람들이 끝없이 줄을 서겠지. 잭이 사인한 신간의 온라인 주문만으로도 멜라니는 10년은 가뿐히 생계를 이어갈 수 있을 터였다.

"영감님 신장이 두 쪽 다 제대로 있는지 의심이 되네요." 휴고가 말했다. 안드레의 유일한 소원은 아버지가 신장 이식을 받는 것이었고, 그가 섬에 있을 때까지만 해도 맞는 기증자를 찾지 못한 상태였다.

"내 신장은 아무한테도 준 적 없네. 내가 어떻게 살았는지 알면 신장을 원하는 사람도 없을 테지. 하지만 애틀랜타의 한 탐정 덕분에 신장 이식이 가능한 먼 사촌을 찾았다네. 곧 수술을 하게 될 것 같다더군."

"영감님, 세상을 다 구할 수는 없어요."

"세상을 구할 생각은 없어. 하지만 나 말고 다른 노작가의 말을 인용하자면 나는 지켜야 할 약속이 있단 말일세." 잭이 말했다. "그게 다야. 그 아이들에게 약속했거든. 나이가 들면 다시 와서 소원을 이룰 수 있는지 알아보라고 했지. 난 약속을 지킨 것뿐이고."

휴고는 여전히 의아했다. 그런데 왜 하필 지금일까? 왜 갑자기 슬픔을 떨쳐내고 글을 다시 쓰기 시작했을까? 닫힌 문을 다시 열고 삶을 다시 시작한 이유가 뭘까? 한동안 그의 마음속에 맴돌던 질문이었고, 조금 전 잭의 대답은 그가 도저히 열기 힘들었던 문을 열어주었다. 아마 당분간 이 질문을 할 기회는 또 없을 것 같았다.

"왜 갑자기 글을 다시 쓰기 시작하셨는지 제가 알아야 하지 않을까요? 영감님, 혹시 파산하신 건 아니죠?"

잭이 미소 지었다. "수수께끼로 답하지."

"됐어요."

"'Q' 다음에 오는 글자일세."

휴고는 거의 'R'이라고 말할 뻔했지만, 그의 뇌는 잭의 수수께끼에 너무 훈련이 되어 있거나 혹은 망가져 있었다. 누구한테 묻느냐에 따라 답이 달라지겠지만. 휴고는 그 답이 'R'이 아니라 'U'라는 것을 알았다.(Q로 시작하는 대부분의 영어 단어 뒤에는 U가 온다-옮긴이)

You. 너.

"저라고요?" 휴고가 말했다. "저를 위해서 이 모든 일을 하신 거라고요?" 그의 목소리는 그가 듣기에도 거의 들리지 않을 만큼 작았다. 단어들이 목구멍을 베는 기분이었다.

"떠나려 했잖나. 그렇지? 그런데 아직 여기 있군. 짐은 하나도 싸지 않았고."

휴고는 침을 꿀꺽 삼켰다. "영감님."

"등잔 밑이 어둡다고 하지 않나. 몇 년 동안 나는 아이를 입양하지 않은 걸 후회했네. 뉴욕 부동산 중개인들이 보내는 광고지가 우편함에서 보이기 시작하고 나서야 내 유일한 아들을 잃게 생겼다는 걸 깨달았지. 그리고 그걸 자초한 건 다름 아닌 나 자신이었네. 난 자네가 대회의 결과를 보기 전까지는 떠나지 않으리라는 걸 알았어. 그리고 게임이 어떻게 진행되느냐에 따라… 그러니까, 섬에 남을 이유를 내가 찾아주면, 자네가 떠나지 않을지도 모른다고 생각했네."

가슴이 너무나 벅차서 휴고는 한동안 잭을 바라볼 수밖에 없었다.

그는 루시가 대회 도중 집에 돌아갈 준비를 마치고 별채에 나타났던 밤을 떠올렸다. 잭이 그녀를 붙잡기 위해 그에게 뭘 하라고 했더라?

'주의를 딴 데로 돌리게. 자네 프로젝트를 좀 도와달라고 하든지. 늘 효과가 있거든.'

그가 맞았다. 그 방법은 효과가 있었다.

마침내 휴고가 말했다. "이 복잡한 게임들이 다 날 여기 붙잡아 두기 위한 술수였다고요?"

잭은 예전과 같은 웃음을 터뜨렸다. 자신이 낸 꾀가 스스로도 놀랍다고 생각할 때 짓는 그 웃음이었다. 그는 휴고의 옆구리를 쿡 찌르더니 천천히 에스컬레이터를 타고 내려오는 루시와 크리스토퍼를 가리켰다.

잭이 말했다. "우리 소원이 이루어졌구만."

'이제 시작이야.' 크리스토퍼와 함께 에스컬레이터로 걸어가며 루시는 생각했다. 에스컬레이터가 아래층에 닿고 나면 메인에서의 새 삶이 시작될 터였다. 크리스토퍼는 에스컬레이터 앞에서 잠시 걸음을 멈추고 그녀를 올려다보았다.

"괜찮아." 그녀가 말했다. "내가 안아줄 수도 있고, 너 혼자 내려가도 돼. 손잡이를 잡고 맨 위 계단에 빠르게 올라서 봐."

크리스토퍼는 손을 뻗어 손잡이를 만졌다가 데이기라도 한 듯 손을 재빨리 떼어냈다. 하지만 그는 겁에 질린 채 그녀의 품에 뛰어드는 대신 다시 한번 용기를 냈다.

이번에는 성공했다. 그는 손잡이를 꽉 잡고 에스컬레이터에 발을 내디뎠다. 루시는 만약을 대비해 그의 티셔츠 뒷부분을 잡고 있었다.

"우와." 그가 말하고는 스스로 웃음을 터뜨렸다.

"잘했어, 아가." 그녀가 말했다. 크리스토퍼는 승리의 미소를 지었다. 요즘 들어 자주 짓는 표정이었다. 그의 눈 밑에 드리웠던 다크서클은 오래전에 사라졌고, 힘든 날마다 멍하니 허공을 응시하는 버릇도 이제 거의 찾아볼 수 없었다. 그는 이유 없이 집 안을 구르며 깔깔거리고 미소를 지었다. 이제는 안전했기 때문이었다. 사랑받고 있기 때문이었다. 그리고 그 안전함과 사랑이 다시는 사라지지 않으리라는 것을 알기 때문이었다.

루시는 그의 티셔츠 뒷부분을 부드럽게 잡아당겼다. 크리스토퍼가 고개를 들어 그녀를 바라보았다.

"엄마가 사랑해." 그녀가 말했다.

그는 눈을 굴리며 말했다. "안다니까요." 하지만 그는 곧바로 그녀에게 머리를 기대 그만의 방식으로 사랑을 표현했다.

루시가 에스컬레이터 아래쪽을 내려다보니 휴고와 잭이 그들을 기다리고 있었다. 그녀는 미소를 지었지만, 손을 흔들거나 크리스토퍼에게 말을 건네지는 않았다. 아이가 너무 신이 난 나머지 에스컬레이터 계단을 뛰어 내려가는 일이 생기지 않았으면 했기 때문이었다. 지금 그는 다음 주에 학교가 시작되면 매일 배를 타고 등교하게 된다는 사실이 얼마나 신나는지에 대해 떠들어대고 있었다. 학교에 배를 타고 가다니! 그것도 매일! 평생 배를 타본 적 없는 그가 이제 매일 학교에 배를 타고 가다니!

잭이 그녀를 향해 손을 흔들었고 휴고는 흰색 포장지처럼 보이는 종이 두루마리를 들고 꼼지락대느라 바빴다. 휴고가 잭의 팔을 툭 쳤다. 둘이 무슨 짓을 꾸미는 걸까? 잭과 휴고가 서로 멀찍이 걸어가며 두루마리를 펼치자 너비 3미터, 높이 1미터는 족히 돼 보이는 종이에 이런 글씨가 나타났다.

'루시와 크리스토퍼를 환영합니다!'

분명 휴고가 만든 배너였다. 그들의 이름이 상어의 배 부분에 적혀 있었다. 그녀의 이름은 우아한 백상아리 위에, 크리스토퍼의 이름은 귀상어 위에 쓰여 있었다. 그 배너를 본 크리스토퍼의 입이 떡 벌어졌다. 이제 그를 막을 방법은 없었다. 그는 마지막 몇 계단을 달려 내려가 배너를 향해 뛰어갔다.

그는 휴고에게 달려가 그를 꼭 껴안았다. 이제 루시가 몇 주 동안 꿈꿨던 일을 할 차례였다.

"크리스토퍼," 그녀는 그의 어깨를 잡고 천천히 잭에게 데려가며 말했다. "이분은 잭 마스터슨 작가님이셔. 작가님, 이쪽은 크리스토퍼예요." 그녀는 미소를 지으며 인생에서 느껴본 적 없는 자부심을 담아 덧붙였다. "제 아들이요."

크리스토퍼는 경외심에 가득 차 휘둥그레진 눈으로 잭을 올려다보았다.

"인사해야지." 루시가 다정하게 재촉했다.

"진짜 마스터마인드세요?" 크리스토퍼가 물었다.

"두 손이 있지만, 스스로 긁지 못하는 게 무엇이냐?" 잭이 물었다.

크리스토퍼의 얼굴에 천천히 미소가 퍼졌다. "시계요!"

"잘했다, 아가. 시계섬에서 아주 잘 지낼 수 있겠구나. 이제 가도 되겠지? 마이키가 차에서 기다리고 있단다."

차에 도착하자 크리스토퍼는 가는 길을 볼 수 있게 앞자리에 앉고 싶다고 했다. 잭은 그녀와 휴고에게 윙크를 보내며 크리스토퍼와 함께 앞자리에 올라탔다.

선착장으로 가는 동안 그녀와 휴고는 뒷좌석에 단둘이 앉게 되었고, 크리스토퍼와 잭은 누가 더 많이 이야기할 수 있는지 경쟁하듯 떠들어댔다.

"영감님이 이렇게 행복해하는 모습은 처음 보네요." 휴고가 말했다. "오랫동안… 어텀이 세상을 떠나기 전에도 한 번도 본 적 없어요."

"크리스토퍼는 지금 구름 위에 있는 기분일 거예요. 우리가 그를 끌어내리는 일은 없을 테고요."

"당신은요?" 휴고가 물었다. "행복한가요?"

루시는 그의 어깨에 머리를 기대며 말했다. "크리스토퍼가 내 아들이 됐는데, 뭘 더 바라겠어요."

지난 3개월은 말 그대로 눈부신 시간이었고, 그녀 인생 최고의 3개월이었다. 레드우드로 돌아갔을 때, 학교 아이들은 그녀를 영웅처럼 맞아주었다. 그녀가 떠나 있는 동안, 잭은 레드우드 초등학교의 아이들이 시계섬 전집을 한 세트씩 가질 수 있도록 총 300세트를 선물했다. 루시는 주말 내내 온갖 방송국들과 인터뷰를 하며 바쁘게 보냈다. 방학이 시작된 월요일 아침, 그녀는 하이드가 소개한 가정법 변호사를 만났다. 안전한 동네에 작은 집을 빌리고, 가구를 채우고, 차를 임대하는 데 2주가 걸렸다. 그리고 드디어 크리스토퍼를 그녀의 품에 안을 수 있었다. 마침내 위탁 가정 승인을 받은 것이다.

여름 방학 동안 그들은 매일 자전거를 타거나 도서관에 가거나 산책을 나갔다. 심지어 롤러스케이트도 탔다. 그러는 동안 루시는 가정법 변호사인 바르가스와 함께 크리스토퍼의 입양 신청서를 준비했다. 모든 비용은 잭 마스터슨이 지원해 주었다.

휴고는 돈으로 행복을 살 수 없다고 했었다.

하지만 가장 좋았던 순간은, 비록 힘들었지만, 크리스토퍼가 처음으로 루시의 지시에 따르지 않겠다고 떼를 쓴 날이었다. 루시는 크리스토퍼가 처음으로 말썽을 부리는 순간을 기다려 왔었다. 떼를 쓴다는 것은 그가 정말로 그녀의 아들이 되었고, 그녀가 진짜 그의 엄마가 되었다는 의미였다. 아침 식사 후 그릇을 식기 세척기에 넣기 귀찮다고 투덜거리거나, 이를 닦기 싫다고 떼를 쓰거나, 집안 곳곳에 널브러진 레고를 치우기 싫다고 투정을 부리더라도 결코 루시가 떠나지 않을 거라는 사실을 크리스토퍼가 안다는 의미였다.

"오늘 크리스토퍼가 날 정말 미치게 하네요." 루시는 유난히 힘든 저녁에 테레사에게 푸념했다.

"축하해요." 테레사는 웃으며 말했다. "진짜 엄마가 됐네요."

식은땀을 흘리며 악몽에서 깨어나 부모님을 찾으며 우는 크리스토퍼를 달래주던 날처럼 더 힘든 순간들도 있었다. 그럴 때 그녀가 할 수 있는 일은 그를 꼭 안아주고, 잠들 때까지 이야기를 나누거나 책을 읽어주는 것뿐이었다. 이상하게도, 그런 마음 아픈 밤에 그녀는 가장 엄마가 된 듯한 기분이 들었다.

루시가 크리스토퍼를 공식적으로 입양하던 날, 테레사와 그녀의 온 가족뿐만 아니라 크리스토퍼의 선생님과 반 친구들 모두가 입양식에 참석했다. 심지어 사회복지사인 코스타 부인도 참석해

'아들이에요!'라는 문구가 적힌 풍선을 루시에게 선물했다. 루시는 그 자리에 그녀가 참석했다는 사실이 기뻤다. 결국 그녀가 맞았다. 아이 한 명을 키우는 데는 온 마을이 필요했다. 그리고 루시는 새로운 마을을 얻게 되었다. 그날 저녁, 루시가 단기로 빌린 집의 거실에서 휴고는 시계섬이라는 '마법의 왕국'에서 파견된 대사로서 루시와 크리스토퍼에게 시계섬의 공식 시민이 될 것을 제안한다고 공표했다.

"우리에게 시계섬으로 이사하고 싶냐고 묻는 거야." 루시는 크리스토퍼의 귀에 속삭였다. "어떻게 생각해?"

다음 날, 평생 느껴본 적 없는 용기를 느낀 루시는 션에게 전화를 걸어 짧지만 정중한 대화를 나눌 수 있었다. 그녀는 아이를 유산한 사실을 털어놓고, 그에게 더 일찍 말하지 못한 것 대해 사과했다. 션이 다음에 포틀랜드에 오면 직접 만나서 이야기하자고 제안했을 때, 그녀는 '그럴 일 없다'고 정중히 답했다. 그걸로 끝이었다. 션도, 부모님도, 그녀의 실패들도. 마침내 루시는 자신의 과거와 그에 얽힌 진짜 유령들과 상상 속 유령들을 떠나보냈다.

거의 모든 유령들을.

"루시, 도착했구나." 잭이 앞좌석에서 말했다.

"감사합니다." 루시는 말했다. "금방 다녀올게요. 잠깐이면 돼요."

잭은 좌석 너머로 손을 뻗어 그녀의 팔을 부드럽게 잡았다. 그는 그녀의 눈을 바라보며 말했다.

"있고 싶은 만큼 있으렴."

"나도 가도 돼요?" 크리스토퍼가 물었다.

"아직은 안 돼. 하지만 곧 만날 수 있을 거야. 약속할게." 루시가 말했다. "작가님과 휴고와 함께 있어."

"아니." 휴고가 말했다. "나도 같이 가요. 복도에서 기다릴게요."

휴고의 말투로 보아, 실랑이를 벌여 봐야 소용없을 것 같았다. 그녀는 크리스토퍼가 안심할 수 있도록 미소를 지어 보이고 휴고와 함께 차에서 내렸다. 그들은 암 치료 센터의 회전 유리문을 지나 건물 안으로 들어갔다.

"어디로 갈까요?" 엘리베이터에 도착했을 때 휴고가 물었다.

"3층이요." 그녀는 한껏 긴장한 채 기어들어 가는 목소리로 말했다. 엘리베이터 옆에는 '18세 미만 아동은 환자 면회 불가'라는 표지판이 붙어 있었다.

휴고가 버튼을 눌렀다. 엘리베이터가 위로 올라갔다.

"굳이 같이 안 와도 되는데."

"꼭 와야죠." 그가 말했다. "당신이 온다는 걸 알고 있나요?"

"오늘 오는 건 몰라요. 그냥 이번 주 중이라고만 했어요."

휴고는 루시가 외면하려 했던 질문을 던졌다. "얼마나 안 좋은지 알고 있어요?"

"많이 안 좋대요." 루시는 몸을 떨며 말했다. "기껏해야 석 달, 운이 좋으면 넉 달 정도 남았다더라고요. 정말 너무 많은 시간을 허비했어요."

그는 아무 말도 없이 그녀의 손을 꼭 잡아주었다.

엘리베이터가 멈추고 문이 열렸다. 루시는 3010호로 걸어갔다. 문은 반쯤 닫혀 있었다.

"여기서 기다릴게요." 휴고가 말했다. 루시는 숨을 깊이 들이쉬었다.

"너무 불공평해요." 그녀가 속삭였다. "겨우 다시 찾았는데… 당신이 이 기분은 훨씬 잘 알겠죠."

"알아요." 휴고는 그녀의 이마에 입을 맞췄다.

루시는 마음을 가다듬기 위해 다시 한번 깊게 숨을 들이쉰 뒤, 병실 안으로 들어갔다.

"앤지?" 루시는 침대를 빙 둘러쳐진 꽃무늬 커튼을 살짝 걷으며 말했다.

앤지는 의자에 앉아 있었다. 예쁜 무늬가 그려진 스카프를 머리에 두른 채 파란 담요를 무릎에 덮고, 아이패드를 손에 들고 있었다.

"루시," 앤지는 피곤하지만 행복한 미소를 지으며 말했다. 그녀는 아이패드를 옆에 있는 테이블에 내려놓았다. "언제 도착했어?"

루시는 앤지를 껴안고 싶었지만, 앤지의 팔에 정맥 주사가 꽂혀 있어 함부로 손을 대기가 무서웠다. 하지만 앤지는 다른 팔을 내밀었고, 루시는 그녀의 손을 잡았다. 앤지는 차갑고 앙상한 손가락으로 루시의 손을 꽉 잡았다.

"20분 전에 도착했어."

앤지의 눈이 커졌다. 그녀는 문 쪽을 가리키며 말했다. "어서 가. 당장. 내일 다시 와. 난 여기 있을 거야."

루시는 그 말을 무시하고 병실 안에 있는 빈 의자에 앉았다. "오늘 꼭 여기서 자야 해?"

"어릴 때 아팠어서 병원에서 유독 조심스러워해." 앤지는 어깨를 으쓱하며 말했다. "그렇다면 그런 거지. 이제 얼른 가. 그리고 내일 다시 와."

"우리가 무사히 도착했다고 알려주고 싶었을 뿐이야. 내일 집에 데려다줄까? 아니면 오늘 밤에 고양이들 밥이라도 주러 갈까?"

"고양이들은 이웃집에 있어. 그리고 나도 데려다 줄 사람 있어. 나는 네가 당장 저 문을 나가서 네 아들을 데리고 시계섬에 갔으면 좋겠어. 그리고 동영상이랑 사진을 찍어서 나한테 보내줘. 그리고 넌 내일 다시 오고, 이번 주말에 내가 집에 가면 크리스토퍼도 데리고 와줘. 알겠지? 어서 가. 정말 화내기 전에. 너 때문에 책을 못 읽고 있잖니."

"갈게." 루시는 항복하듯 두 손을 들었다. "잔소리할 거라면 말이야."

앤지는 웃음을 터뜨렸지만, 그 웃음이 눈까지 닿지는 않았다.

"와줘서 고마워." 그녀가 말했다.

루시는 다시 앤지의 손을 잡았다. "어릴 때, 병원에서 언니를 못 보게 했었을 때 너무 화가 났었어."

"좋겠다. 이제 면회를 올 수 있는 나이가 됐네. 재밌지 않아?"

"재밌지. 너무 재밌어." 루시는 웃으려 했지만, 뜻대로 되지 않았다. "괜찮아?"

"편안해." 앤지는 지친 미소를 지었다. "그러니까 어서 가. 빨리. 곧 보자. 조카한테 안부 꼭 전해주고."

"그럴게." 루시는 문 쪽으로 가다가 무언가가 떠올라 걸음을 멈췄다. "아, 크리스토퍼가 어젯밤에 언니한테 전해달라고 뭘 줬어. 좀 이상하긴 한데, 언니한테 꼭 주고 싶다고 했거든."

"그럼 받아야지."

루시는 가방을 열어 신발 끈으로 묶은 파란색 포장지를 꺼냈다. "눈치챘겠지만, 포장도 본인이 직접 했어."

앤지는 웃으며 신발 끈을 풀고 종이를 뜯었다. 그 속에는 루시가 크리스토퍼에게 줬던 귀상어 장난감이 들어 있었다.

"크리스토퍼가 상어를 정말 좋아하거든." 루시가 말했다. "영광으로 생각해. 그 애가 가장 좋아하는 장난감이야."

루시는 농담처럼 말했지만, 앤지는 플라스틱 상어 장난감을 마치 값진 골동품처럼 손에 쥐었다. 그리고 매끈한 상어의 몸체를 손가락으로 감싼 채, 가슴 가까이, 심장 위에 품었다. 바로 그 순간 어떠한 겉치레도, 의식도, 파티도, 눈물도 없이 루시는 앤지를 용서했고, 그들은 인생에서 처음으로 진정한 자매가 되었다.

앤지가 말했다. "크리스토퍼에게 영광이라고 전해줘."

루시가 복도로 나왔을 때, 휴고는 여전히 그녀를 기다리고 있었다. 그는 의자에서 일어나 두 팔을 벌렸다. 그녀는 그에게 다가갔고, 그는 그녀를 꽉 안아주었다.

"괜찮아질 거란 말은 말아요." 그녀가 말했다.

"절대 안 할게요." 그가 말했다. "어떤 기분인지 알아요."

그는 그녀의 머리에 입을 맞추며 말했다. "자, 이제 집으로 가요."

차로 돌아왔을 때, 루시는 더 이상 울지 않았다. 울 시간은 앞으로 많을 것이다. 하지만 오늘은 아니었다. 감정을 제쳐두고 크리스토퍼에게 생에 최고의 하루를 선물하겠다고 다짐한 그녀는 진정으로 엄마가 된 듯한 기분이었다.

20분 후, 그들은 선착장에 도착했다.

"준비됐니?" 잭이 크리스토퍼에게 물었다.

크리스토퍼는 평소 목소리보다 훨씬 우렁차게 외쳤다. "준비됐어요!"

배가 그들을 섬으로 데려가는 동안, 날씨는 따뜻하고 햇살은 밝았으며 하늘은 루시가 본 것 중 가장 푸르게 빛났다. 크리스토퍼와 잭은 나란히 뱃머리에 서 있었다. 잭이 무언가를 가리키면 크리스토퍼도 따라 가리켰다. 잭이 머리 위로 날아가는 새를 보기 위해 손을 눈 위에 올려 그늘을 만들자, 크리스토퍼도 똑같이 따라 했다.

루시는 휴고와 뒤에 서서 웃음을 터뜨렸다. "할아버지와 손자 같네요."

"할아버지와 손자니까요." 휴고가 루시를 향해 미소 지었다. "잭의 공식 조수로서 뭘 할지 결정했나요?"

"거창한 계획이 있어요." 그녀가 말했다. "먼저, 위탁가정 아이들에게 무료로 책, 가방, 학용품을 제공하는 비영리 단체를 만들 거예요. 시계섬 우체국의 날인이 찍힌 소포를 보내주려고요. 어떻게 생각해요?"

"들어본 중 최고의 아이디어인 것 같아요."

"단체 이름은—"

휴고는 갑자기 뱃머리를 바라보며 손을 들었다. 루시는 순간 얼어붙은 채 속삭였다. "뭐예요?"

"크리스토퍼, 이리 와보렴." 휴고가 말했다. 크리스토퍼는 돌아서서 그에게 달려왔다. "저길 봐."

휴고는 물 위에서 회색 삼각형이 파도를 가르는 지점을 가리켰다. "상어예요?" 크리스토퍼가 숨죽이며 물었다.

"이 근처에는 상어가 많지." 휴고가 말했다. "빠르게 수영하는 방법을 배워야겠지?"

배는 시계섬의 남쪽 가장자리를 따라 천천히, 꾸준히 앞으로 나아갔다. 6시, 5시, 4시.

루시는 휴대폰을 꺼내 영상을 찍기 시작했다. 앤지가 사진과 영상을 보내달라고 했었고, 루시는 그녀가 원하는 대로 해주고 싶었다.

마침내, 태양 아래 빛나는 무언가가 모습을 드러냈다. 시계섬 저택이었다.

"즐거운 우리 집이구나." 잭이 크리스토퍼에게 말했다.

"네? 저게 우리 집이라고요?" 크리스토퍼가 말했다. 그는 놀란 눈으로 휴고와 루시를 바라보았다.

"맞아." 그녀가 말했다. "마음에 들어?"

배가 선착장에 도착하자 선장은 엔진을 껐다. 마침내 그들이 시계섬에 도착한 것이다.

"똑딱, 똑딱." 잭이 말했다. "시계섬에 온 걸 환영한다."

크리스토퍼는 하늘보다 커다란 미소를 지었다.

휴고가 먼저 배에서 내려 루시를 도왔고, 루시는 크리스토퍼를 도왔다. 그리고 세 사람 모두 잭이 배에서 내릴 수 있도록 힘을 합쳐 도왔다.

크리스토퍼는 벽에 그려진 상어들과 창밖에 펼쳐진 바다 풍경에 감탄했다. 그리고 잭이 크리스토퍼에게 수동 타자기를 사용하는 법과 썰 레이븐스크로프트에게 호두를 주는 방법을 가르치는 동안, 휴고는 루시에게 손짓을 해 그녀를 복도로 불러냈다.

"왜요?" 그녀가 속삭였다.

휴고는 좌우를 둘러보았다. 그의 한 손은 등 뒤에 있었는데, 뭔가를 감추고 있는 듯했다. "이걸 내가 줬다고 아무한테도 말하지 마요. 잭의 출판사에서 날 가만두지 않을 거예요." 휴고는 등 뒤에서 무언가를 꺼냈다.

책이었다. 그냥 책이 아니었다.

"시계섬과 위대한 소원." 휴고가 말했다. "표지가 마음에 들었으면 좋겠네요."

루시는 휴고의 작품을 바라보며 눈물이 차올랐다. 크리스토퍼와 꼭 닮은 소년이 침대에 앉아 있고, 자신과 꼭 닮은 여자가 그의 옆에서 이야기책을 읽어주고 있었다. 창밖에는 달에 사는 남자가 이야기를 엿들으려는 듯 그녀의 어깨 너머를 기웃거리고 있었다.

루시는 할 말을 잃고 간신히 그의 이름만 불렀다. "휴고…"

"난 이미 읽었어요." 휴고가 말했다. "첫 번째 책에 나오는 소녀, 아스트리드가 어른이 되어 시계섬으로 돌아오는 이야기에요."

"표지 속 내가 아스트리드예요?"

"물론이죠. 아스트리드와 그녀의 아들은 마스터마인드가 실종되었다는 소식을 듣고 함께 그를 찾으러 나서요."

"그를 찾나요?"

휴고는 웃음을 지었다. "직접 읽어보면 알 거예요. 꽤 좋던데요."

"'걸작이던데요'의 영국식 표현인가요?"

"이제 배우기 시작했군요."

루시는 표지에서 눈을 뗄 수 없었다. 커다란 파란 눈과 마구 헝클어진 어두운 머리칼을 가진 표지 속 남자아이는 영락없이 크리스토퍼였다. 그리고 그 옆에는 루시가 뜬 목도리 중 하나를 두른 갈색 머리 여자가 옆모습으로 그려져 있었다. 그녀였다. "어릴 때 나도 아스트리드가 되고 싶었어요. 알아요?"

"이제는 당신이 아스트리드예요. 내가 당신 얼굴을 허락 없이 썼다고 날 고소하지 않으면 말이죠."

그녀는 그의 목에 팔을 감고 온 힘을 다해 입을 맞췄고, 그 바람에 책을 거의 떨어뜨릴 뻔했다.

크리스토퍼가 복도로 뛰쳐나오며 그녀를 불렀다. 루시는 휴고에게서 떨어져 책을 가방에 넣었다.

"엄마! 엄마! 엄마! 내가 진짜 까마귀한테 먹이를 줬어요!"

크리스토퍼가 '엄마'라고 부르는 소리는 아무리 들어도 질리지 않을 것 같았다. 몇백 번을 연달아 불러도 마찬가지였다.

"봤어! 잘했어. 다음은 어디로 갈까요?" 루시는 잭에게 물었다. "소원 우물? 등대? 폭풍의 상점?"

"훨씬 더 좋은 곳이 있단다." 잭은 크리스토퍼의 손을 잡고 집 뒤뜰로 이끌었다.

휴고와 루시도 손을 잡고 그들을 따라갔다.

"여기서 기다리거라." 잭이 크리스토퍼에게 말했다. 모두가 집 뒤편에 서 있는 동안 잭은 '시곗바늘 마을'을 향해 걸어갔다.

"뭘 하시려는 걸까요?" 루시가 휴고에게 속삭였다.

"두 사람이 섬에 오길 기다리면서 영감님이 아주 바빴어요. 기다려 봐요."

그때 쇠바퀴가 구르는 소리와 함께 휘파람 소리가 울렸다. 곧 검은색과 노란색으로 반짝이는 '시계섬 급행열차'가 모습을 드러냈고, 운전석에는 잭이 타고 있었다.

"루시!" 잭이 그녀를 불렀다. "드디어 레일을 다 깔았단다! 사원역까지 기차를 타 볼 테냐, 크리스토퍼? 거긴 매일이 핼러윈이라던데!"

크리스토퍼는 말이 없었다. 그의 눈이 휘둥그레져 있었다. 곧 무슨 일이 일어날지 알고 있던 루시는 앤지를 위해 휴대전화를 꺼내 녹화 버튼을 눌렀다.

그는 숨을 들이마시고, 두 손을 치켜들며 기쁨에 찬 환호성을 질렀다.

'기차를 안 탈 이유가 있을까?' 루시는 생각했다. 루시도, 휴고도, 잭도 크리스토퍼를 따라 환호성을 질렀다.

소리를 질러야 할 때는 질러야 하는 법이니까.

어린이 모험 소설 '시계섬' 시리즈

1	시계섬의 저택	34	시계 할아버지와 시간 할머니
2	시계섬에 드리운 그림자	35	시계섬에 갇히다!
3	시계섬에서 온 편지	36	시계섬의 가면무도회
4	시계섬의 유령	37	시계섬과 시계탑의 열쇠
5	시계섬의 왕자	38	시계섬의 달빛 축제
6	시계섬의 겨울 마법사	39	시계섬의 수호자
7	시계섬 탐험대	40	시계섬의 표류자들
8	시계섬과 괴물들의 밤	41	시계섬의 우주여행
9	시계섬과 해골들의 음모	42	시계섬과 유리 유니콘
10	시계섬과 시계태엽 까마귀	43	시계섬 저택의 몰락
11	시계섬과 유령 기계	44	시계섬과 미로의 지도
12	시계섬의 어두운 밤	45	시계섬의 사냥개
13	시계섬 대 화성의 해적	46	시계섬의 기묘한 시장
14	시계섬 오페라의 유령	47	시계섬의 잊혀진 이야기
15	시계섬의 목 없는 기수	48	시계섬과 날아다니는 허수아비
16	시계섬과 빗물의 노래	49	시계섬의 위험한 크리스마스
17	시계섬이 위험해!	50	시계섬과 번개 도둑
18	시계섬의 사라진 왕	51	시계섬과 잃어버린 시간 여행자
19	시계섬과 시간 속의 마녀	52	시계섬의 비밀
20	시계섬과 10월의 주문	53	시계섬과 이상한 수수께끼
21	시계섬의 늑대인간들	54	시계섬으로의 탈출
22	시계섬과 악몽의 배	55	시계섬과 거의 모든 것의 도서관
23	시계섬의 백작	56	시계섬과 저주받은 시계
24	시계섬과 마법의 모래시계	57	시계섬과 공룡 장치
25	시계섬의 비밀 계단	58	시계섬과 수수께끼 상자
26	시계섬의 바다 괴물과 말하는 괴물	59	시계섬의 스파이
27	시계섬과 구름을 잡는 아이	60	시계섬의 도깨비불
28	시계섬과 신비한 서커스단	61	시계섬과 이야기 도둑
29	시계섬의 별빛 기사	62	시계섬 검은 고양이 사건
30	시계섬의 공주	63	시계섬과 시간의 가마솥
31	시계섬과 해골의 문	64	시계섬과 늪의 괴물
32	시계섬 급행열차 미스터리	65	시계섬의 오래된 시계 이야기
33	시계섬과 잃어버린 시간의 숲	66	시계섬과 위대한 소원

옮긴이 배지혜

뉴욕 시립대 버룩 칼리지 경제학과를 졸업했다. 유학 시절 재미있게 읽던 작품을 한국어로 옮기고 싶다는 욕심이 생겼고, 현재 글밥아카데미를 수료한 뒤 바른번역 소속으로 활동 중이다. 역서로는《시체와 폐허의 땅》,《워런 버핏의 위대한 부자 수업》,《1984》,《그녀가 테이블 너머로 건너갈 때》,《미키7》 등이 있다.

소원게임

초판 1쇄 2025년 12월 1일
저자 메그 섀퍼
옮긴이 배지혜
편집 나다연 **디자인** 배석현
ISBN 979-11-93324-72-1   03840

발행인 아이아키텍트 주식회사
출판브랜드 북플라자
주소 서울시 강남구 학동로 329 북플라자 타워
홈페이지 www.bookplaza.co.kr

오탈자 제보 등 기타 문의사항은 book.plaza@hanmail.net으로 보내주세요.
잘못된 책은 구입하신 서점에서 교환해 드립니다.